LA PETITE COUTURIÈRE DU TITANIC

DU MÊME AUTEUR
CHEZ LE MÊME ÉDITEUR

Si près des étoiles, L'Archipel, 2019.

KATE ALCOTT

LA PETITE COUTURIÈRE DU TITANIC

*traduit de l'américain
par Sebastian Danchin*

ARCHIPOCHE

Ce livre a été publié sous le titre
The Dressmaker
par Doubleday, New York, 2012.

Notre catalogue est consultable à l'adresse suivante :
www.lisez.com/archipoche/44

Archipoche
92, avenue de France
75013 Paris

ISBN 978-2-37735-0582

1

Tess tira les draps qu'elle avait décrochés un peu plus tôt de la corde à linge, les bordant soigneusement sous le matelas. Elle recula d'un pas afin d'observer le résultat. Les plis étaient encore trop visibles. Sa patronne ne manquerait pas de lui en adresser la remarque, elle qui passait constamment derrière elle afin de critiquer son travail. Mais cela n'avait plus guère d'importance, la décision de Tess était prise.

La jeune fille jeta un coup d'œil par la fenêtre et vit marcher dans la rue une femme coiffée d'un chapeau magnifique orné d'un élégant ruban vert sombre. Le visage animé, elle respirait la joie de vivre et manifestait son assurance tranquille en faisant tourner sur son épaule une ombrelle rouge vif. Tess se prit à rêver du jour où elle afficherait une mine aussi rayonnante et résolue, sans qu'il vienne à l'idée de quiconque de la rappeler aux obligations de son rang. C'est tout juste si elle ne sentait pas sous ses doigts le contact lisse et doux de ce manche d'ombrelle. Pensive, elle s'interrogea sur le destin de l'inconnue.

Elle reporta son attention sur le lit à moitié fait. Assez rêvassé.

Elle regagnait le couloir lorsqu'elle s'immobilisa en découvrant son propre reflet dans le miroir en pied, encadré d'or, qui lui faisait face. De longues mèches sombres s'étaient échappées de son chignon soigneusement retenu par des épingles, sans altérer la fierté d'un menton qui trahissait son caractère audacieux. En dépit de cet air volontaire, la glace lui renvoyait impitoyablement l'image d'une jeune fille étique en robe noire et tablier blanc, une pile de draps sales entre les mains, le crâne stupidement couronné d'un serre-tête de femme de chambre. L'image même de la servitude. Tess arracha le serre-tête et le lança contre le miroir d'un geste rageur. Elle ne supporterait pas un instant de plus qu'on la traite en domestique. Couturière, et même excellente couturière, elle touchait un salaire de misère, eu égard à ses compétences réelles. Elle s'était laissé piéger en acceptant cet emploi.

Elle se débarrassa de son fardeau dans la gaine d'évacuation du linge sale et gagna sa chambre du deuxième étage en dénouant son tablier. Le sort en était jeté. Il n'était plus temps d'hésiter. Les ouvriers des docks lui avaient confirmé que les emplois ne manquaient pas sur le paquebot géant à destination de New York qui prenait la mer ce jour-là. Elle embrassa la mansarde du regard. Impossible d'emporter sa valise, son employeuse ne la laisserait jamais sortir si elle la soupçonnait de vouloir quitter définitivement la maison. Tess devrait se contenter du portrait de sa mère, de ses économies, du carnet dans lequel elle avait dessiné ses modèles de robes. Elle retira son uniforme, enfila sa meilleure tenue et fourra dans un sac de toile quelques sous-vêtements, des bas, ainsi que des vêtements de rechange. Elle examina longuement la robe de bal inachevée sur sa machine à coudre, les petits nœuds de velours blanc qu'elle avait amoureusement cousus sur l'étoffe de soie bleue. Une autre terminerait son œuvre. Une couturière qu'il faudrait payer. D'un dernier regard, elle s'assura qu'elle n'avait rien oublié.

Elle prit une longue inspiration afin de museler dans sa tête la voix de son père. «Ne joue donc pas les grandes dames, lui rappelait-il toujours. Tu as été élevée à la ferme, contente-toi d'accomplir ton devoir et de garder la tête baissée. La paie n'est pas si mauvaise, tu pourrais bien tout gâcher à vouloir forcer le destin.»

— Je ne gâcherai rien du tout, murmura-t-elle dans le silence de sa chambre. Et je saurai m'inventer une vie meilleure.

Au moment de quitter la pièce, elle crut entendre la voix rauque de son père la tancer vertement : «Attention à ce que tu fais, petite sotte.»

*

Lucile sentit les talons de ses bottines s'enfoncer dans le bois spongieux du quai tandis qu'elle se frayait un chemin à travers la foule. Elle serra l'étole de renard autour de son cou, rassurée par la douceur de l'épaisse fourrure, et releva la tête afin d'attirer sur elle l'attention de ceux qu'éblouissait sa chevelure flamboyante.

Sa sœur s'avança vers elle d'un pas vif, une rengaine aux lèvres, en faisant tourner machinalement son ombrelle rouge.

— Décidément, tu aimes afficher ta bonne humeur, dit Lucile pour l'accueillir.

— J'essaie de me montrer sous mon meilleur jour, répliqua sa sœur dans un murmure.

— Ce n'est pas moi qui te ferai concurrence sur ce point. Je te laisse le soin de briller en public, prononça Lucile sur un ton hautain.

— Arrête donc un peu, Lucile. Tu n'as rien à m'envier de ce côté-là. Je te trouve d'humeur bien maussade, ces derniers temps.

— Si tu devais présenter ta collection de printemps à New York dans quelques semaines, tu serais de mauvaise humeur, toi aussi. Les femmes d'aujourd'hui me tapent sur les nerfs, avec leur manie de vouloir remonter leur jupe et dissimuler leur poitrine. C'est plus facile pour toi qui te contentes de les décrire dans tes romans.

Les deux femmes se glissèrent au milieu d'une montagne de valises et de malles dont les charnières de laiton luisaient sous les dernières lueurs du jour. Dans leur sillage, les volants de leurs jupes emmagasinaient la crasse du quai accrochée à leurs fibres de laine.

— Je le reconnais volontiers, avoua Elinor d'une voix légère. Les outils de la romancière sont infiniment moins encombrants que les tiens.

— C'est le moins que l'on puisse dire. Me voilà contrainte d'entreprendre cette traversée faute d'avoir découvert quelqu'un d'assez compétent pour me représenter à ce défilé. Aussi te prierai-je de m'épargner tes frivolités.

Elinor replia son ombrelle d'un geste sec et dévisagea sa sœur, un sourcil en arc de cercle.

— Lucy, comment peux-tu manquer autant d'humour ? J'étais uniquement venue te souhaiter bon voyage et pousser les hourras de circonstance à l'heure du départ. Préfères-tu que je m'en aille ?

Lucile soupira longuement avant de répondre.

— Reste, je t'en prie. Je regrette seulement que tu n'aies pas pu m'accompagner. Tu vas me manquer.

— Je ne demanderais pas mieux, mais mon éditeur me réclame ces épreuves corrigées avant la fin de la semaine.

La voix d'Elinor retrouva brusquement tout son éclat.

— Et puis tu as Cosmo. C'est un amour, à défaut d'être un poète.

— Ce n'est pas un bien grand défaut.

— Surtout, ton mari a eu la délicatesse de t'offrir un titre. Ce qui ne l'empêche pas de ne rien connaître à la littérature. Il est parfois d'un ennui, conclut Elinor sur un soupir.

— Ennuyeux, Cosmo? Quelle idée ridicule!

— Tu sais pertinemment que j'ai raison. À propos, où est-il?

Lucile chercha des yeux la silhouette élancée et anguleuse de sir Cosmo Duff Gordon.

— Cette attente est d'un pénible! Je compte sur Cosmo pour veiller à ce que les formalités de départ se déroulent au mieux.

— N'est-ce pas pour cette raison que tu l'as choisi?

Lucile voulut fusiller sa sœur du regard, mais Elinor avait détourné la tête d'un air innocent.

*

Sur les hauteurs de Cherbourg, loin du port, au cœur de l'une des villas de brique dominant la ville, Tess quittait sa chambre afin de rejoindre le salon où l'attendait sa maîtresse, une Anglaise guindée aux lèvres si pincées qu'on aurait pu les croire cousues l'une à l'autre.

— Je venais vous réclamer mes gages, madame, déclara Tess en dissimulant son cabas de toile dans les replis de sa jupe.

Voyant l'enveloppe posée sur un coin de table, près de la porte, elle s'en approcha.

— Vous n'avez pas achevé ma robe de bal, Tess, répliqua la femme d'une voix plus revêche encore qu'à l'accoutumée. Je souhaitais également vous signaler que mon fils avait eu toutes les peines du monde à trouver une serviette de toilette dans le placard du couloir, ce matin.

— Je les ai remises depuis.

Tess n'avait nulle intention de remonter à l'étage, où elle pouvait être assurée de devoir se défendre contre les mains baladeuses de l'adolescent, habitué à l'acculer dans le placard à linge.

L'enveloppe contenant son argent était là, elle n'allait tout de même pas attendre que sa patronne lui adresse ses sempiternels reproches avant de la recevoir de ses mains.

— Ce n'est pas la première fois que vous usez d'une telle excuse. Je monte de ce pas m'assurer que tout est en ordre.

L'Anglaise, prête à monter à l'étage, s'immobilisa en voyant la jeune femme tendre la main vers l'enveloppe.

— Que je sache, Tess, je ne vous ai pas encore donné vos gages.

— Sans doute, madame, mais je les ai gagnés, répondit Tess.

— La grossièreté est un défaut, ma fille. Vous vous montrez bien secrète, depuis quelque temps. Ne vous avisez pas de prendre cette enveloppe avant que je vous l'aie donnée, ou bien alors tout est consommé entre nous.

Tess retint sa respiration et, prise d'un léger vertige, saisit l'enveloppe qu'elle serra contre sa poitrine, comme si elle craignait qu'on la lui arrachât.

— Alors, il faut croire que tout est consommé, insista-t-elle.

Sans attendre de réponse, elle ouvrit le lourd battant de la porte d'entrée, heureuse à l'idée de ne plus jamais devoir en briquer les cuivres, et prit le chemin du port. Elle avait assez rêvassé et ruminé son avenir, l'heure avait sonné de saisir son destin à bras-le-corps.

*

La jeune fille s'avança sur les dalles du quai, rendues glissantes par les algues. Le cœur battant, elle se faufila au milieu de la cohue en respirant l'air de la mer à pleins poumons. S'étonnant de ne voir aucune affichette d'offre d'emploi, elle aborda un personnage à l'uniforme constellé de boutons dorés. Dans un français hésitant, qu'elle oublia très vite au profit de l'anglais, elle lui demanda à qui elle devait s'adresser pour un emploi de femme de chambre ou de cuisinière à bord du nouveau paquebot.

— Tu arrives trop tard, ma belle. Les places ont toutes été attribuées, les passagers ne devraient pas tarder à embarquer. Tu tombes de malchance.

Sur ces mots, il lui tourna le dos.

Les rêves de Tess s'écroulaient. Quelle idiote elle était ! Elle aurait dû se décider plus tôt. Que faire ? Elle ravala le sentiment de vide qui l'envahissait et tenta de reprendre ses esprits. Vite, chercher dans la foule des passagers des familles avec de jeunes enfants. Elle n'avait pas été l'aînée de sept frères et sœurs pour rien, elle ferait une excellente nounou. Le tout était de croiser la bonne personne, de prononcer les bonnes paroles. Pas question de rester piégée là. Tess s'y refusait obstinément.

À ceci près que personne ne lui accordait la moindre attention. Un couple d'Anglais âgés eut un mouvement de recul lorsqu'elle lui offrit ses services en qualité de dame de compagnie pendant la traversée. Avisant des parents accompagnés de nombreux enfants, elle s'approcha vivement, mais ils la regardèrent de travers et refusèrent poliment sa proposition d'un mouvement de tête avant de s'éloigner. Comment leur en vouloir ? Tess avait bien conscience de ne ressembler à rien, avec ses cheveux en désordre.

*

— Tu as remarqué cette fille, Lucy ? déclara Elinor en désignant d'un index délicat la silhouette anxieuse de Tess. Mon Dieu, qu'elle est belle, avec ses grands yeux splendides. Regarde-la s'agiter dans tous les sens au milieu de ces gens. Je ne serais pas surprise qu'elle cherche à embarquer. À qui crois-tu qu'elle veuille échapper ? À la police ? À un homme ?

— Je n'en ai aucune idée, mais je compte sur toi pour broder une intrigue digne de ton imagination autour de son histoire, répondit Lucile en adressant un signe de la main à Cosmo dont la silhouette venait d'apparaître à l'extrémité du quai.

Comme à son habitude, il paraissait détaché du décor qui l'entourait, le regard placide, la mine calme, parfaitement maître de lui-même. Un coursier rongé de timidité lui emboîtait le pas.

— Nous avons un problème, Lucile, commença Cosmo.

La créatrice de mode serra les mâchoires.

— J'en étais sûre. C'est au sujet de Hetty, bien sûr ?

— Elle ne sera pas en mesure de vous accompagner. Sa mère est malade, expliqua le coursier en courbant l'échine respectueusement afin d'échapper aux foudres de Lucile.

— Retournez dire à cette fille qu'elle n'a pas le droit de revenir sur sa parole à quelques heures du départ. Pour qui se prend-elle ? Dites-lui qu'à moins de rejoindre le bord immédiatement elle perd sa place. Vous le lui avez bien expliqué ?

Elle fusillait son interlocuteur du regard.

— Oui, madame, balbutia le malheureux.

Tess se retourna en entendant des éclats de voix, aussitôt subjuguée par la vision de deux femmes côte à côte sur le quai. L'une d'elles n'était autre que celle dont elle avait admiré, de sa fenêtre, l'élégant chapeau orné d'un ruban vert. Elle tapotait machinalement le sol de la pointe de son ombrelle rouge.

La voix de sa compagne s'éleva, plus sèche que jamais.

— Je n'ai jamais entendu excuse plus ridicule !

De toute évidence, une domestique quelconque ne s'était pas présentée à l'embarquement et cette femme toute menue manifestait bruyamment sa colère. Avec sa chevelure aussi flamboyante que son rouge à lèvres, elle formait un tableau formidable. Ses traits marqués dessinaient un masque sans concession. En l'espace de quelques instants, ses deux yeux, très écartés, avaient perdu toute douceur.

— Qui est-ce? s'enquit Tess d'une voix tremblante auprès d'un jeune homme qui observait la scène.

— Comment? Vous ne la reconnaissez pas?

Tess reporta son attention sur la femme en constatant que les gens ralentissaient en passant près d'elle. Des murmures s'élevaient dans leur sillage, ponctués de coups d'œil admiratifs. À bien y réfléchir, ce visage lui était vaguement familier.

— Mon Dieu, murmura-t-elle, le souffle brusquement coupé. Lucile Duff Gordon!

— Évidemment. La reine de la haute couture. La femme qui l'accompagne est sa sœur, Elinor Glyn. Une romancière dont les œuvres font régulièrement scandale.

Tess n'entendait déjà plus son informateur. L'incarnation de la fureur qui se dressait à quelques mètres d'elle était sans doute la créatrice de mode la plus célèbre au monde. Tess avait admiré ses robes de nombreuses fois dans la presse. Et voilà qu'elle se trouvait là, tout près! C'était le destin qui la plaçait sur sa route.

Elle s'avança d'un pas décidé.

— Lady Lucile! Je n'en reviens pas! J'ai pour vous une admiration éperdue. Votre talent tient du génie. Je ne compte plus les fois où j'ai rêvé en voyant des photographies de vos créations…

Elle parlait sans réfléchir, mais cela n'avait guère d'importance, son seul but était d'attirer l'attention de Lucy.

La créatrice l'ignora superbement.

— J'aimerais tant travailler pour vous, insista Tess d'une voix implorante. Je connais le métier, je suis une excellente couturière. Je suis certaine que je pourrais vous aider.

Elle se creusa la cervelle, à la recherche de nouveaux arguments.

— Je sais très bien réaliser les boutonnières. Je suis prête à tout. Je vous en prie…

— Je t'avais bien dit tout à l'heure qu'elle avait l'air désespérée, pouffa Elinor à l'oreille de sa sœur en redressant son chapeau.

Lucile se tourna vers Tess.

— Savez-vous au moins de quoi j'ai besoin ? demanda-t-elle sèchement.

Tess fut prise d'une hésitation.

— J'ai besoin d'une femme de chambre. La position vous intéresse-t-elle toujours ?

— Bien sûr.

Tess aurait tout accepté, du moment qu'elle pouvait embarquer sur le paquebot. Travailler pour le compte de lady Lucy était une opportunité inouïe.

— Quel type d'emploi occupez-vous actuellement ?

— Je… je travaillais pour le compte d'une famille de Cherbourg. Tout en offrant mes services comme couturière. Mes clientes étaient très contentes de mon travail.

— Une domestique quelconque, murmura Elinor. Il fallait s'y attendre.

Lucile fit la sourde oreille.

— Votre nom ?

— Tess Collins.

— Tessie. Très bien.

— Non, madame. Tess.

— À votre guise, ma fille. Savez-vous lire et écrire, au moins ?

Un éclair s'alluma dans les yeux de Tess.

— Bien sûr !

Lady Lucy Duff Gordon, lisant le courroux dans son regard, l'observa longuement.

— Vous possédez des références ?

— Je veillerai à ce qu'on vous les fasse parvenir. Tout ce que vous voulez, madame.

— Depuis le milieu de l'Atlantique ?

— Par le biais du marconigramme, s'avança Tess, en espérant ne pas dire de bêtise.

Lucile mit brusquement un terme à la discussion, agacée.

— Je suis désolée, mais je ne sais rien de vous, décida-t-elle. Vous ne faites pas l'affaire.

Sur ces mots, elle tourna le dos à Tess et reprit sa conversation avec Cosmo.

Tess, à bout de ressources, tenta une ultime manœuvre.

— Je vous demande uniquement de regarder ceci, dit-elle en écartant le col de sa robe. C'est moi qui l'ai cousu en m'efforçant d'imiter le col de l'une de vos robes dont j'avais découpé le modèle dans le journal. C'est une simple imitation, bien évidemment, mais…

Elinor examina d'un œil attentif le travail de Tess. Un col de lin cousu de manière élaborée, conçu pour être aussi bien porté ouvert que fermé.

— Joli travail, commenta-t-elle. Surtout de la part d'une simple domestique.

Lucile lança un regard en direction de Tess, puis elle caressa de la main le col que lui montrait la jeune fille et reconnut l'une de ses plus belles créations. La couturière avait su trouver des proportions parfaites et son travail, réalisé à la main, était exemplaire. Le tissu ne présentait pas un pli.

— Vous dites avoir cousu ce col vous-même ?

— Parfaitement.

— Qui donc vous a enseigné la couture ?

— Ma mère, qui est très habile de ses doigts, répondit fièrement Tess. Chez moi, tout le monde reconnaît la qualité de mon travail. Je découpe mes propres modèles.

— Tout le monde découpe ses propres modèles, ma chérie. Il suffit d'une paire de ciseaux. Sans doute vouliez-vous parler de créer, et non de découper.

Sans complexe aucun, Lucile retourna la manche de la robe de Tess afin d'en examiner la parfaite exécution des coutures intérieures.

— Je dessine et je couds, en effet. Je sais tout faire.

— Votre patronne vous rémunère-t-elle ?

— Pas pour mes travaux de couture. Je mériterais pourtant d'être payée, car je travaille bien.

Peut-être Tess allait-elle trop loin en se vantant de la sorte. Elle prit sa respiration et tenta le tout pour le tout.

— Je voudrais travailler pour vous. Vous êtes la plus grande créatrice au monde, je ne remercierai jamais assez le sort de m'avoir placée sur votre route. Vos robes sont une véritable inspiration. Personne ne dessine comme vous. Donnez-moi ma chance, je vous en prie. Vous ne le regretterez pas.

Lucile la dévisagea sans rien laisser paraître de ses émotions. Un éclair fugitif brilla dans ses yeux tandis que son entourage se taisait, dans l'attente de la suite.

— Je la soupçonne d'être un peu trop indépendante à ton goût, suggéra Elinor à voix basse. On ne sait jamais. Qui te dit qu'elle est ce qu'elle prétend ?

Une ombre de sourire étira les lèvres de Lucile, sans que s'altère son expression.

— Peut-être. Il me suffira d'enfermer mes bijoux dans le coffre du bateau.

Elle poursuivit, se tournant cette fois vers Tess :

— Cela vous suffira-t-il de me servir de bonne ? Je n'ai rien de mieux à vous offrir.

— Je ferai tout ce que vous voudrez. Je ne demande que l'occasion de prouver ce que je vaux en travaillant pour votre compte.

Tess était effectivement prête à tout. Elle s'abstiendrait de rêvasser, veillerait à ce que le lit de sa maîtresse fût impeccablement bordé. Elle ne demandait qu'à apprendre. L'émotion lui bloquait la respiration, elle entendait grincer les gonds de la porte que lui ouvrait le destin. À moins que celui-ci ne soit en train de la fermer. Seigneur, faites qu'elle me trouve à son goût, pria-t-elle.

— Vraiment tout? insista Lucile.

Tess se redressa.

— Tout, dans les limites de ce qui est honorable, approuva-t-elle.

Lucile la déshabilla du regard, détaillant successivement ses cheveux en bataille, ses pommettes animées, son menton volontaire, ses bottines fatiguées dont l'un des lacets avait cédé.

— Ils ne tarderont pas à nous appeler pour l'embarquement. Êtes-vous bien disposée à tout quitter sur l'heure? insista-t-elle.

— Absolument. Je suis prête, répliqua Tess sur un ton décidé, résolue à ne pas laisser sa chance lui échapper.

Le petit groupe qui entourait Lucile retenait son souffle. Lucy eut une ultime hésitation.

— Très bien, je vous engage, décida-t-elle. En tant que *bonne*, mettons-nous bien d'accord sur ce point.

Elinor lui adressa un coup d'œil étonné.

— Tu as bien réfléchi, Lucy?

Sa sœur ne prit pas la peine de répondre, se contentant d'observer Tess d'un regard lointain.

— Je vous remercie, madame. Vous ne le regretterez pas, réagit Tess d'une voix mal assurée, s'efforçant de ne pas perdre tous ses moyens sous le regard perçant de la créatrice.

— Vous devrez vous habiller en conséquence, quelle que soit votre éducation, ajouta Lucile sur un ton sans réplique. Vous m'appellerez madame. Et je tiens à ce que vous portiez un serre-tête.

Elle montra Cosmo d'un mouvement de menton.

— Mon mari, sir Cosmo, réglera les derniers détails.

Tess adressa un sourire prudent au personnage élancé, la lèvre supérieure ornée d'une épaisse moustache parfaitement taillée, qui s'avançait vers elle. Après avoir rapidement questionné Tess, il s'entretint à voix basse avec l'un des représentants de la White Star Line. S'agissant d'une simple domestique, aucun passeport n'était nécessaire, n'est-ce pas? Tess laissa échapper un soupir de soulagement en voyant les deux hommes conclure leurs palabres par une solide poignée de main. Le destin avait décidé de lui ouvrir sa porte.

*

La main sur la rambarde, Tess descendit à la suite de Mme Duff Gordon une série de marches glissantes permettant d'accéder à un canot crasseux d'allure frêle. Un officiel en uniforme de la White Star Line leur avait expliqué que le port de Cherbourg n'étant pas assez profond pour accueillir le paquebot, il serait nécessaire de rejoindre celui-ci en canot. Le navire était si imposant que les amarres d'un autre vaisseau avaient rompu sur son passage, à la sortie de Southampton. Tess chercha l'énorme silhouette des yeux à travers le brouillard.

La brume se dissipa et le paquebot lui apparut dans toute sa majesté, si haut et fier qu'il donnait le sentiment de dompter la mer, et non l'inverse. Quatre immenses cheminées dressaient leurs silhouettes élancées vers le ciel. Le monstre comptait un total de neuf ponts qui donnèrent un torticolis à Tess lorsqu'elle voulut les compter. Son nom de *Titanic* lui allait comme un gant.

Les hommes chargés d'arrimer le canot au paquebot, semblables à des fourmis industrieuses, paraissaient minuscules à la mesure de l'énorme coque.

Un marin tendit la main à Tess et l'aida à atteindre la passerelle. Elle se hissa sur les planches en veillant à mettre un pied devant l'autre. Elle avait réussi. Trop tard pour reculer. Elle faisait ses adieux au Sussex de son enfance, à sa patronne anglaise revêche et son fils libidineux, à tout le reste. Y compris les siens, cette mère, ces frères et sœurs qu'elle n'avait pas l'assurance de revoir un jour. Son cœur se serra et elle se hâta de presser le pas.

À quelques mètres d'elle, un couple formé d'un homme au menton parfaitement dessiné et d'une femme en cape de fourrure blanche s'embrassa en arrivant sur le pont dans un geste aussi charmant que spontané. L'homme, dont les mains marbrées de veines contredisaient son allure juvénile, fit tournoyer sa compagne d'un mouvement leste qui la projeta dans ses bras, au milieu d'un grand éclat de rire. Le couple s'éloigna nonchalamment sous les applaudissements. Des artistes, peut-être?

Tess se tenait juste derrière un bel homme au visage anxieux dont elle nota le menton prononcé et le nez aquilin. Les mains enfoncées dans les poches d'un superbe manteau brun en cachemire, il paraissait troublé. Peut-être même malheureux. À en juger par ses tempes grisonnantes, elle lui donna la quarantaine et décréta qu'il s'agissait d'un homme d'affaires, à le voir consulter sa montre à tout bout de champ. Il était plongé dans sa propre bulle, au point de ne prêter qu'une attention distraite au couple qui s'exhibait devant lui. Il le suivit des yeux d'un regard pensif.

— Dépêchez-vous, mademoiselle, fit derrière Tess une voix pleine d'impatience.

Un coup d'œil en arrière lui fit comprendre qu'elle avait affaire à quelqu'un d'important.

— Bienvenue à bord, monsieur Ismay, s'exclama un officier de marine en tendant la main par-dessus l'épaule de la jeune femme. C'est un honneur d'accueillir le président de la White Star sur ce navire. Je puis vous garantir un voyage éclair.

Ismay marmonna des paroles inintelligibles. Tess, amusée par son allure d'échassier, s'écarta prestement de son chemin.

*

Lucile et Elinor, encore dans le canot, ne perdaient pas un geste de la nouvelle femme de chambre.

— Je ne suis pas certaine que tu aies trouvé la femme de chambre idéale, Lucy, pouffa Elinor. Elle n'a même pas eu la courtoisie de laisser la grande lady Lucy monter à bord la première. C'est trop drôle.

— Je compte lui donner à coudre des ourlets et des boutons. Je lui souhaite de s'en tirer honorablement, sinon je m'en débarrasse dès notre arrivée à New York.

— Te connaissant, j'ai bien compris que tu avais une idée derrière la tête, réagit Elinor en serrant sa sœur dans ses bras. On ne s'ennuie jamais avec toi. Je poursuis mes histoires de passions illicites, à charge pour toi de continuer à dessiner les robes des femmes entretenues.

— Elinor !

— Ne t'inquiète pas, je sais pertinemment que tes collections s'adressent aux femmes de la bonne société et aux vedettes en tout genre. Dis-moi, tu ne trouves pas que c'était généreux de ma part de t'accompagner jusqu'au paquebot ?

— Tu avais envie de voir le *Titanic* de près, c'est tout, rétorqua Lucy avec un sourire en serrant à son tour sa sœur contre elle.

Elle fronça brusquement les sourcils.

— Tu es bien trop maigre, je pourrais compter tes côtes. Tu ne t'en es pas fait enlever, par hasard?

— Quelle idée ridicule! Tu le sais aussi bien que moi, seules quelques folles s'y sont essayées et je n'en fais pas partie.

— Mais tu ne portes pas de corset.

— Tu as tout compris. J'y ai renoncé. Bonne chance à New York, et reviens-moi vite, déclara Elinor d'une voix douce avant d'ajouter sur un ton taquin : chère lady Lucy!

— Mon statut de femme mariée me vaut le respect de tous, à présent, répliqua Lucile.

— Ne me dis pas que tu y crois.

— Probablement pas, répondit distraitement Lucile en suivant des yeux sa nouvelle femme de chambre, qui achevait de franchir la passerelle.

— Tiens, tiens. Tu t'intéresses décidément beaucoup à cette fille, remarqua Elinor. Tu ferais mieux de dire au revoir à ta sœur chérie.

— Tais-toi donc! dit Lucile, rieuse, en laissant l'empreinte rouge vif de sa bouche sur la joue d'Elinor.

L'instant d'après, elle se hissait sur la passerelle.

*

Tess résista à l'envie d'observer trop ostensiblement la foule des personnalités qui gagnaient leurs cabines de première classe. Si sa mère avait pu la voir, elle en aurait été mortifiée, elle qui s'était évertuée à lui inculquer les bonnes manières. *Il est extrêmement mal élevé de regarder ouvertement les gens.* Mais Tess n'en croyait pas ses yeux, glissant des regards furtifs en direction des dames aux toilettes somptueuses. Elle aurait tant aimé pouvoir caresser les robes de soie qui crissaient, s'attarder sur les motifs de leurs châles. Sans parler des hommes qui semblaient dominer le monde avec leurs hauts cols.

Le mieux était encore de se comporter comme si de rien n'était, de donner l'impression qu'elle appartenait au même monde.

— La plupart des passagers de première classe n'ont aucune raison particulière d'effectuer cette traversée, sinon à vouloir se vanter d'avoir participé au voyage inaugural du *Titanic*, commenta madame tandis que Tess l'aidait à s'installer, quelques minutes plus tard. Ils seront trop heureux de glisser l'information lors d'un dîner new-yorkais, histoire de vanter leur esprit d'aventure.

Elle sourit avant d'ajouter :

— Tant que les robinets sont plaqués or, bien évidemment. Ce qui est le cas.

Tess, prête à répondre, se tut en voyant Lucile poser un doigt sur ses lèvres.

— Écoutez, lui ordonna-t-elle.

Tess perçut soudain le grondement des machines qui s'étaient mises à vibrer dans les entrailles du navire. Elle demanda d'une voix timide à sa maîtresse si elle comptait assister au départ.

— J'ai bien peur que ça n'ait rien d'extraordinaire, répliqua Lucile qui gagna toutefois le pont, Tess dans son sillage.

Les deux femmes regardèrent la terre s'éloigner. Le *Titanic* venait d'entamer sa première traversée transatlantique. Madame désigna de l'index une jeune femme au visage de porcelaine, encadré de boucles savamment dessinées. Elle avait à son bras un personnage d'une beauté pénétrante, tous deux respiraient le bonheur. Lucile expliqua à sa suivante que le couple se rendait à Newport Beach où il devait se marier en présence de la meilleure société.

— Sinon, nous voyageons également avec des gens aussi frustes que cette personne, poursuivit-elle en tendant un doigt fin en direction d'une femme aussi ronde que joviale qui multipliait les grands gestes vers le rivage.

Il s'agit de Mme Brown. Elle a fait fortune à Leadville, dans le Colorado, où elle possédait de solides intérêts dans les mines locales. Aucune éducation.

Elle baissa la tête en entendant des cris et des hourras monter de l'entrepont.

— Pauvres gens, commenta-t-elle. Ils ont tout vendu dans l'espoir de mener ce qu'ils croient être une existence meilleure en Amérique. Je doute qu'ils y parviennent s'ils n'apprennent pas à se laver.

Tess rejoignit un peu plus tard l'entrepont, son sac à la main, à la recherche de la couchette qui lui avait été attribuée. Elle s'arrêta en découvrant une immense pièce surpeuplée, basse de plafond. Une forte odeur d'ail, de fromage de tête, de fumée et d'urine imprégnait l'air confiné du lieu. Un homme vêtu d'un pantalon gris se rasait sous le regard terne de deux enfants. Un peu plus loin, une femme aux cheveux clairsemés se balançait d'avant en arrière en se plaignant de maux d'estomac. Deux garçons jouaient à la balle. Des mères de famille cancanaient au milieu des braillements de nouveau-nés. La fille qui occupait la couchette voisine de Tess l'accueillit avec un sourire et lui offrit une pomme. Tess comprit que rares étaient les occupants de l'entrepont qui auraient l'occasion de visiter les ponts supérieurs. De même que les occupants des ponts supérieurs ne se hasarderaient jamais dans l'entrepont. Tous ceux qui se trouvaient là entamaient pourtant une nouvelle vie, tout comme elle.

Elle s'empressa de remonter dans les hauteurs du paquebot, consciente de son statut privilégié. Si elle avait pu, elle aurait emmené avec elle tous ses nouveaux compagnons. Elle se promit de ne venir là que pour dormir, et pas une minute de plus. Elle attendit que les cris des enfants et les voix des adultes aient fini par s'estomper au milieu des cuivres étincelants des ponts supérieurs de cet étonnant navire avant de s'autoriser à respirer.

*

Le spectacle était un éblouissement de chaque instant. Amusée par la curiosité de Tess, Lucile continua ses explications le lendemain en désignant à sa suivante, d'un air désinvolte, les passagers les plus célèbres : le propriétaire d'une ligne de chemin de fer ; l'un des conseillers du président Taft, l'hôte de la Maison Blanche ; oh, et là ! un grand producteur de théâtre. Elle les connaissait tous.

Les deux femmes déambulèrent longuement dans les salons interminables aux fauteuils richement sculptés, aux tables d'acajou et aux miroirs dorés, avant que Lucile n'annonce son ennui, doublé d'un besoin de s'accorder une sieste. Comme ni ménage, ni repassage, ni courses ne l'attendaient, Tess s'empressa de demander à sa maîtresse l'autorisation de prolonger seule ses explorations.

— Allez-y, vous n'aurez qu'à me retrouver sur le pont à l'heure du thé. Efforcez-vous de ne pas vous perdre, même les stewards paraissent peu familiarisés avec le labyrinthe de ce paquebot, lui recommanda Lucile.

Désormais seule, Tess passa la tête dans une vaste pièce aux murs lambrissés d'acajou dans laquelle étaient alignées d'étranges machines ressemblant à des chevaux mécaniques. Elle ne tarda pas à comprendre, pour en avoir entendu parler, qu'il s'agissait d'appareils électriques conçus pour la pratique d'exercices toniques. S'assurant d'un regard circulaire qu'elle était seule, elle ne put résister à la tentation de s'avancer. Elle traversa la pièce sur la pointe des pieds, caressant au passage les curieux chevaux habillés de plaques métalliques en se demandant si elle aurait le culot d'enfourcher l'un d'eux. Les machines brillaient toutes d'un éclat froid.

Elle découvrit rapidement les interrupteurs permettant de les mettre en marche. Rien ne l'empêchait d'en essayer un, puisque personne ne pouvait la voir.

Elle allait s'enhardir lorsqu'elle découvrit avec stupeur un chameau. Un chameau! Elle s'était toujours demandé quelle impression on pouvait bien ressentir sur une telle monture. Elle glissa prudemment un pied dans un étrier, agrippa les pans de sa robe, et se hissa sur le dos de l'animal mécanique. Elle posait le doigt sur l'interrupteur lorsqu'une voix masculine la pétrifia sur place.

— Je constate avec satisfaction que vous êtes prête à tenter un petit exercice. Les femmes sont bien trop timides lorsqu'il s'agit de pratiquer un sport. C'est parfaitement ridicule.

Tess releva la tête et découvrit le beau quadragénaire aux tempes argentées entrevu la veille sur la passerelle. Il paraissait d'humeur moins sombre. Sans doute avait-il profité d'un sommeil réparateur. Son pull-over à col roulé gris faisait toutefois ressortir, au niveau de ses yeux, des poches sombres que Tess soupçonna de ne jamais s'effacer tout à fait.

— J'espère n'avoir rien fait de mal, mais je n'avais jamais vu de machines comme celles-ci, réagit-elle, gênée du tableau qu'elle offrait à son interlocuteur, les jupes relevées comme celles d'une vulgaire catin.

Grand Dieu! Pourvu que madame ne débarque pas à l'improviste! C'était heureusement peu probable. Quant à l'inconnu, la présence de Tess en ce lieu ne semblait guère le choquer.

— La plupart d'entre nous n'en ont jamais vu non plus, précisa-t-il. Tenez, prenons ce chameau électrique qui semble tant vous plaire. Pourquoi diable lui faut-il des bosses pour stocker de l'eau, quand il dispose de la magie de l'électricité? Voulez-vous que je le mette en route?

Tess, de son perchoir, nota une lueur amusée dans les yeux de son interlocuteur.

— Très bien, acquiesça-t-elle en se cramponnant à l'animal.

L'inconnu bascula l'interrupteur et Tess se sentit entraînée par des mouvements d'avant en arrière, montant et descendant au gré des soubresauts de l'animal. Elle ne put se retenir de rire de l'absurdité d'une telle situation, les jambes serrées autour des flancs de bois poli du chameau.

— La sensation est-elle comparable à celle d'un cheval?

— Oh, non. Pas du tout. J'adore monter à cheval, chez moi.

— Sur ce genre de selle?

— Non, je monte à cru. Je me sens tellement plus libre.

Elle se revit soudain, galopant sur les petits chemins de son enfance, et sa chevauchée à chameau lui apparut brusquement dans tout son ridicule.

— À quoi sert donc cet exercice? s'enquit-elle.

— À en croire la théorie, ces mouvements sont bénéfiques au cœur et aux poumons.

Tess se tourna vers l'inconnu, consciente qu'on pouvait la surprendre d'un instant à l'autre.

— Pourriez-vous arrêter cette machine? implora-t-elle.

— Elle peut aller plus vite, si vous le souhaitez.

— Non, non, s'écria-t-elle, légèrement inquiète, en lui lançant un regard en coin. Je vous en prie, cessez de vous moquer.

Il actionna l'interrupteur du chameau avec un sourire, puis il tendit les bras vers la jeune fille.

— Puis-je vous aider à descendre?

— Je vous remercie, c'est inutile.

Joignant le geste à la parole, elle glissa à terre avant qu'il eût pu insister, puis elle lissa sa jupe du plat de la main.

— Vous êtes tout à fait présentable, la rassura-t-il. Puis-je vous proposer un petit tour?

Il lui offrit son bras d'un geste parfaitement naturel. L'humeur enjouée de l'inconnu finit par déteindre sur Tess qui se mit très vite à rire de bon cœur à chaque nouvelle découverte. Ils visitèrent le court de squash, où il lui demanda si elle pratiquait ce sport. Vinrent ensuite les bains turcs puis, un peu plus loin, une piscine luxueuse.

— C'est indispensable, surtout en pleine mer, plaisanta-t-il. Rien n'est trop beau pour les classes supérieures.

— J'en ferai partie un jour, s'écria Tess en réponse, elle-même surprise de son audace.

— Êtes-vous réellement sûre d'en avoir envie ? lui demanda-t-il avec une curiosité non feinte.

Elle trouva le courage de lui adresser une réponse sincère.

— Je compte travailler dur, c'est facile en Amérique.

Soudain gênée, elle regarda furtivement son interlocuteur.

— Je vous remercie pour tout.

— C'est vous qui avez eu la courtoisie de m'accompagner, c'est un plaisir pour moi de vous servir de guide.

Les hommes dont Tess avait pu croiser la route ne s'exprimaient jamais de la sorte.

— Je ne suis pas censée me trouver ici, vous savez.

— Je vous ai vue en compagnie de Mme Duff Gordon, opina-t-il d'une voix douce. En tant que citoyen américain, originaire d'une ville insolente comme Chicago, je ne suis pas aussi respectueux des conventions sociales anglaises que je devrais l'être. J'ai passé un moment charmant.

— Moi aussi.

— Laissez-moi vous souhaiter un excellent voyage.

Tess s'aperçut qu'elle était en retard en posant les yeux sur l'une des horloges murales du paquebot.

— Je dois vous quitter, s'excusa-t-elle en s'éclipsant précipitamment, au point de trébucher.

Le thé de madame. Surtout, ne pas oublier d'y ajouter du lait. Tout en se précipitant vers les cuisines, elle repensa aux mains puissantes de l'inconnu. Elle regrettait soudain de ne pas avoir accepté son aide au moment de descendre du chameau. Elle aurait aimé sentir le contact de ses doigts sur elle. Quelle pensée idiote ! Elle se promit de se renseigner sur le squash, d'apprendre à y jouer. Seigneur, elle ne connaissait même pas le nom de son inconnu. Comment avait-elle pu être assez sotte pour ne pas lui poser la question ?

*

Lucile suivit des yeux la silhouette de la jeune fille qui traversait le pont, un plateau d'argent en équilibre instable entre les mains. La théière de Limoges, la tasse de fine porcelaine, le petit pot de lait et le sucrier posés sur le plateau tanguaient dangereusement.

— C'est un miracle que vous n'ayez rien fait tomber, dit-elle tandis que Tess posait son fardeau devant elle. Vous avez bien veillé à demander leur porcelaine la plus fine, ainsi que je vous l'avais recommandé ?

— Oui, madame. Je m'en suis assurée.

Elle omettait de préciser qu'elle avait failli oublier ce détail lorsqu'elle s'était retrouvée dans l'animation des cuisines.

— Le thé a un goût d'eau de vaisselle dans tout autre récipient.

Tess remplit une tasse qu'elle tendit à sa maîtresse, le teint animé d'avoir couru.

— Alors, ces explorations ?

— C'était formidable. J'ai vu tant de merveilles ! Le paquebot compte même une pièce réservée aux exercices physiques.

— Je l'ai entendu dire. Aucune femme digne de ce nom ne se prêterait à ce genre de plaisanterie.

Tess rougit de plus belle.

— Débarrassez-moi tout ça, lui ordonna Lucile en désignant le service à thé. J'ai assez bu. Vous retournerez ensuite dans ma cabine afin de repasser ma robe bleue pour le dîner. Je vous attends d'ici un quart d'heure, nous arpenterons le pont promenade.

Tess hocha la tête avec enthousiasme en s'empressant de reposer tasse et cuillère sur le plateau. Déambuler sur le pont promenade était encore le moyen le plus sûr de toucher du doigt le monde des Duff Gordon, avec l'espoir de voir des personnalités telles que le multimillionnaire John Jacob Astor, le passager le plus riche du bord, discuter avec Lucile. Le temps lui était compté si elle ne voulait pas manquer un tel spectacle. Elle retraversait le pont en sens inverse, son plateau dans les mains, lorsqu'elle se laissa distraire par deux hommes de la haute société en culottes de golf. Ils poussaient des palets de bois à l'aide de cannes sur des cadres numérotés peints à même le pont. Un jeu, probablement. Ce fameux squash, peut-être?

Un enfant, en lui envoyant son ballon dans les jambes, la fit trébucher. Tess, incapable de garder l'équilibre, s'étala sur le pont avec fracas en envoyant valser le pot de lait et le sucrier tandis que le thé encore chaud lui brûlait les doigts. Les passagères les plus proches jaillirent de leurs sièges en ramassant leurs jupes afin d'échapper au désastre.

— Je suis désolée, s'excusa-t-elle, affolée.

Un rire fusa.

Madame se leva et la toisa d'un air glacial.

— Ramassez-moi tout ça et regagnez immédiatement ma cabine, lui ordonna-t-elle avant de lui tourner le dos.

Tess épongea tant bien que mal le lait à l'aide des serviettes en lin du service à thé. Elle se trouvait dans de beaux draps.

— Pas commode, la dame. Laissez-moi faire, je m'en occupe.

En relevant la tête, Tess découvrit le visage soucieux d'un marin. Du même âge qu'elle, les bras musclés, des traits marqués, le teint hâlé, il tenait une serpillière à la main. Il l'observait de ses yeux bleu marine chaleureux.

Tess reposa sur le plateau les objets éparpillés, se releva et s'épousseta.

— C'est très gentil, déclara-t-elle, la tête haute.

Pas question de se laisser humilier en pleurant devant tous ceux qui riaient sous cape.

— C'est bien, approuva le marin sur un ton bienveillant. Montrez-leur qui vous êtes.

Tess se demanda sur l'instant qui elle était vraiment. Le seul moyen de s'en tirer avec les honneurs était encore de masquer ses sentiments, de devenir invisible. Elle résista à l'envie de se retourner en direction du marin afin de le remercier d'un regard silencieux. Elle sut néanmoins qu'elle avait gagné son respect.

*

— Votre maladresse est inexcusable.

La voix de Lucile était aussi tranchante qu'une lame affûtée.

— Je le sais, madame. Croyez bien que je suis désolée. J'ai tout ramassé, rien n'a été cassé, c'est tout juste si la tasse était ébréchée…

— Si nous n'étions pas en mer, je vous renverrais sur-le-champ.

— Je vous le promets, ça ne se reproduira plus.

— Vous m'aviez affirmé être adroite, et je n'en vois pas la confirmation. Je ne peux tout de même pas vous jeter par-dessus bord!

— J'espère que non, madame.

Tess crut voir frémir un coin de la bouche de Lucile. L'incident l'avait-il amusée, après tout?

— Vous savez, madame, j'aurais fait n'importe quoi pour embarquer avec vous. Je vous admire depuis si longtemps, à cause de tout ce que vous avez fait. Si vous aviez eu besoin d'un ramoneur, j'aurais trouvé le moyen d'en être un.

— Je n'ai pas besoin d'un ramoneur, mais d'une femme de chambre.

— Je ne serai jamais une bonne femme de chambre. Ce n'est pas mon but dans l'existence.

Elle crut entendre la voix de son père lui recommander de se taire, d'obéir sans discuter. Au point où elle en était, autant aller jusqu'à bout.

— J'ai quitté le métier très tôt parce que je détestais ça, seule la couture m'intéressait. Je suis désolée. Si vous saviez combien je vous admire. Je ne sais pas comment…

— Contentez-vous d'accomplir votre tâche correctement, la coupa sèchement Lucile en la regardant droit dans les yeux. Vous n'êtes pas d'accord?

— Avec tout le respect que je vous dois, madame, tout dépend de la tâche en question.

Tout en parlant, Tess priait le ciel de ne pas être prise pour une insolente.

La bouche de Lucile frémit de plus belle.

— Vous ne souhaitez pas être ma femme de chambre? Venez par ici…

Lucile lui fit signe de s'approcher du bureau sur lequel étaient alignées les découpes d'une veste en laine. Un vêtement sans grande importance. Quand bien même la jeune fille l'aurait abîmé, la perte ne serait pas bien grande.

— Montrez-moi donc ce que vous valez. Essayez d'assembler ces empiècements à la main, sans patron. Je reviendrai dans une heure voir comment vous vous en tirez.

— Bien, madame.

Lucile avait à peine quitté la cabine que Tess s'emparait de l'une des pièces de laine. Un délicat tissu écossais dans les tons cuivre et vert, plus fin que tout ce qui lui était jamais passé entre les mains. Elle allait tenter de s'appliquer. Plus exactement, elle *s'appliquerait*. Il ne s'agissait pas d'un ridicule service à thé. La tête penchée sur son ouvrage, elle se mit au travail. Elle respirait déjà mieux.

*

Lucile s'empara de la veste qu'elle examina attentivement en fronçant les sourcils, le bras tendu, sous le regard anxieux de Tess.

— Décidément, vous êtes déterminée à faire vos preuves, décréta la créatrice en caressant les coutures du vêtement.

Tess avait joint les pinces avec le plus grand soin, ce qui n'était pas aisé s'agissant d'un tissu écossais.

— C'est un assez bon travail. Vous cousez de façon méticuleuse, approuva Lucile.

Elle posa sur Tess un regard interrogateur, replia la veste et la rangea dans sa malle cabine.

— Vous avez peut-être l'étoffe d'une couturière, après tout. Avec un peu de chance, vous ne vous consacrerez pas à épousseter des meubles.

La promesse était vague, mais Tess poussa intérieurement un soupir de soulagement. Merci, Seigneur. S'il avait été à nouveau question de la passer par-dessus bord, elle aurait choisi de se jeter à l'eau toute seule.

Lucile jeta un coup d'œil à la pendule ornée de pierreries posée sur la coiffeuse.

— Assez parlé couture. Si vous le voulez bien, mon petit, je vous demanderai de sortir mon brocart bleu. L'heure du dîner approche.

Tess exécuta précipitamment l'ordre de Lucile tandis que celle-ci fouillait sa boîte à bijoux.

— Je ne les ai donc pas prises? geignit-elle dans un murmure en se parlant à elle-même. Où sont-elles?

— Je peux vous aider, madame?

— Ah! Les voici!

Lucile sortit de la boîte un petit sac de velours bleu nuit dont elle vida le contenu sur la coiffeuse. Des boucles d'oreilles. Elle s'empara de la première et la posa contre son lobe en se tournant vers Tess.

— Elles sont ravissantes, vous ne trouvez pas?

— Oh oui, madame, répondit Tess sans dissimuler sa fascination.

Elle n'avait jamais vu de boucles aussi belles. Les pendants, constitués de trois pierres bleu pâle disposées l'une en dessous de l'autre, brillaient d'un éclat naturel. De minuscules diamants, et ce que Tess croyait être des saphirs, sertissaient le tout.

— Comment s'appellent ces pierres? demanda-t-elle timidement à sa maîtresse.

— Ce sont des pierres de lune de Ceylan. Elles sont très à la mode.

Lucile accrocha le pendant à son lobe d'oreille et secoua doucement la tête. Les pierres dansèrent en lançant des éclairs.

— On les surnomme parfois les pierres du voyageur, expliqua-t-elle. Elles sont censées protéger des dangers du voyage les femmes qui les portent. Une croyance parfaitement ridicule, qui contribue probablement à leur popularité.

Elle attacha le second pendant, puis s'empara du bâton de rouge à lèvres qui ne la quittait jamais.

Tess comprit à ce geste que le moment était venu de s'éclipser.

— Je vous souhaite une bonne nuit, madame, ainsi qu'un excellent dîner.

L'instant suivant, elle quittait la cabine en refermant la porte derrière elle.

*

Cette nuit-là, dans l'entrepont surpeuplé et sombre, entre les cris d'enfants et les ronflements des parents, elle sombra dans un sommeil agité qui voyait rêves et souvenirs s'entremêler avec une fluidité parfaite.

Le gravier grinça sous le pas pesant du châtelain qui tournait autour d'elle en l'observant.

— *Quel âge ?*

— *Douze ans, répondit son père en triturant sa casquette entre ses mains usées par le travail.*

La vache était morte la veille. Victime de maladie. Il n'y avait plus de lait pour les plus petits.

— *Ses dents ?*

— *Excellentes.*

— *Je n'ai aucune difficulté à mâcher, monsieur.*

— *Évite de parler sans qu'on te le demande, petite.*

— *Bien, monsieur.*

— *Tu t'occuperas des tâches ménagères. Le travail est rude. Tu t'y sens prête ?*

— *Oui, monsieur.*

Dans la brume de son rêve, les pleurs de sa mère s'échappaient brusquement de la maison.

À côté d'elle, son père déchirait presque sa casquette entre ses doigts.

— *Très bien, elle fera l'affaire.*

Sa mère survenait soudainement, la tirait par le bras et l'entraînait dans la maison.

— *Ma fille n'est pas une bête de somme, cria-t-elle.*

Elle se voyait alors dans la chambre, toujours avec sa mère. Celle-ci prenait une aiguille au bout de laquelle pendait une longueur de fil et la lui glissait entre les doigts.

36

— Tu vois ça? Je sais bien que tu partiras un jour ou l'autre proposer tes services ailleurs, mais au moins t'aurai-je appris à coudre. Tu t'en sortiras grâce à cette aiguille. Garde toujours la tête haute, ne renonce jamais à ta fierté.

Tess se réveilla en sursaut. Les brumes de son rêve dissipées, elle comprit combien son père et sa mère lui avaient inculqué des valeurs différentes.

*

— J'ai entendu dire que votre petite bonne s'était étalée sur le pont aujourd'hui devant tout le monde, remarqua Cosmo alors que Lucile et lui se préparaient pour la nuit, le dîner terminé. Joli scandale, ajouta-t-il. D'après ce que l'on m'a raconté, c'est un marin qui l'a secourue.

Lucile lui répliqua par un haussement d'épaules.

— Un incident tout à fait ridicule. Mais cette petite me plaît bien.

— Puis-je vous demander la raison de cette affection?

— Je ne suis pas certaine que vous me comprendriez.

— Essayez toujours.

— C'est sans importance. Je la crois peut-être douée de certaines qualités. J'ai bien dit peut-être.

— Vous ne comptez pas l'obliger à porter un serre-tête?

— Je n'en vois pas l'intérêt, c'est une femme de chambre exécrable.

— Dois-je comprendre que votre regard de créatrice a cru discerner chez elle un sujet digne d'intérêt?

— Mon cher Cosmo, elle m'obéit au doigt et à l'œil. S'il ne lui manque que le serre-tête, le prix à payer est bien faible.

— Vous avez une idée derrière la tête. Nous en reparlerons. À votre convenance, bien entendu.

Il bâilla longuement, grimpa sur le lit en faisant bruisser la soie de son pyjama entre les draps de soie.

Lucile ne répondit pas, trop occupée à se regarder dans le miroir, à enlever son rouge à lèvres pourpre à l'aide d'une crème de soin.

*

Tess venait de se présenter devant sa maîtresse, le lendemain matin, lorsque cette dernière tendit le doigt en direction d'une malle cabine volumineuse.

— Tess, retrouvez donc ma robe de soie dorée dans tout ce fatras et repassez-la pour le dîner, je vous prie. Je compte sur vous pour ne pas la brûler.

— Jamais je n'abîmerais l'une de vos robes, madame, rougit Tess.

Elle souleva le couvercle de la malle dont elle tira précautionneusement des vêtements, frissonnant au contact des tissus soyeux et aériens de l'occupante de la cabine A-20. Elle avait le sentiment de plonger la main dans une crème mousseuse. Des étoffes inconnues, aussi délicates que des toiles d'araignée, de couleur argentée, dorée, bleu océan, toutes savamment drapées et arrangées. Tess se serait crue au paradis.

— On vous sent toute bouleversée, remarqua Lucile d'une voix amusée.

— Ces robes sont à la fois si aériennes et si simples. Tout est dans la conception.

— Je les modèle sur des mannequins vivants. Mais vous l'avez tout de suite remarqué.

— Bien sûr.

— C'est donc votre mère qui vous a appris à coudre ? Tess opina.

— Nous avions l'habitude de travailler dur, toutes les deux, répondit-elle avec fierté. Découper les pièces de tissu, les assembler, les coudre.

— Quel genre de vêtements fabriquiez-vous?

— Des chemises pour les châtelains et les propriétaires des environs, des robes de mariage, des robes de baptême. Toutes sortes d'habits.

— C'est admirable. Mais cela n'a donc pas permis à votre mère d'acquérir son indépendance?

— Elle avait trop d'enfants à sa charge.

— Ah, les enfants! Le piège universel. Comment y avez-vous échappé, vous-même?

— Ma mère m'a poussée à accepter un emploi de couturière à Cherbourg où nous avions des connaissances. Elle souhaitait me voir échapper aux garçons de mon village.

Au lieu de quoi elle s'était retrouvée simple domestique. Elle soupçonnait son père d'avoir toujours su que c'était le sort qui l'attendait.

— Votre mère est une femme intelligente.

Tess répondit timidement au sourire que Lucile lui adressait.

— Je lui ai promis, le jour où je tiendrais ma chance, de ne pas la laisser filer.

Tout en parlant, elle avait mis le fer à chauffer. Elle en tâta la semelle afin de s'assurer qu'il était à la bonne température. Elle caressa des doigts la robe dorée et la posa doucement sur la table à repasser.

— C'est ce que vous faites avec moi.

— Oui, m'dame.

— Madame!

— Oui, madame, répéta Tess en se promettant de ne plus commettre la même erreur à l'avenir.

Si Lucy Duff Gordon lui avait demandé de l'appeler Votre Altesse, elle se serait exécutée de bon cœur.

Lucile la dévisagea d'un air pensif.

— Ma petite, laissez-moi vous donner une première leçon en matière de chance: ne jamais gaspiller son temps en fausse modestie. N'hésitez pas à crier vos exploits à la face du monde, car personne ne le fera à votre place. Savez-vous que je suis la première créatrice de mode à me servir de mannequins vivants lors des défilés?

— Je l'ignorais, madame.

Son repassage achevé, Tess pendit soigneusement la robe sur un cintre recouvert de soie, surprise que Lucile s'adresse à elle de la sorte, presque sur le ton de la confidence.

— Désormais, vous le saurez, ajouta Lucile. On prend confiance en soi à force de réaliser ce que jamais personne n'a fait auparavant. Ou ce que personne d'autre ne *voudrait* faire.

Les mots sortirent tout seuls.

— Comme laisser tomber une théière, par exemple?

Lucile partit d'un grand rire.

— Je suis certaine que nous nous entendrons bien, toutes les deux. À présent, je voudrais vous dicter une lettre afin de juger de votre calligraphie.

— J'écris fort bien, répliqua Tess en s'autorisant un léger sourire.

— Je constate que vous apprenez vite, la félicita Lucile.

*

À midi, Tess se trouva libre d'aller prendre l'air sur le pont, au terme d'une excellente matinée. Elle écrivit mentalement une lettre à sa mère: J'ai réussi à m'en tirer après le désastre d'hier, maman. Figure-toi que madame et moi *discutons* désormais. C'est bon signe, non?

Sa rêverie fut interrompue par les cris d'un groupe de garçons qui jouaient à chat un peu plus loin, par les fous rires de filles sautant à la corde.

— Mademoiselle?

Elle se retourna et découvrit avec surprise un individu à la mine triste, vêtu d'un costume noir froissé. Il tenait par la main un petit garçon tout agité.

— Mon fils souhaite vous parler, poursuivit l'inconnu en poussant l'enfant en avant. Allons, Edmond !

L'enfant posa sur Tess un regard implorant.

— *Je suis désolé*, murmura-t-il en français.

— Mes enfants ne parlent pas anglais, s'excusa l'inconnu. C'est le ballon d'Edmond qui vous a fait trébucher hier, il s'en excuse. Il venait de perdre sa toupie, passée par-dessus bord, et cherchait un nouveau jeu. Mais sans doute parlez-vous français ?

Tess acquiesça, touchée par la courtoisie de son interlocuteur. Elle avait entendu dire qu'il s'appelait Hoffman. Un veuf resté seul avec deux garçonnets. Solitaire de nature, il se consacrait exclusivement à ses enfants.

— *Ce n'est pas grave*, répondit-elle dans sa langue au petit garçon que tant de clémence soulageait visiblement.

Edmond lui adressa un sourire tandis que son frère l'observait avec de grands yeux, agrippé à la jambe de son père. M. Hoffman hocha la tête d'un air satisfait, sans savoir comment mettre un terme à la conversation.

— Edmond et Michel sont plutôt gentils. Une fois de plus, acceptez nos excuses.

Sur ces mots, il pivota sur les talons et s'engouffra dans une coursive, les deux enfants trottinant à ses côtés.

*

C'était à nouveau l'heure du thé.

— Il n'est pas assez chaud, Tess, réagit madame avec une pointe d'agacement. Et le cake est trop sec.

Tess lui prit aussitôt la tasse des mains.

— Je m'en occupe tout de suite.

— Profitez-en pour dire aux cuisines d'apporter du cake frais.

— Bien, madame.

— Et s'ils n'en ont pas ? demanda Lucile à brûle-pourpoint.

Tess ne se laissa pas déstabiliser.

— Dans ce cas, répondit-elle du tac au tac, j'en préparerai un moi-même.

Un sourire éclaira le visage de Lucile.

— Vous êtes sur la bonne voie. Oublions cette histoire de thé et allons nous promener.

*

— Je remarque que vous m'observez, dit négligemment Lucile alors que les deux femmes remontaient le pont promenade d'un pas léger. Que voyez-vous chez moi?

Tess sentit le rouge lui envahir les joues.

— J'ai parfois le sentiment que vous avez un tempérament de reine.

Lucile éclata de rire. Elle s'apprêtait à répondre à sa suivante lorsqu'elle s'immobilisa brusquement en voyant venir dans leur direction un groupe d'individus des deux sexes. Tous les regards étaient centrés sur la petite brune qui marchait au milieu de la petite troupe, une ravissante jeune personne habillée d'une chemise de lin toute simple et d'une jupe rouge vif qui flottait autour d'elle à chacun de ses pas. Un petit chapeau était perché sur le sommet de son crâne. Les autres passagers se retournaient sur elle au milieu des murmures.

— Que fait-elle donc sur ce bateau? marmonna Lucile.

— De qui s'agit-il? voulut savoir Tess à qui n'avaient pas échappé les sourires crispés que s'étaient échangés les deux femmes en se croisant.

— C'est l'une de ces modistes qui croient pratiquer la haute couture au prétexte qu'elles dessinent des costumes ridicules. Elle s'efforce de susciter l'intérêt du public pour ce qu'elle appelle les tenues sport. Des vêtements mal coordonnés, à l'image de ceux qu'elle portait.

Lucile se dirigea soudain vers sa cabine d'un pas si vif que Tess peinait à la suivre. Elle repoussa la porte d'un geste brusque, faisant sursauter Cosmo qui savourait sa pipe, paisiblement installé dans un fauteuil.

— Cette petite parvenue de Manchester qui me vole toutes mes idées se trouve à bord! s'écria-t-elle.

— Inutile de vous mettre en colère, la tempéra Cosmo. Elle ne dispose pas du moindre liard pour ouvrir une boutique. Je ne vois pas en quoi elle pourrait concurrencer une femme telle que…

— En quoi elle pourrait me concurrencer? Elle ne se trouve pas ici par hasard. Elle compte bien attirer l'attention sur elle et obtenir le plus grand nombre de contacts. À l'image de cette autre parvenue, cette Chanel.

Lucile retira son bracelet et le jeta sur la coiffeuse, manquant d'étoiler la glace. Tess grimaça intérieurement en entendant tinter les diamants du bijou.

Cosmo, fidèle à son calme impérial, tira longuement sur sa pipe.

— Lucy, vous représentez ce qu'il y a de mieux dans votre partie. Vous êtes lady Lucy Duff Gordon, et tout le monde sur ce bateau sait pertinemment qu'aucune autre créatrice ne vous arrive à la cheville. Calmez-vous donc.

Lucile parut brusquement se souvenir de la présence de Tess.

— Désolée de ce léger aperçu des coulisses, mon petit. Même les reines se laissent prendre de court, parfois. Les gens ne sont guère tendres dans ce métier, autant que vous le sachiez. Je me suis battue pour arriver là où je suis…

Elle lança un coup d'œil en direction de Cosmo.

— Avec le soutien de mon cher mari, bien évidemment.

— Ma femme, comme à son habitude, cède aux sirènes de l'extravagance, commenta-t-il d'une voix égale. Vraiment, ma chère, vous vous agitez sans raison.

On aurait pu croire leur dialogue sorti tout droit d'une scène de théâtre, Tess figurant le public.

— C'est vrai, j'ai réussi dans toutes mes entreprises. Et je n'ai pas l'intention que cela change.

— Bien dit.

Cosmo reposa sa pipe dans le cendrier.

— Laissez-moi m'assurer que nous dînerons ce soir à la table du capitaine, poursuivit-il. Je gage que vous en serez contente.

Lucile le gratifia d'un sourire lumineux.

— C'est parfait, mon cher.

La lourdeur de l'atmosphère se dissipait et Tess se sentit à nouveau respirer. Silencieuse, elle vit Cosmo sourire avec la sérénité et le détachement qui le caractérisaient. Il déposa un baiser sur la joue de sa femme, chaussa ses lunettes, et quitta la cabine.

— On ne satisfait jamais trop les hommes, soupira Lucile en entendant la porte se refermer. Les hommes sont parfois bien ennuyeux, mais ils nous sont indispensables. Le tout est d'apprendre à les circonvenir. N'êtes-vous point d'accord?

Tess comprit que leur différence sociale l'empêchait de répondre, aussi préféra-t-elle garder le silence.

Lucile s'approcha de la coiffeuse, saisit son bracelet et le remisa négligemment dans sa boîte à bijoux.

— Vous ne répondez pas, dit-elle.

— Je ne sais pas, madame, s'enhardit Tess.

— Pourquoi donc? Seriez-vous en train de me dire que vous n'avez aucune expérience des hommes?

— Une expérience très limitée.

— Voyons, Tess. Et ces garçons contre lesquels votre mère vous mettait en garde, dans le village de votre enfance?

Tess remarqua que la main avec laquelle Lucile ouvrait son poudrier en or tremblait légèrement.

— Je suis désolée de la présence de cette autre créatrice. Je ne vois pas en quoi elle pourrait vous faire de l'ombre.

— Un jour ou l'autre, n'importe quel concurrent est susceptible de me faire de l'ombre, répliqua Lucile en se poudrant légèrement le nez et les pommettes. Aussi me dois-je de les tenir constamment en haleine. Tout ceci est un jeu, Tess. Un jeu qui m'a bien réussi jusqu'à présent.

Elle posa sur la jeune fille un regard humide.

— Je sais ce que vous attendez de l'existence, je m'efforcerai de vous aider à parvenir à vos fins. Mais le talent seul ne suffit pas.

— Je vous remercie, articula Tess, la gorge serrée.

— Quand puis-je espérer les références dont vous m'avez parlé? demanda brusquement Lucile en se tournant à nouveau vers la coiffeuse où l'attendait un flacon de vernis à ongles pourpre.

— Mes références? répéta Tess.

Elle n'osait pas imaginer la fureur de l'Anglaise dont elle avait quitté le service à Cherbourg. Cette dernière n'aurait rien de bon à dire sur son compte. Tess n'avait aucune référence. Madame l'avait forcément deviné.

Lucile releva la tête, le pinceau à vernis figé entre ses doigts, et éclata de rire.

— Vous devriez vous voir, Tess. Ne vous inquiétez pas, vos références ne m'intéressent nullement. Je plaisantais. Parlez-moi plutôt de votre vie. J'avoue ma curiosité, il n'est pas si courant de voir une jeune femme quitter son pays à l'improviste, sans un regard en arrière. Pourquoi une telle décision?

— En fait, je l'avais prise depuis longtemps.

— Que cherchiez-vous à fuir? demanda Lucile sur un ton badin.

— J'en avais assez de nettoyer les placards et les toilettes. Également de ne pas être rémunérée à ma juste valeur.

— Vous avez des regrets?

— Aucun.

Tess avait prononcé ce mot avec une telle ferveur que Lucile rit à nouveau.

— J'en suis heureuse, parce que figurez-vous que je suis en train de dessiner dans ma tête un nouveau patron pour vous. Qu'en dites-vous? Nous allons créer ensemble une nouvelle Tess Collins. En espérant améliorer vos dons de couturière par la même occasion.

— Je m'y appliquerai, je vous le garantis.

— Je n'en doute pas.

Lucile étouffa un bâillement.

— À présent, si cela ne vous ennuie pas, j'aimerais m'accorder une courte sieste, le temps que mon vernis sèche.

*

Tess ne put s'empêcher, par la suite, de repenser à cet échange dans ses moindres détails. Avait-elle bien lu la pensée de madame? Celle-ci lui avait-elle réellement fait une promesse? Elle n'avait pas pu se tromper, mal interpréter les paroles de Lucile. Le doute n'était plus permis, elle avait su conquérir le cœur de sa maîtresse. Madame n'avait-elle pas demandé au commissaire de bord de remonter les affaires de Tess du pont E et de lui attribuer une chambre sur le pont A? Cela signifiait qu'elle travaillerait davantage, bien sûr, mais quelle nouvelle formidable! Elle dévala les escaliers jusqu'à l'entrepont et gagna sa couchette, perdue au milieu des autres, afin de récupérer ses maigres possessions, dissimulées sous le matelas. Elle évita un homme qui crachait dans un mouchoir crasseux et s'efforça de rester sourde aux glapissements de deux femmes qui se disputaient une couverture. Elle se remplit les poumons, par défi, histoire de respirer une dernière fois l'air rance de cet espace confiné.

— Tu t'en vas? lui demanda la fille qui occupait la couchette voisine de la sienne, avec une ombre de déception. On ne s'est pas vues beaucoup, mais comme on a le même âge, je me disais qu'on aurait pu discuter de temps en temps, toutes les deux. Je pars rejoindre mon oncle dans un quartier qui s'appelle le Bowery. T'en as déjà entendu parler? Je suis censée travailler dans son bar, il dit que c'est pas honteux pour une fille, en Amérique. Il me reste des pommes. T'en veux une?

Tess refusa d'un mouvement de tête en la remerciant d'un sourire.

— Je n'ai pas le temps. Une autre fois, peut-être.

— Si tu pars vivre là-haut, je doute que tu reviennes traîner par ici.

Elle avait raison, évidemment, et Tess sentit le rouge lui monter aux joues.

— Au revoir, dit-elle. Peut-être qu'on se croisera à New York.

*

14 avril 1912

Le quatrième jour de traversée fut un enchantement. Pendant que madame se reposait en fin d'après-midi, Tess en profita pour se prélasser sur le pont des premières. On l'avait autorisée à utiliser la chaise longue de madame, d'où elle se trouva libre d'observer le ballet des passagers les plus privilégiés qui riaient et discutaient entre eux. Elle aurait tout à gagner à apprendre leurs noms. Pour la première fois de sa vie, elle se trouvait dans un lieu fréquenté par des gens en vacances. Elle allait devoir s'éduquer si elle entendait rester attachée à leur monde.

Soudain, elle reconnut John Jacob Astor qui arpentait le pont en compagnie de sa femme. Quel couple magnifique! Les doigts fuselés de la main gauche de Mme Astor reposaient dans le creux du bras de son mari, son visage tourné vers le soleil couchant afin de ne pas en perdre une miette. Tess était comme hypnotisée par les tenues de bateau, réservées aux plus riches, qu'ils arboraient. Astor portait un pantalon au pli parfait, une chemise immaculée rehaussée d'une cravate, et un gilet en mohair. Sa femme, à l'inverse, n'avait pas choisi la simplicité en s'habillant d'une robe de soie vert pâle qui mettait en valeur son teint lumineux et sa chevelure d'un brun délicat, suscitant les regards envieux de toutes celles qui arpentaient le pont. Les hommes qui croisaient la route du couple leur adressaient de petits signes de tête, parfois soulignés de coups d'œil tout aussi envieux.

— Il a tiré le gros lot à la suite de ce divorce à scandale, glissa l'un d'eux à son voisin.

Tess attendit l'arrivée d'un crépuscule somptueux, à l'heure où les passagers avaient tous regagné leurs cabines afin de se mettre en tenue de soirée, pour remonter à son tour le pont avec la même nonchalance en s'efforçant d'imiter la grâce de cygne avec laquelle elle avait vu Mme Astor glisser sur le pont. Comment cette heureuse femme s'y prenait-elle pour donner l'impression de flotter avec tant de naturel ? Tess eut beau essayer, jamais elle ne réussit à ralentir suffisamment le pas pour y parvenir.

Un gloussement derrière elle lui fit tourner la tête. Un marin observait son manège. Elle reconnut le jeune homme qui avait discrètement épongé le thé qu'elle avait renversé quelques jours auparavant. Élancé et mince malgré sa carrure, il devait avoir son âge. Il ne semblait guère se soucier de ses cheveux rebelles qu'il repoussait avec une assurance tranquille. Il arborait toujours ce même regard vif et chaleureux, cette même façon de tout regarder avec des yeux d'un bleu aussi profond que celui de l'océan.

— Pas mal, mais vous feriez mieux de marcher naturellement, commenta-t-il. Ce serait dommage de tomber la tête la première, pas vrai ?

Tess le défia du menton.

— Aucun risque, se défendit-elle, avant d'ajouter : Je vous remercie d'avoir nettoyé derrière moi l'autre jour.

— Vous avez bien géré l'incident. Vous vous êtes éloignée de façon très digne, personne n'a ri dans votre dos.

— Ma mère m'a recommandé de toujours garder la tête haute.

— Sûr. Il suffit qu'on la baisse pour que quelqu'un se charge de vous obliger à courber l'échine. Ne vous laissez pas avoir par tous ces gens, ce sont uniquement des riches prétentieux.

— Mme Astor a beaucoup de grâce, le contredit Tess.

— Peut-être bien, mais vous aussi, répondit-il d'une voix ferme en la dévisageant. Sauf que vous ne le savez pas.

Il s'avança, le coude tendu.

— Une petite promenade ? proposa-t-il sur un ton amusé.

Tess accepta l'invitation après un instant d'hésitation. Ils effectuèrent quelques pas, seuls au monde, sous le regard orangé du soleil couchant, puis il l'entraîna dans un petit bond en riant. Tess sentit une bulle de plaisir lui envahir la gorge. Après tout, elle avait bien le droit de se laisser aller pendant quelques secondes.

Le répit fut de courte durée. Ils s'immobilisèrent et le marin posa un doigt sur sa bouche.

— Je vous souhaite le bonjour, m'dame, dit-il sur un ton badin. Vous voyez bien que vous êtes capable de jouer, vous aussi. Ne vous inquiétez pas, je ne dirai rien à personne.

L'instant d'après, il ramassait un rouleau de cordage en sifflotant et le balançait sur son épaule.

Encore un garçon mal dégrossi, comme ceux de mon village, pensa Tess en regardant les dernières lumières du jour danser au milieu des vagues, accoudée au bastingage. Un gars de la campagne en version marin, plus vif que la plupart de ses congénères. Et doté de beaux yeux.

Elle resta longtemps immobile, fascinée par l'immensité de l'océan qui déroulait sa majesté rougeoyante jusqu'à l'horizon. Elle se sentait portée par un désir ardent dont elle n'aurait pas su expliquer la nature exacte. À condition de tendre l'oreille en direction de ses souvenirs, elle pouvait entendre le sifflement mélancolique des trains qui s'échappait de la vallée de son enfance. Tess avait toujours voulu monter à bord de l'un d'eux. Chaque fois qu'elle parlait de s'en aller, la plupart de ses interlocuteurs l'observaient avec une grimace réprobatrice, voire agressive. Elle avait eu la chance de comprendre très tôt que l'idée de l'inconnu les effrayait. Ce jour-là, elle avait décidé de ne jamais céder à la peur. Jamais.

Elle dîna seule dans sa cabine, bercée par les bouffées de musique qui filtraient de la salle à manger des premières où jouait l'orchestre du bord. Aux alentours de 22 heures, elle sortit sur le pont afin de se promener à la belle étoile, heureuse d'être seule. Elle ne put résister à l'envie de glisser un œil dans l'immense salle à manger dont on lui avait affirmé qu'elle s'étendait sur toute la largeur du paquebot. Les murs et les élégants piliers couleur crème tranchaient avec le velours émeraude des sièges. Les verres à vin brillaient de tous leurs feux à la lueur des lampes posées sur chaque table, leur reflet allumant des scintillements sur les hautes fenêtres en arrondi qui s'ouvraient sur le pont. Le spectacle était magnifique. Tous ces gens pleins d'assurance, pour la plupart en tenue de soirée, qui riaient en levant leurs verres de cognac. Tess se prit à leur imaginer un destin.

Elle reconnut le couple monté à bord juste avant elle. Installés seuls à une table, presque joue contre joue, ils conversaient dans un murmure. À en croire madame, il s'agissait de deux danseurs, Jean et Jordan Darling, de retour à New York afin de participer à un spectacle sur Broadway. De l'avis unanime, ils étaient très amoureux.

— Ils ne sont plus tout jeunes, avait remarqué madame très naturellement. Je l'ai habillée pour plusieurs de ses spectacles, mais je la soupçonne de ne plus avoir les moyens de s'adresser à moi.

Il y avait également le bel homme dont elle avait fait la connaissance dans la salle de sport. Habillé d'un smoking, elle le vit quitter la table du capitaine, preuve de son importance. Madame, lorsqu'elle lui avait cité les passagers les plus importants du bord, lui avait précisé qu'il se nommait Jack Bremerton.

— Un millionnaire de Chicago. Personne ne sait très bien à quoi il doit sa fortune. Dans la finance, ou quelque entreprise douteuse de ce genre. Marié à plusieurs reprises. La rumeur veut qu'il soit en train de quitter la dernière en date.

Un serveur armé d'un plateau chargé de verres passa si près de Tess qu'il faillit la renverser. Il trébucha et lâcha le plateau dont le contenu s'écrasa bruyamment par terre. Bruce Ismay, le président de la White Star Line, en grande conversation avec l'un des officiers du bord, survint à cet instant précis. Son smoking lui donnait plus que jamais l'allure d'un échassier. Une giclée de cognac atteignit les vêtements d'Ismay dans un tintamarre de verre brisé.

— C'est sa faute, monsieur, se dédouana le serveur en montrant Tess du doigt. C'est déjà elle qui a renversé un service à thé sur le pont l'autre jour.

— Vous êtes décidément bien maladroite, jeune fille, déclara sèchement l'officier. Grand Dieu! Êtes-vous donc consciente de la catastrophe que vous avez provoquée? Ne pouvez-vous donc pas regarder où vous mettez les pieds?

— Je suis désolée, s'excusa Tess, prise de court.

— Ce n'est pas à moi qu'il faut présenter vos excuses, mais à M. Ismay qui n'est autre que le président de cette compagnie, au cas où vous ne le sauriez pas, répliqua l'officier. Vous êtes bien la femme de chambre de lady Lucy, non? Vous avez été mieux formée que cela, certainement.

— Je n'ai aucune raison de m'excuser, monsieur, tout simplement parce que je ne suis pas responsable de ce qui s'est produit. Je suis désolée de cet accident, mais je n'en suis pas la cause.

— Vous ne vous en tirerez pas à si bon compte, jeune fille. J'aurai une conversation avec les Duff Gordon au sujet de vos manières.

— Mais je n'ai rien fait, insista Tess, toute pâle.

Une voix s'éleva de l'ombre, au niveau du bastingage.

— À vrai dire, ses manières sont meilleures que les vôtres. Ce n'est pas à elle de s'excuser, monsieur l'officier, mais à vous. On dirait qu'il vous plaît de réprimander les jeunes femmes. Mais peut-être le faites-vous uniquement avec celles qui sont domestiques.

L'officier, mortifié par l'intervention du nouveau venu, se tourna vers le serveur.

— Allez me chercher de quoi nettoyer tout ça, lui ordonna-t-il.

L'instant suivant, Ismay s'éloignait en compagnie de l'officier que Tess entendit grommeler:

— C'est toujours pareil avec les domestiques recrutés à la dernière minute…

— Jolie scène, vous ne trouvez pas?

Tess se retourna et reconnut le mystérieux M. Bremerton. Après avoir quitté la table du capitaine, il était venu prendre le frais, accoudé au bastingage, d'une élégance parfaite dans sa tenue de soirée.

— Le monde souffrira toujours de ces individus à qui le moindre petit pouvoir donne des ailes.

Il secoua tristement la tête.

— C'est toutefois une bonne leçon. L'uniforme ne transforme pas en gentleman n'importe qui. Pas plus que les tenues de soirée, d'ailleurs. Mais vous le savez sûrement.

C'était le cas, mais Tess jugea plus sage de n'en rien dire.

— Je ne veux surtout pas provoquer de vagues, dit-elle.

— Vous n'avez pas baissé la garde, ce qui était courageux de votre part.

— Il fallait bien que je me défende.

— Sinon? l'interrogea-t-il en posant sur elle un regard aigu.

— Sinon, ça aurait continué.

Il n'était nul besoin d'explication supplémentaire. On aurait profité d'elle éternellement.

Il s'inclina légèrement devant elle.

— Je loue votre sagesse. Je suis heureux de vous revoir. Je regrettais de ne pas m'être enquis de votre nom, lors de notre rencontre dans la salle de sport. Puis-je vous le demander?

Tess ne put réprimer un sourire.

— Je m'appelle Tess Collins.

Il plissa les paupières.

— Fort bien. Et puisque nos chemins se croisent régulièrement, permettez-moi de me présenter. Je me nomme Jack Bremerton et je ne me sens pas autorisé à juger autrui, pour me montrer franc avec vous. Comment se déroule ce voyage?

— Je vis un rêve, monsieur Bremerton, répondit-elle en le rejoignant près du bastingage. C'est une fête de chaque instant pour les yeux et les mains.

— Les mains?

— J'adore caresser les draperies, les nappes de soie et tous ces tissus merveilleux. J'imagine ce que je pourrais en faire, la façon dont je les découperais et les monterais.

— Vous avez donc l'ambition de devenir créatrice de mode?

— Je le serai un jour.

Le simple fait de l'affirmer en présence d'un inconnu contribua à rapprocher son rêve aux yeux de Tess.

— Une femme capable de se défendre possède suffisamment de dignité pour aller loin dans la vie. Mais appelez-moi Jack, je vous en prie.

— Je me sentirais trop mal à l'aise, monsieur Bremerton.

Tout en parlant, elle s'essaya à prononcer le mot *Jack* dans sa tête.

— Je suis tout disposé à l'entendre, mademoiselle Collins, dit-il avec un sourire. En espérant que vous changerez d'avis un jour. Cette nuit n'est-elle pas magnifique? Regardez toutes ces étoiles.

— Elles sont splendides.

Ils se tenaient si près l'un de l'autre que Tess sentit flotter jusqu'à ses narines le parfum musqué de la lotion après-rasage de son compagnon. Était-elle vraiment éveillée? Discutait-elle réellement avec un personnage aussi important?

— J'éprouve le plus grand plaisir à les contempler en votre compagnie, ajouta Bremerton en jetant un bref coup d'œil en direction de la salle à manger. Il fait une chaleur terrible à l'intérieur. Je me suis levé de table après les magrets de canard. Je ne prise guère les figues. Encore moins les martinis aux huîtres. Vu d'ici, le spectacle est magnifique, mais c'est nettement moins scintillant de près.

— Vous savez bien que je ne suis pas autorisée à pénétrer dans la salle à manger.

— Théoriquement.

Il donna l'impression de réfléchir.

— Sommes-nous d'accord?

— Que voulez-vous dire?

— Que l'accès à ce lieu guindé vous est uniquement proscrit par une petite coterie de snobs.

— Ce sont eux qui édictent les règles, je n'ai pas voix au chapitre.

— Eh bien, je ne suis pas d'accord avec vous.

Tess fut parcourue d'un frisson. Comment lui dire qu'au fond de son cœur, soigneusement cachées, elle entretenait les mêmes opinions rebelles?

Il lui tendit le bras sans rien laisser percer de ses pensées dans son regard. Avant qu'elle eût pu réagir, il l'entraînait en direction des portes vitrées et lui faisait franchir le seuil de l'éblouissante salle à manger. Il embrassa l'immense pièce d'un geste désinvolte.

— Vous y êtes, mademoiselle Collins. Puis-je inviter l'un des serveurs à nous apporter deux flûtes de champagne?

Le tapis qu'elle foulait était d'un moelleux incomparable. Elle n'avait plus qu'à tendre la main pour caresser le velours des chaises dans le tourbillon des parfums, au milieu d'une débauche d'assiettes dorées à la feuille débordant de mets exotiques, bercée par la rumeur des conversations et des rires qui roulaient à la façon d'une vague ourlée d'écume, au-dessus de tous ces convives issus de la meilleure société. Tess était subjuguée par le spectacle. Les serveurs en livrée blanche qui circulaient cérémonieusement entre les tables, les diamants qui brillaient chaque fois qu'un verre se levait, les hommes presque collés à ces femmes aux décolletés audacieux. Sans être en mesure d'identifier la partition interprétée par l'orchestre, elle sut que jamais elle ne pourrait l'oublier.

Soudain, elle aperçut Cosmo et madame. Que se passerait-il s'ils la voyaient?

Elle fit demi-tour et se dirigea vers l'entrée de la salle.

— Je ne peux pas rester, expliqua-t-elle en rougissant.

Bremerton n'éleva aucune objection, se contentant de la suivre sur le pont.

— J'aime les paris, mademoiselle Collins, déclara-t-il d'une voix douce tandis qu'ils reprenaient leur place sous le regard des étoiles. Après vous avoir vue tenir tête à ce balourd ce soir, puis-je m'autoriser une prédiction? À votre arrivée en Amérique, vous constaterez que plus aucune salle à manger ne vous sera fermée. Et je peux déjà vous assurer que vous ne resterez pas longtemps au service des autres.

— Il faudra aussi que j'apprenne à jouer au squash, réagit-elle, encouragée par les propos de son interlocuteur.

Il lui répondit par un rire.

— À vrai dire, ce n'est pas un sport très populaire dans mon pays. Je vous avoue ne pas être fâché de rentrer. Sans vouloir vous froisser, l'Europe me fatigue et m'ennuie. La vie là-bas est trop lente.

— Quel métier exercez-vous? s'enhardit-elle à demander.

— Pour l'heure, je crée des succursales dans lesquelles est commercialisée la Model T.

Face à la perplexité de la jeune fille, il lui expliqua qu'il s'agissait d'une automobile. Et même de l'automobile américaine par excellence. Un chef-d'œuvre industriel destiné à la consommation de masse. Son concepteur, Henry Ford, était un véritable génie. Il avait mis au point une chaîne de montage qui lui permettrait bientôt de produire une automobile neuve toutes les quatre-vingt-dix minutes.

— C'est extraordinaire.

Tess avait conscience que le moment était venu de prendre congé, mais elle ne pouvait s'y résoudre.

— Vous me déliez la langue ce soir, remarqua Bremerton d'un air pensif, les yeux perdus dans les eaux noires de l'Atlantique. Peut-être est-ce l'effet des étoiles. Un jeune homme vous attend-il à New York?

Elle secoua la tête.

— Non, je n'ai pas besoin de ça. Madame a promis de m'aider à trouver du travail.

— Je suis prêt à parier sur vous. À propos, je ne joue pas non plus au squash. Je vous souhaite une belle soirée, j'espère que nous aurons l'occasion de reprendre cette conversation.

Il tendit la main et effleura brièvement celle de la jeune fille. Puis il la salua et s'éloigna.

Tess regagnait sa cabine lorsqu'elle se retourna. Jack s'était également arrêté.

— Bonne nuit, prononça-t-il.

— Bonne nuit, répéta-t-elle, faute de mieux.

Le temps de se remplir une dernière fois les poumons, elle regagna l'intérieur du paquebot. Elle n'en revenait pas d'avoir conversé avec un gentleman qui ne claquait pas des doigts pour lui donner des ordres et ne cherchait pas à glisser la main sous ses jupes. Un personnage éduqué et bien élevé qui l'avait traitée sur un pied d'égalité. Sans doute était-il riche. Que ressentait-on lorsque l'on était riche? Elle espérait ardemment le croiser à nouveau. Mais de quoi parleraient-ils? C'était un homme raffiné, infiniment plus versé qu'elle en littérature, en musique, en théâtre. Elle serait volontiers restée plus longtemps en sa compagnie si elle n'avait pas pressenti que la correction l'en empêchait. Pourquoi sentait-elle confusément, avec une pointe d'excitation, qu'il en était de même pour lui?

Elle descendit les marches d'un pas alerte, consolée par l'idée qu'un autre plaisir rare l'attendait dans sa cabine: celui d'y trouver l'une des plus belles robes imaginables. Une robe qu'elle n'aurait jamais pu posséder.

Avant d'aller dîner, Lucy Duff Gordon avait extirpé de sa malle une splendide toilette de soirée, soigneusement protégée par du papier de soie, et l'avait tendue à Tess. Une robe aussi vaporeuse qu'un nuage de fumée, dont le corsage lavande pâle dessinait un dégradé progressif jusqu'à devenir violet foncé au niveau des hanches.

— Tenez, ma petite, voici quelque chose d'élégant et de joli qui vous ira à ravir.

— Pour moi? avait balbutié Tess, éberluée.

Lady Lucy, fort satisfaite d'elle-même, quittait déjà la pièce en abandonnant dans son sillage une traînée de parfum capiteuse.

— Pourquoi pas? répondit-elle joyeusement par-dessus son épaule.

Tess porta la robe à la lumière en l'examinant avec un respect mêlé de crainte. Les coutures étaient parfaites. Emportée par ce conte de fées, elle enfila la précieuse robe et tourbillonna au rythme de la musique qui lui parvenait de la salle à manger en s'imaginant danser face à l'orchestre, au bras de Jack Bremerton. Si seulement sa mère avait pu la voir à cette heure, à la veille d'une nouvelle vie dont elle pouvait tout attendre. Elle se promit d'écrire chez elle dès son arrivée à New York. Elle avait tout juste eu le temps de griffonner l'adresse de ses parents sur le quai, à Cherbourg, et de la glisser dans la main de l'un des domestiques de madame à qui elle avait fait promettre de prévenir sa famille. L'homme avait accueilli sa requête de façon légèrement dédaigneuse et Tess, en sombrant dans le sommeil peu après minuit, se demanda s'il s'était acquitté de sa mission. Il serait toujours temps d'y réfléchir le lendemain.

2

La secousse fut à peine perceptible. À peine un léger soubresaut. Rien d'inquiétant. Les machines continuèrent de ronronner normalement dans un premier temps, avant de céder la place au silence. Elles s'étaient arrêtées.

Tess se redressa sur un coude, instantanément tirée d'un sommeil profond. Prise d'une appréhension étrange, elle ressentit des picotements sur tout le corps, les nerfs tendus à craquer. Elle avait déjà connu une impression identique. Elle s'était réveillée de la sorte, le cœur serré, la nuit où le dernier bébé de sa mère était mort. Cette nuit-là, elle avait été alertée par un petit cri. Ce soir, c'était cette secousse. Elle sauta à bas du lit, alerte, et s'habilla à la hâte. Faute de savoir quelle catastrophe l'attendait, autant être prête.

À quelques cabines de là, Bruce Ismay se raidit en entendant le bruit. Il connaissait parfaitement le balancement des paquebots, mais cette secousse ne correspondait à rien de familier. Ce n'était sans doute rien, mais il se sentait anxieux. Il consulta l'heure sur sa montre à gousset. Le navire n'avait aucun retard. À ce stade du voyage, en tout cas. Il prit la décision de monter sur le pont et de se mettre en quête du capitaine Smith, afin de s'assurer que tout allait bien.

Jean Darling secoua son mari. Pétrie de froid, elle sortait d'un mauvais rêve dans lequel elle courait, poursuivie par un monstre inconnu. La secousse qui parcourut le navire répondait si bien à ses frissons qu'elle se réveilla en sursaut. Jordan voulut la réconforter en la serrant entre ses bras dans la chaleur de l'édredon, mais elle le repoussa.

— Non, Jordan. Il faut se lever, murmura-t-elle.

— Pourquoi diable?

— Je préfère être habillée convenablement s'il arrive quoi que ce soit.

La remarque provoqua son rire.

— Est-ce une façon de me dire que la présence de Lucile Duff Gordon sur ce bateau t'intimide?

Jack Bremerton sentit la secousse, sans y prêter attention. Assis face au bureau de sa cabine, une pile de documents de travail posés devant lui, il commençait à s'agacer de la longueur de la traversée. Il était impatient de se plonger dans les secrets de l'entreprise Ford et de se rendre en Californie, loin de ses problèmes personnels, donnant par là même raison à son ex-femme qui l'accusait d'être constamment dans la fuite. Il lui octroyait beaucoup d'argent en plus d'excuses nettement plus affirmées que celles prononcées du bout des dents par l'imbécile prétentieux de ce soir qui avait injustement réprimandé la jeune femme de chambre. Personnage intéressant que cette fille dont il ne parvenait pas à éloigner de son esprit le teint lumineux et les yeux animés, mis en valeur par une chevelure opulente. Sans parler de sa force de caractère. Elle ne s'en doutait pas, mais elle valait mieux que la plupart des imposteurs qui peuplaient le navire. La fraîcheur et la jeunesse de cette fille le ramenaient de façon presque douloureuse à son âge, à l'inexorabilité du temps.

Lucile perçut la secousse alors qu'elle retirait ses pendants de diamant après le dîner, assise à sa coiffeuse.

Le parfum contenu dans le flacon posé devant elle frissonna avant de se figer. Sans doute en aurait-elle fait la réflexion à Cosmo s'il n'avait déjà été couché. Comment pouvait-il s'endormir aussi facilement? En outre, il ronflait, au grand déplaisir de Lucile. Elle hésita, triturant les pendants entre ses doigts, à l'affût d'une nouvelle trépidation. Tout paraissait normal. Sans savoir elle-même ce qui la poussait à agir ainsi, elle remisa les pendants dans leur sachet de velours qu'elle enfonça au fond d'une chaussure.

Elle fut interrompue par un coup discret à la porte de la cabine.

— M'dame, nous avons eu un petit accident, annonça la voix essoufflée du steward de l'autre côté du battant. Rien de grave. Nous avons heurté un iceberg, tout va bien, mais vous feriez peut-être mieux de monter sur le pont.

Lucile ne fut pas dupe un instant. L'employé ne disposait d'aucune information précise, il se contentait de réciter des paroles rassurantes.

— Allons, Cosmo. Habillez-vous, intima-t-elle à son mari en lui secouant l'épaule. Enfilez votre gilet de sauvetage. Il faudra réveiller Tess.

Lucile laçait son propre gilet en grondant contre sa conception archaïque lorsque Tess frappa.

— Il faut se dépêcher, lui expliqua la jeune fille, à peine le battant ouvert, sans dissimuler son air soucieux.

Presser de la sorte les Duff Gordon aurait constitué un manquement aux règles de l'étiquette en temps ordinaire, mais l'heure était grave.

— Cosmo traîne, une fois de plus, répliqua sèchement Lucile.

La coursive se remplissait rapidement de passagers en pyjama et bonnet de nuit. Engoncés dans leurs gilets de sauvetage, ils ressemblaient à des ours en peluche grotesques. Sans leurs fume-cigarette en argent et leurs tenues d'apparat, ils paraissaient soudain bien ordinaires aux yeux de Tess.

Cosmo fit enfin son apparition, occupé à rentrer les pans de sa chemise dans son pantalon.

— Par ici, dit Tess en prenant la direction des escaliers.

Cosmo et Lucile lui emboîtèrent le pas sans récriminer, au milieu de la foule qui gagnait placidement le pont supérieur. Les conversations trahissaient une certaine agitation, mais personne ne semblait céder à la panique. Certains se plaignaient de ne jamais pouvoir se rendormir à la suite d'un exercice aussi idiot. Que d'embêtements pour rien…

Lorsqu'un chirurgien anglais demanda poliment à Lucile si elle avait assisté à la partie de poker endiablée qui s'était déroulée dans le salon après le dîner, elle trouva le moyen de lui murmurer en retour une formule aimable. L'homme se tourna vers l'un de ses compagnons, toujours en tenue de soirée.

— Dites-moi, cher ami. Toujours d'accord pour se retrouver à la salle de sport après le petit-déjeuner? J'espère qu'ils auront encore de ces délicieux pancakes, les enfants en raffolent.

Derrière Lucile se tenait Mme Brown, cette propriétaire d'une mine du Colorado qu'elle avait qualifiée de «fruste». La chercheuse d'or s'amusait grandement de découvrir les autres passagers dans leurs tenues débraillées.

— On ne saurait pas distinguer un duc d'un vicomte dans cette mêlée! s'écria-t-elle d'une voix forte. En caleçon, tout le monde se ressemble.

C'est tout juste si la remarque provoqua quelques ricanements, pour la plupart destinés à Mme Brown.

Ils débouchèrent enfin sur le pont.

Tout paraissait calme. Les passagers discutaient par grappes en frissonnant sous l'effet du froid.

— Nous avons heurté un iceberg, déclara à la cantonade un gamin hébété.

Il tenait à la main un gros bloc de glace qu'il montrait comme une offrande.

— J'ai réussi à en prendre un morceau au passage. On était en train de jouer sur l'un des ponts inférieurs, tous mes copains ont fait pareil.

Alors que les minutes s'écoulaient sans que personne donne d'instructions aux passagers, Tess remarqua brusquement le manège des hommes d'équipage qui s'acharnaient à grands cris sur les cordages retenant de grandes bâches en toile.

Les canots de sauvetage. Ils mettent les canots à la mer.

Les passagers, comme mus par un signal invisible, se bousculèrent en jouant des coudes. Penchés au-dessus du bastingage, ils hurlaient à qui mieux mieux en regardant l'eau, loin en contrebas. Une odeur âcre de peur humaine se mêla à l'air iodé.

Tess fut prise d'un long frisson. Il ne s'agissait donc pas d'un exercice ou d'une plaisanterie. Le paquebot faisait bel et bien naufrage. Les battements précipités de son cœur l'empêchaient de penser normalement. Les marins affolés, veste ouverte, pour quelques-uns armés de fusils qu'ils agitaient vainement, aboyaient des ordres à la foule toujours plus dense des passagers. Un coup de feu troua la nuit en provoquant une tempête de hurlements. Les enfants pleuraient alors que les mères les déposaient dans les canots, ridiculement petits au-dessus de l'océan. Les embarcations, chargées à craquer, disparaissaient les unes après les autres le long de la coque.

En se tournant vers l'horizon, Tess distingua dans le sillage du bateau une montagne de glace aux arêtes acérées qui s'enfonçait dans la nuit. Cette vision acheva de lui ôter ses derniers doutes : il leur fallait prendre place dans un canot de sauvetage le plus vite possible. Elle balaya le pont des yeux et s'aperçut avec terreur que toutes les chaloupes avaient disparu.

— Je vais voir du côté de la proue, annonça-t-elle à Lucile et Cosmo qui restaient comme hébétés. Lucile lui cria des ordres dont le détail se perdit dans la pagaille ambiante. Tess, sans y prêter attention, remonta le pont glissant au pas de course en évitant du mieux qu'elle le pouvait tous ceux qui lui barraient la route.

La situation à l'avant du paquebot était plus chaotique encore. Tous les canots qui n'avaient pas encore été lancés sur l'eau étaient bondés. Une femme qui espérait trouver une place sur l'un d'eux poussa un hurlement strident en voyant la chaloupe disparaître le long de la coque sans elle.

— Elle est folle! s'exclama une autre passagère en serrant son manteau sur sa robe de soirée de soie émeraude. Je refuse de monter dans ce rafiot ridicule. Ce paquebot est insubmersible, mon mari me l'a confirmé. Et il s'y connaît.

Tess ne trouva pas le courage de croiser son regard.

Une scène plus terrible encore l'attendait. Jean et Jordan Darling, accrochés l'un à l'autre, se disputaient avec l'un des marins chargés de remplir les canots de sauvetage.

— Les femmes et les enfants d'abord, hurlait le marin en repoussant Jordan.

La panique acheva de s'emparer de la foule. En l'espace de quelques minutes, plus aucune règle ne comptait. Les gens avaient pris conscience dans un même ensemble que le navire penchait dangereusement et qu'il n'y aurait jamais assez de chaloupes pour tous les occupants du pont. Les passagers couraient d'une extrémité à l'autre du paquebot avec l'espoir fou de trouver de la place dans l'un des canots. Tess vit Bruce Ismay s'introduire le plus calmement du monde dans l'une des embarcations de sauvetage en tentant de dissimuler son visage, sans se soucier des regards assassins de ceux qu'il laissait derrière lui. Pourtant, personne ne se hasarda à lui disputer un tel privilège. L'instant d'après, Tess voyait Jack Bremerton pousser un enfant en pleurs dans les bras de sa mère, installée dans l'un des canots. Le geste, d'une délicatesse rare, était presque tendre. Le regard sombre, il ne s'était jamais départi de son calme.

— Monsieur Bremerton! lui cria-t-elle.

Il se retourna et écarquilla les yeux en la voyant.

— Montez tout de suite dans l'une des chaloupes de tribord! hurla-t-il.

Une seconde plus tard, il disparaissait au milieu de la foule.

— Gardez votre calme, nous allons être secourus par d'autres navires! cria un marin.

— Je te l'avais bien dit, déclara une passagère frigorifiée à son mari. Ils ont envoyé des secours. Nous sommes plus en sécurité ici que dans ces canots. N'est-ce pas, mon chéri?

Il l'enveloppa de ses bras, évitant de répondre tandis que les chaloupes prenaient la mer l'une après l'autre.

Tess fit demi-tour. Sa dernière chance de quitter le navire se trouvait à l'arrière.

Le temps qu'elle remonte le pont dangereusement incliné, Lucile était passée à l'action, s'arrimant à un cordage au bout duquel pendait ce qui ressemblait à un grand canot de toile. Le refuge, précaire et périlleux, constituait l'unique chance de survie alors que la dernière chaloupe s'était éloignée du paquebot. Tess vint à son aide.

— Ceci est une embarcation, cria Lucile à Murdoch, l'officier le plus proche. Pourquoi ne la met-on pas à l'eau?

L'homme ne répondit pas. Lucile, furieuse d'être ainsi snobée, comprit que plus aucun ordre ne régnait à bord.

Les gens couraient dans tous les sens en poussant des hurlements, les membres d'une même famille se trouvaient brusquement séparés, et les marins harassés discutaient à grands cris sans savoir ce qu'on attendait d'eux.

— Monsieur l'officier, je vous parle ! J'imagine que vous êtes là pour nous prendre en charge ?

L'officier de marine pivota la tête et arrêta son regard sur elle.

— Oui, madame.

Le front dégoulinant de sueur, il avait les yeux exorbités.

— Cet objet peut très bien flotter, je compte monter dedans, déclara-t-elle.

En dépit des circonstances, et malgré le chaos ambiant, Lucile conservait toute sa superbe.

— Le canot n° 1 ? C'est trop dangereux, il s'agit d'un simple bateau de toile.

— Ne soyez pas ridicule. Tant qu'il flotte, c'est tout ce que nous lui demandons.

L'homme sembla hésiter.

— Très bien. Sullivan, préparez ce canot à l'intention de Mme Duff Gordon ! cria-t-il à un grand marin au visage grêlé. Je vous confie la responsabilité de ce fichu bateau !

Lucile grimpa à bord la première avant de signaler à Cosmo et Tess de l'imiter. La jeune femme, hissée sur le bastingage du pont, aperçut deux femmes qui se précipitaient dans leur direction. L'une d'elles était emmitouflée dans un châle qui lui tombait jusqu'aux pieds.

— Vite ! leur cria Murdoch.

Les deux femmes grimpèrent dans le canot et Tess reconnut, dans la plus petite des deux, la danseuse Jean Darling.

— Y a-t-il d'autres femmes ? cria Murdoch.

Après une courte hésitation, plusieurs marins se ruèrent dans le canot.

— Bande de salopards, s'énerva l'officier de marine, au comble de l'irritation. Vous savez ramer, au moins? Bonney, toi qui sais ramer, rejoins-les!

— Envoyez quelqu'un d'autre, j'ai des tâches plus urgentes à accomplir, répliqua le dénommé Bonney en détachant la corde du canot.

Tess, entrevoyant son visage au cours de la manœuvre, reconnut le marin qui l'avait accompagnée sur le pont promenade quelques heures auparavant.

— Bonney, c'est un ordre!

Le marin hésita.

— Vite!

Il sauta d'un bond dans l'embarcation au fond de laquelle il atterrit à quatre pattes. Il se redressa, vit Tess restée accrochée au bastingage, et lui tendit la main.

— Pour l'amour du ciel, dépêchez-vous…

Le paquebot avait encore pris de la gîte et s'enfonçait rapidement par l'avant.

— Dépêchez-vous donc! haleta Lucile d'une voix courroucée. Lancez donc cet esquif, je ne me sens pas bien!

Le visage blême, au fond du canot ballotté par les vagues, elle se tenait le ventre à deux mains.

— Oui, madame, répondit l'officier de marine. Lancez-moi ce fichu canot! hurla-t-il. Tout de suite!

— Mademoiselle! Attendez!

Tess allait sauter lorsqu'elle se retourna en direction de la voix. M. Hoffman, le veuf père de deux garçonnets, s'avançait vers elle en titubant, un enfant sous chaque bras.

— Prenez mes enfants! Sauvez-les, je vous en supplie!

Les embruns avaient collé des mèches de cheveux sur son front. Il adressa à la jeune fille un regard implorant.

Elle tendit les bras en direction des enfants. Michel, en larmes, s'accrochait à son père. Hoffman parvint à grand-peine à détacher le petit garçon de son étreinte et le mit dans les bras de Tess. Les deux enfants contre sa poitrine, elle s'apprêta à sauter dans l'embarcation.

Trop tard. Le canot de sauvetage n° 1 avait plongé dans l'eau, malmené par les flots. Tess se trouvait en plein cauchemar. En contrebas, Bonney l'appelait de toutes ses forces, les bras tendus.

— Sautez! Sautez!

Elle hésita avant de comprendre qu'il était trop tard. Surtout avec deux enfants. Le canot flottait vingt mètres plus bas. Elle lut le désarroi sur les traits de Lucile. Tout était consommé…

— Vite, venez!

L'officier de marine la poussa vers une chaloupe dont les cordes s'étaient emmêlées.

— Il vous reste quelques instants avant qu'on la mette à la mer.

Tess traversa le pont tant bien que mal, les deux petits garçons serrés contre elle. Le canot vers lequel on la dirigeait débordait déjà de femmes et d'enfants.

— Y a plus de place! Y a plus de place! cria l'un des marins affectés à la manœuvre.

— Bien sûr que si! le contredit aussitôt la généreuse Mme Brown en l'écartant d'un geste autoritaire afin de tendre la main à Tess. Donnez-moi vite ces enfants et sautez! ordonna-t-elle.

Tess s'exécuta. Les enfants changèrent de mains, puis elle sauta, les yeux fermés. La chaloupe entama sa descente vers l'eau le long de la coque tremblante qui continuait de s'enfoncer. À mesure que défilaient devant eux les ponts inférieurs, les occupants du canot découvrirent avec horreur les visages livides des passagers des deuxième et troisième classes. On lisait dans leurs yeux l'acceptation morne du sort qui les attendait, comme si la notion même de survie relevait d'un monde autre que le leur.

Le canot passait cahin-caha à leur hauteur lorsque des cris fusèrent.

— Prenez ma petite fille! Prenez-la! hurla un homme qui tenait une fillette à bout de bras.

— Vous nous abandonnez! s'écria une femme en tendant dans leur direction un index accusateur.

Tess aurait pu toucher certains des malheureux, au gré des soubresauts de la chaloupe. Pourquoi ne se trouvait-elle pas avec eux? Elle lut un éclair d'espoir dans les yeux du père de la fillette lorsque leurs regards se croisèrent. L'homme était encore jeune, bien qu'usé par la vie. Un employé de ferme, peut-être. Des yeux bleus, une barbe mal taillée. La petite fille portait dans les cheveux un nœud jaune qui lui tombait sur l'œil. Elle s'efforçait de le repousser de sa petite main, les yeux agrandis par la peur.

— Pour l'amour du ciel, prenez-la! hurla le père en tendant sa fille à Tess.

Tess ordonna aux deux garçonnets dont elle avait la charge de rester bien serrés l'un contre l'autre, puis elle tendit les bras en direction des petits poings de la fillette, doux et ronds comme des pêches.

— Attention! s'éleva la voix de l'officier de marine au-dessus de la tête des occupants du canot. Ne les laissez pas s'agripper à vous, ils risqueraient de faire chavirer la chaloupe!

L'un des marins repoussa la coque d'un coup de poing et le canot tangua hors de portée des passagers agglutinés sur le pont. Tess s'enfouit le visage dans les mains tandis que l'esquif s'approchait des eaux noires.

La jeune fille s'attendait à ce que la secousse fût brutale, mais le canot se posa en douceur sur une mer étrangement calme avant de s'éloigner lentement du paquebot. Des volutes de musique s'échappaient toujours du pont des premières dans l'air glacé. Lors de la descente du canot, Tess avait eu le temps d'entrevoir les musiciens, la mine sombre, arc-boutés à leurs instruments dont ils continuaient de jouer, adossés contre des chaises longues pour ne pas perdre l'équilibre.

— Dieu soit loué! soupira l'un des marins.

Le soulagement était tel qu'il leur fallut de longues minutes pour s'apercevoir que personne ne ramait et qu'il fallait penser à s'organiser. Des cris furent échangés entre les marins.

— Qui prend les rames? demanda l'un d'eux.

— J'ai pas été engagé pour ramer, lui répondit un autre. Et d'abord, qui t'a donné le droit de nous commander?

— Il faut bien que quelqu'un rame, pauvre idiot, s'éleva une voix rauque. C'est à moi que l'officier de pont a confié la responsabilité de ce canot, alors prends les rames.

— Mais je sais pas ramer! répliqua l'autre. Seigneur, vous croyez qu'on va couler?

— Moi non plus, je sais pas ramer, intervint un troisième marin dont les vêtements empestaient le tabac et l'alcool.

— Mais enfin! s'énerva Mme Brown.

Sans attendre, elle s'empara d'une rame et fit signe à Tess de l'imiter.

— On va montrer à ces poltrons ce qu'est le devoir!

Tess saisit la seconde rame qu'elle enfonça dans l'eau. Elle avait suffisamment pratiqué l'aviron sur l'étang du manoir pour en connaître le maniement.

— Allez! cria-t-elle aux marins en leur montrant les rames arrière.

L'un d'eux s'exécuta en jurant entre ses dents.

— Ces vacheries pèsent une tonne, grommela-t-il. Mais on a intérêt à s'éloigner rapidement si on veut pas que le paquebot nous entraîne par le fond dans son tourbillon.

Tess se retourna en direction du *Titanic*. L'énorme navire s'enfonçait par l'avant, sa poupe dressée vers le ciel dans une vision d'apocalypse. Les passagers restés à bord se trouvaient trop loin pour qu'elle pût distinguer leurs visages, mais on voyait des silhouettes courir dans tous les sens sur les ponts superposés, d'autres sauter à la mer.

— Ramez! haleta-t-elle.

Elle enfonça le lourd aviron dans l'eau et tira de toutes ses forces avec la sensation que ses muscles dorsaux se déchiraient sous l'effort. Un choc soudain le long de la coque la stoppa net. Elle baissa les yeux et découvrit un visage dans l'eau.

Une femme, sa robe étalée en corolle autour d'elle, s'agrippait d'une main à l'aviron tout en serrant contre elle ce qui ressemblait à un baluchon.

— Vite! Aidez-moi! s'écria Tess en se jetant à plat ventre de façon à attraper la naufragée.

La chaloupe tangua dangereusement.

— Attendez! Laissez-moi vous aider!

Mme Brown enfonça ses bras incroyablement musclés dans l'eau et aida Tess à tirer la femme à l'intérieur du canot. Ce dernier s'enfonça de façon inquiétante. Déjà surchargé, il menaçait de couler sous ce poids supplémentaire. La coque finit par se stabiliser et Tess reprit sa place sur le banc de nage.

Le paquebot se trouvait quasiment à la verticale sous le ciel étoilé, telle une danseuse sur pointes. Les cabines et les ponts restaient brillamment éclairés, une étrange lueur verte rendait la mer phosphorescente tout autour de la partie immergée du navire, composant un tableau outrageusement magnifique.

— Il va couler! Plus vite, ou il risque de nous entraîner par le fond, hurla une voix à l'avant du canot de sauvetage. Deux marins se précipitèrent sur le banc de nage arrière, sans la moindre récrimination cette fois.

— Mon Dieu! mugit une femme à la silhouette imposante, le visage couronné de cheveux blancs.

Son cri se mua en une plainte lancinante. Le paquebot achevait de couler. Ses occupants roulaient des ponts comme des pantins désarticulés avant de tournoyer dans le vide et de s'écraser dans l'eau. Un craquement digne d'un coup de tonnerre troua la nuit et le *Titanic* disparut, goulûment avalé par l'océan qui venait enfin à bout de son système électrique. Les survivants se retrouvèrent brusquement dans une obscurité que seul venait atténuer l'éclat tremblant et glacé des étoiles.

Par miracle, le naufrage du paquebot n'avait pas provoqué de tourbillon. Les canots de sauvetage flottaient à présent sur une mer d'huile dans laquelle se reflétait le firmament, aussi nettement que dans un miroir.

— Il est 2 h 20, annonça l'un des marins d'une voix rauque. Nous sommes le 15 avril.

Comment l'homme avait-il pensé à noter l'heure précise du drame, dans un moment pareil ?

Aucun des survivants ne pourrait jamais oublier l'étrange plainte funèbre qui monta à cet instant précis des eaux noires. Un gémissement comparable à celui du vent par une nuit de tempête, un hurlement sinistre qui fait frissonner, au fond de leur lit, ceux qui ont la chance de se trouver à l'abri.

— Non, pas ça ! geignit la femme aux cheveux blancs. Mon mari est resté là-bas.

— Il n'est pas le seul, lui répondit une voix anonyme dans un souffle.

Devant tant d'impuissance, plus personne ne parlait. C'est à peine si les occupants du canot osaient encore respirer, de peur de le voir couler.

Tess reporta son attention sur la forme inanimée de la femme qu'elle avait tirée de l'eau, allongée au fond de l'embarcation. Elle ne se souvenait pas de l'avoir vue bouger depuis son sauvetage. En la retournant doucement, Tess s'aperçut que le baluchon serré contre elle était en vérité un bébé enveloppé dans une couverture. Sans doute dormait-il encore paisiblement dans un berceau une heure plus tôt. L'enfant était gelé. Elle retira sa veste afin de le réchauffer avant de comprendre la vérité : l'enfant était mort.

Tess ne pouvait détacher ses yeux de ce petit visage coiffé d'un duvet soyeux. Impossible de dire s'il s'agissait d'un garçon ou d'une fille. Elle s'intéressa de nouveau à la mère en constatant qu'elle ne bougeait pas. C'est presque avec soulagement qu'elle s'aperçut que la malheureuse était morte, elle aussi. Le destin lui avait épargné la souffrance de perdre son enfant. Tess emmaillota le bébé dans sa veste, le glissa entre les bras de sa mère. Elle aurait aimé pleurer, mais les larmes refusaient de couler.

3

L'immense pièce avait retrouvé son calme, du fait de
l'heure avancée. Les interjections, les allées et venues
d'un bureau à l'autre, la rumeur staccato des machines
à écrire composant le décor sonore habituel du lieu à
l'heure du bouclage avaient fini par s'éteindre. Carr Van
Anda, ample personnage bougon qui n'avait pas son
pareil pour pondre un article à la dernière minute, n'était
pas un habitué des états d'âme. Ce soir-là, pourtant, en
balayant son domaine du regard, le rédacteur en chef du
Times constata combien le lieu était au diapason de son
propre épuisement.

Les mégots de cigarettes jetés à terre, les papiers
froissés éparpillés au pied des poubelles comme autant
de boules de neige sales... Seuls de rares correcteurs
restaient penchés sur leur labeur. Van Anda avait un
faible pour les équipes de nuit, leur penchant pour les
bouteilles de bourbon, dissimulées au fond d'un tiroir,
dans lesquelles elles puisaient l'énergie de tenir jusqu'au
matin. Lui-même ne dédaignait pas une lampée ou deux,
les nuits les plus longues. Pourtant, le bourbon n'avait
pas été à l'honneur au cours des dernières vingt-quatre
heures, du moins chez les plus anciens. Pas question
de perdre ses moyens un soir de primaire électorale.
Les derniers résultats avaient fini par tomber, l'édition

du matin était enfin prête. La lutte pour l'investiture s'annonçait passionnante. Roosevelt avait remporté la Pennsylvanie, mais Taft avait plus d'un tour dans son sac et les deux hommes se haïssaient. Finalement, ils se partageaient le vote républicain en laissant le champ libre aux démocrates, avec une multitude d'excellents papiers en perspective.

Van Anda couva du regard la bouteille discrètement rangée dans le tiroir du responsable de la locale. Confortablement calé dans son fauteuil, il savourait d'avance le cigare qu'il s'était promis de fumer, une fois sa journée achevée. Il s'autorisait enfin à laisser redescendre la pression.

— Monsieur Van Anda, l'interrompit l'un des journalistes de nuit. Cette dépêche vient de tomber.

Van Anda lui prit la feuille des mains, surpris de voir le jeune homme anormalement pâle. Il en déchiffra le contenu d'un coup d'œil après avoir noté que la dépêche émanait de la station de radiotélégraphie Marconi de Terre-Neuve.

— Tu as lu? demanda-t-il.

— Oui, monsieur, répondit le journaliste avec circonspection. C'est le plus grand paquebot du monde, monsieur. Comment le *Titanic* a-t-il pu être coulé par un iceberg?

— Mon petit, tout arrive dans la vie.

Ces petits jeunes mettaient toujours une éternité à comprendre que l'imprévu était précisément la raison d'être de leur métier, bon sang de bonsoir.

— File me chercher tout ce que tu pourras trouver sur ce navire.

Il arrêta d'un geste le jeune homme qui s'éloignait déjà.

— Apporte-moi aussi tout ce que tu découvriras sur les naufrages provoqués par des icebergs.

Quelques dépêches, envoyées dans des tubes pneumatiques depuis la salle des câbles, à l'étage supérieur, tombèrent dans la salle de rédaction du *New York Times* en apportant de nouvelles précisions sur le drame. Il faudrait attendre tous les détails avant de bousculer la une de la première édition; les rédacteurs étaient sur le pied de guerre et les linotypistes attendaient les ordres devant leurs machines.

Van Anda releva la tête après avoir lu le dernier rapport. Le système de transmission pneumatique restait silencieux.

— C'est tout ce qu'on sait? demanda-t-il à la cantonade.

Personne ne lui répondit.

Il relut la dépêche qu'il tenait à la main: un message radio hâtif en provenance du *Titanic* était arrivé à 0 h 27, implorant des secours, avant que la transmission s'arrête au beau milieu d'une phrase.

— Ça fait près d'une heure, marmonna le rédacteur en chef en feuilletant les dossiers posés sur son bureau tout en dressant l'oreille au cas où arriverait un nouveau pneumatique.

Il étudia plus particulièrement les spécifications du *Titanic*, compta et recompta les canots de sauvetage dont était officiellement équipé le paquebot. Quelles que soient les conséquences de l'accident, il n'y en aurait jamais assez pour accueillir tous les passagers. Cette bande de salauds avait conçu leur vacherie de paquebot de luxe en négligeant de prévoir des canots en nombre suffisant.

Van Anda entama une ronde furieuse. Comment expliquer un silence aussi assourdissant, une heure après l'accident? Il s'approcha du journaliste chargé de rédiger l'article.

— On change le titre, décréta-t-il. Oublie cette histoire de «fortes inquiétudes». Contente-toi de dire que le bateau a coulé.

— On en est sûr? s'enquit le journaliste, estomaqué.

Van Anda soupira. Depuis le temps qu'il pratiquait ce métier, il avait appris à se fier à son instinct, sans avoir besoin de fournir d'explication supplémentaire.

— Oui, affirma-t-il en regagnant son bureau.

Il décida de s'accorder le cigare qu'il s'était promis. Pris d'une idée, il se retourna vers son collaborateur.

— Appelle-moi Pinky Wade. S'il y a des survivants, je veux qu'elle soit sur le coup. Et qu'elle mette le paquet.

— Ça ne va pas lui plaire, commenta le journaliste.

Van Anda savait d'avance que la jeune reporter serait furieuse, mais cette fille savait disséquer la nature humaine mieux que quiconque. Et tant pis si elle renonçait provisoirement au papier qu'elle consacrait à cet asile d'aliénés.

— Je sais bien. Elle trouvera ça trop facile, elle déteste les promenades de santé. Aucune importance. Appelle-la quand même.

*

Océan Atlantique
Lundi 15 avril, 2 h 45, heure de New York

Toute notion de temps avait disparu, emportée par les courants. Le froid intense qui régnait sur la mer glaçait Tess jusqu'aux os. Des particules de glace s'étaient même formées au bout de ses doigts et autour de ses oreilles. Un froid insoutenable, qui rendait la respiration difficile. Le canot de sauvetage donnait l'impression de flotter sur une bulle d'air en plein ciel, et non sur l'encre de l'océan. Comment savoir où se trouvait l'horizon? Plus personne ne prenait la peine de ramer. Tess s'obligea à écoper l'eau glaciale qui suintait à travers la coque de l'embarcation surchargée. Les appels à l'aide de ceux qui surnageaient dans l'océan s'étaient quasiment tous tus. Tess lança un regard entendu à Mme Brown. Elles partageaient le même pressentiment. Le canot, trop chargé, se trouvait en équilibre précaire. Le moindre mouvement intempestif aurait suffi à provoquer son chavirement.

Elle cessa d'écoper en constatant que les derniers cris s'étaient éteints. La chaloupe dérivait lentement en dessinant des cercles dans l'eau. Un marin se mit à siffler une chanson sinistre. Tess serra Edmond et Michel contre elle, leur massant longuement les bras dans l'espoir de les réchauffer.

— *Merci*, murmura Edmond en français.

— J'espère que ça aidera un peu, répondit-elle.

Leurs vêtements étaient collés par le froid sur leurs corps transis.

Tout autour d'eux, les eaux noires de l'océan étaient truffées de taches blafardes, les visages des morts flottant sur l'eau. La plupart des naufragés n'avaient pas péri noyés, ils étaient morts gelés. La mer dessinait un immense cimetière dont ces visages livides formaient les pierres tombales.

Les corps finissaient par s'enfoncer, l'un après l'autre. Les cadavres qui flottaient encore fixaient les étoiles de leurs yeux morts. Ceux-là disparus à leur tour, l'océan immaculé ne forma bientôt plus qu'un miroir sur lequel se reflétait le ciel. Le canot flottait de façon irréelle au milieu d'une pluie d'étoiles, comme suspendu dans l'espace par magie.

Tess ne parvenait pas à effacer de sa mémoire le visage du père de la fillette au ruban jaune. Quelques secondes de plus, et elle aurait pu sauver l'enfant. Tess ne manquait pas de force, elle aurait trouvé l'énergie d'arracher l'enfant des mains de son père et de la ramener dans la chaloupe. La petite se serait accrochée à son cou, Tess aurait échangé un regard avec le père, elle aurait lu le soulagement dans ses yeux, lui aurait muettement promis de veiller sur sa fille… Cette scène imaginaire repassait en boucle dans sa tête, sans qu'elle pût s'en défaire. La fillette fixait-elle les étoiles de ses yeux morts, elle aussi?

*

Le soleil du matin teinta d'une lueur orangée le ciel de la capitale américaine, faisant ressortir la silhouette gracieuse du Capitole. Les pères fondateurs de la République américaine se doutaient-ils de la majesté d'un tel spectacle, les matins de printemps, lorsqu'ils avaient ordonné la construction du bâtiment? Ainsi s'interrogeait William Alden Smith, debout devant la fenêtre de son bureau, au troisième étage du Sénat. Une telle pensée n'aurait pas manqué de surprendre les collègues les plus bienveillants de cet élu du Michigan, persuadés que ce petit homme d'étoffe grossière était un pur produit de la naïveté souvent attribuée aux habitants du Midwest. D'épais dossiers, consacrés aux problèmes juridiques posés par la construction des lignes de chemin de fer en Alaska, attendaient le sénateur Smith. C'était un homme minutieux, soucieux du moindre détail, ce que lui pardonnaient mal nombre de ses collègues. Mais si Smith aimait tant arriver de si bon matin dans son bureau, c'était avant tout pour admirer le lever du soleil sur le dôme du Capitole. Le simple fait de passer devant les gardes, d'échanger avec eux un bonjour à une heure aussi quiète, le rassurait sur la place d'importance qu'il occupait dans ce lieu de pouvoir.

Un coup bref à la porte, et celle-ci s'ouvrit avant même qu'il eût donné l'autorisation à son visiteur d'entrer.

— Sénateur, connaissez-vous la nouvelle? s'exclama l'un de ses assistants en brandissant un exemplaire du *New York Times* d'un geste presque guerrier. Le *Titanic* aurait coulé!

Smith s'empara du journal dont il découvrit la une.

— La White Star Line apporte un démenti formel aux allégations du *Times*, précisa l'assistant en jetant un coup d'œil à ses notes. Ses dirigeants affirment que tout le monde est sain et sauf, que le paquebot est actuellement en train d'être remorqué jusqu'au port le plus proche. Le *Syracuse Herald* suit la White Star sur ce terrain et la plupart des autres quotidiens font des gorges chaudes de l'impétuosité du *Times*. Toujours est-il que personne n'a reçu le moindre signal du paquebot depuis minuit et demi.

— Bande d'imbéciles, réagit sèchement Smith.

Il connaissait Van Anda de réputation. Si le rédacteur en chef du *New York Times* affirmait que le navire avait coulé, c'est qu'il avait coulé. Il balaya des yeux la liste des passagers, ahuri d'y trouver autant de noms célèbres. Il y avait là des patronymes tels que Guggenheim, Astor… Mon Dieu ! Et même Archie Butt, l'un des conseillers du président Taft à la Maison Blanche. Combien d'entre eux auraient survécu ?

— Apportez-moi les dépêches à mesure qu'elles nous parviennent, ordonna-t-il à son assistant.

Ce dernier à peine sorti de la pièce, Smith s'approcha de la fenêtre dans laquelle s'étalait son reflet. Sans être le législateur le plus respecté de la capitale, il savait néanmoins que le pays attendrait de Washington mieux que de beaux discours à la suite d'une telle catastrophe. Le drame serait un véritable coup de pied dans la fourmilière. Les parlementaires allaient tous rivaliser de déclarations grandiloquentes et de propositions de loi inutiles. Un écran de fumée, comme toujours.

Les yeux rivés sur la statue de la Liberté qui couronnait le dôme du Capitole, il sentit enfler son indignation. Ce drame était un scandale pur et simple. Jamais il n'aurait dû se produire. Une commission sénatoriale. Il fallait impérativement constituer une commission sénatoriale afin d'analyser et de comprendre les causes de cette tragédie. À condition d'agir vite, il pouvait en prendre la direction.

*

Océan Atlantique
Lundi 15 avril, lever du soleil

Dieu, qu'il faisait froid! Tess ne sentait plus ni ses mains, ni ses pieds. Pas un bruit ne filtrait du canot. Rien. Pas un gémissement, pas une plainte. Les naufragés flottaient entre mer et ciel.

Un cri rauque fusa. Un marin, l'aube aidant, venait d'apercevoir un navire. Tess plissa les yeux dans les premières lueurs du jour et distingua pour la première fois d'autres canots de sauvetage. Leurs occupants s'animèrent, s'appelant d'une embarcation à l'autre. Les femmes criaient les noms de leurs maris, de leurs enfants. Vous êtes là? Répondez-moi, je vous en supplie! La même voix répétait inlassablement: Mon Amy se trouve-t-elle sur votre canot? Amy, Amy, réponds à ta mère. Tess attendit dans l'angoisse qu'une voix d'enfant lui répondît. En vain.

Le marin ne s'était pas trompé, la silhouette d'un bateau émergeait de la nuit en piquant droit sur eux. Le nom du bateau était à peine lisible dans le demi-jour. Le *Carpathia*. Tess n'avait donc pas rêvé.

— Nous sommes sauvés, déclara Mme Brown d'une voix calme.

Des larmes de soulagement brillèrent sur ses joues, rapidement figées par le gel.

Le canot dans lequel se trouvait Tess fut le deuxième à être secouru. De gros sacs de toile descendirent le long de la coque du *Carpathia*, dans lesquels les mères calèrent leurs enfants affolés qui se débattaient. Elles les consolèrent du mieux qu'elles le pouvaient avant de les confier aux marins qui les hissaient à bord. Tess déposa Edmond et Michel dans le même sac, sur leurs instances, tout en s'efforçant de les réconforter dans son mauvais français. Les passagères les plus épuisées prirent la suite des enfants. On remonta lentement leurs corps sans force, à l'aide de cordages passés autour de la taille.

Lorsque vint le tour de Tess, elle noua la corde autour de son ventre, la serra, et se tourna vers le marin qui, le premier, s'était emparé d'une rame. Elle lui montra du menton les corps sans vie au fond de la chaloupe.

— Je vais avoir besoin de votre aide, lui dit-elle. Veillez à ce qu'on ne les jette pas dans l'océan.

— Si on les remonte à bord, vous savez très bien que leurs dépouilles seront ensuite inhumées dans l'océan.

— J'en suis consciente.

— C'est complètement fou. Je refuse.

— Vous acceptez, au contraire, insista-t-elle sans se démonter. Je ne veux pas qu'on les abandonne. Je compte sur vous.

L'homme hésita.

— Je les remonterai en dernier, promit-il.

Tess entama son ascension, ballottée contre la coque du navire depuis le pont d'où des dizaines de personnes suivaient l'opération, bouche ouverte. Elle ne s'était jamais sentie aussi heureuse de voir s'agiter ses semblables, de constater à quel point ils étaient *vivants*. Arrivée à destination, elle dénoua la corde et sauta d'un bond sur le pont. Alors que ses jambes, raidies par le froid, menaçaient de ne pas la soutenir, une femme en manteau d'épais coton se précipita à sa rescousse.

— Doucement, ma chérie, lui glissa-t-elle à l'oreille. Vous êtes sauvée. Nous sommes tellement heureux que le capitaine soit arrivé à temps. Ces petits garçons sont à vous? Comment se fait-il qu'ils ne parlent pas anglais? Ils ne s'expriment qu'en français.

Tess découvrit Edmond et Michel, accrochés aux jupes de l'inconnue.

— Ce ne sont pas mes enfants. J'ai bien peur que leur père n'ait pas survécu au naufrage.

— Ne vous inquiétez pas, ma chérie. Je suis française, je vais m'occuper d'eux.

La femme redressa la tête en entendant le choc sourd d'un canot contre la coque du *Carpathia*.

— C'est curieux, remarqua-t-elle. Tous les autres canots étaient remplis à craquer, celui-ci est quasiment vide. Comment est-ce possible ?

Le cœur de Tess fit un bond dans sa poitrine en reconnaissant les Duff Gordon, sains et saufs dans leur embarcation de fortune. Un marin passait une élingue sous les aisselles de Lucile avant de donner l'ordre de la hisser.

Le marin nommé Bonney se trouvait sur le même esquif. Sain et sauf, lui aussi. Il leva la tête et leurs regards se croisèrent. Elle lui adressa un signe de la main et un large sourire éclaira le visage du jeune homme. Elle reconnut également Jean Darling. L'homme qui l'accompagnait pouvait-il être son mari ? Cosmo, agrippé à l'épaule d'un marin, tenta de se relever. Lucile, balancée par le mouvement du navire à l'extrémité de son harnais, s'apprêtait à prendre pied sur le pont. Ils étaient tous en vie. Madame était en vie. Tess crut qu'elle allait s'évanouir de soulagement. Lucile se trouvait à peine sur le *Carpathia* que la jeune fille se précipitait à sa rencontre et la serrait spontanément dans ses bras.

— Ah, ma petite, bredouilla Lucile en lui tapant doucement dans le dos avant de se dégager.

Les autres canots déchargeaient leur cargaison humaine les uns après les autres. Chaque survivant était hissé à bord à l'aide du harnais. Tess chercha en vain le visage de Jack Bremerton. Elle ne reconnaissait aucun des inconnus hébétés qui restaient groupés sur le pont, ou qui préféraient s'isoler. On les sentait tous perdus, parfaitement démunis.

Lucile rompit le charme en battant des mains, comme si elle applaudissait la fin d'une pièce particulièrement tragique.

— Nous sommes tous sains et saufs, c'est l'occasion ou jamais de fêter l'événement, déclara-t-elle en se tournant vers les rares occupants du canot n° 1. Elle convoqua d'un geste le capitaine du *Carpathia* afin de lui donner ses ordres d'une voix joyeuse.

— Capitaine, vous ne me refuserez pas une faveur à laquelle je tiens par-dessus tout! Pourriez-vous demander à l'un de vos hommes de prendre une photo de tous ceux qui se trouvaient dans le même canot que moi? Vous disposez d'un appareil photographique à bord, j'imagine.

Pris de court, le capitaine acquiesça et fit signe à l'un de ses officiers.

— Le chirurgien du bord se chargera de vous aider, madame, lui dit-il.

Cosmo, l'air hagard, rejoignit Tess et lui glissa dans un murmure :

— Lucile tient à cette petite cérémonie en l'honneur de notre sauvetage. Elle souhaiterait vous avoir dans la photographie. Vous n'aurez qu'à enfiler votre ceinture de sauvetage.

Tess regarda Cosmo avec de grands yeux, puis elle porta son attention sur la ceinture détrempée qu'elle tenait toujours à la main. L'enfiler à nouveau? Du coin de l'œil, elle vit que madame lui demandait d'avancer. Derrière son sourire et ses yeux brillants, elle crut un instant discerner un soupçon de panique. Madame, paniquée? Jamais.

— Je sais, cette ceinture n'est pas très glorieuse, mais attachez-la donc. Cela donnera une photographie digne des livres d'histoire. Notre petite équipe mérite de figurer dans les annales.

Tous les hommes d'équipage qui se trouvaient dans le canot avec Lucile se tenaient droit devant l'objectif, raides comme la justice avec leurs gilets de sauvetage. Sullivan, le grand marin au visage marqué à qui avait été confié le destin du canot n° 1, se vantait à voix haute de sa bravoure, dans l'indifférence de ses collègues.

Le dénommé Bonney, légèrement à l'écart, observait la scène avec une expression impénétrable. Tout en fixant ostensiblement Lucile, il dénoua son gilet et s'en débarrassa dans une poubelle.

— Je refuse de contribuer à une telle célébration quand tant d'autres sont morts, déclara-t-il d'une voix forte qui traversa le pont.

Le sourire de Lucile s'effaça instantanément.

— Votre grossièreté n'a d'égal que votre arrogance, dit-elle d'un ton brusque.

— Et vous vous y connaissez.

— Comment osez-vous me parler de la sorte?

— Vous savez très bien de quoi il retourne.

Lucile lui tourna le dos, la mine plus déterminée que jamais.

— Tess?

Elle fit signe à la jeune fille de se joindre au groupe des marins, dont certains participaient sans enthousiasme à la cérémonie voulue par Lucile.

— Ce n'est pas la peine, s'empressa de dire Tess. Après tout, je ne me trouvais pas dans le même canot que vous.

— Fort bien.

Lucy prit place au centre du petit groupe. Le chirurgien du *Carpathia* se planta maladroitement en face des naufragés, un appareil photo entre les mains, dans l'impossibilité de refuser la requête de la célèbre Lucy Duff Gordon. Un profond silence s'abattit sur le pont.

— Allons, tout le monde. Souriez! décida Lucy.

L'obturateur de l'appareil photo émit un déclic bruyant et le chirurgien du bord, sa tâche accomplie, s'empressa de s'éclipser.

Sir Cosmo prit alors le temps de s'entretenir personnellement avec chacun des hommes d'équipage du canot, ponctuant ses murmures d'une tape sur l'épaule ici, d'une poignée de main là. La bienséance lui ordonnait d'exprimer sa gratitude, de manifester sa solidarité.

— Il les prend pour les membres de son équipe d'aviron, ou quoi? marmonna quelqu'un dans la foule de ceux qui observaient la scène. C'est bien les nobles, ça. S'arranger pour affréter son canot privé!

Tess se retourna en direction de la voix, mais le commentateur s'était perdu dans l'anonymat des chuchotements.

Les canots de sauvetage continuaient de rejoindre le *Carpathia* et leurs occupants venaient nourrir la masse des naufragés réunis sur le pont du navire. Il y avait là un étrange mélange d'humanité. Les dépenaillés et les miteux côtoyaient les célébrités et les personnalités, sans qu'il fût désormais possible de les distinguer les uns des autres. Tess, qui les observait à la dérobée, constata à quel point ils avaient les traits tirés, le regard vide. Elle ne devait guère valoir mieux elle-même. Elle chercha une nouvelle fois Jack Bremerton parmi les rescapés. Un homme aussi décidé aurait forcément trouvé le moyen d'échapper au naufrage. Et s'il n'en était rien?

La jeune fille reconnut Mme Astor un peu plus loin. À la limite de l'épuisement, les cheveux en bataille, elle se balançait machinalement sur une chaise de gabier. Les hommes d'équipage passaient entre les survivants hébétés dont ils coupaient les ceintures de sauvetage, pendant que des stewards distribuaient des mugs de café arrosé de cognac. Quant aux passagers du *Carpathia*, ils dévisageaient les rescapés, écartelés entre l'horreur et la pitié, observant le manège tragique des mères de famille à la mine dévastée, agglutinées le long du bastingage, portées par l'espoir de voir un enfant ou un conjoint débarquer sain et sauf d'une chaloupe.

L'une de ces femmes se tenait à l'écart, le visage dur, sans une larme. À en croire un murmure dans la foule, il s'agissait de l'épouse d'un cuisinier du *Titanic*.

— Encore un canot, dit-elle d'une voix calme sans s'adresser à personne en particulier. Mes enfants doivent sûrement s'y trouver.

Raide dans sa dignité, les yeux rivés sur l'horizon, elle refusait tout ce qu'on lui offrait, boisson chaude ou nourriture.

Tess se laissa tomber sur le pont, épuisée. Elle ne souhaitait parler à personne. Le monde tel qu'elle l'avait connu jusqu'à hier avait sombré. Finies les toilettes magnifiques que l'on sortait des malles pour les repasser. Fini le service à thé en argent, finies les déambulations sur le pont promenade. Finies toutes ces vanités qui lui semblaient si essentielles hier encore. Hier…

Une ombre se planta entre elle et le soleil du matin.

— Je ne connais même pas votre nom, s'éleva la voix de Bonney.

Surprise, elle redressa la tête et détailla pour la première fois cet homme avec lequel elle avait partagé le dernier instant d'insouciance de son existence. L'ombre de barbe qui lui couvrait le menton accentuait ses rides et ses traits. Il paraissait soudain nettement plus vieux que le gamin de la campagne qu'elle avait connu la veille. Vêtu d'une chemise en flanelle, sans même un chandail comme s'il bravait le froid, il tirait sur sa cigarette avec férocité. Tess fut frappée par le dessin volontaire de sa mâchoire. C'est tout juste si elle le reconnaissait. On ne trouvait pas trace de sourire sur ses lèvres, on sentait ses épaules tendues. Il est vrai que le marin, à l'image de Tess, n'était plus le jeune homme insouciant qu'elle avait rencontré sur le pont promenade du *Titanic*. Sa présence en face d'elle piqua la curiosité de la jeune femme.

— Je m'appelle Tess Collins. Et vous ?

Il fit tomber une longue cendre de sa cigarette d'un mouvement du pouce en l'observant d'un air gêné.

— Jim. Jim Bonney. J'avais peur que vous n'ayez pas réussi à quitter le bateau, cette nuit.

— Moi aussi, répondit-elle avec un pâle sourire.

— Je voudrais vous poser une question…

— Je vous écoute.

— Un marin qui se trouvait à bord de votre chaloupe m'a expliqué qu'il avait monté deux corps à bord à votre demande. Vous comptiez prononcer une prière en leur mémoire, c'est ça ?

— Je voulais simplement les voir.

— Très bien. Alors, suivez-moi.

Tess, le corps tétanisé par le froid et endolori par les courbatures, se releva péniblement.

*

Une salle du paquebot avait été transformée en chapelle ardente. Une douzaine de cadavres, enfermés dans des draps, étaient posés à même le plancher dans l'attente que le capitaine les honore de quelques mots avant de les rendre à la mer. Bonney désigna l'une des formes à sa compagne.

— Je lui ai mis son bébé dans les bras.

— Vous avez bien fait. C'était sa place.

— Ne m'en veuillez pas si je ne suis pas capable de prier avec vous, je n'ai pas la fibre religieuse.

— Leur sort ne vous est pourtant pas indifférent, puisque vous êtes venu me chercher.

— Si vous avez l'intention de prier, je me retire.

— Je souhaitais simplement leur dire adieu, comme je l'ai fait le jour où j'ai enterré l'une de mes sœurs.

Ses lèvres tremblaient. Frigorifiée, épuisée, elle était au bord des larmes.

— Dans ce cas, je peux vous aider, déclara-t-il d'une voix plus douce.

— Je voudrais m'exprimer au nom de tous ceux qui les aimaient.

— Je peux commencer, si vous voulez.

Elle hocha la tête en signe d'assentiment.

Le jeune marin s'éclaircit la gorge.

— Nous pensons bien à vous, nous vous rendrions la vie si nous le pouvions. Du moins serez-vous toutes les deux ensemble pour le périple qui vous attend.

— C'est presque une prière, remarqua Tess en lui adressant un regard reconnaissant.

— À votre tour.

— Je tourne mon visage vers le soleil levant, murmura Tess en prononçant des mots échappés d'un recoin de sa mémoire. Seigneur, accordez-leur Votre miséricorde.

La pièce était plongée dans la pénombre. Nul doute que d'autres corps sans vie extraits des chaloupes viendraient bientôt rejoindre les dépouilles qui se trouvaient là.

Bonney allait partir lorsque Tess le retint.

— Attendez!

Elle s'agenouilla près du corps de la femme dont elle dégagea le visage en repoussant le drap qui la recouvrait. La défunte avait un visage aux traits marqués, de longs cils noirs.

— Nous devrions…, tenta le jeune marin.

— Je veux me souvenir de son visage.

Ils se recueillirent quelques minutes de plus, puis quittèrent la pièce en refermant soigneusement la porte derrière eux. Dans un geste à la fois tendre et maladroit, Bonney posa brièvement sa main sur l'épaule de Tess.

Les survivants rassemblés sur le pont du *Carpathia* commençaient à s'organiser. Ils se réunissaient spontanément par petits groupes, de façon presque clanique, en fonction de leurs origines. Certains racontaient d'une voix étouffée les événements les plus tragiques de la nuit, les décisions qu'ils avaient dû prendre. D'autres sanglotaient.

Jim Bonney éclata d'un rire éraillé.

— Ça y est! C'est déjà l'heure des règlements de compte.

— Que voulez-vous dire?

— On verra bien ce qu'il en ressortira. De toute façon, on ne peut rien y changer. Je suis content de vous avoir revue, même si j'aurais préféré que ce soit dans d'autres circonstances.

Il s'éloigna d'un pas vif et croisa Lucile qui s'approchait. Elle lui lança un regard mauvais.

Tess, qui observait la scène d'un air perplexe, rejoignit sa maîtresse.

Jean et Jordan Darling, blottis l'un contre l'autre, à l'écart des autres rescapés, avaient perdu toute la légèreté qui les caractérisait habituellement. Jean tendit un bras vers Lucile en la voyant passer près d'elle.

— Lucile, l'appela-t-elle en lui posant la main sur le bras. Comment auriez-vous réagi à ma place?

Lucile lui adressa un sourire dur.

— Il ne me serait certainement pas venu à l'idée de déguiser mon mari en femme en l'affublant d'une nappe. Vous n'êtes qu'une usurpatrice, et votre mari un lâche.

Jean Darling s'enfouit le visage dans les mains. Autour d'eux, plusieurs personnes avaient tourné la tête en entendant le verdict de Lucile. Tess, choquée, se sentit envahie de pitié en constatant la détresse de la danseuse.

— Parce que votre mari ne s'est pas montré lâche, lui? réagit Jean d'une voix faible.

Lucile avait décidé de se montrer impitoyable.

— Du moins n'a-t-il pas prétendu être une femme. C'est toute la différence, répondit-elle sur un ton sans appel.

Jean Darling releva la tête et regarda Lucile droit dans les yeux.

— Il serait mort et je n'aurais jamais supporté de le perdre.

Lucile lui tourna le dos.

— Et votre propre comportement? la défia Jean Darling.

— *Quel* comportement, ma chère Jean? répliqua Lucile avec le plus grand calme. Souhaiteriez-vous me reprocher d'être en vie grâce à moi, votre mari et vous? C'est le cas, vous savez.

Elle se tourna vers Tess, qui semblait hypnotisée par le visage défait de Mme Darling.

— Tess, mon petit. Je suis sûre que vous trouverez le moyen de convaincre le personnel du bord de nous apporter du thé. Je compte sur vous.

Tess détenait la preuve que rien n'avait changé dans leurs rapports.

— Bien, madame, murmura-t-elle.

On l'éloignait afin qu'elle n'entendît pas la suite. De toute évidence, un incident grave s'était déroulé sur ce canot, dont Tess aurait aimé connaître la nature tout en la redoutant.

*

La femme du cuisinier quitta l'horizon des yeux le temps d'agripper Tess par sa robe alors qu'elle passait près d'elle.

— J'ai une fille de dix ans, expliqua-t-elle. Elle est très vive, et parfaitement capable de s'occuper de son petit frère de cinq ans. Je les attends d'une minute à l'autre, je m'en réjouis d'avance.

Tess serra la main de la malheureuse entre ses doigts, consciente qu'elle ne pouvait lui être d'aucun réconfort, puis elle poursuivit son chemin.

*

La température de l'air s'adoucissait à mesure que le soleil s'élevait dans le ciel. Tess improvisa pour madame un thé qu'elle lui servit dans une théière de fortune, avec deux tasses dénichées dans un coin, sans que Lucile songeât à lui adresser de reproche. Cette tâche accomplie, elle alla se réfugier derrière l'une des cheminées du paquebot dans l'espoir que personne ne la remarquât. Recroquevillée sur elle-même, elle aspirait à se retrouver seule sous la caresse du soleil. Ses pensées la ramenèrent à Jack Bremerton. Elle revoyait son calme lorsqu'il avait tendu cet enfant vers la chaloupe. En croisant son regard, elle avait compris qu'il s'inquiétait pour elle. Comment aurait-il pu mourir?

— J'ai cru comprendre que vous saviez manier l'aviron.

Elle leva la tête et découvrit Jim Bonney.

— J'ai appris à ramer quand j'étais petite, ma famille vivait près d'un lac.

— Vous ne les avez pas ménagés, paraît-il. Mais ça ne me surprend pas.

— Pourquoi?

Il l'observa.

— Vos mains. Elles sont hâlées. Vous avez travaillé dans les champs?

Tess tira instinctivement les manches de son chandail sur ses doigts.

— N'ayez pas honte, s'empressa d'ajouter le jeune homme. Vous m'autorisez à m'asseoir près de vous?

Tess acquiesça.

— Si vous n'êtes pas vraiment marin, que faites-vous dans la vie?

— Je suis mineur. Je l'étais, tout du moins, répondit-il en tirant une bouffée de sa cigarette. Tout s'est arrêté il y a trois mois, lors de cette longue grève. Vous vous en souvenez peut-être.

Il accompagna sa phrase d'un regard interrogateur.

Tess s'en souvenait effectivement, même si les détails lui échappaient. Encore des histoire de politique, comme le disait toujours son père à l'heure du dîner. Des mécontents qui cherchent à soutirer de l'argent au gouvernement. Ils devraient être contents d'avoir un boulot au lieu de se plaindre. Son père martelait ses propos en frappant son assiette avec sa cuillère, sans quitter Tess des yeux. Le message s'adressait clairement à elle. La fauteuse de troubles, celle qui voulait quitter la ferme.

— Oui, je me souviens, reconnut-elle.

— Je faisais partie des organisateurs. Les patrons ont fini par céder et on a obtenu de meilleurs salaires pour les gars. J'ai décidé de continuer à organiser la lutte.

— Pourquoi l'Amérique?

— Parce que tout est mieux là-bas. Les gens sont sensibles à nos arguments.

Bonney envoya un débris quelconque voler d'un coup de pied à l'autre bout du pont, puis il expédia son mégot par-dessus bord d'un geste habile.

— Il y a tout à créer avec les syndicats aux États-Unis, surtout dans l'Ouest. Et puis, ajouta-t-il en lui souriant soudainement, les gens vivent comme ils veulent en Amérique. Il n'y a pas de vacherie de système de classe pour vous maintenir la tête sous l'eau.

— Vous faites partie de ces… comment les appelle-t-on, déjà? Les bolcheviques?

— Non, mais ils ont parfois raison. Notamment ce type, Vladimir Lénine.

Il posa sur elle des yeux pleins d'espoir.

— Un Russe. Vous en avez entendu parler?

Tess secoua la tête, gênée. La vie possédait tant de secrets qu'elle aurait aimé connaître.

— Et vous? reprit Bonney. Pourquoi vous rendez-vous en Amérique?

— J'en avais assez de nourrir les vaches et les cochons, de laver le linge sale des riches. J'ai décidé que c'était terminé.

Il laissa échapper un petit rire.

— Nous sommes d'accord là-dessus. Que comptez-vous faire là-bas?

— Je ne sais pas encore. Ça dépend de madame.

— Pourquoi l'appelez-vous comme ça?

Tess se montra hésitante. La réponse était simple : parce que madame le lui avait demandé. Mais elle n'avait pas l'intention de l'avouer.

— C'est uniquement le temps de la traversée.

— Que se passera-t-il ensuite?

— Je ne sais pas, reconnut-elle. Je crois savoir qu'elle m'offrira un emploi dans son atelier. J'adore coudre et dessiner des modèles.

— Vous avez du talent?

— Oui, beaucoup, répondit-elle en se moquant d'avoir l'air immodeste.

— Je vous souhaite bonne chance. Votre patronne est une arrogante de première, déclara-t-il d'une voix égale.

— Elle s'est montrée bonne pour moi.

— Elle représente l'exemple même de ce qui ne va pas dans la société anglaise.

Cette fois, son ton tranchant trahissait la colère.

— Pourquoi dites-vous ça? Elle s'est faite toute seule, en travaillant dur…

— En se mariant avec un noble. Ça l'a bien aidée, en l'autorisant à ne pas se soucier de la vie des autres.

— J'ai bien conscience de son arrogance, mais il faut savoir gratter la surface.

Tess chassa de son esprit le souvenir de Jean Darling. Elle aurait tout le loisir d'y réfléchir plus tard.

Bonney la dévisagea quelques instants, puis il baissa les yeux afin d'allumer une nouvelle cigarette en protégeant la flamme entre ses mains.

— Pourquoi avoir refusé de vous laisser photographier avec les autres? s'enquit-il.

— Je trouvais ça d'un goût douteux.

— Elle ne vous laissera jamais le loisir de penser par vous-même.

— C'est pourtant la seule façon dont j'ai appris à penser.

L'affirmation était audacieuse. Restait à savoir si elle réussirait à s'y tenir.

— Ne vous faites pas d'illusions.

Tess, brusquement gagnée par la lassitude, ne se sentait pas prête à recevoir de leçon.

— Je m'efforce de me consacrer du mieux que je peux à mon travail, que vous trouviez ça justifié ou pas. Je n'ai pas envie de me disputer avec vous.

— Je ne cherche pas à vous critiquer. C'est à moi que j'en veux.

— Pour quelle raison?

— À cause de ce qui s'est passé sur ce canot. J'aurais dû lui tenir tête.

— Qu'a-t-elle fait?

— Vous avez forcément remarqué que le canot était quasiment vide. Vous savez pourquoi? Elle a refusé de laisser monter des survivants.

— Mon Dieu!

Ce fut au tour de Tess de s'enfouir la tête dans les mains.

— C'est méprisable, non? On aurait facilement pu sauver des naufragés.

— Peut-être craignait-elle que le canot se renverse s'il était trop chargé. C'est quasiment ce qui nous est arrivé.

96

— Vous avez bien accepté de prendre à bord cette femme avec son bébé. Elle ne peut pas en dire autant.

— Mais…

Elle se souvint des eaux noires de l'océan, de la peur qu'ils avaient tous ressentie. Madame comme les autres.

— Elle devait avoir une bonne raison, vous ne croyez pas ? Je me souviens d'avoir entendu cet officier de pont dire à quel point le canot était instable. C'est peut-être une explication.

Elle l'implorait presque de se ranger à son avis.

— Je n'arrive pas à y croire, ajouta-t-elle.

Il posa sur elle un regard dur.

— Vous êtes aveugle au point de continuer à la défendre ? Et encore, vous ne savez pas tout.

— Vous ne m'avez rien raconté de condamnable au sujet de madame. Cette nuit, chacun a fait comme il a pu.

— « Madame », encore une fois ! Je commence à comprendre.

Il cracha dans la mer.

Tess détestait voir cracher les hommes.

— Alors ? Qu'est-ce que je ne sais pas ?

— Rien de racontable.

— Dans ce cas, vous vous contentez de la dénoncer sans preuve, réagit-elle, le cœur battant.

Il serra les mâchoires, les lèvres pincées.

— Je vois quelle est votre position. Vous avez peur de perdre ses faveurs en sachant qu'elle pourrait vous aider.

— Vous devriez avoir honte de dire ça, s'écria-t-elle.

Elle fondit en larmes, pour la première fois depuis qu'elle avait pris pied à bord du *Carpathia*.

Il écrasa son mégot sur le pont et frappa ses poings l'un contre l'autre.

— Écoutez, je suis en colère et je ne mesure pas toujours ce que je dis. Je ne…

— Regardez ! s'exclama quelqu'un en tendant l'index vers l'avant du paquebot.

— On va passer à côté de ce monstre de glace! C'est là que nous avons coulé!

— Seigneur! lui fit écho l'un des passagers du *Carpathia* sur un ton presque enjoué. Moi qui ai toujours voulu voir un iceberg!

Tess et Jim se relevèrent précipitamment et s'accoudèrent au bastingage. Tess se demanda, l'espace d'un instant, ce qui pouvait bien la pousser à contempler un tel spectacle. Elle n'en avait aucune envie, mais c'était plus fort qu'elle.

L'iceberg lui apparut soudain, une montagne de glace qui toisait le paquebot de toute sa masse. Un monstre magnifique, sculpté par la nature. Une œuvre d'art maudite dont les rayons du soleil perçaient le cœur bleuté.

— Et regardez là-bas! cria une autre voix.

À droite de l'iceberg, une immense tache brunâtre dessinait un cercle au milieu du bleu de l'océan. Il fallut quelques instants aux passagers pour comprendre de quoi il s'agissait.

C'était là qu'avait coulé le *Titanic*, son lourd tribut humain tragiquement décliné en objets intimes. Un bonnet de nouveau-né accroché à un long gant de femme. Des débris mal identifiables agglomérés les uns aux autres. Des chaises, des tabourets, des tables magnifiquement sculptées qui flottaient de guingois ou les pieds en l'air, des cartons, de nombreux vêtements, parmi lesquels une écharpe de soie rouge qui ondulait à la surface de l'eau à la façon d'un serpent de mer, autant de souvenirs arrachés à la carcasse du *Titanic*. Tess pria le ciel de ne pas voir flotter de ruban jaune.

— Je m'excuse de ce que je vous ai dit, marmonna Jim. Pardonnez-moi.

Tess couvrit spontanément de la sienne la main du jeune homme sur le bastingage, sans qu'il cherchât à se dégager. Alors, il retourna sa main et glissa ses doigts entre ceux de la jeune fille tandis que le *Carpathia* s'éloignait du lieu de la tragédie.

*

— Que savez-vous à leur sujet?

La Française que Tess avait croisée à son arrivée à bord lui montra du menton les deux petits garçons, endormis sous une couverture dans une cabine proche des appartements du capitaine.

— Leur père, un veuf, s'appelle M. Hoffman.

— Je crains fort qu'il n'ait pas survécu. Quelqu'un dit l'avoir vu vous confier ses enfants avant de l'entendre crier: «Dites à ma femme que je l'aime.»

— Mais il était veuf…

— Dans ce cas, ces petits sont orphelins, constata la femme d'une voix triste. Il faudra attendre notre arrivée en Amérique pour tenter de retrouver leurs proches. Du moins connaissons-nous leur identité, grâce à vous.

— Je les ai vus jouer avec des toupies, reprit Tess en caressant le visage de Michel. Savez-vous s'il reste des jouets pour les enfants?

— Je doute que les rescapés en aient emporté avec eux.

— Alors je me charge d'en trouver, décida Tess, heureuse de se rendre utile.

*

La journée s'étira, interminable. Tess en avait profité pour fouiller les différents ponts du bateau, avec l'espoir de retrouver Jack Bremerton. Elle se décida enfin à rassembler tout son courage et se rendit dans la timonerie afin de demander à consulter la liste officielle des survivants. Elle la parcourut rapidement une première fois, avant de recommencer plus lentement. Le nom de

Bremerton n'y figurait pas. Elle allait devoir s'y résoudre, il n'avait pas survécu. Il avait disparu. Elle sentit son cœur se serrer. Sans même fermer les yeux, elle revoyait son beau profil, entendait la sonorité chaleureuse de sa voix lorsqu'ils avaient longuement discuté le dernier soir sur le *Titanic*. C'est tout juste si elle ne sentait pas sa présence à côté d'elle. Était-il possible qu'il soit mort ? La réalité s'imposa à elle.

Elle rendit le document à l'officier qui le lui avait fourni, tourna les talons et quitta la timonerie.

*

— Vous feriez mieux d'entrer, Tess. Je crois que ma femme souhaite vous parler, lui annonça Cosmo.

Il l'observait avec une certaine pitié en lui faisant signe de pénétrer dans la cabine attribuée aux Duff Gordon par le capitaine.

Tess fut surprise de découvrir le regard assassin de madame.

— Alors ? s'enquit-elle sèchement. Qu'avez-vous à dire pour votre défense ?

— Je vous demande pardon ?

— Inutile de jouer les innocentes. Je souhaitais votre présence sur cette photographie. Pourquoi avoir refusé de façon si grossière ?

— Je n'ai jamais voulu me montrer grossière. Ce n'était pas ma place, c'est tout.

— Ridicule. Vous travaillez pour moi. Si je vous dis que c'est votre place, vous obtempérez.

— Je trouvais votre requête hors de propos, si tôt après le drame.

Tess comprit que c'était l'inverse de ce qu'elle aurait dû répondre en voyant les yeux de Lucile lancer des éclairs.

— Vous remettez en cause mon jugement ? se récria cette dernière, cinglante. Pour qui vous prenez-vous ?

Tant que je n'aurai pas fait autre chose de vous, vous ne serez qu'une petite bonne à peine sortie de sa ferme. Ne l'oubliez pas. Vous êtes censée m'obéir, vous m'entendez?

— Très bien, madame. Je n'avais pas compris à quel point vous attachiez d'importance à ma présence sur cette photo, bredouilla-t-elle.

— Je ne vous demande pas de comprendre, mais d'obéir. Si vous souhaitez continuer à travailler pour moi, en tout cas.

Tess veilla à ne pas envenimer la situation.

— Je ne veux que ça, madame. Je suis prête à travailler dur.

Lucile laissa échapper un rire amer.

— Refuser mon invitation devant tous ces gens était tout simplement intolérable. C'est bien compris?

— Je vous demande pardon, s'excusa à nouveau Tess.

Lucile scruta attentivement les traits figés de la jeune fille.

— Si je comprends bien, vous ne me désobéirez plus à la première occasion?

— Non, madame. Je vous le promets.

— Qui vous donne des ordres?

— Vous.

Tess retint son souffle. Elle se détestait d'accepter de se laisser traiter de la sorte. Elle avait suffisamment courbé l'échine quand elle était petite. C'était terminé. L'orgueil et la honte s'affrontaient au fond de son âme.

— Que vous a-t-on raconté au sujet de notre canot? Est-ce la raison pour laquelle vous avez refusé d'enfiler un gilet de sauvetage pour cette photographie?

— Bien sûr que non. Je ne pouvais pas savoir ce qui s'était passé, puisque je n'étais pas là.

La voix de Lucile lui fit l'effet d'un coup de fouet.

— Je vous ai vue discuter avec ce marin. Il ne s'est nullement montré amical avec nous sur ce canot, Tess.

Je vous demanderai de ne pas l'oublier. Il est capable de colporter des mensonges pour gagner gros en inventant des histoires sordides.

Contre toute attente, l'orage se dissipa aussi vite qu'il était venu et Lucile congédia Tess d'un geste.

— Je suis épuisée. Soyez gentille de m'apporter du thé. Chaud, cette fois-ci. Le capitaine a fini par comprendre qui j'étais.

— Bien sûr, accepta Tess, aussi surprise que soulagée.

— Bien sûr, madame, la corrigea Lucile avec un sourire radieux. Allez, allez, mon petit. Et cessez de me regarder comme si j'allais vous mordre. J'ose espérer que vous vous montrerez de meilleure humeur demain.

*

Les heures, puis les jours s'écoulèrent. Lorsque Lucile n'exigeait pas les services de Tess, celle-ci apprenait aux autres naufragées à coudre chemises et manteaux pour leurs enfants en utilisant de vieilles bâches. La plupart des rescapés avaient été contraints de garder sur eux des vêtements inconfortables, raidis par le sel de mer. Certains, tirés de leur lit en plein sommeil au moment du drame, n'avaient même pas de chaussures.

— Je ne sens plus mes orteils, gémit un petit garçon.

Tess s'agenouilla et entreprit de masser ses petits pieds afin de les réchauffer, dans l'espoir de les voir reprendre un peu de couleur.

La vie aidant, les petits recommençaient néanmoins à rire et à jouer.

Le deuxième jour, Tess découvrit Jim sur le pont. Entouré d'une nuée d'enfants, il sculptait pour eux des figurines dans de vieux morceaux de bois.

— Vous êtes doué, le complimenta-t-elle en se penchant pour admirer son travail.

Il avait de longs doigts très fins, à l'opposé de ceux que l'on s'attendait à trouver chez un mineur.

— Merci. J'ai appris le métier auprès d'un oncle sculpteur de bois, mais ça ne me permettait pas de gagner ma vie.

Il lui octroya un sourire.

— Vous voulez vous joindre à nous?

Sa douceur et sa bienveillance avaient conquis les enfants.

Tess prit spontanément place au milieu des enfants qui passaient commande d'un jouet auprès de Jim.

— Qui veut une girafe? Un éléphant? Ah, la girafe a été la plus rapide, déclara-t-il sur un ton enjoué en s'adressant à une petite fille à la mine sombre.

Le visage de la fillette s'illumina et tous assistèrent en silence à la naissance magique de l'animal qui prenait forme sous les doigts du jeune homme.

— Qu'en dis-tu? lui demanda-t-il. Elle ressemble à une girafe?

L'enfant se contenta d'un sourire muet lorsqu'il déposa délicatement la statuette dans le creux de sa main.

— Ce sera ton porte-bonheur, déclara-t-il d'une voix douce.

Il laissa s'écouler un silence avant de se tourner vers Tess.

— Elle s'en est prise à vous?

— Oui, elle était furieuse. Vous aviez raison.

— Elle est en train de construire sa défense.

— Pour quelle raison?

— Elle n'a pas le choix.

Ils passèrent là plus d'une heure. Chaque fois que Jim achevait une figurine, Tess ne pouvait s'empêcher d'en caresser le bois lisse.

— Vous y ajoutez une touche de magie, plaisanta Jim.

La remarque fit rire Tess qui répugnait à quitter l'îlot de plaisir qu'il avait su créer au milieu d'un océan de douleur.

— Vous seriez capable de sculpter une toupie? s'enquit-elle.

Une lueur amusée dansa dans les yeux du marin.

— Bien sûr. C'est pour vous?

— Non, pour deux petits garçons qui auraient bien besoin de se distraire.

— Accordez-moi quelques heures, dit-il sans poser d'autre question.

*

Les passagers ne s'étaient jamais habitués à la détresse de la femme du cuisinier. On avait tenté à plusieurs reprises de la conduire dans une cabine, mais elle s'en échappait aussitôt et retournait inlassablement prendre sa place sur le pont, les yeux rivés sur l'horizon.

— Ils seront bientôt là, répétait-elle d'une voix douce. Mes enfants ont pris place à bord d'un canot, mais ils rament lentement.

À cette idée, son visage s'illuminait et ses yeux brillaient d'un éclat étrange.

*

— Cette femme manque manifestement de caractère, décréta Lucile en voyant Jean Darling passer près d'elle sur le pont, chargée d'un panier de pain pour son mari. Personnellement, je ne suis pas disposée à lui reparler. Je ne serais pas surprise qu'il en aille de même avec les autres lorsque la ruse de son mari sera rendue publique.

Lucile chassa de la main quelques raisins secs restés collés à l'assiette dans laquelle Tess lui avait apporté des biscuits.

La jeune fille s'empressa de les ramasser sur le pont et de les jeter par-dessus le bastingage. Elle les regarda plonger dans l'air et disparaître au milieu des remous.

Elle faisait des progrès en parvenant désormais à dissimuler ses sentiments. Elle se demanda si la servilité était une qualité innée, pour qu'elle se pliât aussi facilement à ses règles. Restait surtout à comprendre ce qui avait pu provoquer le mépris de Lucile à l'endroit des Darling.

*

Elle enchaînait les cauchemars, se réveillait parfois en gémissant. Le dernier soir, il était déjà tard lorsqu'elle frappa à la porte des Duff Gordon. Cosmo, désireux de laisser sa femme seule, était monté chez l'opérateur radio afin d'expédier des câbles, dont celui que Tess lui avait demandé d'envoyer à sa mère.

— Je vous ai apporté une couverture supplémentaire, au cas où vous auriez froid, déclara-t-elle en voyant s'ouvrir la porte de la cabine.

— Ce n'était pas nécessaire. Je suis fatiguée et je n'ai besoin de rien, répondit Lucile sur un ton irrité.

Elle avait enfilé un vieux chandail par-dessus un peignoir de flanelle que quelqu'un lui avait offert, ce qui lui donnait un air curieusement ordinaire.

— Allez donc vous coucher. Comment se fait-il que vous ne dormiez pas?

— Je n'arrive pas à fermer l'œil, répondit Tess.

— Pourquoi donc?

— Je rêve constamment du naufrage.

— Je vous rappelle que c'est fini et que nous avons survécu. Le mieux est encore de ne plus y penser, décréta-t-elle d'une voix ferme.

Son regard s'adoucit brusquement.

— Allons, entrez un instant, proposa-t-elle en ouvrant grand la porte.

La jeune fille pénétra dans une pièce aussi minuscule que dépouillée. Avec le luxe était partie la grandeur.

— Vous n'avez donc jamais peur? murmura Tess.

Elle ne s'attendait pas à observer une réaction aussi brutale chez sa maîtresse. Le visage de Lucile se décomposa, avant de retrouver une apparence plus dure.

— J'ai toujours peur.

— Vraiment?

— J'ai toujours peur de l'eau, se hâta-t-elle de préciser.

Elle s'assit d'un mouvement lent et croisa les mains sur ses genoux.

— J'ai failli mourir noyée quand j'avais dix ans, expliqua-t-elle. Les gens sur la plage observaient tous la scène, bouche bée, mais personne n'a levé le petit doigt malgré mes cris et mes hurlements.

Elle s'exprimait avec un tel naturel, elle aurait tout aussi bien pu réciter la liste des courses.

— Que s'est-il passé?

— Quelqu'un a eu la présence d'esprit de grimper sur un rocher et de lancer une corde. Je m'y suis accrochée et il m'a tirée à terre. Je ne parle jamais de cet incident. Je vous fais confiance pour ne pas le répéter.

Lucile n'était donc pas vaccinée contre la peur. Elle était capable de souffrir, comme n'importe qui.

— J'imagine que vous avez dû être terrifiée, l'aiguillonna Tess.

— Non, je ne m'y suis pas autorisée. Asseyez-vous, ordonna Lucile en tapotant le mauvais lit étroit qui meublait la pièce.

Tess obtempéra et Lucile lui prit la main. Les deux femmes étaient si près l'une de l'autre que la jeune fille sentait flotter autour de Lucile des restes de parfum au jasmin, dont le flacon était demeuré au fond de l'océan.

— Vous apprendrez à passer outre, poursuivit Lucile avec une certaine douceur. Croyez-moi, Tess. J'ai appris à ne jamais afficher ma peur, à assumer mes responsabilités, à me battre lorsqu'il le faut. N'est-ce pas votre ambition?

— Si.

Lucile serra si fort la main de Tess dans la sienne que la jeune fille faillit sursauter.

— N'autorisez jamais personne à vous meurtrir, mon petit. Il faut toujours penser à l'avenir, et non au passé.

Elle hésita l'espace d'un battement, puis elle ajouta :

— J'ai un cadeau pour vous.

Elle sortit de la poche de son chandail informe un petit sachet de velours.

— Prenez-les. Pour votre avenir.

Tess ouvrit le sac et eut un haut-le-corps en découvrant les pendants en pierre de lune de Lucile. Même dans cet espace confiné et sombre, ils brillaient de mille feux.

— Je ne peux pas accepter, bégaya-t-elle.

— Dites-vous qu'ils n'auraient jamais dû survivre au naufrage. Ils m'ont déjà sauvé la vie une fois, et puis j'en ai beaucoup d'autres à la maison. Les bijoux possèdent des vertus apaisantes.

Le geste était d'une telle désinvolture que Tess ne sut quoi penser. Elle déposa les pendants sur les genoux de Lucile.

— Je n'en ai pas besoin. Je souhaitais simplement vous dire que ce drame m'avait changée. J'avais besoin de savoir que vous compreniez, en me disant que vous faisiez peut-être des cauchemars, vous aussi. Vous m'avez beaucoup réconfortée. Je ne demandais rien d'autre.

Elle scruta le visage de Lucile, inquiète. Madame pouvait-elle s'estimer insultée ?

Le visage de Lucile se figea.

— Vous avez peur que je change d'avis et que je vous les réclame un jour ?

— Non, pas du tout…

— Très bien. Une autre fois, peut-être.

Elle récupéra les pendants et les glissa dans leur sachet de velours qu'elle fourra dans sa poche.

— Quant à la peur, chacun réagit comme il le peut. Mais assez discuté pour ce soir.

Tess n'avait aucune envie de partir, de peur de voir s'évanouir cette courte parenthèse d'intimité.

— À quel moment avez-vous décidé de vous intéresser à la couture et de devenir créatrice? demanda-t-elle à brûle-pourpoint.

Lucile battit des paupières, désarçonnée par la question.

— Je fabriquais des vêtements pour mes poupées, dit-elle enfin.

— Ma mère m'avait fait une poupée de chiffon, moi aussi je lui confectionnais des habits.

Mais Lucile ne souhaitait pas partager davantage ses expériences.

— Vous savez, mon petit, nous avons tous été enfants. À présent, retournez vous coucher. Je vous attends tôt demain matin, nous avons une journée chargée devant nous.

*

Tess prit place devant le petit bureau de Lucile le lendemain matin. Elle ouvrit un tiroir dont elle sortit un carnet et un stylo d'un air affairé. L'intimité de la veille s'était définitivement dissipée.

Lucile tournait en rond derrière elle en évoquant les messages à échanger avec ses boutiques de Londres, Paris et New York. Des présentations de ses collections de printemps étaient programmées partout, à sa grande satisfaction. Il fallait coordonner l'ensemble, et créer de nouveaux prototypes des robes perdues lors du naufrage prendrait du temps. Le magasin de New York serait priviliégié. Elle s'exprimait à toute vitesse en multipliant les instructions que Tess notait à mesure sur le carnet. Il fallait prévenir les clients, les réunir, les cajoler. Mme Wharton avait-elle toujours l'intention d'acquérir la robe corail qui l'avait tant séduite à Londres? Les modèles étaient-ils prêts à être expédiés? Si tel n'était pas le cas, pour quelle raison?

— J'en arrive à croire que la publicité faite autour de ce drame pourrait m'être profitable, estima-t-elle avant d'arrêter son regard sur Tess qui continuait de prendre des notes.

Lucile tambourina des doigts sur la table.

— Mon petit, j'ai remarqué que vous passiez beaucoup de temps avec cet horrible marin. En l'absence de votre mère, il est de mon devoir de vous avertir. Vous pouvez espérer mieux que cet individu.

Tess se sentit rougir. Elle allait répondre lorsque Lucile la coupa :

— En outre, il est grand temps d'aborder la question de votre avenir. Je n'ai nul besoin d'une femme de chambre supplémentaire à New York. J'en ai déjà deux.

Elle s'exprimait d'une voix dure et Tess tendit le dos. Elle risquait de payer très cher son acte de désobéissance.

— J'avais cru comprendre…

— Je sais, je vous avais parlé de la possibilité de vous employer dans mon atelier. J'ai pu constater que vous réalisiez les boutonnières à merveille, précisa-t-elle en soupirant avant de reprendre ses allers-retours.

— Mes talents de couturière ne s'arrêtent pas aux boutonnières, s'empressa de réagir Tess. Je peux vraiment vous aider à…

— Tess, si vous voyiez votre figure! Ne vous inquiétez pas, je me moquais. Vive et intelligente comme vous l'êtes, je vous trouverai un emploi. Nous commencerons par vous intégrer au personnel de l'atelier, nous verrons bien ensuite. Pourquoi donc me regardez-vous de la sorte?

— Je suis perplexe. J'ai parfois l'impression que vous jouez avec moi.

— Jouer? Moi? Pour l'amour du ciel!

Elle laissa fuser un rire léger.

— Laissez-moi vous expliquer ce qui nous attend à notre arrivée au port ce soir. Nous sommes tous célèbres, désormais.

Tess n'était pas certaine de suivre le raisonnement de Lucile. Elle commençait tout juste à comprendre que le destin funeste du *Titanic* avait mobilisé l'attention du monde entier. Les journaux réclamaient des détails à cor et à cri, une enquête avait même été lancée par le Congrès des États-Unis. Des centaines de câbles avaient été échangés avec le *Carpathia*. Tess s'apercevait combien il était absurde de croire que la tragédie relèverait longtemps de l'intime pour les survivants.

— Ce sera un véritable cirque, l'avertit Lucile.

Elle conseilla à Tess de fuir tous ces chacals de journalistes qui ne manqueraient pas de se ruer en priorité sur ceux qui n'avaient pas l'habitude de leurs ruses. Le mieux était encore de laisser Lucile et sir Cosmo leur répondre. Un chauffeur dépêché par ses bureaux de New York les attendrait sur le quai afin de les conduire au Waldorf Astoria, elle exhortait donc Tess à ne pas les quitter d'une semelle. Tout bien réfléchi, le mieux était encore de se rendre directement à l'atelier, sur le chemin de l'hôtel, où madame comptait récupérer ses modèles.

— Attendez de voir l'hôtel, mon petit, s'enthousiasmat-elle. Vous en mourrez de saisissement.

Tess grimaça intérieurement, jugeant la métaphore mal choisie.

Sans doute Lucile lut-elle sur son visage l'ombre fugitive qui s'y dessinait.

— Je vérifierai que tout est prêt, promit Tess en se dirigeant vers la porte de la cabine.

— À propos, l'arrêta Lucile, j'ai oublié le nom de ces gens chez qui vous étiez employée à Cherbourg. De qui s'agissait-il, exactement?

— Je ne vous en ai jamais parlé, répondit Tess, qui n'était pas dupe.

— Peut-être que non, reconnut madame en la dévisageant d'un air pensif. Dans ce cas…

Pourquoi jouait-elle au chat et à la souris? Tess s'interrogea sur l'opportunité de réagir avant de se décider à tenter sa chance.

— Merci de votre gentillesse hier soir. Je vous suis très reconnaissante de m'avoir réconfortée.

Cette fois encore, Lucile changea d'expression du tout au tout.

— Je ne me livre pourtant pas facilement, reconnut-elle après une courte hésitation. Mais vous avez su provoquer mes confidences.

Un court silence prit le relais, que Lucile mit à profit pour se reprendre.

— Après tout, je m'y connais en rêves. Veillez à prendre la mesure de celui qui vous attend. C'est la dernière fois que je vous le dirai, sourit madame avec des yeux moqueurs. Soyez fin prête. Vous allez bientôt traverser le miroir d'Alice.

*

Pennsylvania Station, New York
Jeudi 18 avril, 7 heures

Pinky Wade, tassée sur son siège, s'efforça de percer la crasse qui obscurcissait la fenêtre du wagon au moment où le train émergeait lentement du tunnel de Penn Station. Le vaste édifice, inauguré quelques mois plus tôt, était impressionnant de majesté avec ses arches immenses et ses verrières splendides soutenues par une forêt de colonnes de marbre rose. Elle sursauta légèrement en entendant le contrôleur remonter l'allée centrale du wagon et annoncer d'une voix sonore: «New York!

Terminus, tout le monde descend!» Elle ramassa hâtivement le petit sac dans lequel elle avait glissé des affaires de toilette et un chemisier de rechange. Pinky Wade s'enorgueillissait de toujours voyager léger.

Elle descendit du train et entama la montée des escaliers en jetant un regard anxieux aux verrières à travers lesquelles la lumière pénétrait à flots. Les rayons du soleil dansaient sur les silhouettes des passagers pressés, se réverbérant sur toutes les surfaces polies. En temps ordinaire, elle aimait remonter l'élégant passage reliant les quais à la salle d'attente, entendre ses semelles claquer sur les dalles de marbre du sol et s'imaginer dans le hall d'un palace, mais ce n'était pas le cas ce jour-là. Lasse, d'humeur morose, elle ruminait la décision du *Times* de la convoquer de la sorte. Elle remit un semblant d'ordre dans les mèches filasse épinglées sur le sommet de son crâne, puis elle examina ses chaussures. Van Anda ne manquerait probablement pas de railler la longueur de sa jupe, qui flottait plusieurs centimètres au-dessus de la cheville. Comment aurait-elle pu s'habiller autrement, puisqu'elle partait en reportage?

Elle passa devant un immense miroir dans un cadre doré, s'arrêta et se contempla. Elle constata, sans surprise, que son visage s'accordait à son humeur. Comment Van Anda avait-il eu le culot de lui retirer son enquête sur les hôpitaux psychiatriques pour lui coller sur le dos les interviews des survivants du *Titanic*? La décision de son rédacteur en chef la laissait perplexe. Van Anda n'était pas un mauvais patron, il lui apportait son soutien la plupart du temps quand elle lui proposait des sujets, mais il n'était pas différent des autres. Dans le milieu de la presse, les hommes confiaient systématiquement les sujets les plus dramatiques aux femmes, considérant qu'elles savaient tirer des larmes à leurs lecteurs mieux que leurs collègues masculins. Si on lui avait réservé une cabine lors du voyage inaugural du *Titanic*, elle aurait sauté à pieds joints sur l'occasion. Au lendemain du drame, elle se retrouvait coincée avec la tâche sans intérêt de recueillir les témoignages poignants des survivants.

Elle reprit sa route, au comble de l'indignation. Elle se demandait parfois ce qui la poussait à s'entêter dans un métier pareil. De toute façon, jamais son père ne lui avouerait qu'il était fier d'elle. Il lui avait seriné tout au long de son enfance combien elle était intelligente, avant d'ajouter quelques bémols lorsqu'elle avait atteint l'âge adulte : les filles de ton âge sont toutes mariées, il est temps de réfléchir à avoir des enfants…

Pinky s'immobilisa à nouveau, à la recherche d'un peu de monnaie pour un taxi, au fond de son sac. Elle était plus libre que la plupart des autres femmes, peut-être son père n'avait-il pas voulu partager avec elle la joie coupable qu'elle avait ressentie en se lançant dans une profession aussi audacieuse. Elle mesurait sa puissance chaque fois qu'elle dénonçait des maltraitances au sein d'un orphelinat ou contraignait les dirigeants d'un asile d'aliénés à réformer leur institution. Malgré tout, sa position restait fragile puisqu'on lui retirait un reportage aussi important afin de l'envoyer sur cette histoire sans intérêt.

Elle sortit de la gare en soupirant et gagna la station de taxis. Dieu merci, l'époque des fiacres était révolue.

*

Salle de rédaction du New York Times, *New York*
18 avril, 10 heures

Van Anda n'avait quasiment pas fermé l'œil depuis trois jours, mais il n'en avait cure. Tous les autres journaux du pays faisaient profil bas, seul le *Times* avait eu le culot de consacrer sa une au naufrage du *Titanic*, avant que les dirigeants de la White Star Line ne reviennent sur leurs déclarations mensongères initiales et n'avouent la vérité. C'était le scoop de sa vie et il n'avait pas l'intention de se laisser ravir la vedette par ses concurrents. Le *Carpathia* devait accoster dans l'après-midi et Van Anda était quasiment prêt. Il avait réservé un étage entier d'un hôtel local pour que ses journalistes puissent passer à l'action, pas moins de douze lignes téléphoniques reliées directement à la rédaction y avaient été installées pour l'occasion.

— Nous avons été les premiers et nous resterons les premiers, avait-il annoncé fièrement à ses troupes.

— Bonjour, Carr.

Il releva la tête et découvrit en face de lui une Pinky Wade à la mine butée, les bras croisés sur la poitrine. Il sourit en remarquant que sa jupe s'était encore raccourcie de deux centimètres depuis la fois précédente. Pinky était une assez jolie fille. Un teint de rose, le regard vif et un rire en cascade. Elle possédait un don de passe-partout digne d'un caméléon qui lui facilitait grandement la tâche lors de ses enquêtes. Une fille courageuse aux opinions tranchées. Sans sa gouaille, elle aurait aisément pu se reconvertir en dame de compagnie dans une demeure bourgeoise de la 5e Avenue. Elle donnait l'impression de posséder une énergie inépuisable, que l'on sentait sur le point de se libérer à tout instant. Pinky avait le journalisme dans le sang.

Van Anda alla droit au but.

— Je compte sur vous pour vous trouver sur le quai lorsque le paquebot accostera. Questionnez aussi bien les miséreux de l'entrepont que les passagers de première classe. Rapportez-nous les informations brutes, on remettra tout en forme ici. Demandez-leur s'ils ont vu l'iceberg, à quel moment ils ont compris ce qui se déroulait. Je veux un maximum de détails, trouvez-moi des gens qui ont failli y passer. Arrangez-vous aussi…

— Bonjour, Carr.

Van Anda comprit à sa mine que la jeune femme était vraiment furieuse.

— Bonjour, Pinky.

— Pourquoi moi?

— Parce que vous êtes la meilleure pour les faits divers. Je suis désolé de ne pas vous mettre en danger pour une fois, je rectifierai le tir à la première occasion.

Pinky ne put réprimer un sourire. Elle s'était toujours montrée sensible à l'humour de Van Anda.

— Je veux monter à bord de ce bateau avant qu'il n'accoste, décida-t-elle.

— Formidable. Vous connaissant, vous trouverez le moyen de parvenir à vos fins. Je suis comblé.

*

Washington
Jeudi 18 avril, 15 h 30

Le sénateur Smith attrapa son train au vol à Union Station. Le convoi s'ébranlait lorsqu'il se hissa sur le marchepied, une serviette bourrée de documents dangereusement coincée sous un bras. Ses deux assistants grimpèrent précipitamment à bord à sa suite.

— Vous avez fait forte impression sur les journalistes, remarqua l'un d'eux en pointant du doigt la meute des reporters, armés de carnets et d'appareils photo, qui s'effaçait lentement dans le sillage du train.

Smith se rengorgea intérieurement. Il ne lui avait pas fallu longtemps pour imposer son audace. Le fait de siéger à la Commission du commerce l'avait évidemment servi. Son idée de créer une commission d'enquête dont il serait le président avait été accueillie par le Sénat aussi facilement que s'il avait enfoncé un couteau tiède dans une motte de beurre. Une bonne vieille métaphore du Midwest comme Smith les goûtait particulièrement. Les premières auditions n'avaient pas été programmées à Washington, mais à New York. En plein cœur de la ville, dans les salons de l'hôtel Waldorf. C'était encore le meilleur moyen de réunir des témoins. La première séance était prévue pour le lendemain matin.

Le sénateur se carra confortablement dans son siège et consulta sa montre pour la vingtième fois.

— Nous devons impérativement monter à bord du *Carpathia* avant son accostage, serina-t-il à ses assistants. Les gens de la White Star s'éclipseront à la première occasion si on ne les assigne pas à comparaître immédiatement. En particulier cette anguille d'Ismay.

— Vous les croyez capables d'avoir envoyé eux-mêmes ces faux messages selon lesquels le paquebot n'avait pas coulé?

— Absolument.

Smith ne décolérait pas en repensant à tous ceux qui avaient rallié Halifax, sur la côte canadienne, avec l'intention d'y retrouver des proches lorsqu'on leur avait donné l'assurance que le *Titanic* n'avait pas fait naufrage. À quoi avait servi ce mensonge aussi ignoble que lâche, sinon à laisser le temps aux huiles de la White Star de sauver leur peau?

Il posa sa nuque sur la têtière, le front barré d'un pli. Il avait bien tiré son épingle du jeu. Il avait réagi en un temps record, avant tous ses collègues du Congrès. Cette histoire sera le couronnement de ma carrière d'élu, pensa-t-il en regardant distraitement le paysage qui défilait de l'autre côté de la vitre.

Encore fallait-il qu'il arrive à temps.

*

Le *Carpathia* achevait sa traversée de son allure majestueuse, s'approchant lentement de l'arrivée dans le port de New York. Les passagers avaient commencé à se presser le long du bastingage dès 17 heures, les yeux rivés sur l'horizon dans l'espoir de voir se dessiner la terre. La soirée s'annonçait fraîche et Tess serra son chandail contre sa poitrine. À quelques mètres d'elle, la femme du cuisinier arpentait le pont en agrippant le bras de tous ceux qui croisaient son chemin.

— Vous n'auriez pas vu mes enfants? Savez-vous s'ils sont en train de dîner? répétait-elle inlassablement. Dites-leur que je les attends. S'ils ne me rejoignent pas rapidement, je vais devoir partir les chercher.

Jim, à l'écart, fumait une cigarette en fixant le couchant où ne tarderaient pas à se deviner les côtes américaines.

Tess regarda discrètement les alentours. Lucile n'était visible nulle part.

— Quelqu'un vous attend? demanda-t-elle à Jim d'un air timide en le rejoignant.

Elle ne se faisait guère d'illusions. À peine débarqués, ils redeviendraient comme deux étrangers.

— Non, personne, répliqua-t-il avec un petit haussement d'épaules. La White Star a annoncé à tout l'équipage que nous étions consignés à terre dans le cadre de l'enquête. On verra bien, il est clair qu'Ismay a une idée derrière la tête.

Il la dévisagea longuement sans qu'elle pût deviner ce qu'il cherchait à lire sur ses traits.

— J'ai entendu dire qu'un sénateur américain était attendu à bord incessamment. Il veut interroger en priorité les officiers et les hommes d'équipage. Et ça ne fait que commencer. Il va bien leur falloir trouver un coupable.

— Le capitaine nous a annoncé que les travaux de la commission sénatoriale commençaient demain, répondit Tess.

Jim la gratifia d'un éclat de rire amer.

— C'est bien la preuve que les politiciens ont pris le relais. Vous verrez que tous ces hommes d'affaires cupides exécuteront de belles pirouettes pour se trouver des excuses. Ces commissions parlementaires ne débouchent jamais sur rien. Les politicards se fichent bien de tous les pauvres bougres qui se trouvaient dans l'entrepont et des types qui travaillaient dans la salle des machines. Les soutiers n'avaient pas une chance de s'en sortir.

— Vous connaissiez l'un d'eux? devina-t-elle.

— Oui, un copain. Un gars bien. On avait décidé d'émigrer ensemble. Il travaillait aux chaudières au moment de la collision avec l'iceberg. Je n'arrête pas de me dire que j'aurais dû me trouver là, avec lui. Sauf que j'en avais assez du charbon, je lui avais expliqué que je ne voulais plus jamais en voir de ma vie.

— Je suis désolée.

La réaction n'était pas à la hauteur du deuil de Jim, mais il ne sembla pas s'en émouvoir.

— Aucun d'eux n'avait la moindre chance de s'en tirer. C'est le rôle des survivants de découvrir la vérité. Personne en Amérique ne s'inquiétera jamais de leur sort, on les oubliera. J'aurais dû me trouver avec eux, j'aurais dû couler avec le bateau.

— Ils avaient besoin de vous sur ce canot. Vous étiez le seul capable de le diriger et de ramer, s'empressa de déclarer Tess. Vous avez fait votre travail. Je sais bien qu'on s'en veut d'être encore en vie quand tant de gens sont morts. Je me sens aussi coupable que vous.

Un sourire en coin s'afficha sur le visage du jeune homme.

— Ne vous frappez pas, Tess. Il y a suffisamment de souffrance et de chagrin autour de nous sans qu'il soit besoin d'en rajouter.

— Vos figurines en bois ont fait beaucoup de bien aux enfants, dit-elle d'une voix sourde. Je vous admire pour ça.

— Ce n'était rien. La petite fille pour laquelle j'ai sculpté cette girafe? Elle a perdu ses deux parents dans le naufrage. Elle s'est contentée d'indiquer son nom à ceux qui se trouvaient dans le même canot qu'elle, elle n'a pas ouvert la bouche depuis. Elle me suivait tout le temps. Elle a passé des heures à me regarder tailler ces morceaux de bois.

Tess inspira longuement, dans l'espoir de museler son angoisse. Seuls ceux qui avaient vécu le drame seraient jamais en mesure de comprendre.

— C'est bien grâce aux enfants que j'ai trouvé la force de survivre. Grâce à vous aussi, avoua-t-il d'un air gêné.

Après une hésitation, il sortit de sa poche un objet qu'il glissa dans la paume de la jeune fille.

— C'est pour vous. Ce n'est sans doute pas le souvenir que vous espériez, mais mes doigts ne m'ont pas demandé mon avis.

Ses traits s'éclairèrent.

— Bienvenue en Amérique, Tess. J'espère que nous aurons l'occasion de nous revoir. À bientôt.

— Jim…

C'était la première fois que le nom du jeune marin franchissait ses lèvres.

Il la fit taire en posant un doigt sur sa bouche. Le même geste qu'il avait eu le soir où ils s'étaient promenés ensemble sur le pont du *Titanic*. L'instant d'après, il s'éloignait.

Tess écarta les doigts et découvrit dans le creux de sa main un canot de sauvetage miniature. En détaillant la figurine en bois à la lueur du crépuscule, elle découvrit deux silhouettes munies chacune d'un aviron. Elle releva vivement la tête afin de le remercier, mais il avait disparu.

Tess s'étonna de ne plus voir la femme du cuisinier. Où avait-elle pu passer? Après avoir trop longtemps attendu ses enfants, debout sur le pont, elle avait décidé de partir à leur recherche en se jetant dans l'océan.

4

Le Carpathia
Jeudi 18 avril, 21 heures

L'opération s'était révélée moins compliquée que ne le redoutait Pinky. Il lui avait suffi de discuter avec un docker amical pour apprendre qu'un remorqueur partait à la rencontre du *Carpathia*, emportant à son bord un homme politique venu spécialement de Washington s'entretenir avec les rescapés. Il ne pouvait s'agir que de William Smith, le sénateur du Michigan qui avait pris la direction de la commission parlementaire. Les auditions débutaient le lendemain. Un beau cirque en perspective.

Le tout était de se trouver au bon endroit au bon moment. Vêtue d'un pantalon emprunté à un jeune correcteur, sa tignasse dissimulée sous une casquette qui lui donnait l'air d'un docker, elle était aux premières loges lorsque le sénateur Smith était arrivé de la gare, le front couvert de sueur. Dans la bousculade, les salutations d'usage et les cris, Smith et deux assistants guindés étaient montés à bord du remorqueur.

Pinky savait que sa meilleure chance de réussite était son naturel. La moindre hésitation lui aurait été fatale. Aussi était-ce en sifflant nonchalamment qu'elle avait sauté sur le pont du remorqueur dans la pénombre.

Ce reportage ne serait peut-être pas le pensum qu'elle avait craint.

Le capitaine du remorqueur coupa les moteurs à l'approche du *Carpathia*. En levant les yeux, Pinky distingua des grappes de passagers serrés contre le bastingage, légèrement penchés en avant comme s'ils assistaient à une cérémonie funèbre. Pas un bruit, pas un cri d'enfant ne troublait le silence que rythmaient les vagues à la proue du remorqueur. Au moment où elle s'y attendait le moins, un éclair zébra le ciel, suivi d'un grondement de tonnerre.

Elle hésita à s'approcher des assistants de Smith dans l'espoir de surprendre leur conversation, mais elle ne parvenait pas à détacher son regard des silhouettes massées sur le pont du paquebot. Le remorqueur s'approcha de celui-ci et se colla contre sa coque

Elle fut tirée de ses pensées par une explosion de lumières. Plusieurs autres remorqueurs s'apprêtaient à rejoindre le *Carpathia*.

— Oh hé! Du bateau! tonna une voix dans un mégaphone. Vous êtes les rescapés? Si vous souhaitez témoigner, sautez, on s'occupera de vous!

Pinky esquissa un sourire. Elle avait reconnu la voix de l'homme au mégaphone. Un journaliste du *World* qui ne manquait pas de culot ni de ressources, à défaut d'avoir du plomb dans la tête. Comment pouvait-il espérer convaincre les survivants du *Titanic* de *sauter à l'eau*? Il aurait été mieux inspiré de se glisser à bord du *Carpathia* en toute discrétion. En tout cas, sa démarche allait singulièrement simplifier la tâche de Pinky.

Pendant que ses concurrents s'évertuaient à convaincre les passagers qui les observaient en silence depuis le pont, elle montait à bord en grimpant à l'échelle de corde dans le sillage de Smith et de son entourage. À peine sur le pont, elle se glissa dans une poche d'ombre, sûre que personne ne l'avait vue.

*

Tess assistait à l'arrivée des officiels lorsqu'elle vit une silhouette sombre s'éloigner du petit groupe et se réfugier discrètement derrière une cheminée. Elle traversa le pont afin de voir de quoi il retournait. Qui pouvait bien vouloir se cacher de la sorte? Elle découvrit dans une poche d'ombre une femme en salopette qui jurait entre ses dents en s'efforçant de ramener son épaisse chevelure sous sa casquette.

— Vous pourriez m'aider? Mes cheveux ne tiennent pas en place, déclara-t-elle d'une voix impatiente en apercevant Tess.

— Qui êtes-vous?

— Un passager clandestin, évidemment. Vous pouvez m'aider, s'il vous plaît?

Peut-être était-ce à cause du ton joyeux sur lequel elle s'était exprimée? Toujours est-il que Tess, au bord du fou rire, empoigna les mèches rebelles de Pinky et les ramena sous sa casquette.

— Vous avez l'air ridicule, dit-elle.

— Vous ne seriez pas plus fière si vous vous étiez déguisée en homme, vous aussi. J'aurais été mieux inspirée de tout couper.

— Vous ne m'avez toujours pas dit qui vous étiez, insista Tess.

— J'ai bien compris que je ne m'en tirerais pas à si bon compte. Très bien. Je suis Sarah Wade, mais tout le monde m'appelle Pinky.

— Pourquoi vous cachez-vous?

En reculant d'un pas afin de contempler l'étrange personnage, Tess trébucha sur un cordage enroulé dans la pénombre. Le canot de bois sculpté par Jim s'échappa de sa poche et glissa sur le pont en direction du vide. Tess se précipita avec un cri aigu.

Pinky se montra plus rapide qu'elle. D'un bond, elle rattrapa le jouet de justesse au moment où il allait tomber à l'eau. Elle se releva et le tendit à Tess en silence.

— C'est un bateau? s'enquit-elle, intriguée.

— Oui. Je vous remercie.

Tess s'en empara d'un mouvement vif et le remisa au fond de sa poche.

— Très bien, reprit Pinky. Pour répondre à votre question, je suis journaliste. Je souhaite interviewer les survivants du *Titanic* et cette tenue m'a permis de monter à bord de ce paquebot. Je vous ai fait peur?

— Pas vraiment, non.

Pinky prit un air dépité, presque comique.

— Je comprends. Vous me trouvez ridicule dans cette tenue, c'est ça?

— Un peu. Comment avez-vous réussi à monter à bord de ce remorqueur sans attirer l'attention?

— L'expérience m'a montré que les hommes sont rarement observateurs.

— Sauf quand on est en jupe, la corrigea Tess.

— Exactement. Dans ce cas-là, ils ne pensent qu'à promener leurs mains en dessous.

La remarque eut le don d'amuser Tess, qui commençait à se prendre d'affection pour ce petit bout de femme culotté.

— Comment se sent-on en pantalon? C'est plus confortable que la jupe?

— On se sent aussi libre que dans une barboteuse, mais en mieux.

Pinky remarqua le chandail usé de Tess.

— Je me trompe, ou bien vous vous trouviez à bord du *Titanic*?

Tess redevint sérieuse.

— Oui.

— J'imagine que c'était une épreuve terrible.

— Oui, répéta Tess.

Soudainement mal à l'aise, elle dansait d'un pied sur l'autre.

— Vous accepteriez de m'en parler?

— Commencez plutôt par me parler de vous.

— Je travaille pour le *New York Times*. De l'avis unanime, c'est un excellent journal, contrairement à toutes les feuilles à scandale. Enfin, se corrigea-t-elle, de l'avis presque unanime.

— Je ne suis pas certaine de pouvoir vous croire, réagit Tess qui avait gardé un souvenir mitigé de la presse européenne.

— Vous auriez tort d'agir autrement, approuva Pinky. La plupart des gens nous trouvent dérangeants et fourbes, ce qui est parfois le cas. En attendant, je vous demande uniquement de me raconter votre histoire. Je ne sais pas qui vous êtes, mais je suis heureuse que vous ayez survécu au drame. C'est sincère. Comment vous appelez-vous ?

— Tess Collins, mais évitez de m'appeler Tessie.

Pour être aussi susceptible, réfléchit Pinky, sans doute s'agissait-il d'une domestique.

— Comment vous êtes-vous retrouvée sur le *Titanic* ?

Sans vouloir donner l'impression d'être pressée, elle ne devait pas perdre une minute si elle voulait recueillir d'autres témoignages avant que Smith et ses assistants ne surprennent son manège.

— J'ai eu la chance d'être engagée comme femme de chambre le temps de la traversée.

— Pourquoi «la chance» ?

— Parce qu'on m'avait attribué une cabine sur le pont des premières classes, là où se trouvaient les canots de sauvetage.

Pinky évita de réagir, sachant que le silence était encore le meilleur moyen de pousser son interlocutrice à se confier à elle.

— Beaucoup de gens sont morts faute d'avoir eu accès aux embarcations de secours.

— Il n'y en avait pas assez, c'est ça ? C'est ce qu'on raconte, tout du moins.

Pinky sortit de sa poche un carnet sur lequel elle gribouilla quelques notes à l'aide d'un crayon.

— Comment avez-vous quitté le navire?

— J'ai trouvé une place sur l'une des dernières chaloupes. J'ai emporté avec moi deux enfants confiés par leur père.

— Celui-ci s'en est-il sorti?

— Non.

Une histoire formidable pour son article.

— De qui êtes-vous la femme de chambre?

Tess se raidit.

— Je me suis engagée uniquement le temps de la traversée.

— Désolée, s'excusa Pinky.

Elle se serait montrée plus adroite dans ses questions si elle avait eu du temps devant elle, mais ce n'était pas le cas.

— Pour qui…

— Je travaille pour le compte de lady Lucile Duff Gordon, la coupa Tess.

— La créatrice de mode?

— Oui.

— A-t-elle quitté le *Titanic* à bord du même canot de sauvetage?

— Non. De toute façon, vous trouverez d'autres témoignages plus intéressants que le mien, répondit Tess en comprenant qu'elle se mettait en danger.

Lucile lui avait bien recommandé de ne pas répondre aux questions de la presse. Elle en avait déjà trop dit, il lui fallait se débarrasser au plus vite de son interlocutrice.

Pinky en décida autrement.

— Ne m'en veuillez pas, j'imagine que c'est brutal de se retrouver bombardée de questions. Corrigez-moi si je me trompe, mais j'imagine que les survivants sont essentiellement des passagers de première classe, puisque les canots de sauvetage se trouvaient sur le pont supérieur?

Tess vit défiler dans sa tête les visages angoissés des passagers enfermés dans l'entrepont.

— Effectivement. La plupart des autres n'ont pas eu le temps de gagner les canots.

— Dans ce cas, la chance vous a doublement été utile, réagit Pinky en accumulant les notes.

Une triste histoire de classes sociales. On allait découvrir que les pauvres avaient trinqué pour les riches, une fois de plus. Pinky n'avait pas encore les listes en sa possession, mais elle savait déjà que les passagers de première classe avaient payé un tribut infiniment moins lourd que ceux de l'entrepont. Quel monde injuste. Le crayon s'immobilisa entre ses doigts.

— Pourquoi n'étiez-vous pas dans le même canot que Mme Duff Gordon ?

— Il a été mis à l'eau avant que j'aie pu monter dedans.

— Pour quelle raison ? Il était déjà plein ?

Tess fut prise d'une hésitation.

— Non, je ne sais pas.

— Combien de personnes avaient pris place à son bord ?

— Une douzaine, à peu près.

Les pièces du puzzle se mettaient rapidement en place. Pinky avait été servie par la chance en tombant sur ce témoin. La très hautaine et très riche Lucile Duff Gordon, doyenne redoutée du monde de la mode, avait sauvé sa peau en prenant place à bord d'un canot quasiment vide. Pinky referma son carnet. Elle aurait volontiers poursuivi l'entretien, mais il lui fallait interroger d'autres passagers avant que le sénateur Smith eût achevé de leur délivrer des convocations officielles.

— Merci de votre aide, déclara-t-elle en rangeant son carnet. Ravie d'avoir fait votre connaissance.

Elle s'éloignait déjà lorsqu'elle se retourna.

— Je vous souhaite bonne chance, dit-elle, la main tendue. Peut-être nous reverrons-nous à New York.

— Merci d'avoir sauvé mon canot sculpté, réagit Tess.

— De rien. Peut-être accepterez-vous de me raconter son histoire la prochaine fois.

— Son histoire?

— Tous les objets ont une histoire.

L'instant suivant, Pinky contournait la cheminée et s'évanouissait au milieu de la foule des passagers.

*

À mesure que le paquebot approchait du port, les passagers purent constater que plusieurs milliers de personnes les observaient du quai, dans un silence impressionnant. Emmitouflés dans d'épais manteaux noirs, coiffés de chapeaux melons qui dégouttaient de pluie au niveau de la nuque, les familles attendaient, rangées par ordre alphabétique sous de grosses lettres accrochées à des mâts, dans l'espoir vain d'éviter le chaos au moment des retrouvailles avec les survivants.

Certains s'égosillaient déjà à crier des noms en priant le ciel d'obtenir une réponse à leurs appels. Les femmes versèrent les premiers pleurs en se pressant en direction des passerelles installées à la hâte. Des récriminations montèrent de la masse lorsqu'il apparut clairement que les passagers de première classe débarqueraient en priorité. Des médecins reconnaissables à leurs blouses blanches, accompagnés d'infirmières coiffées de calots amidonnés, jouaient des coudes, armés de sels et de compresses glacées destinés à ceux qui s'évanouiraient, s'ils n'avaient pas de crise cardiaque, en apprenant la disparition d'un proche. Le destin ayant réservé le pire à la majorité des présents, une vague d'angoisse irrépressible circulait au milieu des familles.

*

Le sénateur Smith, debout sur la passerelle du *Carpathia*, sentit ses intestins se nouer en apercevant la marée humaine qui avait envahi le quai. Il détestait la mer et les bateaux. Ses mains étaient poisseuses à cause de l'air marin. Il aurait aimé se les laver, mais peut-être cette impression était-elle liée au souvenir de l'Anglais au visage impénétrable qu'il venait d'interroger. Comment pouvait-on rester aussi froid à la lumière du drame qui venait de se jouer? Ismay ne songeait qu'à sauver sa peau. Smith agrippa le bastingage en sentant le paquebot tanguer sous ses pieds, des relents de nausée lui envahirent la gorge. Plus tôt il quitterait ce bateau, mieux il s'en porterait. Son instinct ne l'avait pas trompé. Il avait eu raison de monter à bord avant l'arrivée, histoire de coincer le bonhomme avant qu'il eût pu prendre le premier paquebot à destination de l'Europe, dans l'espoir d'échapper à des poursuites aux États-Unis. Smith était plus décidé que jamais à mener son enquête jusqu'au bout, à ne négliger aucun détail. Il ne s'agissait plus uniquement d'asseoir sa réputation à Washington. Tous ces gens en contrebas, les yeux rivés sur la côte, n'avaient-ils pas le droit de connaître la vérité, de savoir comment ce satané bateau avait coulé en bouleversant à jamais leur existence? Le port était tout près à présent. Il distinguait les visages de ceux qui attendaient sur le quai. Cette femme qui donnait l'impression de prier, les mains sur la bouche. Son voisin qui scrutait avec angoisse les survivants dans l'espoir de reconnaître un visage familier. Sa femme, peut-être? Un enfant? Smith en avait la gorge nouée. Il devait à tous ces malheureux de ne négliger aucune piste, quelles que soient les conséquences. Smith était avant tout un homme de devoir.

Cet Anglais, avec son regard terne, serait son premier témoin, que ça lui plaise ou non.

*

Lucile fut prise d'une hésitation, au moment de s'engager sur la passerelle, en apercevant tous ces visages tournés vers elle. On la sentait ébranlée par l'absence d'émotion apparente sur leurs traits. Elle frissonna, accrochée au bras de Cosmo.

— Avancez d'un bon pas, ma chère, lui enjoignit ce dernier. Ces gens n'ont guère envie de nous voir.

Il la tenait fermement par le coude tandis que les dockers ouvraient la route au milieu de la foule aux passagers de première classe qu'attendaient leurs automobiles. Tess dans leur sillage, les Duff Gordon rejoignirent promptement la Packard Victoria rangée sur l'aire de parking. Là, en grande conversation avec le chauffeur de l'automobile, son pantalon dissimulé par un long manteau, se trouvait déjà Pinky Wade.

— Bienvenue à New York, madame Lucile, dit-elle de façon enjouée en évitant soigneusement de regarder Tess. Je me présente : Pinky Wade du *New York Times*.

— Nous n'accordons aucune interview pour le moment, la rabroua Cosmo.

Lucile allait s'engouffrer dans la Packard lorsqu'elle se figea en dévisageant Pinky.

— Seriez-vous liée à Prescott Wade ? demanda-t-elle.

— C'est mon père, répondit sèchement Pinky.

Lucile écarquilla légèrement les yeux.

— J'ai connu votre père. Longtemps après qu'il fut devenu célèbre pour ses reportages sur le procès Beecher, bien évidemment. Un galant homme, doublé d'un aventurier, si ma mémoire ne me trahit pas. Il pratiquait notamment l'alpinisme.

— C'est vrai qu'il avait la bougeotte.

Comme à son habitude, Pinky se fermait à double tour à l'énoncé du nom de son père.

— Nous sommes pressés, les interrompit Cosmo. Nous n'accordons pas d'interview.

Il ouvrit la portière avant et fit signe à Tess de prendre place à côté du chauffeur.

— Je n'y songeais pas, se justifia Pinky en refermant brusquement son carnet. Surtout après un tel drame. Cela dit, la vie continue et j'aimerais pouvoir m'entretenir avec vous. Pour parler du bateau, mais aussi… je ne suis pas une spécialiste de la mode, mais cela m'intéresserait de savoir comment vous comptez commercialiser votre nouvelle collection de printemps.

Lucile hocha la tête en signe d'assentiment.

— Cela devrait pouvoir s'arranger, dit-elle en montant dans la voiture.

Pinky devait réagir vite si elle ne voulait pas perdre l'attention de son interlocutrice.

— J'ai bien conscience que les circonstances sont mal choisies, mais votre présence ici crée toujours un élan dans la bonne société. On murmure également que votre sœur pourrait bien choquer le petit monde du cinéma avec son dernier roman. Accepteriez-vous de m'en parler?

Cette fois, Lucile ne put se retenir de rire.

— J'organise un dîner ce soir à notre hôtel, pourquoi ne pas vous joindre à nous?

— Je ne crois pas que ce soit une bonne idée, se rebella Cosmo d'un air renfrogné.

— Pour l'amour du ciel, je connaissais son père, rétorqua Lucile avec impatience. Eh bien?

— J'accepte votre invitation avec plaisir.

Tout en étant satisfaite d'être parvenue à ses fins, Pinky s'avouait choquée par la désinvolture de Lucile. Comment cette dernière pouvait-elle penser à organiser un dîner mondain alors que les familles des disparus, rassemblées sur le quai à quelques mètres d'elle, étaient plongées dans le chagrin et le deuil? La jeune journaliste n'avait plus qu'à regagner les locaux du *Times*, elle tenait un article formidable.

— Je sais ce que vous pensez, l'apostropha Lucile avant de disparaître dans la voiture. Mais vous l'avez parfaitement exprimé vous-même à l'instant, mademoiselle Wade. La vie continue. Nous vous attendons pour dîner à 21 heures.

Tess suivit des yeux Pinky Wade. Celle-ci regarda la Packard s'éloigner, immobile sur le trottoir. La jeune couturière se demanda si elle devait évoquer sa rencontre avec la journaliste sur le bateau. Elle y renonça en entendant Cosmo et Lucile se disputer, à l'arrière de l'auto.

— Vous vous montrez bien cavalière dans vos invitations, se lança Cosmo.

— C'est ridicule, le contra Lucile qui détestait la prudence de son mari.

Le père de cette fille était un personnage délicieux et responsable, à mille lieues des journalistes de terrain habituels. Cette petite Pinky aurait à cœur de respecter l'héritage paternel. Que d'histoires pour si peu, alors qu'elle avait des dizaines de décisions à prendre avant le défilé de printemps. Grâce à Dieu, ils logeaient au Waldorf. Ce dîner s'annonçait merveilleusement, oubliée l'horrible nourriture du bord. Une bonne table, quelques excellents amis… Pourquoi diable Cosmo s'acharnait-il à vouloir gâcher son plaisir ?

— Vous serez également des nôtres, Tess, ajouta-t-elle en accompagnant l'invitation d'un coup d'œil à la jeune fille.

Tess somnolait, confortablement installée sur les coussins en cuir de son siège. C'était la première fois qu'elle montait dans une automobile aussi luxueuse. De l'autre côté de la vitre défilaient les façades clinquantes d'une métropole animée, trop vite pour qu'elle pût absorber le spectacle. Il serait toujours temps de s'y intéresser le lendemain. En attendant, elle rêvait de se retrouver seule dans une vraie chambre, avec des draps propres et un oreiller moelleux. Elle ferma les yeux et repensa à Jack Bremerton avec un soupçon de mélancolie. Sa mort la privait de tout espoir de le revoir, même si cette idée avait relevé du fantasme. Avec lui disparaissait un homme courageux. Au visage de Bremerton succéda celui de Jim. Elle revit leurs adieux à bord du *Carpathia*. Ses yeux bleus, sa gentillesse, sa sincérité. Il lui avait montré combien il était différent des garçons de son village. Mais tout ça n'avait guère d'importance puisqu'elle ne le reverrait probablement jamais. Cette pensée vint accroître le sentiment de mélancolie qui l'étreignait. Et lorsque la Packard noire rutilante s'immobilisa devant l'entrée du Waldorf, Tess dormait d'un sommeil profond.

*

Tess crut un instant pénétrer dans une boîte à bijoux de velours rouge en franchissant le seuil de la salle à manger privée du Waldorf ce soir-là. Elle n'avait jamais vu pièce plus élégante. Les chaussures qu'elle avait empruntées pour l'occasion s'enfonçaient dans un épais tapis. Des serveurs virevoltaient dans tous les sens. Tess s'approcha de la table et examina d'un œil connaisseur la nappe de lin impeccable. Elle savait d'expérience à quel point il était délicat de repasser lin et dentelle.

— C'est assez bien fait pour vous, Tess? lui demanda Lucile, que l'inspection de sa suivante amusait. Nous sommes revenus sur la terre ferme, fini le roulis, je suis déterminée à m'amuser ce soir. Cette épreuve appartient désormais au passé. N'est-ce pas, mon petit?

Tess se trouva dispensée de répondre par l'arrivée tonitruante des premiers amis des Duff Gordon, dans une débauche de cris de joie et d'embrassades. Elle caressa des doigts la robe vaporeuse que lady Lucy lui avait attribuée d'office, et dans laquelle elle se sentait comme nue. Que faisait-elle donc là, sous ces lustres étincelants, entourée de serveurs qui versaient du champagne dans des flûtes de cristal? Si elle s'était trouvée à Cherbourg au lieu de New York, elle aurait servi à table, au lieu d'être servie.

— Vous devez avoir le sentiment de retrouver le monde des vivants, déclara une femme d'une voix grave et vibrante en déposant un baiser poisseux de rouge à lèvres sur la joue de son amie. Ma chère Lucile, quelle chance que vous ayez pu être sauvée! Tenez, ajouta-t-elle en tirant à elle le personnage qui se cachait derrière elle, à qui sa moustache noire conférait un air très digne. Nous avons demandé à Jim Matthews de nous accompagner pour ces retrouvailles!

Lucile, le teint animé, avait largement entamé sa flûte de champagne qu'un serveur s'empressa de remplir à nouveau. Elle tendit la main au nouveau venu, un chroniqueur de mode qui ne manquait jamais de vanter ses créations.

— Mon cher ami, quel plaisir de vous avoir parmi nous, bien que vous vous refusiez à suivre mon conseil en quittant cet horrible milieu du journalisme.

— Si je le faisais, il ne resterait plus personne pour décrire à leur juste valeur les créations de Lucile, répliqua l'homme en souriant.

Il saisit la main de son hôtesse en exécutant une courbette.

Sa remarque déclencha l'hilarité générale, à l'exception de Cosmo qui plissa les paupières, à la grande surprise de Tess. Surprenant le regard de la jeune fille, il s'empressa d'allumer sa pipe. Cette tâche achevée, il se renfrogna en voyant une silhouette apparaître sur le seuil de la pièce.

Tess suivit son regard et constata que Pinky Wade observait la scène avec intérêt, nullement intimidée. Elle portait une robe informe beaucoup trop courte, tachée au niveau du chemisier, et des bottines éculées. Elle balançait sur son épaule un grand cabas.

— Entrez donc, ma chère. Vous resterez bien dîner avec nous?

Tout en accueillant la journaliste, Lucile Duff Gordon étudiait sa tenue d'un œil réprobateur.

— Cette fille est une insulte à la mode, glissa-t-elle à sa voisine. Pourquoi les femmes se comportent-elles de la sorte?

Pinky ne parut pas y prêter attention.

— Je me joindrai à vous avec plaisir. J'imagine que c'est gratuit?

Elle adressa un sourire radieux à l'assemblée et se laissa tomber sur une chaise inoccupée. Remarquant Tess en face d'elle, elle lui adressa un petit signe.

— Vous vous connaissez? s'enquit Cosmo en jetant à Tess un regard glacial.

— Nous nous sommes rencontrées sur le *Carpathia*.

— Vous auriez été mieux inspirée de vous en abstenir, Tess.

— Nous avons échangé quelques mots à peine, s'empressa de se justifier Tess.

— J'entends bien, mais Lucile vous avait expressément déconseillé de vous entretenir avec les journalistes.

— Joli dîner, dites-moi, l'interrompit Pinky.

Elle fit signe à un serveur qui se tenait à l'écart, un plateau de fromages à la main, et se servit à l'aide de sa cuillère en argent, très à l'aise. Van Anda n'avait pas tari d'éloges sur les informations rapportées du *Carpathia*. Ses actions au sein de la rédaction du journal se trouvaient au plus haut, Van Anda lui avait donné carte blanche pour la suite. Elle comptait sur ce dîner pour parvenir à ses fins. Un coup d'œil en direction de Tess la rassura sur sa décision de poursuivre ses recherches sur le canot n° 1, au lieu de brûler trop vite ses cartouches. Elle en était persuadée, le meilleur restait à venir, et cette invitation tombait à pic. Elle tartina une généreuse tranche de camembert sur un petit pain et mâcha consciencieusement le tout en observant les convives. Ce truc était à la fois amer et crémeux, un véritable délice. Elle se promit de goûter ensuite la fourme d'Ambert.

Tout en savourant son fromage, elle se demanda en quoi cette femme au patronyme prétentieux pouvait bien piquer la curiosité de tous ces gens. Pour quelqu'un qui occupait une place aussi importante dans l'univers doré des riches New-Yorkais, elle paraissait toute petite avec sa chevelure d'un roux presque provocant. Cette Lucile formait décidément un curieux tableau.

— Je me réjouis de constater que vous aimez ces fromages, ma chère, mais vous devriez laisser un peu de place pour le délicieux filet mignon que nous prépare le chef avec amour, chantonna Lucile à l'autre extrémité de la tablée.

Elle ponctua sa phrase d'un rire presque enfantin.

Pinky s'octroya une part impressionnante de fourme d'Ambert.

— Ne vous inquiétez pas, répondit-elle sur un ton enjoué. Alors, lady Lucy, nous attendons d'entendre le récit de vos aventures.

— Oui, Lucile, l'implora une femme au cou entouré d'un boa. Lucile, racontez-nous tout *du début à la fin* ! Comment avez-vous réussi à survivre à ce naufrage ?

Lucile s'éclaircit la gorge en adressant un regard triomphal à Cosmo.

— Mes chers amis, du pont où nous nous trouvions, l'air traversé par les cris des malheureux qui s'agitaient en contrebas, je reconnais avoir eu peur des eaux noires qui nous entouraient, déclara-t-elle en faisant descendre d'une octave sa voix naturellement éraillée. J'ai connu l'aventure la plus incroyable de toute mon existence cette nuit-là, et il aura fallu beaucoup de détermination pour échapper aux griffes du destin.

— Comment avez-vous fait ? s'enquit Pinky d'une petite voix.

— J'ai gardé la tête froide quand d'autres perdaient la leur, riposta froidement Lucile.

Elle tint alors son auditoire en haleine pendant cinq bonnes minutes, se lamentant de l'incompétence de l'équipage du paquebot, de la précarité du canot de toile dans lequel elle avait pris place, du froid, de la peur. Elle expliqua comment, de l'eau glacée jusqu'aux chevilles, elle avait réussi à calmer les autres survivants. Puis, dans un souffle, elle évoqua l'instant terrible où le *Titanic* avait sombré.

— Des hommes et des femmes restaient accrochés aux débris dans l'eau glacée, il aura fallu plus d'une heure pour que leurs appels finissent par s'éteindre, murmura-t-elle.

Cosmo toussota en posant une main prudente sur le bras de sa femme qui se dégagea aussitôt.

— Je n'oublierai jamais le tout dernier cri, celui d'un homme qui répétait inlassablement d'une voix forte : «Mon Dieu, mon Dieu…»

La voix de Lucile se brisa. Elle s'empressa de cacher ses mains en constatant qu'elles tremblaient.

La petite assemblée était en pleurs. Jusqu'aux serveurs qui écoutaient le récit, tétanisés, les yeux écarquillés, leurs plats à la main. Emportée par sa propre histoire, Lucile leva vers le lustre de cristal scintillant un visage baigné de larmes.

Tess, quant à elle, avait les yeux rivés sur ses mains serrées, à l'abri de la nappe. Elle crut sentir dans sa bouche le goût du sel, de l'angoisse qui l'avait étreinte cette nuit-là. Le témoignage de Lucile était si ardent qu'elle retrouvait dans sa tête le contact rugueux et poisseux de la coque de son propre canot. Elle dévisagea d'un coup d'œil circulaire les convives en tenue de soirée, la lumière crue des lustres accentuant leurs traits tendus, qui ponctuaient de «oohhh» et de «aahhh» le discours de Lucile, profitant des pauses les plus dramatiques pour la presser de questions.

— Oh, Lucy! Quelle chance que vous ayez eu l'intelligence de trouver le moyen de vous échapper, souffla l'une des invitées. Quel courage!

— Les gens ont été dupés, on leur a laissé croire que ce paquebot était insubmersible.

Elle se tut, soudain pensive. La pièce se trouva plongée dans un profond silence, auquel succéda un soulagement perceptible lorsqu'elle retrouva son ton décidé habituel.

— J'en ai vu beaucoup renâcler et refuser de monter à bord des canots de sauvetage. Je ne devrais sans doute pas le dire aussi crûment, mais c'était inepte de leur part. Ces gens auraient dû réfléchir. Ceux qui ont conservé leur calme s'en sont le mieux tirés.

— Combien de personnes se trouvaient-elles à bord de votre canot, madame Duff Gordon? demanda Pinky d'une façon pour le moins abrupte.

— Nous avons pris place à bord du canot du capitaine. Nous aurions probablement pu embarquer quelques passagers supplémentaires si l'équipage avait été mieux organisé, répondit Lucile.

— Qui a donné l'ordre de mettre le canot à la mer prématurément?

— La manœuvre n'avait rien de prématuré, croyez-moi. Pour l'amour du ciel, le paquebot était en train de couler!

— Notre canot n'était pas le seul à moitié plein, intervint Cosmo d'une voix sèche. On dit que l'opération d'embarquement des passagers dans les chaloupes a été bâclée d'un bout à l'autre du paquebot.

— Il n'en reste pas moins que votre canot était le plus vide, ce qui pose des questions, réagit Pinky.

Elle s'était exprimée sur un ton neutre et ses yeux se mirent à briller en voyant le personnel servir d'épaisses tranches de filet mignon sur les assiettes de porcelaine rose bordées d'un filet argenté.

— Ce repas est délicieux, ajouta-t-elle en gratifiant Lucile d'un petit hochement de tête. Merci de votre invitation.

Elle plongea la lame de son couteau dans une viande rosée et tendre comme elle n'en avait jamais mangé auparavant et dégusta le filet mignon avec un plaisir non dissimulé. De leur côté, les autres convives grignotaient du bout des dents.

— Vous me critiquez après ce que j'ai enduré ? s'agaça Lucile.

Pinky s'essuya la bouche avec sa serviette en lin d'un geste impatient.

— Je ne vous critique pas, je me contente d'énoncer les faits. En outre, si j'ai bien compris, vous avez fait régner votre loi sur ce canot.

— Assez parlé de ce drame, s'interposa Cosmo. Ma femme en reste désemparée, tout comme moi. Nous entretenions l'espoir que vous vous joindriez à nous ce soir dans le but de partager notre bonheur d'être en vie, et non dans celui de nous attaquer.

Pinky posa sa fourchette dans un silence épais, releva les yeux et fixa longuement Lucile, puis son mari.

— Ce bonheur d'être en vie n'est pas donné à tous, déclara-t-elle avec calme. Vous trouverez des personnes dans le hall de cet hôtel, sur les quais ou encore dans les taudis de l'East Side, qui ont perdu des maris, des femmes, des sœurs et des enfants. Les gens de votre caste survivent toujours, mais survivre n'est pas une raison suffisante pour festoyer.

Nouveau silence.

— Il ne s'agit pas d'une affaire de pauvres et de riches, contrairement à ce que vous insinuez, déclara Jim Matthews en fusillant la jeune femme du regard. Votre récit était bouleversant, Lucy, et vous vous êtes comportée d'une façon héroïque à mes yeux. Je suis certain que M. Hearst sera heureux de publier votre témoignage dans les colonnes du *Sunday American*. Accepteriez-vous? Sous votre signature?

— Je ne crois pas…

Cosmo n'eut pas le loisir d'achever sa phrase, interrompu par un mouvement de tête de Lucile. Cette dernière n'avait pas l'intention de se laisser impressionner par cette petite malotrue.

— Avec plaisir, mon cher Jim.

Pinky se leva de table. En dépit de tout, elle avait trouvé le moyen de nettoyer son assiette.

— Je loue votre courage, dit-elle. J'espère que cet article vous donnera l'occasion d'expliquer plus en détail ce qui s'est passé sur ce canot. Des rumeurs courent déjà à ce propos. Bonsoir à tous.

À Tess qui lui lançait un regard surpris, elle répondit muettement. Oui, elle avait recueilli d'autres témoignages au sujet du canot n° 1.

Pinky jeta son cabas sur son épaule et quitta la pièce sans que personne prête attention à son départ, à l'exception de Tess. Lucy Duff Gordon s'était lancée dans une conversation animée avec l'une de ses amies et quelques rires discrets parcouraient l'assemblée, sans nul doute aux dépens de Pinky. On aurait pu les croire protégées par une paroi de verre, à l'abri de la colère générale, avec leurs tenues tapageuses, leur maquillage outré, dans l'odeur âcre des mégots de cigarette marbrés de rouge à lèvres dans les cendriers de cristal. Tess se leva à son tour et s'élança à la poursuite de Pinky.

— Attendez-moi!

Pinky s'immobilisa devant l'ascenseur.

— Qu'est-ce que vous fabriquez? Vous avez envie qu'on vous coupe la tête? Elle n'hésitera pas un instant à vous renvoyer si elle s'aperçoit que vous m'avez suivie.

— Vous avez eu raison de dire qu'il ne suffit pas d'avoir survécu. Je tenais à vous le dire.

— Prenez garde, ce sont des paroles dangereuses. Vous travaillez pour des privilégiés prétentieux qui sont incorrigibles. Je me demande ce qui peut vous pousser à risquer votre emploi. Retournez vite déguster le dessert, c'est elle qui règle l'addition.

— Je n'ai pas faim.

Tess ne mentait pas. Elle aurait tout aussi bien pu ingurgiter de la sciure ce soir-là.

— Qu'est-ce qui vous coupe l'appétit?

— C'est bien trop tôt. Et bien trop.

Tess éprouvait le besoin de se libérer, qu'on l'accuse ou non de se montrer déloyale vis-à-vis de Lucile.

— Ces gens-là ne changeront jamais. Vous vous imaginiez que ce serait différent?

Tess prit une longue respiration.

— Oui, avoua-t-elle.

Pinky posa sur son interlocutrice un regard empreint de curiosité. Pour une petite bonne qui avait débarqué en Amérique seulement quelques heures plus tôt, elle prenait de sérieux risques. Sa colère retomba, laissant place au dépit. Quelle idiote elle faisait. Elle en aurait appris bien davantage sur ce qui s'était passé à bord du canot n° 1 en ouvrant les oreilles, au lieu de se complaire à prendre pour cible une créatrice de mode incapable d'envisager une tragédie de cette ampleur autrement qu'à travers le prisme de sa caste. Elle aurait été mieux inspirée de garder son sang-froid, d'écouter et de poser des questions au lieu de se lancer dans des diatribes imbéciles.

— Je ne vous en veux pas, Tess. C'est moi qui ai tout gâché. J'aurais mieux fait de fermer ma grande bouche.

— Vous avez dit la vérité.

— Très bien. Dans ce cas, accepterez-vous de témoigner? la défia Pinky.

Tess rentra dans sa coquille.

— Que pourrais-je vous raconter de plus? Les gens ont tous fait ce qu'ils pouvaient.

Ce n'était pas la première fois qu'elle adoptait une telle position.

— Je vois. Vous retournez dans le giron de la grande Lucile Duff Gordon. Très bien, à plus tard.

Sans attendre de réponse, Pinky s'engouffra dans l'ascenseur dont les portes se refermèrent.

Tess, rouge de confusion, repartit en direction de la salle à manger. On venait de la congédier comme une malpropre. Elle se figea en voyant Lucile à l'autre bout du couloir, les bras croisés sur la poitrine.

— Si mon repas ne vous convient pas, je peux m'arranger autrement, siffla-t-elle sur un ton glacial. C'est ce que vous cherchez?

— Je n'avais pas faim, balbutia Tess.

— Cette femme m'a insultée ouvertement. Il faut croire que vous l'avez trouvée admirable, au point de la suivre jusqu'ici.

— Ce n'est pas ça…

Tess s'arrêta, incapable de trouver les mots justes, sous le regard impitoyable de Lucile. Elle crut voir briller furtivement une lueur insaisissable dans les yeux de cette dernière. L'éclat disparut aussi vite qu'il s'était allumé.

— Je vous autorise… Non, je vous *ordonne* de retourner dans votre chambre.

Lucile lui tourna le dos et s'arrêta aussitôt.

— Et dormez, ajouta-t-elle par-dessus son épaule. Dans un vrai lit, pour une fois.

Sur ces mots, elle regagna le salon privé sans attendre la réponse de Tess.

*

Pinky, enfermée dans la cabine d'ascenseur en mouvement, observa son reflet dans le miroir doré. Des femmes devaient s'admirer et se dandiner devant cette glace tous les soirs, pinçant leurs joues pour leur

apporter une touche de couleur, caressant leurs diamants, rectifiant leur coiffure. L'image que lui renvoyait
le miroir était celle d'une femme mal fagotée et pas très
propre. Une femme vive, au verbe haut, mais sale.

Elle avait eu tort de tourner le dos à Tess, de la laisser
en plan sans un mot. Pourquoi fallait-il toujours qu'elle
se croie obligée de corriger les injustices du monde? Son
père le lui avait assez reproché. Il suffit de perdre son
sang-froid pour perdre son regard de journaliste, disait-il
toujours.

Les portes de la cabine s'ouvrirent et elle traversa le
hall du Waldorf où l'on se préparait activement en vue
des travaux de la commission sénatoriale. Smith avait eu
le nez fin d'agir aussi promptement et de conduire ses
interrogatoires à New York, avant que les survivants ne
s'impatientent et ne demandent à rentrer chez eux.

Les premières personnes se pressaient déjà dans le
hall, craignant probablement de ne pas trouver de place
le lendemain matin. Pinky afficha sa surprise en découvrant toutes ces femmes usées par la vie dans leurs vêtements miteux, installées sans complexe dans d'opulents
fauteuils recouverts de brocart. Certaines pleuraient,
d'autres s'essuyaient les yeux. Des hommes coiffés
d'une casquette de tweed, hagards, discutaient par petits
groupes, mal à l'aise dans ce décor luxueux. Pinky ouvrit
son carnet, à la recherche des chiffres qu'elle y avait
notés. Sur 2 200 personnes, seules 705 avaient survécu.
Soixante pour cent des passagers de première classe
avaient échappé à la mort, pour beaucoup des femmes.
Rien de surprenant à cela. En revanche, seuls vingt-cinq
pour cent des occupants de l'entrepont avaient eu la
vie sauve.

Des jeunes gens en col blanc traversaient le hall, chargés de cartons, avant de disparaître dans une immense
salle de bal éclairée par des lustres en cristal. Pinky
devina qu'il s'agissait de l'East Room, où devaient se

dérouler les auditions du lendemain. La journaliste reporta son attention sur le centre de la pièce où s'agitait un petit groupe autour d'un personnage frêle en manteau noir. Une énorme moustache lui cachait la moitié du visage.

Il était grand temps pour elle de rencontrer officiellement William Alden Smith. Le fuir eût été vain, il était forcément au courant de sa présence clandestine à bord du *Carpathia*. À condition que lui ou ses assistants aient lu ses interviews de survivants, parues dans l'édition du soir. Après tout, rien n'était moins sûr. Le carnet à la main, Pinky s'approcha en notant scrupuleusement tout ce qui se disait.

— Bonsoir, sénateur, dit-elle avec un large sourire. Pinky Wade du *New York Times*. Que…

— Oui, mademoiselle Wade. Si je ne m'abuse, nous avons eu l'occasion de voyager ensemble tout récemment.

Elle ne s'attendait pas à trouver chez lui un regard aussi vif et intelligent.

— En effet, sénateur.

— C'était bien vous que j'ai vue siffloter, une casquette sur la tête?

Pinky se sentit rougir. Elle opina du chef.

— C'est bien ce qu'il me semblait. «Good Night, Ladies», une bien jolie chanson. Mais sûrement pas un chant de marin.

— Je veillerai à mieux choisir la prochaine fois, répliqua-t-elle. Puis-je vous poser une question?

Il acquiesça d'un air bonhomme, heureux d'avoir réussi à déstabiliser brièvement son interlocutrice.

— Quel sera votre premier témoin demain?

Smith n'avait aucune raison de ne pas répondre, surtout s'agissant d'une journaliste aussi réputée. Autant l'avoir dans la poche.

— Bruce Ismay.

— Est-il vrai qu'il essayait de battre tous les records de vitesse ?

Le sénateur battit des paupières, interloqué.

— Qui vous a dit cela ?

— J'ai mes sources, sénateur. Je vous invite à lire tous les détails dans la prochaine édition du *Times*.

— Pas de commentaire, déclara-t-il en se raidissant.

— À votre guise. Il semble pourtant que votre enquête s'intéresse tout particulièrement à la responsabilité de la White Star. Est-ce exact ?

— La responsabilité *présumée*. J'ai bien l'intention de faire toute la lumière sur cette affaire, mademoiselle Wade. En soulignant notamment le fait qu'il n'y avait pas assez de canots de sauvetage à bord de ce paquebot.

— Mon rédacteur en chef était déjà parvenu à cette conclusion. Vous devriez demander à Ismay combien de personnes se trouvaient à bord de sa chaloupe. Il semble que de nombreuses places soient restées inoccupées, en particulier dans le canot n° 1.

— Je suis au courant, répliqua sèchement l'homme politique.

Cette fille commençait sérieusement à l'agacer.

Pinky lui adressa un sourire.

— Je vous remercie, sénateur. À demain matin.

Elle lui tourna le dos, contente d'elle. Elle tenait de quoi alimenter la première édition du matin. Elle s'apprêtait à quitter l'hôtel lorsqu'elle s'arrêta. Assis dans un coin du hall, à moitié caché par une plante verte de grande taille, elle reconnut l'un des marins avec qui elle avait discuté à bord du *Carpathia*. Il paraissait déprimé, au point de donner l'impression de vouloir passer inaperçu.

Pinky traversa la foule dans sa direction.

— Bonjour, lui dit-elle en écartant les feuilles géantes. Vous vous souvenez de moi ? Pinky Wade. Ça n'a pas l'air d'aller.

Il releva la tête, surpris.

— Que faites-vous ici?

— Je poursuis mon reportage. Nous n'avons pas eu l'occasion de discuter longuement sur le bateau. Rien d'autre à me confier?

— Non.

Il se tassa sur son siège.

— Vous allez devoir témoigner?

— J'espère que non.

— Je serais vraiment curieuse de savoir ce qui s'est réellement passé dans ce canot de sauvetage.

Il posa sur elle un regard songeur. À le voir, elle crut deviner qu'il pesait ses chances.

— Votre vœu pourrait bien être exaucé.

— Tout de suite?

— Tout de suite.

Pinky se laissa tomber sur le siège le plus proche.

*

Il devait être minuit passé, mais Tess ne dormait toujours pas. Pour la première fois de sa vie, elle se trouvait dans un lit de rêve au matelas épais, douillettement installée dans des draps de percale, et elle n'arrivait pas à fermer l'œil. Les Duff Gordon se disputaient dans la pièce voisine, leurs éclats de voix lui parvenaient par vagues de plus en plus fortes. Elle était uniquement en mesure de comprendre ce qu'ils disaient lorsqu'ils hurlaient.

— Je dirai ce qui me plaira et personne ne m'en empêchera, pas même vous, s'était écriée madame à un moment.

Tess posa un bras sur son front. Elle était habituée aux scènes de ménage, pour avoir été témoin de nombreuses disputes nocturnes entre ses parents lorsqu'elle était enfant.

Elle sortit du lit et traversa la chambre dans le plus grand silence, s'approcha de la commode en acajou, saisit la cruche en porcelaine et se versa un verre d'eau en se regardant dans la glace. Quelques jours plus tôt, elle aurait tout donné pour devenir la fabuleuse lady Lucile. Elle voyait brusquement prendre corps ses rêves et ses espoirs les plus fous en pénétrant dans l'orbite de la femme qu'elle admirait le plus au monde.

Et puis tout avait basculé. Tess conservait un souvenir ému de ce court moment d'intimité sur le *Carpathia*, lorsque Lucile avait laissé percer sa fragilité à l'évocation de son passé douloureux. Elle avait été bouleversée de savoir qu'elle n'était pas indifférente, qu'elle comprenait ce qu'il en était de se battre pour briser ses chaînes et s'élever dans l'échelle sociale. À l'inverse, que devait-elle penser de ses éclairs de *cruauté* (un terme qu'elle s'autorisait à prononcer ouvertement dans sa tête)? La fabuleuse lady Lucile n'était pas toujours fabuleuse, même s'il lui arrivait d'afficher ses faiblesses. Une femme bien compliquée, décidément.

Tess ne pouvait pas complètement se défaire de l'idée que Lucile jouait à ses dépens un jeu dont elle ne connaissait pas les règles.

Pinky avait raison, avoir survécu n'était pas suffisant. Et peut-être Jim avait-il raison, lui aussi, en l'accusant de ne pas vouloir risquer son avenir en Amérique.

Elle baissa la tête, lasse des émotions contradictoires qui la submergeaient. Le mieux était encore de se relever, de s'affirmer et d'agir comme elle l'entendait. Après tout, cette règle de vie lui avait bien permis de quitter la ferme familiale, de s'enfuir de Cherbourg, de traverser l'Atlantique à bord du *Titanic*. Ou bien elle pouvait user de prudence, se montrer loyale et tout accepter. Mais d'autres interrogations la taraudaient. Pourquoi avait-elle survécu? Pourquoi elle, et pas tous ces malheureux qui priaient et imploraient le ciel alors que le paquebot les entraînait dans l'abîme? Pourquoi Jack Bremerton était-il mort? Tess avait contracté une dette sans savoir à l'endroit de qui, ni connaître les modalités de remboursement.

Elle tritura entre ses doigts le petit canot sculpté qu'elle avait posé devant le miroir. Elle en caressa longuement les courbes et les interstices, davantage préoccupée par Jim que par l'objet lui-même. Sans réfléchir, elle trempa un doigt dans un pot de cosmétique et suivit les contours de son visage sur la glace avant de reculer de quelques pas. Étrangement, la taille de l'image ne bougeait pas, alors qu'elle aurait dû rapetisser avec la distance. Elle s'avança. La silhouette dessinée sur le miroir ne grossissait pas plus qu'elle ne diminuait.

Elle vida son verre d'eau fraîche avec avidité et retourna se coucher. Quelques instants plus tard, elle sombrait dans un sommeil agité en emportant dans sa conscience une ultime pensée : quel que soit le sort qui l'attendait, rien ne remplacerait jamais le plaisir éprouvé en arpentant le pont du *Titanic*. Ce plaisir, s'il avait jamais existé, avait sombré corps et biens.

5

Tess frappa discrètement à la porte des Duff Gordon sans savoir à quoi elle devait s'attendre. Lucile lui ouvrit aussitôt. Elle était pâle et agitée. Aucun signe de son mari. Sans un mot, elle montra du doigt l'exemplaire de l'*American* étalé sur le lit.

Tess s'empara du journal à la une duquel s'étalait en grosses lettres :

COMMENT J'AI PU M'ÉCHAPPER DU TITANIC

Suivait un récit à la première personne des aventures périlleuses de Lucile, racontées en termes déchirants. Tess en eut le souffle coupé.

— Ai-je donc raconté tout ça hier soir ? lui demanda Lucile d'un air abattu.

— En partie, mais on sent bien qu'un rédacteur a largement brodé dessus. C'est injuste.

— Oh, Tess ! Si vous saviez comme je suis mal. Cosmo est furieux.

Lucile paraissait si fragile, avec sa mine chiffonnée, que Tess lui prit spontanément la main.

— Ils n'ont rien trouvé de mieux pour vendre du papier, tenta-t-elle de la rassurer. Ils font pareil en Angleterre.

— À ceci près que cette fois j'en suis la victime.

La femme s'écroula sur le canapé tapissé de soie installé près de la fenêtre.

— Cosmo prétend que je me suis mise dans de beaux draps et que nous le paierons cher. Que tout le monde va se jeter sur nous en inventant toutes sortes de fables. Pourquoi se moquent-ils de moi de la sorte?

Elle arracha le journal des mains de Tess et le jeta par terre.

— Vous avez lu ces phrases? grinça-t-elle avant de citer l'une d'elles d'une voix aiguë: «J'ai dit à mon mari que nous ferions mieux de monter dans le canot, que ce serait une simple excursion nocturne.» Jamais je n'ai dit ça!

— Bien sûr que non. Vous ne vous êtes pas montrée désinvolte un seul instant. Vous n'avez fait que raconter votre histoire.

Inutile de lui rappeler tous les détails qu'elle avait fournis la veille.

— Merci, mon petit. Je vois que vous comprenez, réagit Lucile, manifestement réconfortée par les paroles de Tess. Par chance, il n'y a pas une ligne à mon sujet dans le *New York Times*. La petite Wade se contente d'évoquer les défaillances du capitaine et la réaction douteuse de la White Star, en plus des témoignages de rescapés qui s'en sont tirés de justesse. Tout ça à la une. Elle ne souffle pas un mot du dîner d'hier. Sans doute par reconnaissance pour l'excellent repas qu'elle a englouti à mes frais.

Lucile lança un regard en coin à Tess, histoire de lui rappeler leur altercation de la veille.

— Quelle plaie, ces journalistes, enchaîna-t-elle. À présent, mon petit, aidez-moi donc à me préparer. Je dois me rendre à l'atelier. Grâce au ciel, j'avais expédié par avance la plupart des robes du défilé. Quelle catastrophe si elles avaient sombré! Le…

— Et la commission d'enquête? la coupa Tess d'un air étonné.

Lucile lui adressa un regard mauvais.

— Après cet article? Si je me rendais là-bas, je serais assaillie par les journalistes. Savez-vous ce qu'a déclaré le groom qui nous a porté le journal ce matin? Il affirmait que les gens parlaient entre eux du «canot de la millionnaire». Vous ne voudriez tout de même pas que je me prête à cette mascarade?

Elle balaya l'argument d'un geste. Elle reprenait du poil de la bête.

— Allez donc voir ce qu'ils trament en bas. J'imagine que vous avez confié à la blanchisseuse la robe que vous portiez hier soir? Quant à moi, je rejoins mon atelier.

Tess, la main sur la poignée de porte, se retourna. Elle était incapable de se retenir plus longtemps.

— Que s'est-il donc passé de si grave dans ce canot? demanda-t-elle d'une petite voix.

— Vous aussi, vous avez décidé de me condamner? rétorqua méchamment Lucile.

— Non, bien sûr que non, mais…

— Il ne s'est rien passé, pour l'amour du ciel. Absolument rien. Et comment a-t-on pu dire que notre canot était grand? Il était tout petit. Si l'on oublie la ruse des Darling, il ne s'est rien passé. Vous êtes rassurée, à présent?

— Oui.

C'était faux. Le sourire dont l'avait gratifiée Lucile manquait de naturel.

*

Tess rejoignit l'East Room du Waldorf à 9 heures du matin. La pièce était bondée, et c'est tout juste si elle parvint à respirer en écartant la foule. Les cinq énormes lustres de cristal, brillamment éclairés, ajoutaient à la chaleur étouffante qui se dégageait des centaines de personnes présentes, coincées le long des murs pour les plus modestes. Tess regretta de ne pas avoir de robe plus légère en sentant la transpiration s'accumuler sous ses bras. La veille, Cosmo avait glissé sous sa porte une enveloppe contenant des dollars, le salaire de sa première semaine, mais il ne lui serait pas venu à l'idée de dépenser cet argent pour un achat aussi frivole que des vêtements.

Une grosse femme qui avait réussi à se glisser sur l'une des dernières chaises encore libres, derrière Tess, se pencha vers elle. Elle reconnut Margaret Brown, celle qui avait courageusement pris en main les avirons dans son canot de sauvetage.

— Bonjour, chère camarade rameuse. Votre patronne n'y est pas allée de main morte dans les journaux, ce matin.

— Elle a été piégée.

— Elle n'a donc pas donné cette interview?

— En fait, si.

— Dommage. Même s'il n'est pas tout à fait juste de lui reprocher son «canot de millionnaire». Il y avait des millionnaires dans tous les canots. Quoi qu'il en soit, c'est toujours gênant d'être pointé du doigt. Les Duff Gordon pourraient bien traverser une zone de turbulence.

— Elle s'est contentée de raconter ce qui lui était arrivé.

Mme Brown posa sur Tess un regard maternel.

— J'apprécie votre loyauté. Si elle est servie par la chance, Mme Duff Gordon passera entre les gouttes de l'enquête officielle. Ce sénateur Smith est trop honnête homme pour demander aux femmes de témoigner. Il estime que nous sommes trop fragiles pour supporter un tel traumatisme. Vous ne trouvez pas ça ridicule? Si vous voulez mon avis, ces hommes n'ont pas envie qu'on les critique.

— Croyez-vous…, commença Tess.

Elle laissa sa phrase en suspens en entendant une voix féminine s'élever au fond de la salle.

— Pourquoi est-ce que vous me détestez tous? cria-t-elle. Que me reproche-t-on, sinon d'avoir sauvé ma propre vie?

Une plainte sourde, quasiment inaudible, parcourut les rangs du public.

— Ça devait arriver, murmura Mme Brown. Un mari lui a probablement cédé sa place dans l'une des chaloupes. Le drame est encore trop frais.

— Ces auditions ont lieu trop tôt.

Mme Brown s'approcha de son oreille.

— Vous savez, ma chérie, Neptune s'est montré diantrement bon avec nous, déclara-t-elle avec douceur. On a réussi à s'en tirer, il est normal qu'on témoigne.

La réflexion galvanisa Tess qui se leva d'un bond. Elle tendit l'index en direction de la femme que l'on repoussait contre le mur.

— Donnez-lui un siège! cria-t-elle de toutes ses forces. Vous ne voyez donc pas qu'elle fait partie des survivants? Vous devriez avoir honte!

Un profond silence s'abattit sur l'auditoire. Tess ne faisait pas mine de vouloir se rasseoir, se fichant éperdument que les curieux se moquent d'elle ou désapprouvent ses propos. La peur et la douleur étaient partout, qu'elle ressentait jusqu'au tréfonds d'elle-même.

Elle crut distinguer du mouvement à l'entrée de la salle. Un homme s'était levé, qui guidait la femme par le bras jusqu'à son siège. Plusieurs centaines de poitrines exhalèrent un soupir collectif, libérant brusquement la tension qui s'était accumulée. Tess en profita pour se rasseoir. Elle était la première surprise de sa réaction outragée, brusquement consciente des regards braqués sur elle.

— Bon point pour vous, ma chérie, la félicita chaleureusement Mme Brown en lui tapotant le dos. Vous avez mis en plein dans le mille.

— Espérons que ça ne me vaudra pas d'ennuis.

Mme Brown ouvrit des yeux étonnés.

— Des ennuis ? Tout le monde a des ennuis aux États-Unis, ça fait partie du jeu. Les gens n'aiment jamais qu'on leur assène la vérité, ils en auraient pourtant souvent besoin. Vous vous êtes exprimée au nom de tout le monde, en quoi pourrait-on vous le reprocher ? Je préfère de loin entendre quelqu'un se battre pour la vérité que d'écouter toutes les rumeurs et autres ragots qui circulent en ce moment. Je ne suis même pas sûre d'avoir envie de croire à l'histoire de cet amnésique qu'on a collé au trou.

Tess se redressa.

— Un amnésique ? Quel amnésique ? s'enquit-elle.

— Un malheureux de l'entrepont qui n'a plus les idées claires et que personne ne serait encore venu réclamer, à ce qu'on dit.

— Êtes-vous certaine qu'il voyageait dans l'entrepont ?

Mme Brown posa sur Tess un regard empreint de curiosité.

— Je ne sais pas qui vous auriez espéré retrouver vivant, ma chérie, mais tous les passagers de première classe ont été identifiés.

Tess baissa la tête. Mme Brown avait raison, bien sûr.

— En revanche, j'ai une histoire qui pourrait vous intéresser. Vous vous souvenez de ces deux petits garçons que vous avez sauvés ?

— Ils vont bien, au moins ? s'écria Tess, le cœur battant.

Elle avait eu toutes les peines du mal à quitter Edmond et Michel.

— Savez-vous si les autorités ont finalement réussi à localiser leurs proches ? insista-t-elle.

— D'une certaine façon, répondit Mme Brown en montrant un visage attristé. Figurez-vous que M. Hoffman se nommait en fait Michel Navatril et qu'il avait enlevé ses deux fils. Leur mère, qui est tout ce qu'il y a de plus vivante, les réclame à cor et à cri.

— Mon Dieu!

Si l'homme à l'expression si triste du *Titanic* qui aimait tant ses petits garçons les avait enlevés, à qui pouvait-on se fier?

— Il y aurait tant d'histoires à raconter, poursuivit Mme Brown en montrant du menton une belle femme très digne, assise un peu plus loin.

Tout de gris vêtue, une chevelure magnifique encadrant un visage de porcelaine, elle agitait vigoureusement son éventail.

— Il s'agit de Mme Bremerton, une veuve aujourd'hui très riche. Elle est probablement venue ici dans l'intention de déterminer à qui elle intenterait un procès. Elle m'a snobée quand je lui ai proposé de verser une somme à l'association des survivants. Certaines personnes veulent tout garder pour elles. Ces gens-là prennent l'argent trop au sérieux, si vous voulez mon avis.

Tess, comme hypnotisée par la femme que venait de lui désigner Mme Brown, n'en croyait pas ses yeux. La femme de Jack Bremerton. Elle faisait preuve d'un calme impressionnant.

— Elle doit être anéantie, murmura-t-elle à son amie.

— J'en doute, sachant qu'il était de notoriété publique qu'ils étaient en instance de divorce.

Mme Brown lança à Tess un coup d'œil amusé en constatant qu'elle avait un haut-le-corps.

— C'était un ami à vous, ma chérie?

Tess cherchait une réponse adéquate lorsqu'un mouvement de foule attira son attention à l'entrée de la salle. Ravie de la diversion, elle tendit le cou. Le sénateur aperçu la veille sur le *Carpathia* se frayait un chemin dans l'allée centrale. La cinquantaine avancée, son énorme moustache mettait en relief des traits marqués, dignes d'une statue. Il passa à grands pas à côté de Tess et de Mme Brown et gagna le centre de la longue table à laquelle avaient déjà pris place les membres de la commission sénatoriale. Il commença par se débarrasser de son manteau noir à col de velours avant de s'asseoir.

Il réclama aussitôt le silence à grands coups de maillet.

— Du calme, je vous prie!

Les auditions allaient pouvoir débuter.

*

Pinky fit signe au photographe du journal de s'approcher tout en détaillant Bruce Ismay. Elle ne comprenait pas pourquoi tous ces personnages riches s'évertuaient à étaler leur opulence alors qu'ils faisaient l'objet d'une enquête officielle. Grave erreur. L'insaisissable président de la White Star Line avait revêtu un costume bleu foncé et portait un foulard de soie bleu marine autour du cou. Tout chez lui, jusqu'à la pochette agrémentant sa poche de poitrine, respirait la suffisance.

— Tu aurais mieux fait de retirer ta bague en diamant, Ismay, murmura Pinky entre ses dents.

Elle fit signe à son photographe de passer à l'action en voyant Ismay lever une main à laquelle brillait un énorme diamant, ses reflets amplifiés par l'éclairage des lustres. Le flash crépita.

— Que l'on fasse sortir les photographes! gronda le sénateur. Vous souhaitez parler, monsieur Ismay?

Le dirigeant de la White Star, visiblement ébranlé, se racla la gorge en tirant sur ses manches.

— Je souhaite tout d'abord exprimer mon profond chagrin au lendemain de cette catastrophe terrible, se lança-t-il. Nous accueillons sans réserve cette enquête sénatoriale car nous n'avons rien à cacher. Aucune dépense n'a été négligée lors de la construction du *Titanic*.

— Dans ce cas, pourquoi avoir poussé le capitaine à se déplacer aussi vite au milieu de ce champ de glace? cria un inconnu posté à l'entrée de la salle.

Smith abattit son maillet à plusieurs reprises. Il allait éprouver les plus grandes difficultés à contrôler le public. Peut-être aurait-il été mieux inspiré d'attendre quelques jours? Non, il avait eu raison d'agir vite, car jamais Ismay ne se serait retrouvé sur la chaise des témoins. Il multiplia les coups de maillet péremptoires.

— Racontez-nous les circonstances de votre départ du bateau, questionna Smith une fois le calme revenu.

— Je me suis retrouvé près d'un canot, répondit Ismay. Plusieurs hommes avaient déjà pris place à bord, l'officier de pont a demandé s'il y avait d'autres femmes, mais personne n'a répondu, il ne restait plus aucun passager sur le pont.

Plusieurs spectateurs s'agitèrent en se regardant. Plus aucun passager sur le pont? Quelle mascarade.

— Combien de canots de sauvetage nécessite un paquebot de cette taille?

— Tout ce que je peux vous dire, c'est que le *Titanic* en possédait suffisamment pour obtenir l'autorisation de transporter des passagers, répliqua Ismay d'une voix ferme. Le paquebot était pleinement équipé, conformément aux spécifications de la Chambre de commerce d'Angleterre.

Smith se carra dans son fauteuil. Pleinement équipé? La réponse était pour le moins étrange. Ismay savait pertinemment qu'il n'y avait pas assez de canots. Il savait également que l'embarquement dans les chaloupes ne s'était pas effectué normalement, mais jamais il ne le reconnaîtrait.

Les questions, posées par Smith et les membres de la commission, s'enchaînèrent au cours des deux heures suivantes. La chaleur qui régnait dans l'East Room était si étouffante que le sénateur Smith ne cessait de s'éponger le visage à l'aide de son grand mouchoir blanc. Il finit par suspendre l'audience d'un coup de maillet, découragé de constater que Bruce Ismay continuait de détourner habilement toutes les questions susceptibles de mettre en cause la White Star Line. Smith se consola en constatant que le dirigeant n'était pas parvenu à justifier sa propre conduite lors du naufrage. Il annonça à la salle que le témoin suivant serait Arthur Rostron, le capitaine du *Carpathia*. Celui-ci était un personnage honorablement connu, le contraste en serait d'autant plus marqué.

*

Tess se fraya un chemin jusqu'au hall de l'hôtel, en quête d'un peu d'air frais. Les gens se poussaient et jouaient des coudes pour sortir de la salle, au point que la jeune fille fut prise d'un accès de panique comparable à celui ressenti à bord du *Titanic*. Elle commença par repousser ses voisins les plus proches, avec l'espoir de se faufiler, avant de s'arrêter pour respirer en se souvenant qu'elle se trouvait dans une pièce ordinaire, et non sur le pont d'un paquebot en train de couler. Elle se remplit à nouveau les poumons en voyant que la sortie était toute proche. Elle risquait fort de souffrir longtemps d'agoraphobie.

Elle repéra Pinky près des ascenseurs. La jeune journaliste s'approcha, un sourire interrogateur aux lèvres. Elle portait à l'épaule le même sac informe que la veille, un cabas à l'anse si longue qu'il lui battait la cuisse et cognait au passage les spectateurs qu'elle croisait. Mais Pinky restait imperméable aux regards courroucés qu'elle provoquait.

— Oups! s'excusa-t-elle après avoir écrasé un orteil sensible.

— Les gens sont furieux contre vous, lui annonça Tess.

— Rien de nouveau sous le soleil, répondit Pinky avec un haussement d'épaules.

Elle hésita un instant avant de poursuivre :

— Excusez-moi de vous avoir quittée d'une façon aussi abrupte hier. Je me suis comportée en dépit du bon sens.

— Pas du tout. Vous avez dit ce que vous aviez sur le cœur, je vous admire pour ça.

— Peut-être, mais je ne suis pas restée alors que j'aurais pu recueillir d'autres informations. Accepteriez-vous de répondre à quelques questions aujourd'hui ?

Tess acquiesça.

— Je suis toute disposée à vous être utile, dans la limite de mes moyens.

— On raconte que Lucy Duff Gordon a interdit à l'équipage de son canot d'aller chercher des survivants alors qu'il restait de la place à bord. Qu'en pensez-vous ?

— Je n'en sais rien, je n'étais pas là.

— Jolie parade. Soit dit en passant, c'est ce que m'a raconté l'un des marins présents dans le canot, réagit Pinky avant de changer de stratégie. Une certaine Mme Brown affirme que ce sont les femmes qui ont finalement pris le contrôle des avirons dans votre chaloupe, et que vous étiez l'une d'elles.

Tess hocha la tête en riant.

— Les membres d'équipage se sont comportés de façon impossible. Aucun de ceux qui se trouvaient à bord n'avait jamais ramé de sa vie.

— Voilà qui fera une belle citation, déclara Pinky en fouillant son sac à la recherche de son carnet. C'est inouï le nombre de fois où les femmes doivent reprendre la main quand les hommes se défilent lâchement. Quand je pense que ces crétins prétentieux refusent de nous laisser voter !

— Vous êtes suffragette ?

— Bien sûr! s'écria Pinky, amusée de voir s'allumer un éclair de curiosité dans les yeux de son interlocutrice. Vous le deviendrez aussi, si vous vous installez en Amérique.

Comme à son habitude, elle passa brusquement du coq à l'âne.

— Quel marin vous a offert ce petit canot sculpté?

— Quelle importance? C'est un simple morceau de bois.

Tess aurait été bien en peine d'expliquer ce qui l'empêchait de répondre. Cela tenait peut-être à la curiosité exacerbée de Pinky, à sa façon de déstabiliser ses interlocuteurs en leur posant des questions inattendues.

— Très bien, fit Pinky en affichant une déception de façade.

Elle avait la réponse qu'elle souhaitait. Une romance à bord? Voilà qui lui fournirait matière à un bel encadré. À moins que… Non, inutile.

Elle referma son carnet et le fourra dans son cabas. Elle appréciait vraiment cette Tess. Inutile de continuer à la harceler. Pour l'heure, en tout cas.

Les lustres clignotèrent, signe de la reprise prochaine des débats.

— Il est temps de retourner dans la salle, annonça Tess en serrant machinalement les épaules.

Le geste n'échappa pas à Pinky.

— C'est dégoûtant de leur part de procéder à ces auditions dans la foulée du naufrage. Vous devez nous prendre pour des monstres.

— De toute façon, je vois des monstres partout. Plus personne ne me paraît normal.

— C'est un jeu, vous savez. Il ne faut pas le prendre pour vous. Pas en permanence, en tout cas.

— Oui, mais c'est un jeu cruel, répliqua Tess.

— J'en ai conscience, mais je n'ai aucune intention de me montrer cruelle avec vous.

Le regard qu'échangèrent les deux jeunes femmes était sincère. L'espace d'un instant, Tess voulut croire que Pinky était capable de comprendre les rivalités du cœur et de la tête.

*

Le capitaine Rostron était d'une taille bien supérieure à la moyenne, ainsi que Tess avait pu s'en apercevoir dès son arrivée à bord du *Carpathia*. Elle avait gardé le souvenir de son crâne chauve qui brillait sous le soleil du matin.

L'officier de marine entama son témoignage dans un profond silence. Le *Carpathia* se trouvait à quatre-vingt-treize kilomètres du *Titanic* au moment du drame et il serait arrivé trop tard s'il n'avait pas fait toute vapeur en recevant l'appel de détresse du paquebot. Il avait fait doubler les vigies et demandé à l'équipage d'installer du matériel de secours et des matelas sur le pont à l'intention des survivants. Il avait fait couper l'eau chaude à son bord de façon à produire un maximum de vapeur en fournissant jusqu'à la dernière goutte aux chaudières. Rostron avait avancé à marche forcée sans se préoccuper des icebergs.

— Capitaine, pourriez-vous nous décrire les canots de sauvetage dans lesquels se trouvaient les survivants ? s'enquit Smith. Combien de personnes contenait chacune des chaloupes ?

Tess serra les paupières dans l'attente de la réponse.

— Les canots de toile pouvaient accueillir de soixante à soixante-quinze personnes sans difficulté, répliqua le capitaine.

*

Le témoin suivant fut Charles Lightoller, second capitaine à bord du *Titanic*. Il s'agissait du plus haut gradé survivant. Lightoller comprit d'emblée que Smith s'y connaissait mal en affaires maritimes. Dès les premières questions techniques, le sénateur fit preuve de maladresse en apportant la preuve qu'il était mal informé. Lightoller répondait patiemment à chacune de ses interrogations en fournissant les détails requis. Il donnait l'impression de s'adresser à un enfant, la tête légèrement penchée de côté, un sourire aux lèvres, sans chercher à déguiser son amusement. Avachi sur la chaise des témoins, il faisait preuve de beaucoup de désinvolture en éludant les questions relatives à la proximité des icebergs, à l'absence de précautions.

Smith le désarçonna en lui adressant soudain une interrogation directe.

— J'ai cru comprendre que vous aviez la responsabilité des canots de sauvetage et de l'embarquement des passagers. Comment expliquer que nombre d'entre eux n'aient pas été pleins?

— Je craignais qu'ils ne basculent au moment de les mettre à la mer, si jamais ils étaient trop chargés, expliqua Lightoller tout naturellement.

— Je veux bien, mais les passagers n'ont pas réclamé des places à cor et à cri?

— Certains, oui. D'autres, non.

Tess vit défiler dans sa tête les images du chaos qui régnait à bord, les gens que l'on poussait dans les chaloupes, ceux que l'on refoulait, les cris, les hurlements qui n'avaient cessé tout au long de ces quelques heures.

— Si vous le pouviez, agiriez-vous différemment?

— Non, j'ai fait de mon mieux au moment du drame.

Plusieurs spectateurs échangèrent des regards lourds de sens, parfois ponctués d'exclamations indignées. Tess ne parvenait pas à détacher ses yeux du témoin. Ce n'était pas la première fois qu'elle était confrontée à un personnage de sa trempe, capable de mentir d'une façon éhontée. Il suffit souvent de dire une contrevérité avec toute la conviction voulue pour être cru.

— Ils vont se serrer les coudes, marmonna un homme assis derrière Tess. Vous verrez qu'on ne trouvera aucun responsable.

Tess, les yeux grands ouverts, s'interrogea sur sa propre naïveté.

Au cours des heures que dura l'audition de Lightoller, jamais l'officier ne glissa la plus petite critique visant la compagnie, et c'est un sénateur Smith visiblement las qui mit fin aux débats en fin de journée. Quelques spectateurs s'approchèrent afin de lui serrer la main en murmurant des compliments, mais la majeure partie de l'assistance quitta la pièce en discutant par petits groupes.

Smith réunit ses dossiers. Les dépositions d'Ismay et de Lightoller ne le surprenaient pas. Ces gens-là étaient parfaitement conscients de risquer gros si l'on arrivait à les convaincre de négligence. Il ne manquerait pas de passagers américains pour les poursuivre en justice, leur citoyenneté britannique ne leur accorderait pas l'immunité. En outre, une enquête les attendait en Grande-Bretagne une fois celle-là terminée.

Smith n'entendait pas renoncer. Du moins avait-il réussi à immobiliser durablement sur le sol américain ces fichus Anglais.

*

En voulant se lever de sa chaise dans les locaux du *New York Times*, Pinky constata que la roulette cassée de son siège était restée coincée une fois de plus entre les lames du plancher de la salle de rédaction. Ce soir, c'était le cadet de ses soucis. Tous ses collègues utiliseraient des extraits des témoignages du jour dans les articles du lendemain. Elle avait donc choisi de procéder différemment. Son reportage, rédigé à la hâte, figurait à la une de l'édition du soir. Un excellent papier dans lequel elle se penchait sur l'univers de la noblesse argentée. Une bande d'idiots. Elle avait du mal à croire que les Duff Gordon se soient comportés comme les autres. Il était temps de démasquer ces parangons de leur classe. Qu'on le veuille ou non, la plupart des victimes étaient des pauvres, et la majorité des survivants des riches.

Elle roula en boule ses brouillons et les envoya, l'un après l'autre, dans un carton fixé au mur. Outre que Pinky était l'une des plus habiles de la rédaction, ce jeu était une excellente façon de décompresser après l'heure du coup de feu. Elle n'était pas mécontente non plus d'avoir remporté son bras de fer avec Van Anda. Elle avait refusé catégoriquement de citer le nom de son informateur, consciente que la compagnie n'aurait aucun scrupule à licencier un marin.

— D'accord, avait fini par lui concéder Van Anda. Maintenant, attendez-vous à livrer bataille puisque vous leur avez déclaré la guerre.

Le lendemain, elle comptait recueillir le témoignage de suffragettes que scandalisait la notion même de sauver en priorité femmes et enfants. Une position qui ne manquerait pas de provoquer des réactions.

La voix amusée de Van Anda interrompit le cours de sa réflexion.

— Bon boulot, Pinky. Smith sera furibard que vous ayez réussi à glaner toute seule une perle pareille au lieu d'attendre l'audition du témoin. Allez, il est temps d'aller vous coucher, les débats reprennent demain matin.

— Je m'en vais dans une minute.

— Vous dites toujours ça.

Un grondement sous leurs pieds annonça à Pinky le lancement des rotatives.

— Allez-y, insista Van Anda sur un ton bienveillant, tout en s'interrogeant sur la vie privée de la jeune femme.

Il admirait de longue date la détermination de la journaliste, son refus catégorique d'évoquer une existence personnelle qu'il soupçonnait de se limiter à une chambre solitaire dans une pension, équipée d'une plaque électrique. Les femmes étaient décidément des cas, dans ce métier.

Pinky fit voler une dernière boule de papier à travers la pièce, puis elle ramassa à ses pieds son lourd cabas dont elle passa la lanière en bandoulière. Elle adressa à Van Anda un salut militaire et quitta la rédaction à grandes enjambées en shootant dans une pelure d'orange. L'endroit avait toujours été crasseux, il était grand temps qu'un collègue rédige un jour un papier sur la piètre tenue des locaux du *Times*. L'idée la fit sourire tandis qu'elle descendait les marches quatre à quatre. Pour un peu, elle aurait dansé dans les escaliers, emportée par la joie d'être lue par des milliers d'inconnus.

*

Tess s'engouffra dans la porte à tambour du Waldorf Astoria et se retrouva sur le trottoir où l'air frais de cette fin de journée l'apaisa instantanément. Elle se demanda si Lucile Duff Gordon était déjà rentrée de son atelier. Très probablement, au regard de l'heure tardive qui colorait d'une teinte rosée la rue peuplée d'un mélange bruyant de voitures à cheval et d'automobiles.

Il était trop tôt pour remonter s'en assurer. Le portier de l'hôtel lui avait indiqué la présence d'un grand parc à quelques rues de là. L'homme avait même semblé surpris qu'elle n'en connaisse pas l'existence.

— Tess, l'interrompit une voix calme et familière.

Jim Bonney l'observait, les mains enfoncées dans les poches d'un pantalon trop large que retenait une ceinture dépourvue de boucle dont il s'était contenté de nouer les extrémités. Il paraissait plus miteux que jamais et Tess surprit le regard dédaigneux que lui adressait le portier, superbe dans son uniforme bleu marine à boutons dorés. Le même regard que la plupart des serveurs et des grooms du Waldorf réservaient aux survivants de l'entrepont entassés dans le hall de l'établissement.

— Jim! s'écria-t-elle, surprise de se sentir aussi heureuse de le retrouver. Moi qui avais peur de ne jamais vous revoir!

— Quand j'ai su que vous étiez logée dans ce grand hôtel, je me suis dit que mes jambes accepteraient sans doute de m'y conduire. Histoire de voir comment vous vous débrouillez sur le plancher des vaches.

— Eh bien, c'est beaucoup plus stable.

— Pas de vague, pas d'horizon, pas de pont qui craque sous les pas.

— Pas d'eau, surtout, frissonna-t-elle. La moindre promenade donne le sentiment d'être libre.

— Je peux vous accompagner?

Tess sentit poindre en elle de la méfiance.

— Vous avez lu l'article consacré à Mme Duff Gordon dans le journal?

— Oui, répondit-il avec un sourire fugitif. Cette femme est capable de tout.

— Je travaille toujours pour elle, vous savez.

— Oui, je le sais. On pourrait peut-être discuter en marchant?

Tess ne put résister à la lueur qu'elle voyait dans ses yeux.

— Volontiers.

À l'entrée du Waldorf, le portier détaillait Jim de la tête aux pieds sans dissimuler sa désapprobation.

Jim suivit le regard de Tess.

— Ne vous inquiétez pas de ça, la rassura-t-il en haussant les épaules. Si ça se trouve, il était habillé comme moi il y a encore quelques mois. Ce souvenir le met mal à l'aise. C'est sans doute moi qui lui sauverai son boulot un jour ou l'autre, et vous passerez devant lui avec des plumes d'autruche.

Jim s'exprimait avec une telle assurance joyeuse qu'elle éclata de rire.

— Avez-vous assisté aux auditions d'aujourd'hui? l'interrogea-t-elle.

Il acquiesça.

— Qu'en avez-vous pensé?

— Je me suis senti très fier de la fille qui a pris la parole en public.

Tess, ravie du compliment, se sentit rougir.

— Je vous remercie, mais je voulais parler des témoins.

— Nous avons eu de la chance que le capitaine Rostron mette tout en œuvre pour nous sauver, se contenta-t-il de répondre.

— C'est un homme courageux. Et Lightoller?

— Un pantin de plus à la solde d'une compagnie qu'il s'évertue à blanchir.

Il sembla hésiter.

— Vous étiez en grande discussion avec cette journaliste, sinon je serais venu vous parler pendant la suspension de séance.

Tess prit un air étonné.

— Vous ne l'avez jamais rencontrée?

— Si, bien sûr. Elle courait dans tous les sens sur le *Carpathia*, à l'affût des hommes d'équipage qui accepteraient de lui parler. Une vraie boule de feu. Je ne dis pas ça de façon péjorative. Elle fait son boulot, comme tout le monde.

— Vous êtes-vous entretenu avec elle?

Il haussa les épaules.

— Pendant quelques minutes, comme les autres.

— Je l'aime beaucoup, déclara timidement Tess, mais je ne me sens pas très à l'aise avec elle.

— Elle s'efforce de découvrir la vérité, Tess.

— C'est vrai, mais elle cherche aussi à désigner des coupables. Avec elle, le moindre détail est suspect.

Il se passa la main dans les cheveux en étouffant un soupir. Tess n'avait jamais remarqué auparavant la couleur de ses cheveux, bruns avec des reflets dorés. À force de le voir repousser la mèche rebelle qui lui tombait dans les yeux, elle fut prise d'une envie soudaine de le recoiffer elle-même.

— Vous savez ce que j'en pense, finit-il par réagir.

— N'empêche que la façon dont les journaux se sont moqués de Lucile ce matin était injuste.

Il posa sur elle un regard interloqué.

— La justice et l'injustice n'ont rien à voir là-dedans. Elle ne s'est pas vraiment comportée en héroïne dans ce canot. Si on me demande de témoigner, je serai bien obligé de dire la vérité.

— Vous la traîneriez dans la boue?

— Je ne vois pas la situation sous cet angle.

— Je sais combien elle est autoritaire et directive… Oh, Jim! Nous n'allons tout de même pas gâcher cette promenade en nous disputant?

— Vous êtes persuadée que je suis catégorique dans mes jugements.

— Je préfère dire «têtu».

— Merci du compliment. Vous auriez pu choisir le mot «dur».

— C'est vrai.

— En plus, je ne vous ai pas tout raconté…

Tess se protégea de la fraîcheur du soir en serrant son manteau sur sa poitrine. Sans doute était-ce aussi une façon de se préserver. Elle ne souhaitait plus parler du drame. Elle se sentait incapable de décrire un personnage tel que Lucile dans sa complexité, car elle-même n'avait pas entièrement réussi à la déchiffrer. Les rares éclairs de chaleur entraperçus de façon fugitive lui faisaient pourtant deviner un être différent. Tess ne faisait pas seulement son devoir vis-à-vis de sa maîtresse, elle prenait la défense d'une femme qui méritait sa loyauté. Elle pinça les lèvres afin de résister au mal de tête qui la menaçait.

— Disons que je vois en elle des traits de caractère que vous ne distinguez pas.

— Très bien.

Il prit une longue respiration.

— Peut-être serez-vous obligée un jour de décider qui vous voulez croire.

— Je n'en ai pas du tout envie!

— Je veillerai à ne pas vous y obliger, conclut-il d'une voix pensive.

La tension finit par retomber et il lui prit le bras.

— Non, mademoiselle Collins. Je n'ai pas du tout l'intention de gâcher notre promenade. Votre chevalier servant est peut-être un marin têtu et maladroit, déclarat-il en la gratifiant d'une élégante courbette, mais il ne souhaite nullement dilapider les précieuses minutes que vous lui accordez.

Elle éclata de rire, soulagée. Jim n'était peut-être qu'un modeste marin, mais elle éprouvait du plaisir en sa compagnie. Après l'amertume de leurs échanges précédents, elle savoura ses paroles.

Ils avançaient lentement sur la 5e Avenue en se gorgeant du spectacle et des rumeurs de cette métropole immense. On repliait les étals d'un marché de rue et ils s'arrêtèrent pour regarder deux marionnettistes grisonnants démonter leur théâtre de carton et ranger leurs personnages de bois, sourds aux cris d'une bande de gamins qui réclamaient un dernier spectacle. Une femme en tablier chiffonné offrit une pomme à Tess qui s'aperçut soudain qu'elle mourait de faim. Au même moment, un vendeur de rue arrêtait sa carriole à sa hauteur.

— Un *hot dog*? proposa Jim en montrant du doigt le panier de saucisses fumantes du camelot.

— Du chien chaud? s'inquiéta Tess.

— Mais non, il s'agit de saucisses de Francfort, rit-il en levant les yeux au ciel.

Elle rougit en se souvenant, un peu tardivement, que le *hot dog* était une spécialité locale. Elle trouvait pourtant le nom curieux.

Un sandwich à la main, ils poursuivirent leur exploration des merveilles de New York. Ils passèrent ainsi devant un hôtel somptueux ressemblant à un château français et observèrent quelques minutes le ballet des équipages qui déposaient ou chargeaient des clients en tenues de soirée resplendissantes devant la porte de l'établissement. Chapeaux hauts de forme en soie pour les hommes, robes décolletées pour les femmes. Certaines d'entre elles étaient coiffées de tiares en diamant qui étincelaient à la lumière. Tess estima avec un pincement d'orgueil que certaines d'entre elles appartenaient probablement à la clientèle de lady Lucile.

Le parc leur apparut enfin, une enclave de verdure parcourue d'allées serpentant entre les arbres. Ils traversèrent la rue et franchirent l'une des grilles avant d'opter pour un chemin bordé d'ormes majestueux dont les derniers rayons du couchant faisaient briller le feuillage. Tess tourna son visage vers le ciel, rassérénée par la lumière douce du crépuscule. De rares promeneurs parcouraient les pelouses vallonnées du parc. Des enfants, surtout, qui lançaient leur balle une dernière fois avant l'heure du dîner. Jim, l'air sombre, commença par évoquer le souvenir de cet ami qui avait péri noyé dans la salle des machines. Il retrouva rapidement son enthousiasme en lui parlant de l'Ouest, plus particulièrement de la Californie qu'il décrivait comme un paradis avec tant de ferveur que Tess en fut intriguée. Le désir de liberté de la jeune femme s'était limité à gagner l'Amérique, elle n'avait pas eu le loisir de s'intéresser à la diversité du pays. La découverte de New York constituait à elle seule une expérience irrésistible.

— Vous aimeriez vous rendre là-bas? s'enquit Jim.

— Un jour peut-être, mais pas tout de suite.

— Je suis persuadé que vous allez réussir dans cette ville, jugea-t-il en attardant son regard sur l'immensité de Central Park. Vous y trouverez tout ce que vous cherchez.

— Je l'espère. J'aimerais surtout apprendre le dessin de mode auprès de Lucile. Je n'ai jamais été aussi bien servie par la chance que le jour où je l'ai rencontrée.

— Je pourrais prononcer les mêmes mots en parlant de vous, réagit Jim d'une voix douce.

Pour la deuxième fois de la soirée, elle sentit monter en elle une bouffée inattendue de plaisir.

— Ce que je veux dire, continua-t-il en rosissant, c'est que c'est aussi une chance pour elle.

Il la regardait avec tant de candeur et de chaleur, qu'elle eut presque envie de croire à la déclaration qui suivit :

— Nos univers ne sont pas si différents, vous savez.

Si seulement il avait pu dire vrai. Il y a quelques jours, elle aurait encore pu le croire. Comme pour conjurer le sort, Tess éprouva instinctivement le besoin de lui saisir le bras.

— Et si on sautait comme ce soir-là? lui demanda-t-elle. Histoire de voir si nous n'avons pas oublié?

— Pourquoi pas? répondit-il avec un sourire.

Le temps de quelques bonds, ils se retrouvèrent sur le pont du *Titanic*, baignés par le soleil couchant, avant que leurs vies ne se trouvent bouleversées à jamais.

*

Ils reprirent lentement le chemin du Waldorf. Ils avançaient côte à côte, sans se toucher, Tess attentive aux commentaires amusés de son compagnon sur le décor qui les entourait. Jim n'était nullement intimidé par la

171

foule qui se pressait à l'entrée des théâtres, par les manteaux de fourrure, par les splendides calèches noires qui remontaient l'avenue dans le claquement des sabots et par le lustre de leurs accessoires de laiton. Les réverbères à gaz, allumés à présent, rivalisaient avec la lueur évanescente du jour. Même les chevaux de location de Central Park, réservés aux amateurs d'équitation, humaient l'air du soir, à en croire Jim. La remarque provoqua l'hilarité de Tess qui le mit au défi de caresser l'une de ces fières montures acajou. Elle ne dissimula pas sa joie lorsque la jument chercha du museau son blouson.

— Elle réclame une petite douceur, plaisanta Jim. Ou bien elle voudrait que vous «retourniez» son col. C'est bien l'expression consacrée par les couturières, je crois?

— À vrai dire, je n'ai encore jamais travaillé le cuir. Il faudra que la pauvre bête s'arme de patience.

Il éclata de rire à son tour. Ils repartirent et Tess ne put s'empêcher de noter que ses traits fermes et sa silhouette musclée, en contradiction avec la modestie de sa tenue, attiraient l'attention des passants.

— Je n'ai jamais eu l'occasion de vous remercier pour ce canot sculpté.

Le Waldorf était en vue, ils ne tarderaient pas à se dire au revoir.

— J'ai voulu réaliser un objet lié au drame que nous avons vécu ensemble, répliqua-t-il en ralentissant le pas.

— J'aurais aimé me trouver dans le même canot que vous.

Il se remplit longuement les poumons avant de répondre d'une voix grave, pleine de passion :

— Quand je vous ai vue tout au bord du pont, ces deux enfants dans les bras, j'ai tout de suite su que vous ne les abandonneriez pas. Je savais aussi qu'il était trop tard pour sauter dans ce canot. J'ai failli remonter en m'agrippant à la corde afin de vous attraper. C'était impossible, bien sûr, mais j'étais incapable de penser autrement cette nuit-là, après vous avoir vue là-haut, vous croyant perdue.

Ils regagnèrent l'hôtel en silence.

— Alors, je vous dis à nouveau au revoir, prononça Jim.

Il se figea et lui prit doucement le menton entre deux doigts. Son visage s'approcha tout près de celui de Tess, qui se demanda s'il allait l'embrasser. Il n'en fit rien, mais elle sentit son haleine caresser sa joue lorsqu'il lui glissa à voix basse :

— La prochaine fois, je vous emmène en balade dans l'une de ces calèches. Si vous m'y autorisez.

— Oui, murmura-t-elle en s'efforçant d'oublier que Jim n'était pas différent des gamins de son village.

L'instant suivant, il s'éloignait en laissant derrière lui la longue file des calèches, leurs chevaux silencieux, tête baissée.

Elle se dirigea vers l'entrée de l'hôtel, sur un nuage. Tous ses mécanismes de défense auraient dû l'avertir, mais elle n'arrivait pas à les enclencher. Il serait toujours temps d'écouter les conseils de sa mère plus tard.

Un attroupement s'était formé au coin de l'avenue. À croire que cette ville ne dormait jamais. Les rues perpendiculaires étaient encore plus animées, automobiles et calèches se disputaient le moindre pavé. Cochers et chauffeurs s'admonestaient, les piétons désireux de traverser se voyaient contraints de zigzaguer entre les chevaux.

Elle finit par comprendre la raison de l'agitation qui régnait aux abords du Waldorf. Un jeune vendeur de journaux agitait l'édition du soir du *New York Times*, pris d'assaut par une nuée d'acheteurs. Tess pénétra en trombe dans l'hôtel, peu désireuse de lire les gros titres. Elle aurait pu y échapper si un groom ne l'avait pas repérée en la voyant attendre l'ascenseur. Il lui glissa un exemplaire du journal dans la main.

— Il faut absolument que vous lisiez ça !

Tess prit sa respiration avant de découvrir la une.

LE LÂCHE BARONNET ET SA FEMME
ONT-ILS SOUDOYÉ
LES MARINS POUR NE PAS RETOURNER EN ARRIÈRE ?
UN TÉMOIN LAISSE ENTENDRE LE PIRE

Sous le gros titre s'étalait le nom de son auteur : Sarah Wade.

Les portes de l'ascenseur s'ouvrirent et Tess prit place dans la cabine, tête baissée. Personne ne l'avait suivie et les portes se refermèrent, lui permettant de bénéficier d'un bref moment de répit, sous la protection de cette cage d'acier. Elle avait eu tort d'accorder sa confiance à Pinky. Qui avait bien pu lui parler ? Quelqu'un qui détestait les Duff Gordon, de toute évidence. Jim, peut-être ?

Tess savait déjà qu'elle allait devoir réconforter une femme qui, quelques jours plus tôt, incarnait à ses yeux l'invulnérabilité. Elle pria le ciel que le trajet en ascenseur dure le plus longtemps possible.

6

Lucile jeta une serviette de toilette sur la lampe allumée, ignorant les récriminations de Cosmo qui l'avertissait du danger d'incendie. Elle se justifia en affirmant qu'elle avait besoin de pénombre, qu'elle ne supportait plus de voir ses yeux bouffis de larmes, les taches rouges qui lui marbraient le visage.

— J'avais raison, pourtant. Cosmo, dites-moi que j'avais raison.

— Vous avez pris le contrôle de ce bateau, Lucy, et assumé les décisions nécessaires pour sauver la vie de tous ceux qui s'y trouvaient. Personne ne pourra jamais vous le reprocher.

— C'est pourtant le cas. Jamais je n'ai été attaquée de la sorte.

Elle se laissa tomber au milieu de la forêt de coussins en soie du canapé, ses cheveux décoiffés parsemés de mèches grasses.

Cosmo prit rageusement le *Times* et le jeta dans la corbeille, puis il rejoignit pesamment sa femme sur le canapé.

— Vous verrez, tout finira par s'arranger.

— Les hommes d'équipage se sont retournés contre nous.

— Il aura suffi d'une brebis galeuse, prononça une voix derrière eux.

Ils se retournèrent et découvrirent Tess.

— De quelle décision parliez-vous il y a un instant? demanda-t-elle.

Lucile bondit sur ses pieds. Ses yeux bouffis lançaient des éclairs.

— Qui a parlé à cette femme? cria-t-elle en renversant d'un coup de pied la corbeille à papier.

Les feuillets du journal volèrent à travers la pièce.

— Elle a interrogé de nombreux témoins, répliqua Tess.

— Je vois. Et figurez-vous au nombre de ces «nombreux témoins»?

— Oui.

— Que lui avez-vous dit?

— Je lui ai dit que les passagers de l'entrepont n'avaient pas réussi à rejoindre les canots de sauvetage à temps.

— Qu'avez-vous dit d'autre, vous qui aimez manifestement vous répandre?

— Elle m'a demandé pourquoi votre canot était quasiment vide, je lui ai répondu que je n'en savais rien.

— Voilà qui aura suffi à tout déclencher. Et puis il y a votre ami marin. Celui qui a décidé de nous abattre, à grands coups d'insinuations et de mensonges. Le mystère s'éclaircit.

— Jim n'est pas quelqu'un de vindicatif, s'empressa de réagir Tess.

— Vous l'appelez *Jim*, à présent.

Lucile ne cachait plus sa fureur.

— Il n'est pas vindicatif, dites-vous? De quel côté vous trouvez-vous? Il s'est éclipsé à l'instant où je voulais réunir tout le monde pour cette photographie. Est-ce la raison pour laquelle il ne s'est pas joint à nous? Et où se trouvait-il lorsque Cosmo a si généreusement remercié l'équipage de nous avoir sauvés? Pas vindicatif? Pour l'amour de Dieu, nous avons affaire à un digne représentant de sa classe sociale, aussi ignorant que dépourvu de jugement. Un être guidé par sa «bonne conscience». J'exige de tout savoir, immédiatement!

— Lucy, calmez-vous! s'interposa Cosmo. Nous sommes en présence d'un accusateur *anonyme*. Il ne s'agit donc pas d'un témoignage, mais de ragots malveillants.

— Qui d'autre aurait eu le front de nous traiter de *lâches*? rétorqua Lucile sans quitter Tess des yeux. Et nous accuser d'avoir *soudoyé* ces pauvres gens, quand nous nous sommes contentés de leur offrir un peu d'argent afin de les aider à redémarrer dans la vie?

— Lucy, je vous demande de vous calmer, insista sèchement Cosmo.

— Je m'interroge au sujet de Jean Darling. Non, je ne puis croire qu'elle ait osé.

— Peut-être.

Cosmo prit une cigarette dans la coupe en argent posée sur sa desserte et l'alluma. Le léger tremblement qui agitait sa main ralentit l'opération.

— Les journaux ont décidé ma perte, reprit sa femme en ignorant Tess dont les traits blêmes trahissaient la crispation.

— Vous oubliez un peu vite que c'est moi que l'on décrit comme un «lâche baronnet».

Lucy se tassa sur le canapé.

— En cette heure où j'ai tant besoin de votre soutien, comment pouvez-vous penser à vous? J'ai bien conscience que je n'aurais jamais dû m'exprimer devant les journalistes. Je l'ai su à l'instant où j'entrais dans l'atelier, en entendant les cousettes chuchoter entre elles. Oh, bien sûr, elles m'ont assurée que cette interview était formidable, qu'elles étaient heureuses de me savoir en vie. J'ai pourtant bien senti que le cœur n'y était pas. Je me trouvais soudain à des lieues de l'atmosphère d'hier soir au dîner, lorsque mes amis étaient suspendus à mes lèvres.

— Vous avez su les tenir en haleine, remarqua sèchement Cosmo.

— Je l'avoue, j'ai eu le grand tort de me mettre en avant au moment où les journaux réclamaient des boucs émissaires. Quand je pense à tous les nantis qui ont survécu à cette tragédie, pourquoi est-ce à moi d'en payer le prix?

Elle posa brièvement les yeux sur Tess, figée face à elle.

— Qu'attendez-vous donc, ma fille?

— J'attends votre permission de me retirer.

— Eh bien vous ne l'avez pas.

— Madame, s'il vous plaît, je souhaite m'en aller.

Elle serait même partie en courant, si elle l'avait pu. L'article n'avait donc pas menti. Les Duff Gordon avaient *réellement* donné de l'argent aux marins.

— Vous m'avez désobéi en acceptant de parler à cette journaliste. Je devrais vous renvoyer.

Tess refusait d'implorer Lucile. Sa fierté l'en empêchait. Le silence s'éternisait, que Lucile rompit enfin :

— Vous ne ressemblez à rien, ma chère Tess. Il nous faut impérativement vous fournir une garde-robe digne de ce nom.

Tess battit des paupières. Voilà que Lucile passait sans crier gare de la fureur à... à quoi, précisément? À une bienveillance amicale?

— Puis-je m'en aller? demanda-t-elle.

— Mais oui, allez-y, pour l'amour du ciel. Mais j'entends bien que vous veniez avec moi à l'atelier demain matin. Quelqu'un d'autre se chargera de nous rapporter les avancées de la commission d'enquête. En attendant, je vous prie de prévenir le standard de l'hôtel que je ne prends plus les appels des journalistes, sans exception aucune. Et trouvez-vous devant l'hôtel à 8 h 30 précises demain. Mon chauffeur sera là. Il se nomme Farley. À propos, Tess...

— Oui? répondit la jeune fille en reculant machinalement.

À bout de nerfs, elle aurait tout donné pour échapper à cette femme versatile, pour fuir cet endroit.

Lucile se leva inopinément et prit les mains de la jeune fille dans les siennes.

— Ne vous en faites pas, voulut-elle la rassurer. Je sais bien que vous ne me trahiriez pas. J'ai fort mauvais caractère, j'ose espérer que vous ne le prendrez pas trop personnellement.

Elle se pencha et posa un baiser sur la joue de Tess dans le nuage capiteux d'un parfum fleuri.

— Je saurai me racheter, mon petit.

Tess acquiesça machinalement, stupéfaite. Elle ouvrit la porte de la suite, murmura un bonsoir aux Duff Gordon et quitta la pièce. Lucile s'était excusée auprès d'elle. Ou presque. Cette histoire d'argent finirait bien par s'expliquer, jamais les Duff Gordon n'auraient voulu acheter les hommes d'équipage. Ces gens-là avaient l'habitude de distribuer de généreux pourboires. Le mystérieux témoin de Pinky ne pouvait être que Jim. Qui d'autre se souciait des Duff Gordon? Certainement pas les marins qui avaient accepté de poser avec eux devant les photographes, elle en avait la conviction. Jim savait quelle tempête ses déclarations déclencheraient. Il l'avait forcément deviné. Pourquoi n'en avoir pas soufflé mot lors de leur promenade? Il l'avait laissée prendre la nouvelle de plein fouet. Arrête de t'emballer, se raisonna-t-elle. Tu n'en sais rien. Mais ses mains tremblaient sans qu'elle pût s'en empêcher.

Sans parler du mot *répandre*, qui lui restait en travers de la gorge.

*

— Vous ne l'avez guère ménagée, Lucy. Pour l'amour de Dieu, à quoi riment ces crises? s'écria Cosmo à l'instant où la porte se refermait derrière Tess. Vous jouez à votre mère?

— Cette mégère? Le ciel m'en préserve.

— À voir la façon dont vous traitez cette fille, on en douterait, ma chère.

— Je n'ai aucune envie qu'elle…

— Qu'elle quoi? Qu'elle défie votre autorité en prenant le contrôle de la situation?

— Mon Dieu, Cosmo, je me fiche éperdument de ce qu'elle fait. Je n'ai pas voulu lui reprocher son amitié pour ce marin, elle semblait déjà suffisamment peinée. Un peu trop peinée, à bien y réfléchir.

— Peut-être incarnera-t-elle toujours pour nous le souvenir de cette terrible traversée.

Lucile médita un instant la phrase de son mari.

— Elle ne m'a pas appelée madame. L'avez-vous remarqué?

— En effet, acquiesça Cosmo.

— Sa position l'y oblige pourtant.

— Il est trop tard, laissa tomber Cosmo.

— Elle manque cruellement d'égards à votre endroit également, mon ami.

— Je ne prise guère qu'on m'appelle *sir* Cosmo.

— Vous êtes impossible, mon cher. Ne me faites pas de peine ce soir, je vous en prie.

Lucile passa une main lasse sur ses yeux et s'enfouit dans son matelas de coussins.

— Je suis épuisée et rien de ceci ne mérite qu'on se dispute. Je vais devoir me trouver en ordre de bataille demain.

— Ma chère, les faits sont là. Cette fable ne manquera pas de provoquer un scandale des deux côtés de l'Atlantique, nous y sommes mêlés de plus près que je ne le croyais. Je crains fort que ce sénateur Smith, poussé par sa pugnacité, ne s'intéresse bientôt à nous.

— Ils n'oseront pas. Quand bien même, je ne le permettrai pas.

Cosmo se dirigea vers la lampe et jeta à terre la serviette de toilette brûlante. Des traces de roussi se dessinaient déjà sur le tissu.

Hôtel Waldorf Astoria, New York
Samedi matin, 20 avril

— Alors, c'est toi la nouvelle bonniche? Elle t'aura trouvée en Angleterre, en France, ou je ne sais où. C'est idiot, lady Lucile a pourtant tout ce qu'il faut sous la main ici. Allez, monte vite, elle va me bombarder d'ordres à l'instant où elle mettra le nez dehors.

L'homme qui faisait signe à Tess de monter dans l'automobile noire rangée devant l'entrée du Waldorf avait des lèvres épaisses et un sourire narquois qui lui déplaisaient. Hormis le fait qu'il possédait un permis de conduire, il n'était pas mieux placé qu'elle dans la hiérarchie sociale.

— Je ne suis pas une bonniche, rétorqua-t-elle.

— Ma belle, tu es ce qu'elle veut bien que tu sois, réagit-il sur un ton affable. Tu fais désormais partie de l'armée de grouillots tremblants et serviles qui se tuent à la tâche pour la toute-puissante madame. Je sais de quoi je parle, j'en fais partie. Bonjour, je m'appelle Farley.

Tess venait tout juste de s'installer dans l'auto lorsqu'elle vit Farley se mettre au garde-à-vous. Il ouvrit la portière, la tint pour lady Lucile et s'empressa de la claquer au nez d'une meute de journalistes qui se précipitaient. Il enclencha une vitesse et s'élança sur la 5e Avenue au milieu de la circulation. Tess, tassée sur son siège, jeta un coup d'œil en coin à Lucile. Elle remarqua qu'elle était davantage poudrée qu'à l'accoutumée. Comme elle ne disait pas un mot de leur discussion de la veille, Tess se garda bien d'aborder le sujet.

L'atelier de la société Lucile Ltd. se trouvait dans un vieil immeuble voisin du tout nouveau Flatiron Building, sur la 23e Rue.

— La fierté de New York, déclara Farley en pointant du doigt le bâtiment en pointe. Son nom lui va comme un gant, on dirait vraiment un fer à repasser, vous ne trouvez pas?

Peut-être était-ce lié à ses angoisses, mais Tess y voyait plus volontiers une proue de navire.

Les quelques personnes qui attendaient l'ascenseur s'égaillèrent comme des moineaux en voyant Lucile Duff Gordon pousser la porte de l'immeuble.

— Personne n'a le droit de se servir de l'ascenseur quand madame est là, elle refuse de le partager avec quiconque, glissa Farley dans l'oreille de Tess.

— Pas de messes basses en ma présence, Farley, le réprimanda Lucile.

Elle monta dans la cabine et fit signe à Tess de la suivre. Le loft situé au dernier étage de l'immeuble lui servait de sanctuaire, un royaume qu'elle avait créé elle-même et sur lequel elle régnait sans partage. Personne n'y accédait sans son autorisation.

Les portes de l'ascenseur s'ouvrirent sur un atelier si vaste que Tess en eut le souffle coupé. Plusieurs dizaines de tables débordaient de brocarts somptueux, de laines aux couleurs magnifiques, de dentelles d'une grande délicatesse. Des couturières, penchées sur des mannequins, la bouche pleine d'épingles, drapaient et assemblaient tandis que plusieurs femmes très minces en kimono de crêpe gris attendaient le long d'un mur qu'on les appelle pour un essayage. L'endroit bruissait d'excitation.

— Extraordinaire, n'est-ce pas? commenta Lucile d'une voix forte afin de couvrir la rumeur des conversations et le bourdonnement des machines à coudre.

Tess approuva avec la plus grande énergie, bouche bée, les yeux écarquillés, en suivant Lucile dans le labyrinthe des tables. Mme Duff Gordon passait d'un sourire à un froncement de sourcils en inspectant le travail de ses ouvrières. Elle examinait un coupon de tissu ici, en testait le poids et la fragilité là, s'adressant chaque fois aux ouvrières concernées. Tess retrouvait enfin la femme qui lui avait inspiré respect et crainte à son arrivée à bord du *Titanic*.

Tout au fond de l'immense atelier se trouvait le bureau de Lucile, retranché derrière un mur de verre. La pièce débordait de fleurs : des roses, des pivoines, des jonquilles, bien d'autres encore, qui occupaient tout l'espace. Il y en avait jusque par terre, des bouquets systématiquement accompagnés d'un petit mot de réconfort ou de félicitations.

— Mes clients et mes amis sont décidément ravis d'apprendre que j'ai survécu au naufrage, déclara Lucile d'un air désabusé en pénétrant dans la pièce. Nous aurons bientôt l'occasion de tester leur fidélité.

Des employés des deux sexes, rassemblés peureusement dans un coin, se redressèrent à l'entrée de la maîtresse des lieux.

— Bonjour, madame, s'empressa de prononcer l'un des présents.

Lady Lucile sortit une paire de lunettes à monture d'écaille de son sac, les chaussa, et dévisagea chacun des membres du petit groupe.

— Il faut installer le podium du défilé dès aujourd'hui, décida-t-elle. De même, vous ferez accrocher les rideaux qui cachent l'atelier. Comment se fait-il que personne ne soit déjà à l'œuvre ?

— Nous avons besoin de tout l'espace quelques jours de plus, se justifia une femme vêtue d'une blouse blanche qui lui donnait des airs de boulangère. Les ajustements de dernière minute…

— Ce n'est pas la première fois que nous faisons des ajustements de dernière minute, la coupa Lucile. Vous n'aurez qu'à rapprocher les tables. Il faut *impérativement* installer ce podium au plus vite. Je vous rappelle que *tous* nos clients seront là. Est-ce bien clair?

— Oui, madame.

Lucile se tourna vers un jeune homme au crâne dégarni.

— James, où en sommes-nous de la robe de mariée? Je ne vois personne coudre les perles.

— Elles seront là cet après-midi, s'empressa de répondre l'intéressé.

Lucile éleva la voix en marchant de long en large.

— Comment se fait-il que nous soyons aussi en retard? s'agaça-t-elle. Comment se fait-il qu'on n'en soit pas aux essayages? Les filles sont là à se tourner les pouces et le temps file. Cette robe de mariée sera le clou du défilé, le travail des perles doit être impeccable, il est grand temps de s'y atteler. Je me suis pourtant montrée claire à ce sujet hier, comment se fait-il que rien n'avance?

— Tout le monde fait de son mieux…, tenta James, inquiet.

— Quand je pense que je me trouvais toute seule au milieu de l'Atlantique, à me battre contre la mort, et que personne ici ne veillait à ce que les robes du défilé soient prêtes!

Lucile balaya d'un geste la pièce remplie de fleurs.

— Mes amis sont mes clients, et mes clients sont mes amis. Il est hors de question qu'ils soient victimes de votre *incompétence*.

Tess remarqua quelques échanges de regards. Une femme haussa un sourcil en levant les yeux au ciel, preuve que les crises de Lucile faisaient partie du quotidien. Lucile Duff Gordon avait le sens du spectacle.

Au même moment, la créatrice tendit l'index en direction de Tess.

— Voici quelqu'un qu'on ne risque pas d'accuser d'incompétence, déclara-t-elle. Je vous présente Tess Collins, survivante comme moi du naufrage.

Elle prit une robe en soie des mains de l'une des couturières et la déplia.

— Qu'en pensez-vous, Tess? Jugez-vous qu'il aurait fallu la couper en biais?

Tous les regards étaient braqués sur Tess. La jeune fille examina longuement la robe en s'interrogeant sur la réaction qu'on attendait d'elle. Le poids de la soie lui souffla la bonne réponse. Après tant d'années passées à coudre auprès de sa mère, elle possédait une solide connaissance des tissus. Elle était parfaitement capable d'émettre un avis pertinent.

— Non, je ne crois pas, jugea-t-elle d'une voix ferme. Le drapé s'affaisserait à la première utilisation.

Lady Lucile jeta la robe dans les bras de la couturière d'un air triomphal avant de se tourner vers le jeune homme au crâne dégarni qui s'était exprimé quelques instants plus tôt.

— James, si vous n'y prenez garde, je vous remplacerai, l'avertit-elle. Conduisez Tess à la table à dessin, laissez-la vous montrer la meilleure façon de tailler ce modèle.

Tess grimaça intérieurement, incertaine de ses dons de dessinatrice. S'il lui était arrivé de réaliser des croquis rapides, elle avait surtout l'habitude de construire les patrons dans sa tête, et non sur le papier. Elle s'empressa d'en avertir James tandis qu'ils quittaient le bureau de Lucile. James, grandement soulagé, entreprit alors de l'initier aux excentricités de lady Lucile avec moins de méfiance.

— Elle adore lancer des défis pour s'assurer que tout le monde fonctionne à la baguette, ce qui n'est pas un mal en soi. La situation est un peu différente aujourd'hui, nous entendons tout tenter pour lui changer les idées.

Il laissa échapper un soupir.

— Tout le monde ici est arrivé ce matin avec un exemplaire du *Times*, nous avons eu toutes les peines du monde à mettre les ouvrières au travail. Je leur ai bien demandé de veiller à se débarrasser de leur journal dans la corbeille la plus proche avant son arrivée. Les gens ne parlent que de ça, ce qui explique le retard que nous avons pris.

Il lança à Tess un regard circonspect.

— Je ne l'ai pas encore prévenue que plusieurs commandes avaient été annulées. Des commandes importantes. Elle sera furieuse.

— Je ne sais pas exactement ce qu'elle attend de moi, avoua Tess.

— Madame n'aime rien tant que déstabiliser ses nouvelles recrues. Je vais commencer par vous mettre au repassage.

Tess étudia l'atelier avec enchantement. Lorsqu'elle n'était pas occupée à passer au fer des robes taillées dans des matériaux extraordinaires, elle observait le travail des couturières. Installé derrière une table, un vieil homme réalisait des boutonnières avec la plus grande minutie, prenant le temps de nouer individuellement chaque point avant de le tendre au maximum. La jeune fille assista aux essayages avec la plus grande attention. Chacune des créations vaporeuses de Lucile Duff Gordon prenait vie à mesure que les essayeuses en épinglaient les différents éléments sur les jeunes mannequins. Le ballet rythmé du pied de chaque couturière sur la pédale de sa machine à coudre Singer tenait de la chorégraphie. Tess aurait aimé que sa mère pût assister à la scène. Elle la revit avec un pincement au cœur, le soir au coin du feu, occupée à coudre tabliers et chemises dans des éclairs d'aiguilles. Tess était tombée instantanément amoureuse de ce lieu et de ce qui s'y rattachait : les bruits, les odeurs, les lumières, les mouvements.

*

Lucile examinait attentivement Tess à travers la paroi de verre de son bureau. Le spectacle n'était pas sans lui procurer une certaine satisfaction. La jeune fille ouvrait des yeux comme des soucoupes, emportée par le glamour de cet espace magique, comme de juste lorsque tout est encore beau et neuf. Elle se félicita d'avoir éloigné Tess de l'horrible mascarade du Waldorf.

Tess releva soudain la tête. Leurs regards se croisèrent et la jeune fille surprit l'air triomphal de Lucile.

Puisque c'est ce monde que vous convoitez, ma fille, je suis en mesure de vous l'offrir.

Tess, parcourue d'un frisson, détourna les yeux la première.

*

Salon Myrtle, hôtel Waldorf Astoria
Samedi 20 avril

Il était à peine 9 heures du matin, mais Pinky se sentait déjà les mains moites alors que les auditions de cette deuxième journée n'avaient pas encore débuté. Le personnel de l'hôtel avait disposé des chaises jusqu'au moindre recoin de la pièce et une odeur âcre de cigare épaississait l'air confiné. Tous les journaux avaient consacré des éditions spéciales aux travaux de la commission, on y trouvait une multitude de récits de bravoure, de lâcheté et de mort. Le salon se remplissait rapidement et Pinky s'attendait presque à ce que les Duff Gordon chargent un émissaire quelconque de lancer une contre-attaque, par exemple en montant leurs amis contre la journaliste. En attendant, l'article avait fait l'effet d'une bombe. En alliant des expressions telles que «pot-de-vin» et «canot de la millionnaire», le *Times* s'assurait des ventes record pendant une semaine. Tess restait invisible, mais Pinky n'en était pas surprise outre mesure. Mme Duff Gordon aurait veillé à l'éloigner des auditions ce jour-là. La jeune journaliste s'épongea le front à l'aide de son mouchoir, fière des regards envieux que lui adressaient ses collègues. Elle ne s'était pas contentée d'écrire un bon papier, elle avait recentré le débat en capitalisant sur la fureur ambiante. Le grand public s'était enflammé à l'annonce des conditions dans lesquelles certains avaient survécu tandis que d'autres mouraient noyés. Elle tenait un scoop majeur, tout en ayant conscience de la fragilité du succès dans un domaine aussi éphémère que le sien. Aujourd'hui, Mme Duff Gordon tenait le mauvais rôle, mais quelqu'un d'autre la remplacerait demain. Les hommes qui avaient survécu au naufrage commençaient déjà à s'excuser, gênés d'avoir pris la place de femmes et d'enfants.

— Alors, jeune fille, fit le sénateur Smith en s'arrêtant à sa hauteur au moment de gagner sa place. À quoi souriez-vous donc, ce matin?

— Au simple plaisir de me trouver ici, monsieur le sénateur, répondit-elle en revenant rapidement de sa surprise. Vous savez bien que tous les projecteurs sont braqués sur vous.

Smith esquissa un sourire en oubliant l'espace d'un instant son paravent de raideur habituel. La fougue de la jeune journaliste lui était sympathique.

— Je ne vous le fais pas dire.

— Avez-vous lu mon article consacré à la façon dont les Duff Gordon ont soudoyé les marins de leur canot pour ne pas retourner chercher des naufragés? Qu'en pensez-vous?

Son sourire se figea.

— J'aurais de loin préféré que vous attendiez leur audition.

— Dois-je en déduire que vous comptez appeler les Duff Gordon à la barre?

— Je n'ai pas l'habitude de pratiquer la chasse aux sorcières.

— Cela ne vous empêche pas de les assigner à comparaître.

— Rien n'est encore décidé.

Smith, soucieux de ne pas en révéler davantage, s'éloigna et reprit sa place parmi les membres de la commission d'enquête. À peine installé, il fit taire les conversations à grands coups de maillet.

Le premier témoin du jour était le seul radiotélégraphiste ayant survécu au naufrage, Harold Bride. Blanc comme un linge, le tout jeune homme traversa la foule en fauteuil roulant, grimaçant chaque fois qu'il était obligé de bouger son pied, recouvert d'épais bandages.

Si l'interrogatoire commença avec douceur, les réponses de Bride gagnèrent progressivement en véhémence. À l'entendre, son second et lui avaient tenté d'appeler d'autres navires à l'aide. Il avait notamment incité son collègue à user du SOS, en lieu et place de l'appel traditionnel.

— Il s'agit d'un tout nouveau signal de détresse destiné à remplacer le précédent, expliqua-t-il. J'ai plaisanté avec mon collègue en lui disant que c'était peut-être la première et dernière fois qu'il pourrait envoyer un tel message.

Les deux hommes avaient ri de la plaisanterie sur le moment.

On aurait entendu une mouche voler lorsque le sénateur Smith interrogea Bride sur la façon dont il avait pu échapper à la mort.

— J'ai basculé par-dessus bord en voulant retenir l'un des canots de toile. Je me suis retrouvé sous la coque, dans une poche d'air. J'ai alors dû me dégager avant de me hisser à bord. Le canot était plein à craquer. Je suis le dernier homme qu'ils aient invité à monter.

Un murmure parcourut la foule. *Invité?!!*

— D'autres personnes ont-elles tenté de prendre place dans le canot?

— Oui, monsieur le sénateur.

— Combien?

— Des dizaines, répliqua Bride.

Cette réponse acheva d'épuiser le témoin tout en privant les membres de la commission et l'assistance de tout espoir de détachement. Les gens s'agitaient sur leurs sièges, d'autres reniflaient ou se mouchaient. L'angoisse du jeune homme était communicative.

— Des dizaines, répéta Smith. Dans l'eau, donc? Étaient-ils équipés de gilets de sauvetage?

— Oui.

— Le terme *invité* semble peu réaliste, commenta l'un des membres de la commission.

— Je l'ai choisi sciemment. Et c'est tout ce que j'ai à dire à ce sujet.

— Qu'en était-il des canots qui n'étaient pas pleins? Les gens craignaient-ils d'être entraînés par le fond avec le paquebot?

Bride poursuivit, stoïque:

— Je dirais que je me trouvais à une cinquantaine de mètres du *Titanic.* J'étais en train de nager quand le bateau a coulé. Je n'ai quasiment pas senti de remous. Les canots les plus proches auraient dû revenir afin d'aider les naufragés.

Voilà qui ôtait toute excuse à ceux qui n'avaient pas fait demi-tour. Pinky prenait des notes furieusement. Son crayon se figea entre ses doigts alors qu'une pensée lui venait brusquement: en voulait-elle à tous ces gens, au point de vouloir régler des comptes?

*

Lors d'une interruption de séance, l'attention de Pinky fut attirée par une silhouette familière qui s'échappait

190

d'un petit groupe de marins du *Titanic* et se dirigeait vers elle.

— Vous ne vous êtes pas montrée tendre avec les Duff Gordon ce matin, déclara Jim Bonney.

— Mon article vous a plu?

Jim, distrait, balaya l'assistance des yeux, le front barré d'un pli.

— Ce n'est peut-être pas à vous que je devrais poser la question, mais je cherche quelqu'un. Une jeune femme qui travaille pour la Duff Gordon.

— Vous voulez parler de Tess Collins?

— Oui, avoua-t-il, légèrement surpris.

— Je ne l'ai pas vue de la journée.

— Je dois absolument lui parler.

— Je ne serais pas étonnée que Mme Duff Gordon l'ait emmenée avec elle dans son atelier. Désolée, j'ai beau être journaliste, je ne suis pas au courant de tout.

Le jeune homme semblait hésitant à se confier davantage.

— Écoutez, on nous envoie ce soir à Washington avec tout l'équipage. Il faut absolument que je la voie avant mon départ.

Pinky avait ouï dire que le sénateur Smith entendait poursuivre les auditions dans la capitale, mais elle ne s'attendait pas à une délocalisation aussi soudaine.

— À quelle heure?

— Tard dans la soirée. Je pensais que vous étiez au courant.

Il glissa les mains dans les poches arrière de son pantalon tout en continuant de dévisager les présents.

Non, Pinky n'était pas au courant, mais de là à l'avouer ouvertement… Voilà sans doute qui expliquait l'affabilité de Smith. Il était convaincu de se débarrasser à bon compte d'elle comme de ses collègues de la presse populaire.

— Lucile Duff Gordon a la réputation de mener ses équipes à la baguette, dit-elle sur un ton enjoué. Je doute que Tess rentre avant le début de la soirée. Désolée pour vos ambitions sentimentales.

Elle envoyait d'instinct ce ballon d'essai, sachant qu'il est toujours payant de prendre des risques.

C'est tout juste si le jeune homme l'entendit.

— Avez-vous le moyen d'entrer en contact avec elle ?

— On dirait que c'est important.

— Écoutez, vous m'avez l'air d'une femme bien. Si vous la voyez, pouvez-vous lui dire que je m'en vais ?

— Bien sûr. À condition que vous acceptiez de me parler à nouveau, ajouta-t-elle précipitamment.

— D'accord, mais pas tout de suite. Plus tard.

Il paraissait sincère.

— Vous êtes très doué de vos mains. Le petit canot de bois que vous avez sculpté est magnifique.

Un autre ballon d'essai.

Son visage s'éclaira.

— Elle vous l'a montré ?

— En quelque sorte.

— Je vous remercie, dit-il en prenant congé.

— Vous ne me dites même pas au revoir ? l'arrêta-t-elle.

Il était beau garçon. La tentation de le taquiner était trop belle.

Jim, pas dupe, lui adressa un coup d'œil amusé.

— J'imagine que nous serons appelés à nous revoir à Washington, puisque c'est vous qui couvrez tout ce cirque.

Il s'éloigna à grands pas en laissant derrière lui une Pinky plutôt contente de la façon dont elle s'en était tirée. Elle connaissait désormais l'identité de celui qui avait fabriqué le petit canot en bois de Tess. Surtout, elle comprenait pourquoi la jeune fille y tenait tant. Parfait. Il est toujours plaisant d'en savoir davantage sur les autres qu'ils ne l'imaginent.

*

Une Lucile très calme observait le ballet des couturières, des tailleuses et des modélistes qui s'apprêtaient
à quitter l'atelier et rentrer chez elles après avoir réuni
leurs affaires. Le crépuscule posait une feuille d'or sur
les tables et les machines à coudre. Jusqu'au podium
du défilé, quasiment terminé, qu'atteignaient les ultimes
rayons du soleil.

— Je vous écoute. Combien d'annulations de commandes?

James se pencha sur ses notes.

— Une dizaine, madame.

— Les personnes concernées ont-elles eu le courage
de fournir une raison?

— Elles ont toutes parlé d'obligations extérieures,
répondit James d'une petite voix.

— Où en sommes-nous des réservations pour le
défilé?

Tout en posant la question, elle se tourna machinalement vers les rangées de chaises pliantes empilées au
fond de la pièce, prêtes à être installées face au podium.

— Nous avons eu quelques annulations, mais assez
peu.

— Mme Wharton?

— Elle vous envoie ses regrets, elle ne sera pas en
mesure d'assister au défilé.

— Vous savez, James, j'ai parfaitement conscience
que les corbeilles à papier débordaient d'exemplaires
du *Times*. La manœuvre s'est opérée sur vos ordres,
j'imagine.

James, le teint terreux, la gratifia d'une légère courbette.

— Oui.

— Je vous remercie. Bonne nuit, James.

James posa les yeux sur Tess, debout à l'entrée du
bureau.

— Mlle Collins réussira très bien chez nous, déclara-t-il de façon inattendue. Bonne nuit.

Le bruit de ses pas s'éloigna dans l'immense atelier désert et il ne resta bientôt plus que Lucile et Tess.

— Un délicieux repas nous attend à l'hôtel, annonça Lucile en sortant ses gants, la tête haute. Le chef du Waldorf est un véritable génie, nous dînerons tous les trois dans ma suite.

Tess emboîta le pas à Lucile jusqu'à l'ascenseur en s'efforçant de ne pas laisser percer le sentiment d'euphorie que provoquait chez elle cet atelier merveilleux. Dans ses rêves les plus fous, jamais elle n'aurait pu imaginer un lieu aussi extraordinaire. Les tissus, le travail méticuleux des couturières, leurs points élégants, leur science des perles… Tess avait connu une journée de rêve. Sans savoir ce qui l'attendait dans ce monde nouveau, elle avait déjà la certitude qu'elle parviendrait à ses fins. Elle était portée par une conscience aiguë de son *envie* de réussir.

Les câbles qui tiraient l'ascenseur crièrent dans le silence de l'immeuble désert. La cabine mit une éternité à rejoindre l'immense loft. Tess et Lucile y prirent place et l'ascenseur entama sa descente grinçante avec un léger mouvement de tangage qui mettait Tess mal à l'aise. À peine poussaient-elles la porte de la cabine au rez-de-chaussée qu'elles découvraient une meute de reporters.

— Est-ce exact que vous avez soudoyé les marins ? cria l'un d'eux.

— Pour quelle raison votre canot était-il aussi vide ? voulut savoir un autre.

— Comment pouvez-vous justifier le fait de vous être éloignée à la rame en laissant périr des naufragés ? insista un troisième.

— Où se trouve Farley ? glissa Lucile dans un souffle à sa compagne en ignorant les questions qui fusaient de toutes parts.

Elle se fraya difficilement un chemin parmi les journalistes, Tess sur les talons.

Farley les attendait au bord du trottoir. Il écarta sans ménagement les envoyés de la presse et guida les deux femmes d'une main sûre jusqu'au refuge bienvenu de l'automobile. Tess se précipita à l'intérieur de l'habitacle à la suite de Lucile. Farley voulut refermer la portière derrière elle, pas assez tôt pour que le visage boursouflé d'un homme à l'haleine rance chargée de tabac ne s'encadre devant Tess.

— On a entendu dire qu'un homme s'était réfugié dans votre canot déguisé en femme, cria-t-il. Vous pouvez le confirmer?

— Je ne le nie pas, rétorqua Lucile.

— S'agissait-il de Jordan Darling, le danseur?

Farley refermait la portière lorsque Lucile l'arrêta de la main. Elle se pencha vers le journaliste, un sourire glacial aux lèvres.

— Je ne le nie pas non plus, conclut-elle.

La portière à peine claquée, Farley se précipita derrière le volant et la voiture démarra sur les chapeaux de roue en remontant vers le centre à toute allure. De l'autre côté de la vitre défilaient les rues de New York, avec leurs stands de marchands de légumes, leurs églises couronnées de clochers pointus, leurs calèches tirées par des chevaux bondissants, alors que sous le béton de la cité, dans les tunnels obscurs du métro, les trains circulaient en grondant, brinquebalant leurs occupants invisibles vers des destinations mystérieuses.

*

Cosmo, planté devant l'accueil de l'hôtel Waldorf au cœur du grand hall, feuilleta d'un air maussade la pile de lettres que venait de lui tendre le concierge.

— C'est tout? s'enquit-il.

— Euh… oui, monsieur, répondit le concierge d'une voix mal assurée.

L'homme, un Américain de souche, n'avait pas l'habitude de s'adresser à un noble anglais, au grand déplaisir de Cosmo. Il tournait le dos à l'employé lorsque celui-ci l'arrêta.

— Ah, monsieur! J'ai un message à l'intention de l'une des personnes avec lesquelles vous êtes descendu chez nous, annonça l'homme à la hâte. Souhaitez-vous que je vous le donne tout de suite?

— Bien évidemment.

Cosmo s'empara de la feuille chiffonnée que lui tendait le concierge et en lut l'adresse en se dirigeant vers les ascenseurs. Un message à l'intention de Tess. De quoi pouvait-il bien s'agir? Une seule ligne, gribouillée au crayon d'une main pressée, répondit à sa question:

Accepteriez-vous de me retrouver à la station de calèches de Central Park ce soir? S'il vous plaît.

Pas de signature. Cosmo regarda longuement le message, puis le froissa d'un geste délibéré et s'en débarrassa dans une corbeille proche des ascenseurs. Au comble de l'agacement, il enfonça le bouton de l'ascenseur d'un doigt rageur. Il ne faisait aucun doute à ses yeux que cette peste de journaliste cherchait à tirer les vers du nez de Tess. Inutile d'en parler à Lucy, elle risquait d'entrer dans une rage incontrôlable. La chance l'avait servi en lui permettant d'intercepter à temps le message. Leur vie était suffisamment perturbée en cette période troublée sans qu'il fût besoin d'en rajouter.

*

Pinky était trop fatiguée pour dévaler les escaliers du *Times* en dansant. Il lui fallait encore faire quelques courses, passer à la pharmacie acheter les médicaments de son père et affronter l'opulente Mme Dotson, l'auxiliaire de vie qui lui pardonnait difficilement de ne pas jouer les filles modèles et passait son temps à la contrarier. Mme Dotson aurait aimé être mieux rémunérée. Elle se plaignait quotidiennement d'avoir à gérer les problèmes d'incontinence de Prescott Wade, sa cécité, sa mauvaise humeur, s'exprimant sur un ton geignard et faussement résigné lorsqu'elle parvenait à ramener Pinky dans une réalité à laquelle la jeune femme s'efforçait d'échapper. Pinky n'avait pourtant pas l'intention de se laisser terroriser ce soir.

Elle ne détestait rien tant que se poser à elle-même les questions directes et indiscrètes relatives à sa propre vie. Combien de temps son père vivrait-il encore ? Combien de temps aurait-elle les moyens financiers de pourvoir à ses besoins ?

Les rues, comme de juste, étaient désertes lorsqu'elle regagna le domicile familial à la lueur tremblante des réverbères. Il suffisait qu'elle devine une silhouette dans une poche d'ombre pour qu'elle redresse les épaules et hâte le pas, soucieuse d'afficher la même détermination que les passants de sexe masculin. Elle refusait de craindre les rues de cette ville, par peur d'un échec qu'elle savait inéluctable si elle cédait à la panique.

Tout aurait été plus facile si son père avait daigné sourire de temps en temps. Elle n'aurait pas su dire s'il refusait par entêtement, ou bien s'il n'en était plus capable. Son père était resté le célèbre et redouté Prescott Wade, tout en souffrant que personne ne vînt plus lui rendre visite. La plupart des gens, à l'image des Duff Gordon, étaient persuadés de sa mort. Il avait fini par céder à la facilité de cette lente glissade vers le néant. Il était moins douloureux pour lui de savoir qu'à l'heure de sa disparition le monde se souviendrait sans verser de larmes. Tel était le sort des célébrités. Pinky se demanda qui se souviendrait d'elle. À quoi la réduirait-on, sinon à un paquet d'articles qui moisiraient dans les archives du *Times* ? Elle s'empressa de jeter cette pensée aux orties en se dirigeant vers le rayon boucherie de son épicerie de quartier.

*

Mme Dotson avait déjà enfilé son manteau lorsque Pinky glissa sa clé dans la serrure.

— Il a passé une mauvaise journée, annonça-t-elle en voyant la porte s'ouvrir.

— Comme d'habitude, madame Dotson.

— N'empêche que c'est dur pour moi, surtout que vous courez par monts et par vaux toute la journée.

— C'est mon métier, madame Dotson. C'est ce qui me permet de tout payer.

Elle tira de son cabas de toile des haricots et un poulet qu'elle déposa sur le plan de travail en priant le ciel que Mme Dotson s'en aille en lui épargnant ses jérémiades coutumières.

— Je sais bien que vous travaillez dur, ma chérie.

La voix de la vieille femme s'était adoucie.

— Je préférerais que vous soyez plus présente. Il décline de jour en jour. Ce serait terrible si vous n'étiez pas là le jour où il poussera son dernier souffle. S'il faut que je reste plus souvent la nuit pour le veiller, il faudra me payer davantage. C'est normal. Vous avez été souvent absente ces derniers temps, même si je sais bien que c'est pour votre travail.

La requête n'était pas absurde. Qu'aurait fait Pinky sans Mme Dotson ? Elle aurait été contrainte de placer son père dans l'une de ces institutions dignes de l'enfer auxquelles elle avait récemment consacré une enquête.

— Ne vous inquiétez pas, je m'arrangerai pour trouver une solution, décida-t-elle.

— Je demande cinq dollars par nuit.

— Trois dollars.

— Quatre. Et demi, s'enhardit Mme Dotson.

— Quatre. Je n'ai pas les moyens d'aller au-delà.

— D'accord.

Les deux femmes continuaient de s'affronter du regard alors que la négociation était terminée.

— J'ai beaucoup apprécié votre article d'aujourd'hui, ma chérie. J'en ai même fait la lecture à votre père, mais ça n'a pas eu l'air de l'intéresser beaucoup.

Quel manque de tact. Pinky n'en croyait pas un mot, de toute façon. Elle aurait aimé exprimer sa pensée à voix haute. Vous savez, madame Dotson, nous ne sommes pas amies. Je ne vous aime pas plus que vous ne m'aimez, alors évitons les faux-semblants. Contentez-vous de vous occuper de mon père, de rentrer chez vous une fois votre journée de travail achevée. Surtout, épargnez-moi vos commentaires. J'ai horreur de ça.

Au lieu de quoi elle se contenta d'un simple merci. Puis elle sortit de son sac une poignée de billets. Elle en prit quelques-uns qu'elle tendit en silence à Mme Dotson. Celle-ci s'en empara d'une main avide et s'éclipsa prestement, après avoir promis à la jeune femme d'arriver à la première heure le lendemain matin, comme d'habitude.

Pinky saisit un couteau de cuisine et entreprit de vider le poulet. Le couteau se figea entre ses doigts. Elle ferait peut-être mieux de s'assurer que son père se portait bien.

La chambre était plongée dans l'obscurité, comme souvent, aussi alluma-t-elle la lumière.

— C'est à cette heure-ci que tu rentres à la maison? Il était temps.

Ses paupières étaient closes et sa voix paraissait plus rauque qu'en temps ordinaire. Un début de barbe indiqua à Pinky que Mme Dotson n'avait pas pris la peine de le raser ce jour-là.

— Tu sais ce que c'est, un papier à rendre avant le bouclage.

— Alors, tu as décidé de t'en prendre aux aristos ?

— Comme tu le faisais en ton temps.

— Merci d'avoir choisi l'imparfait.

— As-tu besoin de quoi que ce soit ?

— D'une vie digne de ce nom, *a priori*. Et si ce n'est pas trop te demander, d'un dîner.

Pinky s'était promis depuis belle lurette de ne plus pleurer chaque fois qu'il la rabrouait. La figure imposante de cet homme qu'elle avait adoré et dont elle tentait de suivre l'exemple ressemblait désormais à un bloc de glaise. Elle se sentait démunie. Aucun reportage, aucune enquête, aucun combat ne pouvait plus l'aider une fois franchi le seuil de l'appartement familial. Seule comptait l'endurance. Elle quittait la pièce lorsque la voix de son père l'arrêta :

— Poulet au four ?

— Oui.

— Tes poulets au four sont toujours excellents.

Elle regagna la cuisine, rassérénée. C'était sa façon à lui de s'excuser.

*

La nuit avait fini par tomber sur Central Park, mais Jim refusait de quitter la station de calèches, les yeux rivés sur l'avenue à la recherche de la silhouette de Tess. Son espoir renaissait chaque fois qu'il apercevait au loin une femme élancée marchant d'un bon pas, et puis la déception prenait invariablement le relais.

— C'est encore pas votre dame, hein ?

L'un des cochers, un personnage jovial à triple menton, le crâne coiffé d'une casquette aux couleurs passées, lui souriait d'un air bienveillant.

— Faut pas s'inquiéter, elle viendra la prochaine fois.

Jim lui grimaça un sourire en retour. Il caressa les naseaux de la jument apathique couleur acajou qui traînait la calèche. Le souvenir de la main fine de Tess lissant la crinière du cheval lui revint en mémoire. Il aurait pu croire qu'une année s'était écoulée depuis cette balade, alors qu'elle remontait à la veille.

Il se décida enfin à quitter son poste.

— Merci de m'avoir tenu compagnie, dit-il au cocher avant de s'éloigner.

Il sentit ses intestins se nouer à l'idée qu'il n'y aurait pas de prochaine fois.

7

Le sénateur Smith, au bord de l'épuisement, se laissa aller sur le tissu grossier de la banquette en voyant s'ébranler le train de Washington. Il pouvait enfin savourer un court moment de répit après le cirque des jours précédents. Il n'était pas mécontent de dormir dans son lit ce soir-là, en attendant que les auditions reprennent le lundi suivant, dans une atmosphère plus tempérée.

L'un de ses assistants se pencha vers lui.

— Monsieur le sénateur, souhaitez-vous que je prenne des notes?

Smith se redressa sur son siège. Dicter ses pensées l'avait toujours aidé à y voir plus clair.

— Mon but premier, bien sûr, est de comprendre *pourquoi* ce navire a coulé. Vous notez?

— Oui, monsieur le sénateur.

— Il pourrait s'agir d'une suite d'erreurs minimes survenant au mauvais moment, mais ce n'est pas ce que les gens ont envie d'entendre. Ils souhaitent qu'on leur fournisse une raison et une seule, et non un faisceau de causes probables. Ils se moquent éperdument des circonstances morales et matérielles auxquelles nous sommes confrontés.

Il laissa échapper un soupir. À l'heure du progrès technique, était-il donc si difficile pour le commun des mortels, lui y compris, de concevoir qu'un équipement aussi moderne, imaginé par la crème des inventeurs, se retournât contre ses créateurs d'une façon aussi tragique?

— Avez-vous lu les journaux, monsieur le sénateur?

— Bien sûr. Le grand public exige des coupables.

— C'est particulièrement le cas de ce couple de Britanniques. Avez-vous l'intention d'assigner à comparaître les Duff Gordon?

— Pourquoi cette question? Je commence à en avoir assez qu'on me rebatte les oreilles à leur sujet.

L'assistant parlementaire afficha sa surprise.

— Je suis désolé, monsieur le sénateur. Il me semblait simplement que…

— Pour répondre à votre question, j'aimerais autant ne pas les auditionner. Cela risquerait de provoquer la colère des Britanniques.

Il se tassa sur son siège.

— Ils m'en veulent déjà bien assez comme ça. Vous avez lu cet article? demanda-t-il à son collaborateur en pointant du doigt un reportage paru dans les colonnes de l'*American*. Le nom de Henry Adams vous est-il familier, par hasard?

— Oui, monsieur le sénateur.

— Cet homme est un historien de premier ordre. Il affirme que nous fonçons droit sur un iceberg, que notre société est en train de couler. À l'entendre, c'est le modèle même du XIXe siècle qui est sur le point de se déchirer. Vous entendez? Il prédit un naufrage universel dont nous serons tous victimes, amis ou ennemis.

— Peut-être serait-il préférable de remettre cette prise de notes à plus tard?

— Oui, vous avez raison.

Le sénateur était impatient de rentrer chez lui, sachant qu'il lui serait plus aisé de mettre ses pensées en ordre dans un cadre familier. Ce satané Ismay ne dissimulait pas sa fureur de rester bloqué aux États-Unis. Tant pis pour lui. Smith en éprouvait une satisfaction certaine. Porté par le besoin de voir triompher la justice, il avait la ferme intention de mener son enquête à son terme, quelles qu'en soient les conséquences. Il se rassura en se disant qu'il n'aurait plus la presse populaire new-yorkaise sur le dos. Raison de plus pour repousser à plus tard la question épineuse de ces aristocrates anglais.

*

En temps ordinaire, le dimanche était le jour le plus calme de la semaine. Jean Darling en savourait la quiétude, tranquillement installée dans la pièce où elle prenait toujours avec le même plaisir son petit-déjeuner, un journal à la main, dans la lumière dorée qui envahissait la pièce à travers les baies vitrées. Elle avait enfilé pour l'occasion son peignoir préféré, un vêtement vaporeux aux poignets et au col habillés de renard blanc, dont Jordan ne se lassait jamais. Le jour le plus calme de la semaine.

Jean Darling sirotait habituellement son café à petites gorgées, appréciant la vue plongeante sur Central Park dont la luxuriance s'étalait de l'autre côté de l'avenue. Elle avait gardé un souvenir ému de son excitation, le jour où Jordan et elle avaient traversé ces pièces pour la première fois, grisés par le succès du premier spectacle qu'ils avaient donné sur Broadway. Eux, modestes comédiens anglais de music-hall, fiers de relever la tête et d'annoncer : « Très bien, nous achetons. » Combien de temps s'était écoulé depuis ? Des années.

Cette fois, Jean Darling, immobile, se contentait d'observer la tasse de porcelaine translucide à moitié pleine. Un spectateur anonyme, découvrant la scène, aurait pu se croire en présence d'une statue de pierre. À ceci près que les statues ne souffrent pas.

Le *New York Herald* du jour était posé près de la tasse. À la une s'affichait la nouvelle qu'elle redoutait de voir sortir de l'ombre, dans la cacophonie qui se faisait entendre à travers le pays depuis le drame du *Titanic*. Le titre «Un danseur se travestit honteusement» s'étalait en première page, suivi d'un sous-titre plus vengeur encore: «Il se déguise en femme pour échapper à la mort dans le canot de la millionnaire.» Le portrait de Jordan fixant l'objectif, un vague sourire aux lèvres, plus vulnérable que jamais, illustrait l'article.

Jean Darling lut celui-ci en diagonale, certaine de ce qu'elle allait y découvrir: une diatribe moqueuse sur cet homme qui «avait laissé mourir des femmes» afin de sauver sa peau. Une seule phrase retint son attention: «Interrogée sur cette information inédite relative au canot des millionnaires, Mme Duff Gordon s'est contentée de répondre: "Je ne le nie pas."»

Comment pouvait-on se montrer si cruel? La réputation de son cher mari, un modèle de courage et d'intégrité, s'en trouverait entachée à jamais. Cet article signait la fin de leur carrière. Les premières annulations leur parviendraient dès le lendemain.

Si le destin lui avait offert l'occasion de revivre ces moments terribles, qu'aurait-elle changé? Si elle n'avait pas insisté, jamais Jordan n'aurait accepté de passer ce fichu autour de ses épaules et de se précipiter à sa suite dans le canot. D'ailleurs, jamais il n'aurait accepté de monter dans l'embarcation si celle-ci n'avait pas été à moitié vide. Elle le savait. Jordan n'avait rien d'un lâche, il avait uniquement voulu survivre. Pouvait-on lui en vouloir? Quelqu'un d'autre avait-il perdu la vie parce qu'il avait sauvé la sienne? Personne.

Elle parcourut des yeux les allées ombragées du parc, ainsi qu'elle l'avait fait paisiblement tant de fois par le passé. Ce jour-là, elle aurait uniquement demandé de ne plus souffrir.

Les pas de Jordan résonnèrent dans le couloir. Elle s'empressa de replier le journal avant de le glisser dans le compartiment inférieur du ravissant clapier ancien acheté pendant leur lune de miel. Une lune de miel merveilleuse. Elle repensa à cette première tournée au Maroc, à leur tout premier spectacle ensemble. Ils s'étaient trouvés dès le premier instant emportés par la magie de numéros parfaitement réglés et les acclamations du public, avant de trouver la confirmation de cette connivence dans l'intimité. Elle releva la tête, un sourire aux lèvres, impatiente de voir son visage heureux éclairer la pièce. Combien de femmes pouvaient s'enorgueillir de connaître un tel amour? Pourquoi aurait-elle dû le sacrifier à la mort?

Jordan poussa la porte et lui fit la révérence obligée avec son humour coutumier.

— Comment se porte ma délicieuse femme ce matin? demanda-t-il. Comment va le monde?

Elle porta deux doigts à ses lèvres et lui envoya un baiser.

— Ta femme se porte merveilleusement, répondit-elle en se levant.

Elle le rejoignit et passa un bras autour de ses épaules tout en lui prenant la main. Elle refusait de céder aux larmes. Un fin réseau de rides se dessina autour de ses yeux lorsqu'elle voulut lui sourire à nouveau.

— Que dirais-tu de commencer cette belle journée par une danse? suggéra-t-elle en l'invitant. Après tout, c'est à ça que sert le calme du dimanche.

*

Lucile tournait en rond dans l'immense atelier désert, déstabilisée par le mutisme des machines à coudre. Le lieu aurait dû être une ruche à cette heure, mais elle n'osait plus insister pour que ses ouvrières travaillent le dimanche depuis que le Syndicat des couturières new-yorkais ciblait les entreprises de haute couture telles que la sienne. Un vrai scandale. Pourquoi ne pas l'accuser de diriger un atelier clandestin, tant qu'on y était? Elle payait bien ses employées, aucune n'avait moins de quatorze ans et elle aurait été plus qu'heureuse de leur verser une prime si elles avaient accepté de travailler ce jour-là. Elle soupira dans l'espoir de calmer ses nerfs. Elle était toujours sur des charbons ardents à la veille d'un défilé, mais voir son nom cité une fois de plus à la une des journaux, à cause de cette histoire de Jordan Darling, n'arrangeait rien. Elle n'avait fait que répondre honnêtement à la question qu'on lui posait. Et si elle n'était pas mécontente que la ruse du danseur eût été éventée, elle s'offusquait de voir qu'on liât *son* nom à cette histoire. Elle n'avait rien confirmé du tout, le journaliste qui l'avait interrogée le savait pertinemment. Cosmo, furieux, refusait de la croire. Il avait jeté le journal dans la corbeille d'un geste rageur avant de quitter leur suite ce matin-là, sans un mot.

Lucile ralentit le pas et arrêta son regard sur le podium érigé à l'extrémité du loft. Elle sentit son moral remonter en flèche en posant les yeux sur les détails de la superbe estrade de bois poli. Chaque défilé était un plaisir renouvelé dont elle ne se lassait pas. Elle se hissa sur le podium, redressa les épaules et défila, la tête haute, en appliquant à la lettre les instructions patiemment enseignées à ses mannequins, à New York comme à Londres ou Paris. Elle exécuta un demi-tour plein de grâce et remonta la piste sur toute sa longueur en sens inverse, impatiente d'être au lendemain. Ce lieu lui tenait lieu de royaume, elle ne l'imaginait pas sans vie. Elle aspirait à retrouver son univers de prédilection, à laisser définitivement derrière elle le naufrage du *Titanic*. Le drame appartiendrait bientôt au passé, les annulations de commandes aussi. Toutes les élégantes de New York adoraient ses collections. Jamais elles ne l'abandonneraient. Lucile entendait retrouver toute sa sérénité.

Elle crut voir s'avancer une ombre à l'entrée du loft. Farley, sans doute, porteur d'un message quelconque. Elle redescendit du podium et s'avança vers la silhouette, entre inquiétude et indignation. Personne n'était autorisé à monter au dernier étage sans son autorisation. Personne, sans exception.

— Qui est là ? Que voulez-vous ? demanda-t-elle d'une voix sèche.

— Tu es toujours aussi autoritaire, lui fit écho une voix féminine en ponctuant la phrase d'un fou rire. Tu ne reconnais donc pas ta propre sœur ?

Lucile eut un haut-le-corps.

— Elinor, c'est toi ?

— Qu'y a-t-il de si surprenant ? J'ai pris un billet sur le premier bateau en apprenant le naufrage. J'ai bien reçu le câble que tu m'as expédié du *Carpathia*. Tu ne pensais donc pas que j'allais accourir ?

— Oh…

Lucile en avait le souffle coupé. Sa sœur émergea de l'ombre, sa ridicule ombrelle rouge à la main. La reine de la mode n'aurait pas su répondre à la question de sa sœur. Avait-elle vraiment pensé qu'Elinor traverserait cette épreuve comme à son habitude, sans véritablement en mesurer la portée ?

— J'aurais dû me douter que tu viendrais me rejoindre, connaissant ton caractère impulsif.

— Un trait de caractère qui m'a fort bien réussi jusqu'ici, rétorqua Elinor. De toute façon, je cherchais une nouvelle intrigue. Le cinéma attendra.

— Je t'en sais gré. Tu n'imagines pas à quel point j'ai besoin de toi.

Elle sentit céder un barrage au fond de son âme.

Elinor jeta son ombrelle sur l'une des tables de découpe et ouvrit grand les bras à sa sœur.

— À la lecture des journaux, cela ne m'étonne guère, murmura-t-elle.

L'étreinte des deux sœurs ne dura que quelques instants. Suffisamment longtemps pour que Lucile se sentît pleinement réconfortée, pour la première fois depuis le naufrage du *Titanic*.

*

Allongée dans son lit du Waldorf en ce dimanche matin, Tess suivait des yeux le dessin compliqué des moulures ornant le plafond. Elle tendit les orteils tout en accrochant ses mains aux barreaux de laiton de la tête de lit afin de s'étirer. Elle avait encore mal au dos après avoir passé debout la journée de la veille. Cette grasse matinée lui faisait le plus grand bien, sans toutefois parvenir à chasser de sa tête les pensées qui la troublaient. Elle aurait voulu ne plus songer à Jim, ne pas s'interroger sur les raisons possibles de son mutisme. Nul doute que ce silence trouverait une explication. Tess le *voulait*, tout en ayant toutes les peines du monde à le justifier. Et s'il avait honte, faute d'avoir osé lui avouer ce qu'il avait fait, lors de leur escapade à Central Park ?

Elle chassa résolument le jeune homme de son esprit. Autant profiter de ce dimanche. Lady Lucy lui avait annoncé la veille d'une voix magnanime qu'elle n'aurait pas besoin de ses services ce jour-là. Tess devait aux syndicats new-yorkais ce repos hebdomadaire qui allait lui permettre de profiter des marchés dominicaux dans les rues de New York. Elle avait lu du plaisir sur les traits de Lucile lorsque la jeune fille avait affiché sa déception de ne pas retourner à l'atelier ce jour-là. Oui, Lucile, prononça-t-elle dans sa tête. J'adore cet endroit magique. Votre opération de séduction fonctionne à merveille.

*

Pinky mit l'anse de son cabas en bandoulière et traversa l'appartement sur la pointe des pieds, sans se soucier des assiettes sales.

Rien de plus bruyant que les entrechoquements de vaisselle. Son père dormait encore, elle souhaitait s'éclipser discrètement avant qu'il se réveillât à nouveau. Elle en avait assez de ses sempiternelles exigences, d'autant qu'elle l'avait déjà rasé. En temps ordinaire, il adorait se laisser dorloter, mais ce n'était pas le cas ce jour-là. Pinky le savait, certains jours étaient plus difficiles que d'autres, mais elle arrivait à saturation et ne parvenait plus à se rassurer.

— Où diable vas-tu? cria-t-il de sa chambre.

— Je pars au marché. Nous sommes dimanche, au cas où tu l'aurais oublié. Je vais acheter des fruits. Je sais que tu aimes les bananes. J'en profiterai pour prendre les journaux.

— Viens ici, Pinky.

Vacherie. Pinky reposa son cabas et gagna la chambre paternelle. Son cœur se serra lorsqu'elle vit son teint terreux.

— Ils te rémunèrent mal, pas vrai?

Ce n'était pas une question.

— Je ne me plains pas.

— À d'autres. Je t'ai entendue chipoter avec cette grosse infirmière de pacotille hier soir.

La jeune femme ne put réprimer un sourire.

— Tu devrais peut-être lui suggérer de maigrir un peu, elle nous coûterait moins cher.

— Très drôle.

Il s'était exprimé d'une voix rauque, mais douce.

— Quand vont-ils t'augmenter? insista-t-il.

Comme si elle ne s'était pas elle-même interrogée à ce sujet.

— Je viens de signer une série d'excellents papiers et je dois couvrir la manifestation des suffragettes, la semaine prochaine. Ils finiront par me payer mieux, ils ont besoin de moi.

— Tu aurais tort de croire à tes propres mensonges.

Et voilà. Une fois de plus, il lui expliquait son boulot. Pinky détourna la tête et fit un pas en direction de la porte.

— Écoute, papa. Je dois y aller si je ne veux pas que tout soit déjà vendu. D'accord ?

Il acquiesça.

— Sarah…

Elle se figea sur le seuil de la chambre. Il ne l'appelait jamais Sarah.

— Je suis désolé, ma fille.

Sans les picotements qui lui brûlaient les yeux, elle aurait rebroussé chemin afin de déposer un baiser sur son front.

*

Tess remarqua Pinky la première. Elle discutait avec un commerçant, des mèches plein les yeux, aussi à l'aise sur ce marché avec ses étals colorés, ses cageots de laitues et de pêches, ses gamins qui jouaient autour des jupes de leurs mères, que lors des auditions de la commission sénatoriale. À la fois joyeuse et bienveillante, comme si ses articles n'avaient aucune incidence sur la vie et la réputation de ceux auxquels elle s'attaquait.

Tess pensa s'échapper, mais il était trop tard.

— Tess ? l'apostropha Pinky en s'approchant. Mme Duff Gordon vous a donné votre journée ? Vous avez bien choisi votre marché.

On la sentait détendue, mais concernée.

— Pourquoi avoir fait ça ?

Tess n'avait pas réfléchi à ce qu'elle dirait à la journaliste le jour où elle croiserait sa route, mais la phrase était sortie toute seule.

Pinky sursauta.

— Comment?

— Un baronnet *lâche* qui a *soudoyé* les marins pour ne pas retourner chercher les survivants? C'est totalement faux.

— Ce n'est pas moi qui l'ai inventé, se justifia Pinky, prise de court.

— Peut-être, mais vous avez cru sur parole quelqu'un qui n'a même pas eu le courage de signer ces accusations de son nom. Qui était-ce?

— Écoutez, Tess. Je n'aime pas vraiment qu'on m'agresse. Mes sources sur le bateau…

— Il s'agit d'un membre d'équipage? la coupa Tess, consternée.

— Si vous voulez tout savoir, oui.

— Ne me dites pas que c'est Jim Bonney. Pitié, pas Jim Bonney.

— Ce marin qui en pince pour vous? Celui qui vous a sculpté ce petit canot de sauvetage auquel vous tenez comme à la prunelle de vos yeux?

Ce fut au tour de Tess de montrer son étonnement.

— Oui, reconnut-elle.

— Des amies comme vous, je m'en passe tous les jours. De toute façon, je ne vous dois rien.

Le dimanche était son seul jour de congé. Elle avait besoin de fruits et de légumes pour le repas, elle envisageait de préparer un ragoût pour son père qui adorait les oignons, alors qu'elle-même les détestait. Elle n'avait aucune raison de se laisser insulter.

— Tout ce qui vous intéresse, c'est de provoquer des remous avec vos papiers. Vous vous fichez bien de détruire la vie des gens.

Pinky posa bruyamment son cabas par terre sans se soucier des regards que lui adressaient les badauds. Elle était trop fatiguée pour prendre des gants.

— Et vous, tout ce qui vous intéresse, c'est de ressembler à ces prétentieux imbus d'eux-mêmes pour lesquels vous travaillez, et qui consacrent leur temps à toiser les autres. Puisque vous prétendez que je mens, je serais curieuse de savoir ce qui s'est passé sur ce canot. Le savez-vous, au moins?

— Vous ne me piégerez pas aussi facilement. Et la réponse est non : je n'étais pas là, mais Lucile me jure qu'il ne s'est rien passé.

Tess avait du mal à respirer.

— Pourquoi les haïssez-vous donc autant? Vous aussi, vous êtes une privilégiée! Il suffit de voir la liberté et le pouvoir dont vous disposez. Pourquoi n'en usez-vous pas de façon moins néfaste?

— Parce que vous vous imaginez quoi? réagit Pinky d'un air perplexe. Que l'Amérique est un paradis où tout le monde est aussi riche que les Duff Gordon? Vous croyez que c'est un pays de cocagne au prétexte que vous dînez le soir de votre arrivée dans de la porcelaine et du cristal? Vous pensez que les gens doivent rester libres de snober les autres ou de leur nuire parce qu'ils ont la possibilité d'y parvenir impunément? Alors vous vous en prenez à moi uniquement parce que je cherche à établir la vérité?

— Je ne crois pas un instant que la vérité vous intéresse. Vous vous contentez d'enchaîner des sentences moralisatrices, c'est tout.

— Je ne sais pas si vous êtes au courant, mais je me démène pour obtenir les informations que je publie. Je m'efforce de pratiquer le journalisme correctement. C'est vous qui êtes moralisatrice. Vous êtes donc si certaine que les Duff Gordon n'ont pas tenté de soudoyer les marins pour éviter de rebrousser chemin?

Tess s'efforça de conserver son calme.

— Ils ont effectivement versé de l'argent aux marins, mais pas pour les acheter. Uniquement pour les remercier et leur venir en aide à la suite de la catastrophe. C'est donc si difficile à comprendre? En quoi est-ce que ça ferait d'eux des monstres?

— Tess, la loyauté vous aveugle.

— Vous, ce sont les gros titres qui vous aveuglent.

— Et si vous aviez tort?

— Je vous retourne la question.

Les deux femmes se regardèrent un moment en chiens de faïence, jusqu'à ce que Pinky reprît l'initiative.

— Puisque je suis si privilégiée, laissez-moi vous montrer où je vis.

Sans attendre de réponse, elle prit Tess par la main en oubliant qu'elle faisait ses courses au marché. Tess se laissa entraîner jusqu'à une ruelle étroite et sinueuse bordée d'immeubles miteux. Des odeurs âcres de chou, d'oignon et de ragoût s'échappaient des fenêtres, des pleurs d'enfants et des aboiements traversaient l'air. Le linge accroché aux fenêtres faseyait au gré d'une légère brise. Pinky pointa du doigt l'un des bâtiments.

— C'est là que je vis, au troisième étage. Avec mon père. Il est malade et ne touche aucune retraite, mais tout le monde s'en fiche. Alors, vous croyez toujours à mes sentences moralisatrices?

Tess se tut, interdite.

— Vous êtes en train de me dire que vous êtes pauvre, c'est ça? finit-elle par prononcer.

— Je dis que j'ai un travail formidable qui paie mal et que ce n'est pas drôle tous les jours. Surtout…, commença-t-elle en se remplissant les poumons dans l'espoir de se calmer. Surtout quand on m'accuse d'être moralisatrice et privilégiée.

— De mon point de vue, c'est le cas, lui rétorqua Tess en prenant sa respiration à son tour.

— Peut-être bien. Il n'en reste pas moins qu'on enferme quotidiennement les pauvres dans des mouroirs pour ne pas effaroucher les riches oisifs qui ne pensent qu'à eux-mêmes et se fichent bien du reste de l'humanité.

À quoi bon répondre à des vérités aussi évidentes?

— Et vous? la contra Tess. Vous n'êtes donc pas capable de voir les qualités des gens? Lady Lucile emploie de nombreuses personnes qu'elle rémunère et traite tout à fait décemment.

Le propos était si exagéré qu'elle se sentit rougir, ce qui ne l'empêcha pas de poursuivre:

— Ça ne compte pour rien à vos yeux?

— Lady Lucile! Vous autres Anglais, avec votre penchant pour les titres ronflants. Croyez-moi, elle ne ferait rien de tout ça si ça ne l'arrangeait pas.

— Lucile n'est pas un monstre, Pinky.

— D'accord, mais je vais vous dire: vous vous donnez beaucoup de mal pour plaire à cette femme. Sauf qu'on ne plaît jamais aux gens de son espèce.

— Elle aurait fort bien pu me laisser tomber quand nous sommes arrivés ici, elle ne l'a pas fait. Savez-vous à quel point ça compte aux yeux de quelqu'un comme moi?

— Peut-être, mais ça ne vous oblige pas à vous écraser devant eux, Tess.

L'argument fit mouche.

— Je ne comprends pas pourquoi vous usez de votre pouvoir de cette façon-là.

— Je me bats dans l'espoir d'attirer l'attention des gens, de modifier un tant soit peu la marche du monde. Et ça m'agace de ne pas arriver à le changer en profondeur.

Elles s'observèrent en silence pendant quelques instants.

— J'aime autant vous l'avouer, déclara Pinky à regret. Je tiens mes informations d'un marin qui s'appelle Tom Sullivan. Ce type est plutôt antipathique, mais il se trouvait dans le canot.

Tess éprouva un profond soulagement. L'informateur n'était donc pas Jim.

— Comment pouvez-vous lui accorder votre confiance?

— Il en veut aux Duff Gordon de ne pas lui avoir versé la somme qu'il espérait. Ils ne se sont pas montrés très généreux. Tant mieux pour moi.

— Vous n'accepterez donc jamais d'avoir tort?

— Seulement si elle nie les faits sous serment. Quand bien même, je ne suis pas certaine que je la croirais. Pourquoi avoir cru que Bonney était mon informateur?

Au même instant, un gamin à casquette verte juché sur un vieux vélo les obligea à bondir de côté. Un répit bienvenu pour Tess.

— Je ne le croyais pas, je le *craignais*, répondit-elle lentement. Vous comprenez?

— Bien sûr.

L'instinct de Pinky ne l'avait donc pas trompée la veille, mais savoir que les jeunes gens tenaient l'un à l'autre ne la satisfaisait que modérément.

— Que diriez-vous de retourner au marché? Je vous montrerai un endroit où l'on vend les meilleures pommes au monde, suggéra-t-elle en retrouvant un peu de sa joie initiale.

Tess fit non de la tête.

— Je ne suis pas un mauvais cheval, s'empressa d'ajouter Pinky. Je vous apprécie, Tess. Je suis persuadée que vous réussirez ici.

James avait prononcé les mêmes mots.

— De mon côté, je ne sais pas quoi penser de vous. J'hésite entre me méfier de vous et vous considérer comme une amie.

Une amie. L'idée n'était pas pour déplaire à Pinky.

— Je me contente de faire mon travail. Personne n'apprécie les journalistes.

— Parce que vous êtes trop sûrs de vous.

— Et Mme Duff Gordon?

Tess garda le silence.

— D'accord, soupira Pinky. Ça vous ferait plaisir si je vous avouais que mon père me prend parfois pour une harpie?

Tess sourit malgré elle.

— Oui, probablement. Pour le moment, en tout cas.

Mues par un accord tacite, elles firent demi-tour et repartirent en direction du marché. Les étals bigarrés, débordant de marchandises, leur apparurent au coin d'une rue. Tess se protégea machinalement le visage de la main, rassurée par la chaleur du soleil, ses pensées tournées vers Jim. Elle ne tarda pas à sentir ses nerfs se détendre. Autant savourer ce jour de congé.

*

Le soleil déclinait à l'horizon lorsque Tess regagna le Waldorf après avoir écumé les allées du marché, un petit panier de pommes sous le bras. Pinky s'était chargée d'animer la conversation tandis qu'elles déambulaient entre les étals. Elle lui avait parlé de sa ville, fourni les meilleures adresses pour se procurer des chemisiers bon marché, acheter du thé convenable. La journaliste avait évoqué la manifestation de suffragettes organisée à Washington Square quelques jours plus tard. À l'entendre, ce serait un rassemblement de première importance, le genre d'événement qui lui tenait tout particulièrement à cœur puisqu'il s'agissait de pourfendre l'injustice et de défendre le droit des femmes. À la tête de la manifestation se tiendrait une femme juchée sur un magnifique cheval blanc. Il y aurait des pancartes, des bébés, et même quelques hommes. Quelle autonomie laissait-on aux femmes, de toute façon? On se contentait de les enfermer dans des corsets et de les laisser accoucher dans la souffrance pendant que leurs maris passaient la nuit au bordel. Le mariage était un piège.

Le flot de ses paroles s'écoulait avec tant de naturel que Tess en était impressionnée. Elle connaissait l'existence de suffragettes en Angleterre. Elle en avait entendu parler par les journaux, elle en avait même croisé un jour lors d'une manifestation, agitant des écriteaux, mais elle suivait le phénomène de très loin. Les suffragettes, ces femmes qui réclamaient leur indépendance, lui faisaient l'effet d'étrangères venues de planètes lointaines. Des femmes qui avaient le temps, faute d'être obligées de changer les draps et de nettoyer les toilettes.

— N'empêche qu'elles ont obtenu le droit de vote en Angleterre, non? argumenta Pinky.

— Pour ce que ça m'a servi. J'avais déjà suffisamment de mal à résister au fils de ma patronne à Cherbourg qui croyait disposer du droit universel de s'introduire sous mes jupes.

— Vous voyez bien! Vous ne pouviez pas l'en empêcher, faute d'être indépendante.

— Je ne vois pas en quoi le droit de vote lui aurait entravé les mains.

Pinky avait posé sur elle un regard agacé. On aurait cru une institutrice face à une élève attardée.

— Le droit de vote vous permet de vous exprimer et de peser sur les hommes politiques qui tiennent suffisamment à leur poste pour un jour voter des lois qui enverront en prison les peloteurs de son espèce.

— J'attends ce jour-là avec impatience.

— Dans ce cas, venez à la manifestation. Laissez-moi vous confier un secret, avait ajouté Pinky.

— Un secret?

— J'en suis tout émoustillée. Figurez-vous que comme je couvre la manifestation pour le journal, ils m'ont autorisée à monter sur ce cheval blanc avant que le cortège ne se mette en marche.

Elle s'exprimait avec révérence.

— Vous montez à cheval?

— Bien sûr, avait-elle ri. Vous savez le plus beau ? Le fait de nous réunir et de manifester rend fous beaucoup d'hommes. Ils crient, ils hurlent, ils montrent le poing, tout ça pourquoi ? Parce qu'ils ont peur. Ils craignent de nous voir acquérir du pouvoir et les obliger à changer de comportement.

Ses yeux brillaient d'un éclat espiègle presque enfantin.

— C'est trop drôle à observer.

— Je connais des hommes qui réagissent de cette façon-là, avait acquiescé Tess.

N'avait-elle pas été tenue responsable de la maladresse d'un homme par l'officier de pont du *Titanic*, le soir même du naufrage ? Elle avait jugé préférable de n'en pas souffler mot à Pinky, qui se serait montrée horrifiée. En outre, Tess avait pris plaisir à déambuler au côté de la journaliste en parlant du droit de vote des femmes et de ce fameux cheval blanc, sous la caresse du soleil. Elle se sentait si bien, c'est tout juste si elle avait écouté d'une oreille distraite Pinky lui parler du prochain article qu'elle entendait consacrer au drame du *Titanic*.

— On nous a avertis que plusieurs survivants ne figuraient même pas sur les listes officielles, sous prétexte qu'ils voyageaient dans l'entrepont et ne parlaient pas anglais. Le plus drôle, c'est que l'un d'eux était un rupin. Les autorités l'ont pris pour un pauvre parce qu'il était inconscient lors de son sauvetage et portait une veste toute déchirée.

Tess s'était arrêtée net.

— Vous connaissez son nom ?

— Un type de Chicago, un certain Jack Bremerton.

— Il est vivant ? Il se porte bien ?

— Oui. Pourquoi ces questions ? Vous le connaissez ?

— Nous avons fait connaissance sur le bateau.

— J'ai cru comprendre que c'était un homme important. Henry Ford, le célèbre capitaine d'industrie, est venu lui rendre visite en personne. Il paraît que

Bremerton a déjà repris le travail. Il faut croire qu'il délirait encore.

Elle avait ponctué sa boutade d'un petit rire.

— Sinon, j'ai demandé à mon rédacteur en chef de m'envoyer à Washington pour les auditions de demain.

— À Washington?

— Oui, Smith a décidé de poursuivre les travaux de la commission sénatoriale dans la capitale. Tout le monde est reparti là-bas hier. Vous souhaitez que je transmette un message à votre marin?

— Ce n'est pas mon marin.

— Je ne sais pas, je constate simplement que vos yeux respectifs se mettent à briller chaque fois que je prononce le nom de l'autre. Je dois me faire des idées, probablement.

Tess ne l'écoutait qu'à moitié, emportée par le souvenir du sourire de ce bel homme grisonnant, sur le pont du *Titanic*. Il se trouvait donc à New York… Il aurait tout aussi bien pu se trouver sur la lune. Elle aurait aimé le revoir tout en sachant que c'était ridicule, qu'il s'agissait d'un béguin d'adolescente. Un tel fantasme n'avait pas sa place dans la réalité. Quant à Jim, il était parti sans un mot. Une autre réalité.

— Tess? Je quitte New York. Un message pour Jim?

Pinky, un sourcil levé, attendait sa réponse.

— Non, pas de message.

8

Lucile, intarissable, ne cachait pas son bonheur tandis que Cosmo boutonnait le dos de sa ravissante robe de soirée.

— Entrez, entrez! s'écria-t-elle gaiement en voyant Tess s'avancer dans la suite. Une merveilleuse soirée nous attend, mon petit. Figurez-vous que ma sœur nous a rejoints!

— C'est bien la première fois que tu me trouves merveilleuse, s'éleva une voix moqueuse de la chambre communicante.

Elinor les rejoignit et Tess reconnut la très belle femme aperçue sur le quai à Cherbourg, son ombrelle à la main.

— Bonjour, Tess, sourit-elle, la main tendue. Elinor Glyn, je ne crois pas que nous ayons été présentées la première fois que nous nous sommes croisées. J'ai cru comprendre que vous étiez tout sauf une femme de chambre, le ciel en soit loué.

— Comment avez-vous pu arriver ici aussi vite? s'étonna Tess.

— C'est simple, mon bateau n'a pas fait naufrage.

Elle avait répondu avec une légèreté presque désinvolte, preuve que l'humour n'avait pas totalement disparu de la surface de la terre. Tess fut instantanément séduite par la nouvelle venue.

— Elinor nous emmène dîner dans le salon des Palmiers ce soir. Plus question de nous cacher pour prendre nos repas, comme des coupables, expliqua Lucile en s'extrayant prestement des mains de Cosmo. C'est au tour des Darling de se montrer discrets, avez-vous lu cet article consacré à leur comportement honteux?

Elle enfila des gants de chevreau blancs et tournoya dans sa robe longue de soie couleur framboise.

— Cette robe n'est-elle pas superbe? Je me demandais si je ne devrais pas la présenter moi-même lors du défilé. Cela changerait un peu de nos habitudes.

— Je ne connais pas de meilleur mannequin pour vos créations, ma chère, s'empressa de réagir Cosmo, presque par automatisme.

Il regarda sa montre et enjoignit sa femme de se dépêcher. Leur table les attendait dix minutes plus tard.

— Venez vous joindre à nous, Tess, reprit Lucile. J'ai préparé une robe pour vous dans la chambre voisine.

Il s'agissait moins d'une invitation que d'un ordre, comme de juste. L'arrivée d'Elinor avait visiblement remonté le moral de Lucile en un temps record. Tess eut le souffle coupé en découvrant la robe qui l'attendait, accrochée à une porte de placard. Elle ressemblait beaucoup à celle que lui avait offerte Lucile à bord du *Titanic*. Mêmes couleurs, même coupe. L'avait-elle choisie à dessein? Le vêtement s'échappa du cintre en flottant autour de ses doigts, aussi fluide que le cours du temps.

*

Le salon des Palmiers, coiffé de son dôme majestueux, accueillait ce soir-là son lot habituel de convives distingués, dans une rumeur de murmures polis et décontractés. Le maître d'hôtel releva le cordon de velours rouge afin de laisser passer les Duff Gordon et leurs invités, s'inclinant avec révérence devant chacun, Tess comprise. Surtout, aie l'air naturelle, se recommanda intérieurement la jeune fille. Ne joue pas les domestiques. Autour d'elle, les miroirs qui ornaient les murs reflétaient un kaléidoscope étourdissant de cristal, de marbre ambré et de chandelles. Le spectacle était un ravissement de chaque instant.

— La tête bien haute, Tess, lui murmura Elinor. Vous êtes habillée comme une reine. Tout le monde nous observe, savourez l'instant.

— Je n'ai pas du tout l'impression d'être une reine.

— Faites donc semblant, pour l'amour du ciel.

Leur arrivée n'était pas passée inaperçue, on murmurait dans leur sillage, mais le tranchant des voix n'était pas sans évoquer celui d'une lame fendant l'air.

— Que de mines réprobatrices, nota Tess.

— Le mélange habituel d'envie et de malveillance, la rassura Elinor. Regardez ma sœur, elle nous montre l'exemple.

Lucile, accrochée au bras de Cosmo, ne marchait pas. Elle flottait littéralement à travers la pièce, comme prête à accueillir les salves d'applaudissements par un salut triomphal. Le teint animé, elle avait tout d'un tournesol tendu vers la lumière.

*

— Dites-moi, Tess, j'aimerais savoir. Comptez-vous rester, ou bien vous enfuir?

Elinor avait posé la question d'une voix détendue et douce que trahissait la froideur de ses yeux. Debout à côté de la table, le sommelier débouchait une bouteille de champagne sous le regard des serveurs qui attendaient cérémonieusement derrière chaque convive.

— Je n'ai aucune intention de partir, se défendit Tess, surprise.

— Lucy semble soupçonner chez vous un certain talent. Vous allez pouvoir faire vos preuves, de façon plus spectaculaire que vous ne l'imaginez. En attendant, la situation risque d'être tendue pendant quelque temps.

— J'en ai conscience.

— Ma sœur enchaîne les impairs. Cette accusation récente contre les Darling était stupide.

Tess, gênée, s'agita sur sa chaise. Elle ne savait pas s'il lui fallait acquiescer, ou bien attendre la suite en silence.

— Je ne suis nullement en train de tester votre loyauté, la rassura Elinor. Personnellement, je ne crois pas aux vertus de la modestie. Au contraire, je me suis aperçue que se mettre en avant facilitait la carrière des femmes. Du moins est-ce le cas dans le milieu du cinéma.

— La situation n'est pas exactement la même dans celui des domestiques, murmura Tess de retour.

La remarque fit rire Elinor.

— Vous n'en faites plus partie, remarqua-t-elle. De toute façon, je ne pourrai rester à New York très longtemps. Je sais que ma sœur a besoin de mon soutien, mais je dois me rendre à Los Angeles.

Elle se débarrassa de sa cendre de cigarette d'un mouvement de doigt en faisant briller à la lumière le délicat fuseau d'argent de son fume-cigarette.

— Je vais donc me montrer directe. Lucile a besoin de quelqu'un qui observe et écoute à l'atelier. Vous êtes la personne idéale pour jouer ce rôle en ce moment. Cosmo vous a trouvé aujourd'hui un appartement près du Flatiron Building, à deux pas du loft de Lucile. Vous ne pouvez rester ici plus longtemps, l'hôtel a besoin de votre chambre. Il s'agit d'un arrangement temporaire, mais Lucy ne sera pas en mesure de rentrer en Europe tant qu'elle n'aura pas terminé la présentation de ses collections de printemps. Et tant qu'elle n'aura pas la certitude de ne pas devoir témoigner devant la commission sénatoriale. Vous serez libre ensuite d'agir comme bon vous semble. Et vous jouirez de solides références.

— Qu'entendez-vous par observer et écouter ?

Elinor haussa les épaules, un sourire aux lèvres.

— Vous le saurez le moment venu.

Son sourire s'effaça lorsqu'elle se tourna vers sa sœur. Une Lucile très volubile noyait son mari sous un flot de paroles. Cosmo, imperturbable, sirotait en silence sa flûte de champagne.

— Lucy ferait bien de se méfier, chuchota Elinor.

— Que voulez-vous dire ?

Tout en posant la question, Tess crut voir briller une lueur dans les yeux de Cosmo. Elle aurait été bien en peine d'en déterminer la nature exacte.

— Elle pourrait se trouver en butte à bien des déconvenues.

Tess saisit délicatement sa fourchette en argent afin d'entamer la salade que l'on venait de poser devant elle : de fines feuilles de laitue, des asperges blanches, du jambon découpé en dés, ainsi que des olives fourrées qui faisaient très envie. Un coup d'œil en coin à sa voisine lui confirma qu'elle ne s'était pas trompée de fourchette.

— Croyez-vous qu'on lui demandera de témoigner ? Le sénateur Smith ne souhaite pas convoquer de femmes devant la commission.

— Toujours les arguments habituels. Une femme qui a traversé une telle épreuve n'a pas les nerfs assez solides pour être interrogée. Quelle imposture. Cela dit, Smith pourrait bien être obligé de revoir sa position. Lucy se trouve en proie à toutes les critiques, et par sa faute. Sans parler de lui, ajouta-t-elle en lançant un regard à Cosmo. Soudoyer l'équipage pour qu'il ne fasse pas demi-tour ! Mon Dieu !

Le maître d'hôtel s'approcha.

— Un message pour vous, glissa-t-il à Lucile dans un murmure.

— Plus tard, répondit Lucile en le chassant de la main.

Le maître d'hôtel se pencha vers Cosmo et lui glissa quelques mots à l'oreille, puis il lui tendit le message. Sir Cosmo en découvrit le contenu d'un simple coup d'œil sans rien laisser paraître de ses émotions.

— Vous ne m'écoutez pas, mon ami, le rappela à l'ordre Lucile. Qu'avez-vous de si important à lire, alors que je vous parle?

Cosmo repoussa sa chaise et se leva de table.

— Nous finirons de dîner dans notre suite, annonça-t-il d'une voix aimable au maître d'hôtel. Faites-nous porter le menu par un serveur dans les meilleurs délais.

— Pour l'amour du ciel, Cosmo…

— Du calme, Lucy. Allons-y.

— Mais…

— Tais-toi, chuchota Elinor en prenant sa sœur par le bras.

Tess quitta la salle de restaurant à leur suite sans une question, sous le regard pesant des autres convives. Cette fois, garder la tête haute lui demanda un effort.

*

Cosmo referma la porte de la suite et fit face à ses trois compagnes, les lèvres serrées, le teint blême.

— Jordan Darling s'est pendu, annonça-t-il sans quitter Lucile des yeux. Sa femme a découvert son corps il y a quelques heures.

Tess se sentit parcourue d'un long frisson qui lui traversa les jambes et le ventre. Ses mains se mirent à trembler.

— Qui vous a adressé ce message? demanda Elinor.

Cosmo attarda son regard sur la feuille comme si elle était empoisonnée.

— Sa femme. Elle l'a envoyé à Lucile.

— Je ne veux en aucun cas le lire, se défendit lady Lucile dont le menton s'agitait sous l'effet d'un tremblement nerveux.

— Dans ce cas, je t'en ferai la lecture moi-même.

Cosmo tendit la lettre à Elinor qui en lut à voix haute la phrase finale, rédigée à l'encre violette d'une écriture mal assurée :

Pourquoi tant de cruauté?

Lucile s'effondra sur un fauteuil en poussant un gémissement, le visage dans les mains.

— Cette femme est en état de choc. Tu n'es pas responsable de ce qui est arrivé, s'empressa d'ajouter Elinor.

Tess avait recouvré son calme, mais le souvenir des accusations portées par Lucile contre les Darling sur le *Carpathia* ne la quittait plus. Non, non! Bien sûr que non! Elle n'était pas responsable de ce drame, c'était trop horrible!

— Je ne suis peut-être pas responsable, mais j'y ai contribué, rétorqua Lucile.

À ces mots, Tess trouva enfin la force de laisser s'exprimer sa pitié. Elle voulut réconforter Lucile à voix haute.

— Si vous saviez combien je suis désolée, dit-elle dans un murmure.

Lucile releva la tête et posa sur elle un regard reconnaissant.

— Je vous remercie, Tess.

— Ne quittez cette suite sous aucun prétexte demain, Lucy, décida Cosmo. Mettez-vous en retrait. J'expliquerai à tout le monde que vous portez le deuil de ce qui est arrivé. M'entendez-vous? Et surtout, pour l'amour de Dieu, évitez de parler aux journalistes.

*

Le soleil venait de se lever lorsque Tess quitta l'hôtel. Elle jeta autour d'elle un regard anxieux avant de rejoindre l'automobile au volant de laquelle l'attendait Farley. Aucun journaliste en vue. Tant mieux. La jeune femme avait passé une nuit sombre, peuplée de cauchemars. Elle se jetait sur une voie ferrée afin de protéger Lucile du train qui arrivait à toute allure. Elle pénétrait dans une pièce et découvrait le corps de Jordan Darling pendu à un rideau de soie. Où son esprit fiévreux était-il allé chercher de tels détails?

La mission qui l'attendait ce jour-là était plus angoissante encore. Lucile enfin couchée la veille au soir, dans un état second, Elinor avait demandé à Tess de superviser le travail des couturières ce jour-là. Il ne s'agissait pas de prendre des décisions, mais de calmer les esprits par sa présence. Lucile ne pouvait se permettre de quitter l'hôtel, sous peine de voir jaillir de terribles rumeurs.

Elinor avait voulu rassurer Tess en lui affirmant qu'elle s'acquitterait à merveille de sa mission, la jeune fille avait néanmoins les intestins noués.

— Mais je n'ai visité l'atelier qu'une seule fois! s'était-elle défendue en s'efforçant de ne pas céder à la panique. Je ne connais nullement son fonctionnement.

— Ne vous inquiétez pas, vous apprendrez sur place. Souvenez-vous que James se trouvera à vos côtés. Il est très au fait du travail des différentes équipes, avait répliqué Elinor d'une voix rassurante. C'est une affaire de quelques jours, rien de plus. La vie n'est qu'une comédie grandeur nature, le tout est de *feindre*. M'entendez-vous? Gardez la tête haute et faites semblant de maîtriser la situation.

L'ombre d'un sourire flotta sur ses lèvres.

— C'est le secret de la réussite.

Au moment où Tess quittait la suite pour rejoindre sa chambre, Cosmo lui avait tendu plusieurs clés attachées à un anneau métallique, ainsi qu'une feuille sur laquelle était griffonnée une adresse.

— Voici les clés de votre appartement, Tess. Vous pouvez vous y installer dès mardi, le lit sera prêt, vous y trouverez du linge de toilette ainsi que des provisions. Vous me direz ce dont vous avez besoin.

Elle avait compris au regard pincé de Cosmo combien il souffrait de la situation, lui aussi. Il n'avait plus rien du personnage policé et maître de lui dont elle avait fait la connaissance à Cherbourg. Nul doute que cette métamorphose avait alimenté ses cauchemars.

Ce matin-là, le visage de Farley n'était pas davantage souriant. On le sentait tendu et méfiant.

— Lady Lucy ne sort pas aujourd'hui? s'enquit-il en tenant la portière à Tess.

— Non, elle se repose.

Le chauffeur démarra aussitôt et ne desserra pas les lèvres de tout le trajet. Tess en profita pour consulter les notes prises la veille sous la dictée d'Elinor.

S'assurer que le podium a bien été monté. Dresser l'inventaire des robes présentées lors du défilé. Surveiller la bonne réalisation des broderies et autres détails de finition. Procéder aux derniers essayages sur les mannequins.

C'était impossible. Jamais Tess n'y arriverait.

— Je ne serai jamais capable de prendre les bonnes décisions. Pourquoi n'assurez-vous pas vous-même la direction des opérations? avait-elle voulu protester la veille.

— La presse en ferait des gorges chaudes, avait répondu Elinor en levant les yeux au ciel. Ils vont déjà s'en donner à cœur joie en associant le nom de Lucy au suicide de Jordan Darling. Quant à moi, je dois également me montrer discrète. Inutile d'attirer l'attention sur moi. Vous êtes la bonne personne, Tess. Personne n'a aucune raison valable de vous nuire.

Le ronronnement des machines à coudre rassura Tess lorsqu'elle sortit de l'ascenseur et s'avança dans l'immense loft. Quelques regards curieux l'accompagnèrent jusqu'au bureau de Lucile, mais personne ne s'aventura à lui poser la moindre question. Il lui fallut quelques minutes avant de s'apercevoir que le personnel était moins nombreux que le samedi précédent.

James l'attendait dans le bureau, visiblement nerveux.

— Où se trouve madame? s'enquit-il.

— Elle a trop travaillé ces derniers temps, elle a décidé de se reposer aujourd'hui.

Tess balaya des yeux les bouquets de fleurs fanées, le nez désagréablement chatouillé par l'odeur entêtante des feuilles en décomposition. Pourvu qu'elle se soit exprimée de façon suffisamment naturelle.

— Nous ne sommes pas dupes, réagit James. Personne ne souhaite avoir une mort sur la conscience. En plus de tout ce qui est récemment venu ternir sa réputation.

— Quoi qu'il en soit, répliqua Tess sur un ton qu'elle espérait assez ferme, c'est à nous qu'échoit la responsabilité de nous assurer aujourd'hui que tout est en place.

James tourna le dos à la paroi de verre du bureau. Le geste était clair, il ne souhaitait pas que les couturières puissent lire son désarroi sur ses traits.

— J'ai de mauvaises nouvelles, déclara-t-il.

Il s'approcha d'une longue table et pointa de l'index une robe couleur crème couverte de broderies en perles. Tess reconnut la robe de mariage qui devait constituer le clou du défilé.

— Elle est magnifique, murmura-t-elle en la prenant délicatement entre ses doigts.

À sa stupéfaction horrifiée, la jupe se défit partiellement du reste de la robe, détachée à moitié du bustier par un coup de ciseaux vengeur.

— Que s'est-il passé?

Tess n'en croyait pas ses yeux. Comment avait-on pu mutiler un tel chef-d'œuvre?

— Quelqu'un en veut mortellement à madame, déclara James. C'est monstrueux. Il n'est jamais rien arrivé de tel.

Il évitait de croiser le regard de Tess, les yeux rivés sur la robe comme s'il s'était agi d'un cadavre.

— Les événements récents, tels que les ont rapportés les journaux, ne réjouissent personne et madame ne faisait guère preuve de gentillesse, mais tout de même…

— Il faudra la reprendre entièrement.

Il fit non de la tête.

— Nous n'en avons pas le temps. En outre, le tissu est trop fragile pour supporter une réparation.

— Qui vous a averti?

— Notre brodeuse de perles. Elle est partie en pleurs, elle refuse de continuer à travailler ici. Tout le monde à l'atelier est au courant, à l'heure qu'il est.

Tess caressa d'un doigt la soie et les broderies mutilées, se souvenant soudain d'un point que lui avait enseigné sa mère pour réparer les rideaux déchirés. Deux boucles et un nœud. Le nœud présentait la difficulté majeure. Et si cela ne suffisait pas, il lui restait toujours la possibilité de recoudre le tissu en se servant de fragments d'élastique.

— James, pourriez-vous me trouver une couturière de toute confiance?

— Oui, madame.

— Je crois pouvoir réparer ce carnage, mais vous allez devoir m'aider pour le reste. Je suis incapable de diriger cet atelier. C'est hors du champ de mes compétences.

— Personne n'en est capable, en dehors de madame. C'est un gigantesque écran de fumée, vous savez. Mais vous pouvez compter sur mon aide.

Tess lui exprima sa reconnaissance d'un sourire timide.

— Le mieux serait peut-être d'annoncer à tout le personnel que nous allons réparer cette robe et que le défilé se déroulera comme prévu, au lieu de prétendre qu'il ne s'est rien passé.

— C'est une bonne idée.

James paraissait soulagé. Il se retourna au moment de quitter la pièce.

— Quoi d'autre?

— Il faudrait également attribuer les différents modèles aux mannequins, suggéra-t-elle d'une voix mal assurée.

— Bonne idée, répéta-t-il.

— Et puis il faudrait se débarrasser de toutes ces fleurs fanées. Elles sont sinistres.

— Je m'en charge.

James s'était éloigné depuis quelques minutes lorsqu'elle prit conscience que James l'avait appelée *madame*.

*

Washington, bâtiment du Sénat
Lundi 22 avril, 5 heures du matin

Assise sur les marches du bâtiment abritant le Sénat des États-Unis, Pinky observait le lever du soleil en se maudissant de s'être montrée si matinale. Les auditions de la commission sénatoriale ne débutaient pas avant 10 heures, mais comment tromper le temps autrement? Van Anda n'était pas prêt à lui rembourser plus de nuitées d'hôtel que nécessaire, ce qui avait contraint

234

la journaliste à se rendre dans la capitale américaine par le train de nuit. Mme Dotson en avait fait tout un pataquès, Pinky avait dû lui verser cinquante dollars supplémentaires afin qu'elle daignât venir garder M. Wade père. Pinky allait devoir prévenir Van Anda qu'il ne lui était plus possible de partir en reportage plus d'une journée. Elle se massa les tempes afin de chasser son mal de crâne. Elle avait hésité à se rendre à l'hôtel Continental où la White Star logeait les membres d'équipage, histoire d'en réveiller quelques-uns. Elle y avait finalement renoncé, car elle savait d'avance qu'ils refuseraient de répondre à ses questions en se plaignant d'être confinés sans un liard dans une ville qu'ils ne connaissaient pas. Le jeu n'en valait pas la chandelle.

Elle serra son manteau sur sa poitrine dans l'espoir de se protéger du froid. Peut-être aurait-elle été mieux inspirée de rester à New York et de couvrir le suicide de Jordan Darling. À bien y réfléchir, elle n'éprouvait aucun plaisir à harceler Lucy Duff Gordon, bien qu'elle ait tout fait pour mériter les critiques qui lui pleuvaient dessus. Pinky repensa à Tess. Quels que soient les enjeux professionnels, cette dernière se montrait trop loyale envers sa patronne. D'un autre côté, Jordan Darling s'était lui-même mis en danger en sautant dans ce canot de sauvetage déguisé en femme, une nappe en guise de fichu sur la tête.

Pinky se massa le crâne de plus belle. Le naufrage du *Titanic* commençait à lui peser. Quand quelqu'un allait-il enfin se décider à ouvrir les portes de ce satané bâtiment? Elle aurait dû enfiler un manteau plus chaud.

— Bonjour, ma petite demoiselle. Je vous reconnais!

Une voix de femme, pleine et joyeuse, s'échappait de l'automobile interminable qui venait de se ranger devant le Sénat. Pinky se releva, descendit les quelques marches et s'approcha de la vitre. Elle reconnut le visage rayonnant de cette femme du Colorado qui avait manié en personne les avirons sur l'un des canots de sauvetage. La dénommée… Margaret Brown!

— Venez donc vous réchauffer dans ma voiture, ma petite. Nous sommes manifestement ici toutes les deux pour assister aux travaux de cette commission. Vous pour votre travail, moi par curiosité pure, ça m'intéresse de voir comment notre estimé sénateur se débrouillera une fois qu'il sera dans son élément naturel.

Mme Brown actionna le mécanisme de la portière et fit signe à Pinky de la rejoindre. Elle lui tendit dans la foulée un gobelet de café brûlant, conservé dans la thermos que venait de lui tendre le chauffeur. Pinky s'en empara avec reconnaissance, les doigts gourds de froid, bien décidée à profiter de l'occasion pour réaliser une interview de son hôtesse.

— C'est bien vous qui avez un drôle de nom et qui travaillez pour le *New York Times*? On prétend que vous n'avez pas froid aux yeux, comme moi. Alors, que pensez-vous de Washington aux aurores?

— C'est très calme, répondit Pinky.

— Pas pour longtemps. Sinon, que raconte-t-on à la ville?

— L'un des occupants du canot n° 1 s'est suicidé.

— Ah, ce pauvre Jordan Darling. Oui, j'ai appris la nouvelle à l'hôtel. Cette mascarade lui a été fatale. J'imagine qu'il n'a pas supporté une telle humiliation, commenta Mme Brown dans un murmure. Aucune bonne nouvelle?

— Si. On vient d'apprendre que la mère de ces petits orphelins français comptait traverser l'Atlantique pour venir les chercher.

— En effet, j'en ai aussi entendu parler. Pauvres petits bouts de chou. On se consolera en se disant que leur père a tout tenté pour les sauver. À l'approche de la mort, les gens ont souvent les idées plus claires.

— En quoi ce naufrage vous a-t-il éclairci les idées, personnellement?

La question de Pinky provoqua une réaction joyeuse chez Mme Brown.

— Ce drame m'incite plus que jamais à dire ce qui me plaît, sans me laisser embobiner par quiconque. La vie est courte, inutile de ruminer le malheur pendant des années. Et vous, ma petite?

— Je ne me trouvais pas sur le bateau.

— Les journalistes sont les rois de l'esquive. Cela dit, le destin vous conduira tôt ou tard à opérer des choix.

Elle adressa un grand sourire à Pinky.

— Ce sénateur Smith, je lui dirais volontiers ma façon de penser. Il refuse de me laisser témoigner, alors que j'y tiens. Je souhaite notamment lui expliquer la façon dont les femmes ont dû prendre la situation en main pour échapper à la lâcheté masculine.

— Racontez-moi ce qui s'est passé, s'empressa de réagir Pinky. Je travaille pour un quotidien sérieux, vous savez.

— Oui, je connais votre travail, répliqua Mme Brown, les yeux brillants. Savez-vous que je me suis lancée dans la course au Sénat, il y a quelques années? Je compte bien recommencer à la première occasion.

Pinky fouilla son cabas, à la recherche de son petit carnet.

— M'autorisez-vous à le noter?

Mme Brown croisa ses énormes bras sur son gros ventre.

— Ma chérie, vous êtes libre d'écrire tout ce que je vous dis. Plus rien ne me fait peur, après avoir bu de l'eau salée jusqu'à plus soif au beau milieu de l'Atlantique.

— Estimez-vous que les Duff Gordon devraient être assignés à comparaître?

— C'est en tout cas leur souhait le plus ardent, vous ne croyez pas?

— En tant que journaliste, je ne crois rien.

— C'est faux. J'ai lu votre article, il est clair que vous êtes touchée par ce qui s'est produit sur ce bateau.

Pinky marqua une courte hésitation avant de répondre :

— C'est vrai, vous l'avez senti.

— Ce pauvre vieux Smith n'en a aucune envie, mais ça se terminera mal pour lui, d'une façon ou d'une autre. On verra bien. Il ne veut pas me parler au prétexte que je refuse de me rallier poliment à ses vues. Il a peur, en impliquant les Anglais des classes supérieures, de perdre la main. Sans doute a-t-il raison.

Elle tourna son regard vers le Sénat, de l'autre côté de la vitre.

— Ça remue de tous les côtés. Vous ne trouvez pas? On se croirait dans une bouteille d'eau gazeuse à la limite de l'explosion. Si ça se trouve, la bouteille a déjà explosé, et nous ne le savons pas encore.

*

— Qui se plaint, encore? gronda le sénateur Smith en direction de l'assistant planté sur le seuil de son bureau du Sénat.

— Les Filles de la Révolution américaine, monsieur le sénateur. Elles s'inquiètent pour le moral de la nation.

— Pour quelle raison? Nous ne sommes tout de même pas responsables de la construction de ce damné navire, et encore moins de l'avoir coulé !

— J'en ai bien conscience, monsieur le sénateur. Il n'en reste pas moins que l'indignation est générale. Surtout à la suite du suicide de ce danseur. C'était un artiste très apprécié…

— Je sais, je sais, le coupa Smith en repoussant d'un geste brusque la montagne de courrier amoncelée sur son bureau.

Plusieurs dizaines de lettres s'éparpillèrent sur le plancher. Il avait passé une bonne partie de la nuit à lire des traités de navigation, à s'intéresser au danger que présentaient les bancs d'icebergs. S'apercevoir qu'un nouveau scandale venait bouleverser son planning de la journée le mettait dans tous ses états.

Le sénateur quitta son bureau en trombe et, la mine maussade, rejoignit la salle des débats. Entre les accusations et les contre-accusations, qui devait-il croire ? Fallait-il accorder du crédit à ce membre d'équipage lorsqu'il affirmait que la vigie dormait dans le nid-de-pie ? Probablement pas, l'homme paraissait peu fiable. Smith tenait encore l'équipage et Ismay à sa disposition, mais les survivants commençaient déjà à s'égailler dans tous les sens. Il était impératif de les assigner à comparaître le plus rapidement possible si l'on ne voulait pas que leur témoignage fût perdu. En clair, cela signifiait que Smith allait devoir retourner à New York, ce qui ne l'enchantait guère.

Les huissiers ouvrirent à grand-peine les lourdes portes de la salle des débats. Smith constata à son grand désespoir que des centaines de spectateurs s'étaient installés dans la vaste salle, à commencer par cette journaliste du *Times* qui l'agaçait tant. La turbulente Mme Brown avait pris place à côté d'elle. La journée s'annonçait mal.

*

— Silence, je vous prie !

Smith abattit son maillet à plusieurs reprises, exaspéré d'éprouver autant de mal à imposer le silence. Il avait les cordes vocales à vif à force de s'égosiller.

— Le premier témoin sera le sous-lieutenant Joseph Boxhall, premier pilote à bord du *Titanic*, annonça-t-il.

Un homme de petite taille, aux cheveux noirs, la bouche agitée de spasmes, s'avança jusqu'à la chaise des témoins. Pinky jeta un coup d'œil à travers la porte qu'il venait d'emprunter. Faute d'avoir publié la liste officielle des témoins, Smith gardait-il tous les membres d'équipage dans cette salle annexe? Auquel cas il serait ardu de les interviewer.

Smith ouvrit le feu des questions. Boxhall était particulièrement fier de ses dons de navigateur. C'était lui qui avait collecté les messages d'alerte en provenance d'autres navires signalant des bancs d'icebergs. Qui lui avait transmis ces fameux messages? Le capitaine, évidemment. Lui avait-on signalé la présence d'icebergs sur le trajet du *Titanic*? Non. Comment était la météo le soir du drame? Temps clair et calme.

L'un des membres de la commission s'éclaircit la gorge.

— Comment expliquer que vous n'ayez pas vu les icebergs, en dépit de ces excellentes conditions météo?

Boxhall secoua la tête d'un air perturbé.

— Je ne me l'explique pas.

— Les icebergs sont-ils plus difficiles à distinguer de nuit?

— Pas nécessairement. La mer était d'huile cette nuit-là. Il aurait suffi d'un léger remous à la surface de l'eau pour avoir davantage de chances d'apercevoir l'iceberg à temps.

Une «mer d'huile». Inutile de perdre du temps à lui demander d'expliquer ce qu'il entendait exactement par là. Smith préféra étaler sa science des icebergs fraîchement acquise en pointant la différence entre les petits morceaux de glace, connus sous le nom de *bourguignons*, et les grands morceaux de banquises, les icebergs *tabulaires*.

Boxhall hocha la tête.

— Sauf erreur de ma part, ces formations tabulaires sont plus fréquentes vers les Grands Bancs de Terre-Neuve. Il est donc convenu de se montrer particulièrement prudent à cet endroit.

— Tout à fait, monsieur le sénateur.

— Dans ce cas, poursuivit Smith, comment expliquer que les vigies n'aient pas été renforcées lors de la traversée des Grands Bancs?

Boxhall hésita avant de répondre.

— Je ne sais pas, monsieur le sénateur.

Smith, excédé, décréta une suspension de séance d'un coup de maillet.

Le bateau allait trop vite, et il était piloté par des imbéciles, pensa Pinky en jouant des coudes au milieu de la foule. Toujours la même histoire. Elle était impatiente de respirer un peu d'air frais.

Elle profita du fait que personne ne s'éloignait de la salle, de peur de perdre sa place, pour s'échapper et rejoindre le grand couloir de marbre conduisant au hall d'entrée. Elle y découvrit Mme Brown, assise sur un banc à l'écart, en conversation animée avec un marin. En s'approchant, Pinky reconnut Jim Bonney.

— Par ici, Pinky, la héla Mme Brown. Vous avez vu cette merveille?

Jim releva la tête. Un sourire éclaira lentement son visage lorsqu'il reconnut la journaliste. Il paraissait très à l'aise, quoique fatigué. Il tenait dans sa main un bloc de bois et un petit couteau doté d'une lame incurvée. Pinky, qui n'y avait pas prêté attention lors de leurs précédentes rencontres, nota qu'il avait des doigts puissants et fins.

Mme Brown lui prit le morceau de bois des mains et le porta à la lumière.

— Quel luxe de détails! s'enthousiasma-t-elle.

Pinky reconnut une sculpture miniature du Capitole, exécutée avec beaucoup d'adresse.

— J'ai déjà vu l'une de vos sculptures, dit-elle en souriant. Vous êtes très doué.

Jim reprit le morceau de bois.

— Celle-ci n'est pas terminée. Il fallait bien que je m'occupe en attendant d'être entendu par la commission.

Il s'attarda sur le visage de Pinky, une question muette dans les yeux. Elle préféra ne rien dire, puisque Tess ne lui avait confié aucun message.

— Je suis très impressionnée, intervint Mme Brown en fixant le jeune homme. J'ai une commande pour vous, si vous l'acceptez. Seriez-vous capable d'exécuter une réplique de ce malheureux paquebot?

— Une réplique du *Titanic*? Bien sûr.

— Avec tous les détails? Les échelles, les cordages, le nid-de-pie?

Un pli barra le front de Bonney.

— Ce serait plus facile si j'avais un plan. Et puis, je ne sais pas si j'aurai le temps.

Mme Brown balaya l'argument d'un geste.

— Je peux facilement vous trouver un plan. Sinon, vous ne comptez tout de même pas rester les bras croisés après avoir été auditionné?

Jim afficha un sourire en coin. Il appréciait visiblement beaucoup Mme Brown, avec son caractère entier et direct.

— Non, madame. Je compte trouver du travail.

— Eh bien vous en avez un, insista Mme Brown avec une infinie patience. Je vous engage pour me sculpter une réplique de ce paquebot. Je saurai me montrer généreuse. Vous avez beaucoup de talent, et j'ai l'intention de m'occuper de vous. Je vous apporterai tous les clients dont vous avez besoin, je sais m'y prendre. Et au cas où vous ne le sauriez pas, je suis extrêmement riche, soupira-t-elle. Je possède notamment des mines dans le Colorado.

Pinky vit une transformation spectaculaire s'opérer sur les traits de Jim. À peine revenu de son ébahissement, il regarda ses mains, comme s'il les voyait pour la première fois.

— Topons là, conclut-il.

*

New York
Lundi soir, 22 avril

Tess faisait les cent pas dans sa chambre d'hôtel, heureuse de savoir qu'elle n'aurait bientôt plus besoin d'affronter les regards curieux du personnel de l'hôtel et de sa clientèle huppée, les murmures qui s'élevaient dans son sillage chaque fois qu'elle traversait le grand hall en regagnant ce modeste refuge. Elle déménageait en effet le lendemain.

Elle s'assit sur le lit et savoura quelques instants de silence, avant de ressentir un pincement de solitude en repensant aux auditions de Washington. Elle découvrirait l'article de Pinky dans le journal du lendemain, à n'en pas douter, mais avait-elle vu Jim? Comment se portait-il?

Elle se déshabilla lentement, prête à se coucher. Inutile de se mentir à elle-même, Jim lui manquait. Elle ferma les yeux pour mieux visualiser son visage. Elle revoyait sa démarche souple tandis qu'ils regagnaient l'hôtel au terme de leur escapade magique à Central Park. Comment croire que deux jours seulement s'étaient écoulés depuis?

Elle tira les couvertures à elle et s'enfonça dans les draps de percale. Elle s'en voulait de gamberger aussi bêtement. Elle avait réussi à réparer la robe, mais une journée harassante l'attendait le lendemain.

Elle sombra progressivement dans le sommeil, les doigts serrés autour des clés de son nouvel appartement.

9

— As-tu lu le faire-part de décès dans le journal? demanda Elinor en tirant les épais rideaux.

Un flot de soleil pénétra dans la suite.

— Bien sûr.

Une myriade de grains de poussière flottaient dans l'air, mis en relief par la lumière du jour. Lucile toussa, puis étouffa un gémissement en portant un mouchoir à ses yeux.

— Je t'en prie, Lucy, arrête un peu, s'agaça Elinor. Assez joué les victimes.

— Comment peux-tu me parler ainsi?

— Je te connais trop bien, je sais avec quelle facilité tu es capable de feindre l'indignation et de t'apitoyer sur toi-même. Ce qui est fait est fait, plus tôt tu rentreras en Angleterre, mieux cela vaudra.

— Tu reconnaîtras que je ne m'apitoyais pas sur moi-même dans le petit mot que j'ai envoyé à Jean Darling.

— Il était très bien tourné, étant donné les circonstances, reconnut Elinor en s'emparant de son fume-cigarette.

— Tu ne pourrais pas t'en abstenir? L'odeur de tes cigarettes me donne mal à la tête.

— Tu la supportes moins bien que le thé et la tarte d'hier soir? railla Elinor en tirant sur la cigarette, les yeux perdus de l'autre côté de la vitre. Tu les as trouvés «exécrables».

— Je t'en prie, Elinor. Je fais pourtant des efforts.

L'expression de sa sœur s'adoucit.

— C'est bon, dit-elle en éteignant sa cigarette avant de la déposer dans un cendrier.

— Je sais que tu m'en veux, tout comme Cosmo. Le suicide de Jordan Darling est une tragédie, je donnerais tout pour n'avoir rien déclaré à ces journalistes, mais il est extrêmement injuste de me reprocher son geste. Il aurait dû se satisfaire d'avoir survécu au naufrage. Qu'y avait-il de mal à ça?

— Il faut croire que ce n'est pas aussi simple.

Lucile pinça les lèvres d'un air agacé.

— Tu vas encore me sortir l'une de ces phrases compliquées et sentencieuses dont tu as le secret, et j'aurai envie de m'enfuir en courant.

— Cette fois, je te tiens sous ma coupe, répliqua calmement Elinor. Quel beau couple nous formons, toutes les deux.

— Qu'entends-tu par là?

— Penche-toi un instant sur notre histoire. J'écris des romans depuis l'âge de quinze ans. Quant à toi, ma chère sœur, tu as réussi à t'extirper d'un triste mariage grâce à ton fil et ton aiguille, avant d'avoir la riche idée de poser tes créations sur des mannequins vivants. Et voilà! Ainsi est survenu le succès, que tu as su encourager en épousant un aristocrate. Après ça, tu n'es pas d'accord quand j'affirme que nous formons un beau couple?

— Je te connais, tu as une idée derrière la tête.

— Bien entendu. Après tout, nous avons peut-être trop pris l'habitude de vivre selon nos propres règles.

— Soit, mais quel rapport avec le fait d'être une survivante?

— Écoute, Lucy. Tu conviendras que ni toi ni moi ne sommes des personnes très agréables. On ne se soucie pas outre mesure de nos semblables, toutes les deux.

— Tes petits jeux ne m'intéressent pas.

Lucile ne se sentait pas de force à écouter les divagations d'une sœur qui n'aimait rien tant que l'aiguillonner.

— Nous sommes trop égocentrées.

— C'est ce que prétend Cosmo.

— Laissons ton cher mari en dehors de toute cette histoire pour le moment, si tu veux bien. Ton mari qui, soit dit en passant, s'est montré bien maladroit dans sa façon de faire profiter de ses largesses les marins de votre canot de sauvetage. Quoi qu'il en soit, je viens d'apporter la réponse à ta question.

Lucile haussa un sourcil.

— Je ne comprends pas, ma chère sœur.

— C'est pourtant simple. Il est plus aisé de survivre quand on est égocentré et qu'on se soucie peu de ses semblables. Deux qualités que nous avons la chance de posséder.

Un long silence suivit les paroles d'Elinor. Sa sœur resta longtemps dans la contemplation de la théière posée devant elle, sur son plateau d'argent, avant de répondre.

— Je croyais que tu étais venue ici dans l'intention de me réconforter.

— Sans doute, mais également dans celle de t'ouvrir les yeux, Lucy, répliqua Elinor d'une voix égale. Nous nous sommes faites toutes seules, toi et moi. Ce qui n'est pas si courant, tu me l'accorderas. Mais cela ne nous donne pas le droit de croire aux fantasmes que nous avons érigés autour de nos personnes. Laisse-moi te poser une question, à présent : j'ai entendu dire que la commission sénatoriale entendra demain ce marin qui prétend avoir été empêché de sauver des naufragés à cause de toi. Comment comptes-tu réagir ?

— Que veux-tu que j'y fasse ? À part nier ses propos, bien évidemment.

— J'imagine déjà les réactions du public si tu t'y hasardes.

— Elles seront positives, j'en suis convaincue. Quant au fait de croire à mes «fantasmes», pour reprendre le terme que tu as choisi, je n'ai jamais rien voulu d'autre que réussir dans mon domaine de prédilection, la haute couture. C'est mon unique ambition et je n'entends pas en changer.

— Elle pourrait s'évaporer en l'espace d'un instant, tu sais.

— Tu sais très bien que si nous nous étions arrêtées à ce genre d'inquiétude, nous n'aurions réussi ni l'une ni l'autre.

— Nous n'aurions pas même survécu à notre enfance.

— Mère était impossible.

— Inutile de prendre des gants, Lucy. Tu peux le dire sans ambages, elle était mauvaise comme une teigne.

Le silence reprit ses droits.

— Nous nous en sommes sorties, reprit Lucile d'une voix altérée. Ensemble.

— Oui, ma chère Lucy. Mais tu t'es trouvée aux premières loges.

— Cela m'aura enseigné l'art de piquer des colères mémorables.

— Un art que tu continues de maîtriser à la perfection, murmura Elinor en laissant voyager son regard à travers la pièce.

— Bien entendu.

Un nouveau silence s'installa, moins inconfortable cette fois. Lucile prit le temps de grignoter un morceau de tarte et de tremper les lèvres dans sa tasse de thé.

— Ces horribles articles dans la presse vont bien finir par se tarir. Je n'en peux plus de rester terrée dans cet endroit, déclara-t-elle enfin. Ils finiront par se lasser de me prendre pour un bouc émissaire. Les gens finissent toujours par se lasser. Ils finiront par trouver d'autres victimes sacrificielles, ne crois-tu pas? On m'a rapporté un certain nombre d'incidents parfaitement sordides, notamment parmi les passagers les plus colériques de l'entrepont.

— À ta place, je n'y compterais pas trop. Tu es trop en vue pour que la presse te laisse en paix.

Lucile s'enfonça dans son fauteuil en serrant les paupières.

— Je dois absolument retourner à l'atelier. La couture est toute ma vie et je n'ai l'intention de céder ma place à personne. Surtout pas à Tess, qui ne possède aucune compétence en la matière.

Elle rouvrit les yeux, le front barré d'un pli.

— Elle s'est montrée bien vague sur sa journée d'hier. As-tu pu discuter avec elle? Me cacherait-elle quelque chose?

Elinor dévisagea longuement sa sœur.

— Si je te réponds par l'affirmative, tu dois me promettre de ne pas devenir hystérique.

— Seigneur Dieu!

— Tu me le promets? À défaut, je quitte cette suite à l'instant et monte dans le premier train pour Los Angeles.

Lucile donna sa parole à regret. Horrifiée, elle écouta en silence Elinor lui rapporter l'incident de la robe de mariée profanée, lui expliquer comment Tess avait réussi à la réparer.

— Qui a pu commettre un tel sacrilège?

— Tess n'en a aucune idée, mais l'absence de l'adjoint de ton directeur général me semble suspecte.

— J'ose espérer que Tess n'a pas touché à la coupe du modèle, au moins.

— Elle a fait au mieux.

— En termes clairs, elle y a donc touché, sans oser me l'avouer.

— Je viens de te le dire, elle a agi au mieux. Pourquoi lui avoir demandé de te remplacer hier, si tu choisis aujourd'hui de lui adresser des reproches?

— Je n'avais pas le choix.

— Qu'en dit Cosmo?

— Il m'en veut d'éprouver des sentiments maternels à l'endroit de cette fille, ce qui est parfaitement ridicule.

— Je te vois surtout multiplier les efforts pour *ne pas* éprouver de sentiments maternels, répliqua Elinor d'une voix qui laissait transparaître de vieilles blessures. Je ne demande rien, ajouta-t-elle.

Lucile détourna la tête avant de répondre.

— C'est aussi bien, murmura-t-elle.

La rumeur sourde de la ville flotta jusqu'aux deux sœurs à travers la fenêtre ouverte : le bruit des sabots sur le pavé, le grondement des moteurs d'automobiles, des cris d'enfants.

Elinor laissa échapper un soupir en caressant doucement la main de sa sœur.

— Revenons à ton défilé de printemps. J'ai passé un accord avec une jeune femme qu'attend une carrière prometteuse de vedette de cinéma. En attendant, elle a besoin d'argent.

— Un accord de quel type?

— En échange de l'une de tes robes, elle s'engage à la porter à New York comme à Los Angeles en vantant tes talents de créatrice.

— À quel prix?

— Elle demande mille dollars.

— Mon Dieu, mais c'est absurde! Ce serait plutôt à *elle* de me verser de l'argent!

— Lucy, cette fille sera bientôt l'une de tes meilleures clientes. As-tu entendu parler de Mary Pickford?

— J'ai lu son nom dans la presse. Crois-moi, je n'ai pas besoin de ce genre de publicité au rabais. N'en parlons plus.

Elinor se cala dans son fauteuil et tendit la main en direction de son fume-cigarette.

— Ma chère sœur, dit-elle en allumant posément sa cigarette, tu ne vas pas pouvoir occulter cette opération.

*

Tess quitta discrètement l'hôtel ce mardi matin-là, une valise à la main, en évitant d'effectuer un détour par la suite de Lucile. Elle éprouvait un profond soulagement à l'idée de ne plus jouer un rôle qui n'était pas le sien dans le cadre luxueux du Waldorf. Cosmo et Elinor ne se doutaient pas combien elle était heureuse de disposer désormais d'un endroit à elle. Recevoir les clés de cet appartement dimanche soir lui avait ouvert les portes de la liberté. Elle chassa de son visage une mèche de cheveux. Pourvu qu'elle ne donne pas l'impression d'être aussi fatiguée qu'elle l'était en réalité.

Sa nuit avait été peuplée de nouveaux cauchemars dont les Darling étaient les principaux protagonistes. Embusqués dans sa tête, ils attendaient qu'elle s'endorme pour la tourmenter, et voilà qu'elle ne parvenait plus à les chasser de ses pensées. Jordan Darling, affable et joyeux, lui qui incarnait la fantaisie avec son épouse, parti à jamais. Disparu. Elle avait réussi à les écarter de son esprit la veille, tout en sachant qu'ils ne manqueraient pas de revenir. Et voilà qu'ils tambourinaient contre les parois de son crâne. *Cruauté*. Le mot employé par Jean Darling. Lucile n'avait pourtant pas tué son mari, personne n'aurait pu le prétendre. L'ironie du destin avait voulu que cet homme, pris de lâcheté lors du naufrage, trouve le courage de se donner la mort. Ou bien avait-il agi sous l'emprise de la honte ? Que ressentait-on vraiment face à un tel désespoir ?

Tess avait pris le temps de parcourir le *Times* dans le hall de l'hôtel, à la recherche de l'article que Pinky consacrait aux auditions de la veille. Il n'y était fait nulle mention de Jim, ni des Duff Gordon. Le journal publiait en revanche une photo de Jordan Darling, et une autre de sa femme éplorée.

Tess ne voyait pas comment elle aurait pu réconforter cette dernière. Sachant, surtout, qu'elle travaillait pour le compte de Lucy Duff Gordon. Jim avait forcément été mis au courant du suicide. Qu'en pensait-il?

Elle monta dans la voiture qui l'attendait, le cœur lourd. Ce n'était pas le moment de craquer. Une longue journée l'attendait, qu'elle devait parcourir un pas à la fois. L'atelier serait une ruche, alors que le défilé se déroulait quelques jours plus tard. Comme si la mode pouvait encore avoir un sens à la lumière de la tragédie qui venait de se produire. La veille, James avait établi la liste des questions à régler avant le grand jour. Tess lui était très reconnaissante de la façon dont il s'était rallié à sa cause. Il se chargeait de passer commande des petits-fours et du vin. Il avait même pensé à imprimer des cartons de relance que les clients de Lucile recevraient en main propre le jour même. Quoi d'autre? Elle s'inquiétait au sujet de certains mannequins. L'une d'elles, rongée d'impatience et d'ennui, avait refusé de participer aux ultimes essayages, alors qu'elle était précisément censée porter le clou de la collection, la fameuse robe de mariée.

Tess se frotta les yeux. Comment pouvait-elle se sentir aussi fatiguée alors que la journée débutait à peine? Lucile, je vous en prie, revenez vite, murmura-t-elle silencieusement. Ce monde n'est pas le mien, c'est le vôtre. Elle se rassura en serrant contre elle son sac qu'alourdissait le trousseau de clés.

*

— Nous avons un problème, lui annonça James, le crâne luisant de transpiration, à l'instant où elle

252

franchissait le seuil du bureau de Lucile. Les plis de la robe de mariée sont trop cintrés pour le mannequin qui doit la porter.

— Je devrais pouvoir régler ça avec un ajout, répliqua Tess d'une voix qu'elle voulait assurée.

Il secoua la tête d'un air las.

— Elle l'a déchirée en la retirant. Elle prétend n'avoir jamais vu pareille gabegie à la veille d'un défilé. Elle est partie en claquant la porte. Je la soupçonne d'avoir été débauchée par cette Chanel.

— Apportez-moi la robe et faites venir un mannequin. N'importe laquelle des filles.

James hocha la tête avant de s'éclipser.

*

Les mains de Tess tremblaient lorsqu'elle découvrit la déchirure sur la robe que lui tendait James. Elle allait devoir modifier la ligne du corsage, ce qui signifiait redessiner la jupe. Lucile serait furieuse, mais elle n'avait pas le choix. Au moment de défaire les coutures et de retoucher les plis de tissu, elle sentit monter en elle une bouffée euphorique à laquelle elle ne s'attendait pas. Elle se sentait à la hauteur de l'exploit qui l'attendait, parfaitement capable de sauver la création de Lucile.

Le mannequin qui accompagnait James, une fille svelte de dix-huit ans, regardait droit devant elle, les yeux vides, sans paraître se soucier des efforts de Tess. Prise par son œuvre, cette dernière travaillait en silence. Le jupon formait une masse disgracieuse au niveau de la déchirure, il allait donc falloir s'en débarrasser. Elle hésita une dernière fois, les ciseaux à la main, en se demandant si cette modification serait trop osée, ou bien si elle permettrait au contraire de laisser deviner la forme des jambes de celle qui porterait la robe. Tess n'avait pas le choix, toute autre solution eût été désastreuse. Elle avait la conviction que l'opération serait une réussite. Les broderies de perles préviendraient tout risque de transparence et la robe n'en serait que plus aérienne. Sûre d'elle, elle découpa le jupon d'une main confiante.

Elle venait d'achever l'opération lorsque James débarqua en trombe dans le bureau, les yeux brillants d'excitation.

— Mlle Glyn vient d'appeler, s'écria-t-il. Figurez-vous qu'Isadora Duncan annonce sa venue au défilé. Voilà qui viendra agréablement compenser la défection de Mme Wharton.

Tess leva la tête de son travail, le souffle coupé.

— Bonté divine! balbutia-t-elle.

— Madame lui a dessiné plusieurs robes magnifiques, expliqua James afin d'anticiper la question qui ne manquerait pas de venir. Nous ne lui demandons pas d'acheter quoi que ce soit, sa présence ici suffira. Venez vite voir le tapis, les ouvriers sont en train de le poser.

Tess coula un regard à travers la paroi de verre en retenant une nouvelle fois son souffle. Tout au fond du loft, au niveau de la vieille cabine d'ascenseur, on dépliait une épaisse moquette violette avant de la clouer. Les couturières et les essayeuses observaient la scène en riant sous cape. L'atelier dans lequel elles suaient quotidiennement sang et eau, sur fond de machines à coudre et de rouleaux de tissu, était en train de se métamorphoser en palais. Les rideaux de mousseline qui encadraient la pièce dessinaient des nuages argentés. L'un des ouvriers, préposé aux éclairages, les avait enveloppés d'une lueur douce qui ajoutait à la magie de la scène.

— Lucile s'y entend, vous ne trouvez pas? murmura James. Cette femme est étonnante, en dépit de son caractère exaspérant. Elle possède un sens inné de la dramaturgie.

— Oui, approuva Tess, tout en s'interrogeant intérieurement afin de savoir si elle serait capable un jour de réaliser pareil prodige.

Qui sait? Elle se remémora soudain cette soirée, sur le *Titanic*, au cours de laquelle Jack Bremerton lui avait prédit un avenir glorieux. Sans doute n'aurait-elle jamais l'occasion de le revoir, mais autant cette foi en elle avait pu lui sembler imméritée sur le moment, autant elle se promettait de tout tenter pour lui donner raison.

*

Salon Territoires, Washington
Mardi 23 avril

Pinky eut toutes les peines du monde à se traîner jusqu'à la salle où devaient se dérouler les auditions, ce mardi-là. Radin comme à son habitude, Van Anda lui avait loué une chambre dans un hôtel fréquenté par une bande de joyeux fêtards. Elle avait eu beau taper sur les murs et crier dans le couloir, rien n'y avait fait. Elle avait voulu discuter avec Jim Bonney la veille, mais les assistants de Smith s'étaient empressés de le mettre à l'abri avec les autres membres d'équipage en l'apercevant dans le hall du Sénat. La mauvaise humeur de Pinky se trouvait renforcée par l'abondance de témoins rapportant des versions contradictoires. Un maroquinier affirmait que l'équipage avait tiré des coups de feu en l'air afin d'empêcher les passagers masculins paniqués de prendre d'assaut les canots de sauvetage, tandis qu'un ecclésiastique de Brooklyn disait à l'inverse que l'évacuation s'était déroulée dans le plus grand calme. La jeune femme avait rendu son article à la dernière minute, inquiète au sujet de son père. Une voisine avait accepté de «surveiller» Mme Dotson, Pinky espérait simplement qu'elle ferait preuve de discrétion afin que l'infirmière ne se doute pas qu'on se méfiait d'elle. Sans doute le savait-elle déjà.

Elle s'attribua une place dans l'une des premières rangées, heureuse d'être venue tôt. Elle regrettait l'absence de Margaret Brown, dont le franc-parler lui fournissait d'excellentes citations pour ses articles, mais l'exubérante chercheuse d'or avait regagné New York après avoir prédit à Jim un avenir artistique extraordinaire. Un peu trop extraordinaire, peut-être, aux yeux de Pinky, qui savait pourtant combien ses concitoyens prisaient la réussite individuelle.

La foule grondait à l'entrée de la salle, furieuse que la commission eût choisi de se réunir dans un lieu aussi petit, au nom d'une meilleure acoustique. Les gens se fichent bien de l'acoustique, tant qu'on leur livre en pâture des anecdotes sinistres capables de mettre en relief les grandes tragédies humaines, pensa Pinky. Elle s'en voulut aussitôt de se montrer aussi cynique.

Le premier à témoigner ce matin-là fut la vigie du *Titanic*, Frederick Fleet, un marin miteux qui triturait nerveusement une casquette usée entre ses doigts. Il lançait constamment des coups d'œil inquiets en direction de Bruce Ismay, ce qui n'avait rien de surprenant. Comment Smith pouvait-il espérer obtenir des réponses transparentes de témoins dont l'avenir professionnel dépendait de la White Star?

— Monsieur Fleet, votre rôle consistait à alerter les officiers du bord en cas de danger. Je me trompe? commença Smith.

— C'est bien ça, monsieur le sénateur. On nous avait dit de rester attentifs aux petits blocs de glace. Alors, je leur ai signalé la présence d'un iceberg droit devant, une grosse masse noire.

— Combien de temps s'est écoulé entre votre alerte et la collision?

— J'en ai aucune idée, répondit Fleet en glissant un coup d'œil en coin à Ismay.

— Je vous demande une estimation approximative, insista Smith.

— J'ai lancé l'alerte dès que j'ai vu l'iceberg.

— J'imagine que vous avez l'habitude d'évaluer les distances depuis le nid-de-pie? Vous êtes bien là pour regarder et repérer les obstacles sur la route du bateau, n'est-ce pas?

— On nous met là uniquement pour signaler ce qu'on voit, répondit Fleet. Je ne suis pas très doué pour estimer les distances.

Une discrète vague de rires parcourut l'assistance. La vigie du plus gros paquebot du monde était donc incapable d'estimer les distances?

— Étiez-vous muni de jumelles ou d'une lunette grossissante? poursuivit Smith.

— On n'avait rien du tout, à part nos yeux. On a pourtant demandé, quand on était à Southampton, mais on nous a répondu qu'il n'y en avait pas.

— Sur ce bateau, dont je répète qu'il était le plus grand du monde, il n'y avait donc pas une seule paire de jumelles?

— C'est exact.

Pinky nota sur son carnet trois mots en lettres bâton : PAS DE JUMELLES. Elle tenait le titre de son article.

*

— Que pensez-vous de l'avancée des débats? s'enquit la journaliste en abordant le sénateur Smith à l'occasion de la pause déjeuner.

— Encore vous? grommela-t-il en s'éloignant précipitamment.

Elle lui emboîta le pas.

— Monsieur le sénateur, je cherche uniquement à savoir ce que vous pensez de ce témoignage. Personnellement, je suis fixée.

— C'est-à-dire? l'interrogea Smith en s'immobilisant.

— Si vous voulez mon avis, c'est d'une tristesse infinie. Il est pitoyable de voir des gens aussi incapables et égoïstes saboter leur travail de cette façon.

Smith s'autorisa l'ombre d'un sourire.

— Nous sommes en train de reconstituer un puzzle auquel il manque encore de nombreuses pièces, mademoiselle Wade. Nous devrions entendre des témoignages nettement plus honorables au cours des débats. Souvenez-vous pourtant que le courage est rarement un trait dominant chez les humains.

Pinky lui lança d'instinct une autre question :

— Si je comprends bien, vous vous intéressez autant aux agissements de certains survivants qu'aux responsabilités de la White Star. C'est bien ça?

— Je ne vous suivrai pas sur ce terrain, se défendit Smith en lui tournant le dos.

— Les Anglais sont furieux contre vous, monsieur le sénateur, l'arrêta-t-elle. Ils vous accusent de stupidité, d'étroitesse d'esprit et de…

— Je sais, je sais, on m'a remis un rapport à ce sujet ce matin, répliqua-t-il sans dissimuler son irritation. C'est tout, mademoiselle?

Pinky tenta son va-tout.

— Je sais que vous avez placé les membres d'équipage du *Titanic* en quarantaine en attendant qu'ils puissent témoigner, monsieur le sénateur, mais m'autoriseriez-vous à m'entretenir brièvement avec l'un d'entre eux, Jim Bonney? Cela m'aiderait à planter le décor. Je m'engage à ne rien publier de ce qu'il me dira avant son audition par la commission.

— Demain, accepta Smith. Après les débats du jour.

— Quand Bonney est-il censé être auditionné?

— Jeudi.

— Et quand comptez-vous demander aux Duff Gordon de s'expliquer?

Smith, refusant de répondre, s'éloigna sans un mot.

Pinky le suivit des yeux, satisfaite d'elle-même. À condition de ne pas lui laisser de répit, elle finirait bien par l'obliger à entendre lord Duff Gordon et sa femme.

*

New York
Mardi soir, 23 avril

Tess fit halte à hauteur d'un modeste immeuble proche du Flatiron Building. Elle vérifia l'adresse sur le morceau de papier chiffonné qu'elle tenait à la main. C'était bien ça. Elle se planta devant la porte d'entrée et inséra dans la serrure l'une des clés confiées par Cosmo. En vain. Un instant prise de panique, elle poussa un soupir de soulagement en comprenant qu'elle s'était trompée de clé, que celle-ci correspondait à la porte de l'appartement.

À peine avait-elle introduit la seconde clé dans la serrure que la porte s'écartait. Elle monta rapidement l'escalier jusqu'à l'appartement dont on lui avait précisé le numéro. Cette fois encore, le battant s'ouvrit comme par miracle et, pour la première fois de son existence, Tess pénétra dans un lieu réservé à elle seule.

Les bras ouverts, elle tournoya lentement sur elle-même. La pièce, de dimensions modestes, était composée d'une minuscule cuisine équipée d'une cuisinière en fonte, de deux solides chaises en chêne qui ne risquaient pas de s'écrouler sous elle en dépit de leur âge vénérable, d'un lit recouvert d'un bel édredon vert et rouge, d'une petite table sur laquelle reposait une lampe reliée à une prise électrique. Tess était désormais chez elle. Entièrement chez elle. Elle aurait aimé partager ce bonheur avec quelqu'un, mais qui? Elle regretta brutalement l'absence de Pinky, persuadée que celle-ci aurait été capable de comprendre son émotion.

— J'entends bien mériter mon indépendance.

Elle sursauta en entendant le son de sa voix, surprise de s'être exprimée tout haut, ce qui ne l'empêcha pas de recommencer.

— Cette fois, pas question de la perdre.

*

Salon Territoires, Washington
Mercredi 24 avril

Cet homme refuse décidément de me concéder un pouce de terrain, pensa William Alden Smith en voyant le premier témoin de la matinée, Bruce Ismay, quitter la barre. La lutte entre les deux adversaires avait été âpre, au grand bonheur de Pinky Wade qui prenait furieusement des notes au premier rang. Lors de son second témoignage, le dirigeant de la White Star avait continué d'afficher la même suffisance hautaine. Un véritable scandale.

À l'entendre, Ismay n'avait jamais demandé au capitaine du *Titanic* de pousser la vitesse du paquebot, en dépit du danger que présentait la zone où s'était déroulé le naufrage. Il reconnaissait avoir été averti que celle-ci était parfois traversée d'icebergs, mais la vitesse n'était en rien la cause du drame.

— La prudence élémentaire n'aurait-elle pas dû vous inciter à ralentir la course de ce paquebot transatlantique puisque vous aviez été prévenu de la présence de bancs de glace dans les environs? avait demandé l'un des membres de la commission, les dents serrées.

— Je n'ai aucune opinion en la matière. Nous confions nos navires aux meilleurs officiers de marine, les décisions de ce genre sont de leur ressort, avait répondu Ismay.

Et voilà qu'il regagnait son siège, les bras croisés, une moue satisfaite aux lèvres. Tu ne t'en tireras pas à si bon compte, se promit intérieurement le sénateur Smith. Je t'autoriserai à rentrer en Angleterre le jour où ça me plaira.

Il consulta la liste des témoins. Le suivant était Harold Lowe, le cinquième officier du *Titanic*, un personnage réputé pour son franc-parler, sans doute le marin le plus qualifié du bord lors de la traversée funeste.

— Je crois savoir que vous avez aidé à l'embarquement des passagers sur les canots de sauvetage, se lança Smith.

Lowe hocha résolument la tête.

— Connaissiez-vous les hommes d'équipage qui vous ont assisté dans cette tâche?

— Non, monsieur le sénateur, pas par leur nom.

Il hésita brièvement avant de poursuivre:

— Mais je vois dans cette salle quelqu'un à qui j'ai demandé d'évacuer l'un des canots. Je n'aurais pas su qu'il s'agissait de M. Ismay s'il n'avait pas été auditionné par cette commission.

La phrase fit l'effet d'une bombe.

— Vous voulez dire que vous avez demandé à M. Ismay de sortir de l'un des canots de sauvetage? demanda Smith, au comble de l'étonnement.

— Absolument, parce que M. Ismay se montrait anormalement anxieux et s'énervait un peu trop. Il n'arrêtait pas de répéter: «Mettez le canot à l'eau! Mettez le canot à l'eau!» Alors je lui ai dit…

Voyant qu'il hésitait, Smith insista:

— Dites-nous ce que vous lui avez dit.

Lowe se passa la main dans les cheveux d'un air indécis. Il se demandait manifestement si la discrétion devait prévaloir, eu égard aux circonstances. Son naturel direct l'emporta.

— Je lui ai dit: «Si vous descendez tout de suite de ce fichu canot, je pourrai peut-être diriger la manœuvre. Il serait ridicule de mettre le canot à l'eau aussi rapidement. Je risquerais de noyer tous ces gens.»

Smith prit le temps de savourer le trouble que ces propos avaient provoqué chez Bruce Ismay. Le sénateur buvait du petit-lait.

Lowe, désormais parfaitement à l'aise, expliqua ensuite comment il avait dû recommander aux marins de bien enfoncer les bouchons des canots de toile avant de les mettre à la mer, sous peine de les voir couler instantanément, et comment il avait assisté aux efforts ineptes des membres d'équipage qui ne savaient pas ramer.

— Ils n'avaient donc reçu aucune formation dans ce domaine avant la traversée ? s'enquit Smith, incrédule.

— Nous avons eu droit à un seul exercice, avec deux canots seulement, précisa Lowe. Nous étions tous des néophytes sur ce paquebot.

Smith laissa retomber le silence et un soupir général parcourut les rangs du public. Chacun pensait au drame que l'on aurait pu éviter si la compagnie s'était montrée à la hauteur de ses responsabilités.

— Revenons aux canots de sauvetage, reprit Smith. Vous avez donc aidé à l'embarquement des passagers. Dites-nous ce qui s'est passé une fois votre chaloupe mise à l'eau.

— Je l'ai poussée en direction de quatre autres canots de sauvetage et nous sommes restés tous les cinq ensemble. Je les ai reliés à l'aide de cordage, pensant qu'on avait davantage de chance d'être vus par les navires qui se porteraient à notre secours si nous restions groupés. Ensuite, j'ai transféré les passagers de ma chaloupe dans les quatre autres.

— Pour quelle raison ?

— De façon à pouvoir retourner sauver d'autres naufragés.

Un silence de mort s'abattit sur la salle. Pinky, le stylo en l'air, attendait impatiemment la suite. Le sénateur Smith se pencha en avant.

— «De façon à pouvoir retourner sauver d'autres naufragés»? répéta-t-il.

— Oui, monsieur le sénateur. J'ai attendu que les cris et les hurlements commencent à se calmer, puis je suis retourné sur place quand j'ai jugé que les rangs des survivants étaient suffisamment clairsemés.

On pouvait difficilement s'exprimer de façon plus transparente.

— Vous avez donc attendu que les cris des naufragés s'éteignent? insista Smith d'une voix qui tremblait légèrement.

— Oui, monsieur le sénateur.

Lowe n'était pas homme à enjoliver son récit.

— Il aurait été malvenu et dangereux de retourner sur place plus tôt. Le canot aurait été immédiatement submergé et tout le monde aurait été perdu. Quand les cris ont commencé à s'espacer, je suis retourné sur le lieu du naufrage et j'ai embarqué quatre personnes. Les trois autres que j'ai vues étaient mortes.

— Qu'avez-vous fait de leurs corps?

— Je me suis dit: «Tu n'es pas là pour t'inquiéter des cadavres. Tu es là pour sauver des vies humaines, par pour te soucier des corps.» Alors je les ai laissés sur place.

— Vous auriez pu sauver davantage de personnes si vous n'aviez pas attendu.

Lowe bomba le torse et toisa Smith avant de déclarer d'une voix forte:

— J'ai bien tenté, monsieur le sénateur, et je n'ai pas été le dernier à vouloir agir, mais je n'ai pas peur de le dire. Si quelqu'un s'était extrait de la masse des naufragés, je l'aurais volontiers embarqué, mais il était inutile de me diriger vers la masse.

— Vous voulez dire que ça n'aurait servi à personne?

— Ça aurait été du suicide.

L'assistance buvait les paroles du marin. Les spectateurs échangeaient des regards perplexes. Pinky, figée sur sa chaise, regardait fixement ses notes. Jusque-là, aucun des témoins n'avait entraîné sur l'eau ceux qui se trouvaient dans le confort de cette salle d'audience. C'était la première fois que se posait à chacun des présents la question du bien-fondé des décisions prises au moment du drame. Il n'était brusquement plus question de trouver de recoin où cacher son indignation, de se réfugier dans une niche pour échapper à la seule question qui valait : *Comment aurais-je agi en pareil cas ?* Le stylo de Pinky reprit son ballet sur la page blanche.

*

Jim attendait la jeune femme sur les marches du Sénat en fin de journée, au terme des auditions. Les mains dans les poches arrière de son pantalon, il trompait son impatience en marchant de long en large, sans se soucier de la fraîcheur de cette fin de journée de printemps. Il releva la tête en entendant Pinky le héler.

— On m'a donné l'autorisation de vous parler, déclara-t-il d'emblée, mais il est entendu que ce n'est pas pour un article.

— C'est exact. Je cherche seulement à réunir des éléments de contexte, je me servirai de notre conversation uniquement lorsque vous aurez témoigné demain. Mon petit doigt me dit que Lucy Duff Gordon risque fort de voir son nom fleurir une nouvelle fois à la une des journaux à la suite de votre audition. Je me trompe ?

— Tout ce que je peux dire, c'est que je répondrai le plus honnêtement possible aux questions qui me seront posées.

Pinky entraîna son compagnon le long de l'allée qui s'éloignait du Sénat en pente douce.

— Vous avez assisté à la séance de cet après-midi ? s'enquit la journaliste.

Jim hocha la tête.

— Qu'avez-vous pensé du témoignage de Lowe?

— J'ai trouvé que c'était un honnête homme et qu'il ne manquait pas de courage.

— À l'entendre, on se demande pourquoi il a mis aussi longtemps à retourner sur le lieu du naufrage.

— Vous essayez de me sonder, ou bien c'est ce que vous pensez vraiment?

C'était si peu la réaction à laquelle s'attendait Pinky qu'elle tarda à réagir.

— Eh bien? insista le marin.

— Je ne sais pas, avoua-t-elle enfin.

Il se tourna vers elle.

— J'aimerais que vous preniez le temps de réfléchir à la situation, déclara-t-il d'une voix tendue. Lowe avait peur. Tout le monde avait peur, bon Dieu. Pourquoi devrions-nous craindre de le reconnaître? Il a fait du mieux qu'il a pu et tous ces gens prétentieux qui échangeaient des coups d'œil choqués cet après-midi n'ont aucune idée de ce que nous avons vécu. Désolé d'avoir laissé échapper un juron, mais c'est la vérité.

— J'ai entendu pire, plaisanta Pinky. Une simple visite dans la salle de rédaction vous montrerait que nous jurons tous comme des marins.

— J'ai du mal à vous imaginer prononçant des gros mots. Je doute que vous en connaissiez autant que moi, répliqua-t-il avec un sourire timide.

— Accepteriez-vous de dîner avec moi? demanda-t-elle de façon impulsive.

— Bien sûr. À condition que ce ne soit pas dans l'hôtel miteux où la commission d'enquête nous a parqués.

*

Ils dénichèrent une table au café Ebbitt's, loin du comptoir d'acajou massif, à la lueur vacillante d'une bougie. Pinky s'enfonça paresseusement sur la banquette du box, enfin détendue. Sans doute avait-elle tort, mais elle n'était plus en mode professionnel, après avoir baissé la garde sous l'influence de Jim. Elle était la première gênée de constater l'effet que ce garçon provoquait chez elle. Elle ne se berçait pourtant d'aucune illusion, il était clair que seule Tess intéressait le jeune marin.

— Qu'allez-vous dire demain ? finit-elle par demander.

— Vous m'avez déjà posé la question, répondit-il en piquant sa fourchette dans un morceau de pomme de terre. Je n'ai pas changé d'avis. S'ils m'interrogent à ce sujet, je leur raconterai ce qui s'est passé.

— Le témoignage de Lowe a-t-il modifié votre regard sur les raisons qui ont poussé Mme Duff Gordon à ne pas retourner chercher des survivants ?

Il afficha une mine perplexe.

— Que voulez-vous dire ?

— Eh bien, Tess prend sa défense en affirmant qu'elle ne s'est pas comportée différemment des autres. Elle affirme qu'elle sert de bouc émissaire.

— Je sais.

Il s'était exprimé d'une voix douce, presque tendre.

— Nous ne sommes pas d'accord, tous les deux, poursuivit-il. Mais je ne peux pas tout lui raconter.

— Je suis désolée de ne pas vous avoir apporté de message d'elle hier.

Il posa sur elle un regard étrange, gêné de tant de franchise.

— Je l'espérais un peu, mais je n'en attendais pas vraiment.

— Je crois que si.

Il détourna la tête.

Pinky en profita pour enfoncer le clou.

— Auriez-vous attendu que… Quelles étaient les paroles exactes de Lowe, déjà ? Auriez-vous attendu que les rangs des survivants soient plus *clairsemés* ? Je ne cherche nullement à défendre lady Lucy, mais la position de Lowe est presque aussi dure.

— C'est ce que vous écrirez dans votre article?

Elle n'en savait encore rien, mais il était hors de question de le lui avouer. Elle disposait encore de quelques heures avant de télégraphier son papier, elle comptait prendre le temps d'y réfléchir.

Jim se pencha vers elle, les mains croisées sur la table, son visage à quelques centimètres de celui de la jeune femme.

— Le problème ne se situe pas là. Dans votre article, vous allez insister sur le fait qu'il est *retourné* sur le lieu du naufrage. C'est pourtant simple, nous avions tous le choix. Personnellement, oui, je serais retourné sur place. Peut-être que c'était de la folie, que j'aurais entraîné dans la mort tous les occupants de mon canot, mais peut-être pas. Peut-être que Lowe regrette d'avoir attendu si longtemps avant d'y retourner, sachant qu'il se trouvait seul dans un canot capable d'accueillir soixante personnes. Mais ça ne l'a pas empêché de dire la vérité. Il n'a jamais essayé d'enjoliver la situation, contrairement à Lightoller qui prétend que tout le monde était calme sur le bateau et que personne ne hurlait dans l'eau. Pourquoi vouloir travestir la vérité?

— Si vous estimez qu'il a eu raison de retourner en arrière, alors tous les occupants des canots auraient dû rebrousser chemin. Et tout de suite.

— Je parlerai uniquement de ce que je sais. Les premiers qui auraient dû retourner en arrière étaient ceux qui m'accompagnaient dans un immense canot honteusement vide.

Il enveloppa sa chope de bière de ses doigts, hypnotisé par la mousse.

— Les Duff Gordon sont habitués à voir les autres se plier à leurs exigences parce qu'ils ont de l'argent. Dans le cas présent, le système a très bien fonctionné.

— Il me semble…

Elle laissa sa phrase en suspens, de peur que la conversation ne s'engage sur un terrain glissant. D'accord. Mettons que Jim soit revenu en arrière et que son canot ait chaviré, il aurait tué des survivants au lieu de les sauver. Elle disposait de trop peu d'éléments à ce stade pour décider quelle conduite était la plus noble.

— Vous allez vous en prendre à un couple très puissant, Jim.

— Je n'ai pas le choix. C'est elle qui a pris le pouvoir sur ce bateau en décidant de tout. Il ne s'agissait pas uniquement de retourner en arrière ou pas.

— Que s'est-il passé d'autre?

On le sentait pris entre deux feux.

— Je ne peux pas en parler.

— Est-ce vrai que Cosmo a acheté le silence des marins?

— C'est Sullivan qui vous a raconté ça? Je ne serais pas surpris qu'il ait également prétendu avoir refusé. À ma connaissance, les Duff Gordon ont laissé entendre aux gars qu'ils leur donneraient beaucoup plus d'argent qu'ils n'en ont finalement versé, et Sullivan leur en veut.

Jim partit d'un rire triste.

— Écoutez, je me contenterai de relater ce qui s'est passé, sans essayer de leur dorer la pilule. J'aimerais bien, ne serait-ce que pour soulager Tess. La vérité, c'est que je ne me suis pas opposé à Mme Duff Gordon avec suffisamment de virulence, et que je n'en suis pas fier. Quoi qu'on dise au sujet de Lowe, je serai le premier à lui serrer la main parce qu'il est reparti en arrière, lui.

— Je crois comprendre les raisons pour lesquelles vous hésitez à témoigner.

Jim souleva sa chope et but une longue gorgée de bière.

— Je pense aussi que vous avez compris.

— Vous savez, s'enhardit Pinky, nous ne sommes pas dans un tribunal. Rien ne vous oblige à répondre aux questions qu'ils négligeront de vous poser.

— Croyez-moi, ils n'oublieront pas de poser celles-là.

10

Pinky avait encore passé une mauvaise nuit. Recroquevillée sur l'une des chaises pliantes installées au pied de l'estrade sur laquelle siégeait la commission, elle bâillait à s'en décrocher la mâchoire. Les articles consacrés aux témoignages de la veille avaient fait le tour du monde. Certains journalistes dénonçaient la «froideur» de Lowe, tandis que d'autres suivaient Jim dans sa position : Lowe était le seul qui fût retourné sauver des naufragés. La veille au soir, les yeux rivés au plafond avant de s'endormir, Pinky avait fini par se rallier aux vues de Jim. Aux yeux de ceux qui avaient lu son article du matin dans le *Times*, Lowe était un héros. Un vrai héros.

Du coin de l'œil, elle surveillait les deux personnages assis le long du mur, une serviette de cuir noir sur les genoux, les yeux dans le vague. Elle ne croyait pas identifier des membres du Congrès ou des assistants parlementaires, faute de les avoir vus serrer des mains à droite et à gauche, ou passer d'un groupe à l'autre en discutant. Les lunettes d'écaille du premier inconnu lui tombaient sur le bout du nez, alors que le second était pâle comme un linge. Ils étaient trop bien habillés pour être de simples législateurs. Juste devant eux, visiblement mal à l'aise, Sullivan se tortillait sur sa chaise. Allait-il confirmer la version des faits de Jim ? C'était peu probable. Pinky recentra son attention sur Bonney. Sans doute avait-il emprunté la veste qu'il avait endossée. Les manches, trop courtes, lui remontèrent au-dessus des poignets lorsqu'il gagna le siège des témoins à la demande de Smith. On le sentait à la fois décidé et fragile.

Pinky aurait aimé l'alerter sur la présence des deux inconnus, mais il était trop tard.

*

Le sénateur Smith abattit son maillet, les paupières plissées afin d'échapper au nuage âcre de fumée de cigarette qui flottait dans la salle.

— Nous espérons recueillir aujourd'hui des informations relatives à ce qui s'est passé dans les eaux de l'Atlantique et sur les canots de sauvetage la nuit du drame, commença-t-il. Notre premier témoin sera Jim Bonney. Un marin qui effectuait sur le *Titanic* sa première traversée, et qui a eu la vie sauve en prenant place à bord du canot n° 1. J'appelle à la barre M. Bonney.

Les questions s'enchaînèrent, auxquelles Jim répondit d'une voix ferme, presque sans âme. Il expliqua comment il avait aidé les passagers à embarquer sur cinq canots différents avant de se rendre à tribord où un canot pliable en toile était resté accroché, emprisonné dans un nœud de cordages. L'officier de pont Murdoch lui avait alors ordonné de délivrer le canot afin d'y embarquer lady Lucy. Jim s'était précipité afin de détacher le canot de sauvetage n° 1 avec l'aide de plusieurs autres marins. Oui, reconnaissait-il, le marin Sullivan s'était vu confier le commandement de ce canot.

— Pourquoi ce canot a-t-il été lancé alors que très peu de personnes avaient pris place à bord?

— Nous avons agi à l'insistance de Mme Duff Gordon.

— L'accusez-vous d'avoir abandonné des gens sur le pont du paquebot? voulut savoir Smith.

— Non, monsieur le sénateur. Je l'accuse de n'avoir pensé qu'à elle.

— Lorsque le bateau a coulé, avez-vous cherché des survivants?

— Non.

— Combien de personnes votre canot pouvait-il transporter, et combien de personnes se trouvaient-elles à bord?

— Nous aurions pu embarquer une bonne cinquantaine de passagers supplémentaires. Nous étions douze en tout.

— Sauf erreur de ma part, votre canot est celui qui a été mis à l'eau avec le plus faible nombre de personnes.

— C'est exact.

Un murmure parcourut l'assistance, provoquant un frisson chez Pinky.

L'un des collègues de Smith prit alors la parole.

— Nous voudrions aborder le fond du problème. Vous n'êtes donc pas retournés chercher des survivants alors que vous aviez autant de place à bord?

— Non, nous n'avons embarqué aucun naufragé, répondit Jim d'une voix désincarnée.

— Pour quelle raison?

— Les autres n'ont pas voulu repartir en arrière.

— Et vous?

— J'ai voulu, mais personne n'était d'accord.

— Qui s'est opposé à votre proposition?

— Mme Duff Gordon a refusé de laisser quiconque prendre les rames. Elle craignait que nous soyons submergés par les survivants si nous rebroussions chemin.

— À votre connaissance, y avait-il un risque que le canot n° 1 se trouve envahi par des survivants si vous repartiez les chercher?

— Je ne prétends pas que cette possibilité n'existait pas, déclara-t-il sans l'ombre d'une hésitation, mais nous avions pris place dans un très grand canot qui était loin d'être plein.

— Comment croire qu'il eût été dangereux de retourner au milieu de ces gens qui criaient à l'aide, en pleine mer, alors qu'il y avait huit membres d'équipage à bord ? aboya le sénateur Bolton, l'un des membres de la commission, clairement sous le coup du témoignage apporté la veille par Lowe. Avez-vous entendu des cris ?

— Bien sûr, rétorqua Jim. Nous les avons tous entendus. Je vous l'ai expliqué, j'ai proposé aux autres de retourner sur le lieu du naufrage, mais ils n'ont rien voulu entendre.

— Cette proposition, l'avez-vous formulée à quelqu'un en particulier ?

— Je l'ai faite à tout le monde.

— La décision de rebrousser chemin ou non revenait de droit à Sullivan, n'est-ce pas ?

Tout en posant la question, Smith avait lancé un coup d'œil en direction du témoin suivant, tassé sur son siège, le regard aux abois.

— Oui, répondit Jim en dissimulant mal son mépris. C'était lui le maître à bord. Théoriquement, en tout cas.

— Il a donc refusé ?

— C'est exact.

— Son comportement a-t-il été dicté par les protestations des Duff Gordon ?

— Oui.

Cette fois, Jim regarda Sullivan droit dans les yeux. Ce dernier détourna la tête.

— En êtes-vous certain ?

— Je peux uniquement parler de ce qui s'est passé dans le canot à bord duquel j'avais pris place. J'aurais dû passer outre.

— De quel droit ?

Jim conserva le silence.

— Vous dites avoir entendu des cris. Des cris insoutenables ?

— Oui.

— Ce qui n'a pas empêché les Duff Gordon de décider qu'il était trop dangereux de retourner chercher des survivants?

— Oui.

L'un des membres de la commission, un sénateur au visage gras et rougeaud, se pencha vers le témoin à qui il s'adressa d'une voix sarcastique.

— Si je comprends bien, vous n'avez rien dit et vous n'avez pas essayé de sauver quiconque au prétexte que deux des passagers du canot pensaient que la manœuvre était trop risquée.

Jim encaissa le choc en redressant les épaules.

— C'est exact, monsieur le sénateur.

Smith choisit de poursuivre par un autre angle d'attaque.

— Sir Cosmo Duff Gordon vous a-t-il promis de l'argent lorsque vous vous trouviez dans le canot?

— Oui.

La rumeur enfla dans la salle. Ils ont donc bien soudoyé les marins, murmuraient entre eux les spectateurs.

— L'arrangement passé avec les autres membres d'équipage consistait-il à effectuer une opération précise en échange d'une certaine somme? En termes clairs, s'agissait-il de ne pas retourner en arrière?

La question provenait à nouveau du sénateur aux traits rougeauds.

Pinky retint son souffle. On sentait Jim à bout de forces.

— Le marché n'a pas été proposé en ces termes.

— J'imagine bien qu'il n'a pas exprimé explicitement sa volonté de vous soudoyer. Le contraire aurait été surprenant, ne trouvez-vous pas? Avez-vous estimé sur le moment qu'il vous soudoyait?

— Oui.

— Je serais curieux de savoir pour quelle autre raison il tentait d'acheter votre silence. Certains survivants qui se trouvaient dans l'eau ont-ils tenté de monter à bord de votre canot?

Pinky sentit son cœur battre plus fort.

— Oui. Nous étions entourés de survivants. Plusieurs d'entre eux ont essayé de se hisser dans le canot.

— Et que s'est-il passé?

Jim, le regard vitreux, laissa s'écouler quelques instants avant de répondre.

— Certains ont glissé.

— Et les autres?

Nouveau silence.

— Il faisait nuit, on voyait mal, prononça-t-il péniblement.

— Pensez-vous que certains ont été repoussés de force?

— C'est possible.

Une onde parcourut la salle et les chuchotements reprirent.

— C'est une accusation grave, monsieur Bonney, déclara le sénateur Bolton. Même très grave. Pouvez-vous vous montrer plus précis?

— Je ne voudrais pas accuser quiconque sans avoir clairement assisté à la scène. Je vous dis ce que je crois.

— Souhaitez-vous ajouter des précisions? demanda le sénateur Smith.

— Non, monsieur le sénateur.

— Vous pouvez regagner votre place.

Smith embrassa l'assistance du regard, le cœur lourd. Autant affronter la suite sans attendre. Le prochain témoin était ce marin maigre au visage grêlé qui était censé commander le canot n° 1. Il se tenait tassé sur sa chaise, comme pétri d'ennui, mais ses yeux n'arrêtaient pas de naviguer à travers la salle.

— Monsieur Tom Sullivan, il semble que l'on vous ait confié le commandement du canot n° 1. Si vous voulez bien approcher, nous souhaitons vous entendre.

Pinky, encore tout étourdie par l'audition de Jim, le suivit machinalement des yeux tandis qu'il retournait s'asseoir. Ainsi donc, tel était son secret! Ce témoignage signalait le début d'un long calvaire pour lui. Pourquoi n'avoir pas expliqué aux membres de la commission qu'il avait refusé la somme qu'on lui proposait? Tout simplement parce qu'on ne lui avait pas posé la question. Il avait tenu parole en exposant la vérité en termes simples, sans périphrases. Il risquait fort d'être dévoré tout cru.

*

— Vous vous appelez bien Tom Sullivan?
— Oui, monsieur le sénateur.

Le marin se redressa à la barre des témoins, les mains sur les genoux, sa casquette serrée entre ses doigts.

Sullivan, l'homme qui avait expliqué à Pinky comment les Duff Gordon avaient tenté de l'acheter, il posa sur Jim un regard assassin avant de se raviser et d'offrir un visage grave aux membres de la commission.

— Venons-en à votre version de ce qui s'est passé sur le canot n° 1, dont vous aviez le commandement. C'est bien ça?

L'interrogatoire du témoin avait été confié au sénateur Perkins. On le sentait pressé d'en finir.

— Oui, monsieur le sénateur. C'était bien moi et j'ai maîtrisé la situation.

— Combien de personnes avaient pris place à bord de ce canot?

Sullivan répondit sans hésitation :

— Oh, je dirais entre quatorze et vingt.

— Le témoin précédent nous a affirmé que le canot transportait un total de douze passagers, et qu'il aurait pu en accueillir une cinquantaine. Est-ce exact?

— C'est-à-dire qu'on a pris tous ceux qu'on a pu.

— Nous avons cru comprendre, lors du témoignage de M. Bonney, que vous n'étiez pas retourné sur le lieu du naufrage.

Sullivan secoua la tête si violemment que le bouton de son col faillit sauter.

— Non, monsieur le sénateur. On est retournés à l'endroit où le bateau avait coulé, mais on n'a rien vu. Merci de me donner l'occasion de rétablir la vérité.

Les membres de la commission échangèrent des regards surpris.

— Vous êtes retournés sur le lieu du drame?

— Bien sûr que oui, se défendit Sullivan avec indignation. Je suis désolé de dire ça, mais Jim Bonney est un gars plutôt louche. Il a raconté ça parce que ça l'arrange, même si je vois pas où est son intérêt.

— Avez-vous sorti quelqu'un de l'eau?

— Non, monsieur le sénateur, ils étaient tous morts. On n'a entendu personne.

Il s'exprimait d'une voix chagrinée.

— À quel moment avez-vous fait demi-tour?

— Dès qu'on a pu.

Sullivan ponctua sa réponse d'un geste vague.

— Qu'avez-vous fait, précisément?

— On a ramé dans les parages.

Il jeta un coup d'œil furtif aux deux inconnus munis de serviettes en cuir. Son manège n'échappa pas à Pinky qui dévisagea de plus belle les deux hommes.

— Avez-vous senti un trouble, ou une certaine excitation chez les passagers que vous transportiez?

— Non, monsieur le sénateur, j'ai rien remarqué, répondit Sullivan, parfaitement à l'aise. On aurait pu croire qu'ils avaient fait ça toute leur vie.

Toute leur vie? Le silence qui accueillit sa réponse fit comprendre à Sullivan qu'il était allé trop loin. Les membres de l'assistance se regardèrent, interloqués, au milieu des chuchotements. Le marin se mordilla les ongles en observant en coin les deux inconnus.

— Peut-être pas tout à fait, quand même, se corrigea-t-il. Mais on faisait bloc, si vous voyez ce que je veux dire. C'était pas un moment drôle.

— Souhaiteriez-vous porter à la connaissance du public d'autres incidents relatifs au comportement de vos passagers, les Duff Gordon?

— Non, monsieur le sénateur. Je vois pas.

— Ont-ils refusé de retourner sur le lieu du naufrage?

— Non, monsieur le sénateur. Ce sont des gens bien.

— Ont-ils tenté de vous soudoyer? s'interposa le sénateur Smith.

— Non, monsieur le sénateur. M. Bonney se trompe là aussi. Il a des problèmes. Et je dis pas tout.

Le sénateur Perkins se carra dans son fauteuil, le front soucieux.

— Je vous remercie, monsieur Sullivan. Vous pouvez regagner votre place, conclut-il en regardant sa montre.

— Je pourrais apporter une dernière précision, monsieur le sénateur? demanda Sullivan.

— Je vous écoute.

— Parfois, les gens réagissent mal dans des situations difficiles, alors ils essaient de se couvrir pour que l'on oublie leur comportement. Si quelqu'un a pu repousser des naufragés, c'est bien Bonney. Il a mauvaise réputation, il a très bien pu repousser des gens. Ça m'étonnerait pas, c'est lui le salopard.

Pinky fusilla Sullivan des yeux. Ce méprisable menteur tentait de sauver sa peau en inversant les rôles. Elle aurait mieux fait de citer son nom lorsqu'elle avait publié son article. Et voilà qu'il jouait au pauvre diable, à l'honnête marin qui s'était montré à la hauteur de sa tâche. Beau spectacle. Les Duff Gordon avaient dû se montrer plus généreux cette fois.

Les deux individus munis de serviettes noires s'éclipsèrent par une petite porte, Pinky eut le temps de voir l'un des deux adresser un léger signe de tête à Sullivan avant de disparaître.

Qui étaient donc ces deux types-là? La jeune femme quitta précipitamment la salle et les suivit jusqu'à la sortie. Elle leur bloqua le passage sans qu'ils paraissent gênés, ou surpris. Ils affichaient une parfaite indifférence.

— J'aimerais savoir qui vous êtes.

— Je ne vois pas en quoi ça vous concerne, mademoiselle Wade, répondit le premier.

Il connaissait donc son nom.

— Je ne serais pas étonnée que vous soyez avocats. Dans quel cabinet travaillez-vous?

L'homme lui adressa un petit sourire.

— Mademoiselle Wade, ce ne sont pas les avocats qui manquent dans cet endroit. Le Congrès en compte même plusieurs parmi ses élus. Cela vous surprend donc qu'un modeste marin puisse avoir un conseil? Vous connaissez visiblement bien mal le fonctionnement de notre système judiciaire. Je vous souhaite le bonjour.

Pinky voulut insister en voyant les deux hommes s'éloigner.

— Attendez! Qui vous emploie?

Les deux inconnus poursuivirent leur chemin sans daigner lui répondre.

*

Le sénateur Smith ne prit même pas la peine de relever la tête en appelant à la barre le dernier témoin de la matinée, un autre homme d'équipage du canot n° 1.

— Monsieur Albert Purcell.

Un personnage trapu au visage buriné qu'encadraient de grandes oreilles, le crâne dégarni, s'installa lourdement sur le siège des témoins. Son audition commença de façon identique à celle des deux collègues qui l'avaient précédé, le sénateur l'interrogeant tout d'abord sur sa position et son rôle dans le canot de sauvetage.

— Après le naufrage du paquebot, avez-vous entendu des cris ? enchaîna Smith.

— Je n'en ai pas le souvenir, dit-il en lançant un coup d'œil furtif en direction de Sullivan.

— L'un des occupants du canot a-t-il suggéré la possibilité de repartir en direction des personnes qui se trouvaient dans l'eau ?

— Pas à ma connaissance.

— Personne n'a envisagé à aucun moment de retourner sur le lieu du naufrage ?

— Non, monsieur le sénateur, affirma fièrement Purcell.

— M. Bonney prétend l'avoir proposé. Est-ce exact ?

— Non, monsieur le sénateur. Il cherche à se vanter.

Le sénateur Harbinson choisit d'intervenir.

— Très bien. Avez-vous entendu dire que certains avaient reçu des cadeaux ou de l'argent ?

— Oui, absolument, et je vais vous expliquer comment c'est venu.

Purcell, sa réponse toute prête, était impatient de fournir tous les détails à la commission.

— Voyez-vous, Mme Duff Gordon nous a dit une phrase du genre : « J'ai perdu une chemise de nuit magnifique », alors je lui ai fait remarquer : « C'est pas grave, tant que vous avez la vie sauve. » Je lui ai dit que, nous aussi, on avait tout perdu. Alors M. Duff Gordon est intervenu, il nous a promis de nous donner à tous une petite somme pour pas repartir de zéro. C'est tout ce que je sais.

— Combien de temps après le naufrage du *Titanic* est intervenue cette discussion au sujet de l'argent ?

— Je dirais trois quarts d'heure.

— Avez-vous pensé qu'il s'agissait d'acheter votre silence ?

— Pas du tout, monsieur le sénateur. C'était juste une offre généreuse de la part de gens généreux.

Pinky étouffa un grognement de rage.

— Vous est-il venu à l'esprit que vous auriez dû repartir chercher des survivants?

Purcell répondit sur un ton hautain:

— Non, c'était pas mon rôle. C'était pas moi qui dirigeais le canot. Mais si quelqu'un en avait parlé, j'aurais été d'accord pour qu'on retourne en arrière.

— Vous y étiez disposé?

— Tout disposé.

— Avez-vous été surpris que personne ne le propose?

— Oui, monsieur le sénateur, s'emporta-t-il avec une indignation feinte.

— J'avoue avoir du mal à vous comprendre, réagit sèchement le sénateur Harbinson. Vous dites avoir été surpris que personne ne propose de repartir sur le lieu du naufrage, mais cela ne vous surprend pas de ne pas l'avoir proposé vous-même?

— On était sous le choc, bredouilla Purcell en adressant un coup d'œil en coin à Sullivan qui l'observait d'un air mauvais.

— Pourriez-vous nous expliquer les raisons pour lesquelles votre canot n'est pas retourné chercher des naufragés?

Purcell hésita, pris au piège. Il finit par se décider.

— Eh ben, c'est vrai que le canot aurait été pris d'assaut si on était retournés là-bas. À mon avis. Il y avait tellement de gens dans l'eau, on les entendait crier.

— Ah, vous avez donc entendu leurs cris, mais vous n'êtes pas retournés en arrière? Même si vous n'aviez aucun espoir de repêcher quelqu'un? À propos, M. Sullivan affirme que le canot est reparti sur le lieu du naufrage, sous son commandement. Est-ce vrai?

Purcell lança un regard désespéré à Sullivan. Il s'était laissé piéger.

— Non, monsieur le sénateur. Je veux dire oui, monsieur le sénateur.

— Quelqu'un a-t-il suggéré que la manœuvre était dangereuse?

Purcell reprit du poil de la bête. On lui avait clairement fait la leçon.

— Non, monsieur le sénateur. Personne n'a rien dit dans ce sens.

— Quelqu'un a-t-il insisté sur le fait que le canot pourrait être pris d'assaut par les survivants?

— Non, monsieur le sénateur.

— Ne vous est-il pas venu à l'esprit que vous auriez très bien pu revenir en arrière avec toutes les chances d'embarquer les naufragés qui se trouvaient à l'écart de la masse des survivants?

— Si, à condition qu'ils soient loin des autres.

Harbinson ne cachait plus sa lassitude. Tout le monde était las.

— Il ne vous est pas venu à l'esprit de transférer vos passagers dans d'autres canots de sauvetage et de retourner sur le lieu du naufrage avec un canot quasiment vide afin de sauver une partie de ces malheureux?

— Non, monsieur le sénateur.

— En voilà assez, décréta Smith.

Toutes les personnes présentes avaient gardé en mémoire la franchise avec laquelle s'était exprimé Harold Lowe. Pinky se retourna dans l'espoir d'apercevoir Jim. Le témoignage de Sullivan perdait toute crédibilité à la suite des mensonges de cet idiot de Purcell. Qui pouvait encore douter de la sincérité de Jim?

*

Jim, planté sur le parvis du Sénat, tira une longue bouffée de sa cigarette, les yeux rivés sur le Capitole. Son visage paraissait marqué.

— Qui…, voulut s'enquérir Pinky qui venait de le rejoindre.

— Ne me demandez plus rien, je ne vous répondrai pas, la coupa-t-il. Rien de tout ça ne pourra ressusciter les morts.

— Écoutez, Jim. Tout le monde a pu voir que ces deux types mentaient. Leur témoignage ne pèse rien à côté du vôtre.

— N'en soyez pas si sûre. Vous avez remarqué ces deux types avec des serviettes en cuir? Qui était-ce?

— Je compte bien le découvrir. Si ce sont des avocats, ils ont très mal briefé Purcell. Détendez-vous, Jim. Purcell s'est chargé de décrédibiliser leur version des faits.

— Cette femme ne renoncera pas aussi facilement. Vous savez aussi bien que moi qu'elle garde un atout dans sa manche.

— Vous voulez parler de lady Lucy?

— Bien sûr.

Pinky ne put se retenir de le consoler.

— Que peut-elle à présent? Tous ceux qui se trouvaient à bord de ce canot connaissent la vérité. Je vois mal comment elle pourrait les museler. Il se trouvera bien quelqu'un pour confirmer vos propos.

— Qui? En dehors de ce couple de danseurs et des Duff Gordon, les autres occupants du canot étaient tous des membres d'équipage. Croyez-moi sur parole si je vous affirme qu'ils les tiennent. Ces gens-là ont la force pour eux.

Il écrasa son mégot par terre avant d'allumer une nouvelle cigarette.

— Quelle importance, après tout? Personne n'ira jamais en prison à la suite de cette histoire. Je sais aussi que la plupart des passagers des autres canots ont réagi de la même façon. J'aimerais simplement que la vérité éclate. J'aimerais surtout que Tess me croie.

— Elle finira par vous croire, vous verrez.

— Vous croyez vraiment? Si elle doit choisir entre ma version des faits et celle de cette femme en qui elle voit son avenir?

— Elle ne sera pas dupe d'un tel mensonge.

Comment pouvait-elle s'exprimer avec autant de conviction? Comment pouvait-elle être aussi sûre de la réaction de Tess? Pinky peinait à croire que celle-ci n'accorde pas sa confiance à Jim.

— J'ai besoin de la voir, Pinky.

— Je me doutais que vous me demanderiez de jouer les intermédiaires, déclara-t-elle sur un ton bon enfant. Vous savez ce que vous faites, au moins?

— Plus que vous ne pourriez l'imaginer.

Face à une telle ferveur, Pinky ne savait plus que dire.

— À ce stade, poursuivit Jim, Sullivan leur a raconté ce qu'ils avaient tous envie de croire. Son témoignage est peut-être malhonnête, mais il rassure tout le monde.

Il aspira une dernière bouffée de sa cigarette, la jeta par terre et l'écrasa du pied.

— Vous comprenez? Marins et passagers font acte de bravoure en se portant au secours des naufragés, et voilà que les survivants ont la bonne idée de mourir à point. Cette version cousue main évite au grand public d'avoir des affres, elle leur fournit des héros. Le compte rendu de Sullivan les contente tous.

Il descendit les marches.

— Ne m'en veuillez pas, je suis incapable de rester là.

Pinky le regarda s'éloigner à grands pas sans tenter de le retenir.

*

Planté devant la fenêtre de la salle d'audience qui dominait le parvis du Sénat, les mains dans le dos, le sénateur William Alden Smith suivait également des yeux la silhouette du marin.

Le sénateur fut frappé par sa mine sombre et son air décidé. Il avait envie de croire à sa version des faits, tout en reconnaissant qu'il devait exister un contentieux entre Sullivan et lui. Quant à Purcell, son témoignage était une aimable plaisanterie.

Jusqu'où souhaitait-il poursuivre ses investigations ? En son for intérieur, Smith savait qu'en dépit de ce que diraient les journaux les survivants du *Titanic* souffraient pour la plupart d'avoir cédé à la peur, au lieu d'afficher leur courage. À quoi bon les harceler et dénoncer leur lâcheté ? Le suicide de ce danseur, Jordan Darling, le confortait dans ses hésitations. De l'avis unanime, Darling était un homme honorable qui avait choisi de se donner la mort afin de racheter un moment de faiblesse. À quoi bon convoquer devant la commission cette créatrice de mode anglaise pleine de morgue et son mari ? Les journaux leur avaient déjà fait payer un lourd tribut.

Bonney disparaissait dans le lointain lorsque le sénateur Smith prit sa décision.

*

La nuit achevait de tomber sur Washington à l'heure où Pinky prit place à bord du train de New York, épuisée par sa dispute avec Van Anda. Ce dernier estimait que les auditions du jour avaient opposé deux marins qui se détestaient, avec un idiot en guise d'arbitre. Pinky avait dû reconnaître que son ancien informateur, celui qui avait alimenté son article sur le comportement douteux des Duff Gordon, avait retourné sa veste. Elle ne s'était pourtant pas fourvoyée, puisque Bonney confirmait la version initiale. Le témoignage de Jim était d'autant plus crédible que le jeune homme avait tout à perdre en avouant la vérité. Pourquoi affirmer que certains naufragés avaient été repoussés à l'eau si c'était faux? Un Van Anda dubitatif l'avait accusée de vouloir transformer Bonney en héros. «Vous feriez mieux de vous concentrer sur les raisons de sa rivalité avec Sullivan.» Quant à la présence des deux avocats dans la salle d'audience, Van Anda exigeait qu'elle en apportât la preuve avant d'en informer les lecteurs. Pour finir, le rédacteur en chef du *Times* avait conseillé à Pinky de rentrer chez elle et de dormir avant de reprendre son enquête le lendemain.

— À propos, votre papier sur Lowe était formidable, lui avait-il lancé avant de raccrocher.

Tassée sur la banquette, elle se demanda si elle était en train de perdre toute objectivité. La question n'était pas de savoir qui sortirait vainqueur de cette histoire et qui paierait les pots cassés. En tant que journaliste, son rôle était de parvenir à la vérité, sans qu'il soit nécessairement question de trahir qui que ce soit. Il n'était pas toujours facile de choisir entre la vérité et la loyauté.

Pinky plia son manteau, le cala sous sa nuque, et ferma les yeux. Van Anda avait raison, elle avait besoin de sommeil. S'inquiéter du sort de Bonney n'était pas sa priorité. Elle allait devoir effectuer quelques courses avant de regagner son appartement, sachant que si elle arrivait trop tard, cette geignarde de Mme Dotson allait encore lui réclamer de l'argent.

11

Aucun journaliste ne faisait le pied de grue devant l'entrée de l'immeuble lorsque Lucile et Elinor franchirent la porte en direction de l'ascenseur. Lucile enfonça le bouton d'appel avec un soupir de soulagement.

— Je ne reste pas longtemps, j'ai rendez-vous avec mon coiffeur, déclara Elinor alors que la vieille cabine entamait sa montée. Je ne sais d'ailleurs pas pourquoi tu as souhaité que je vienne ici ce matin.

— Ta coiffure passerait-elle avant mon avenir professionnel ? Enfin, Elinor !

— J'avoue que tu as bien choisi ton moment. À l'heure où l'on célèbre les obsèques de Jordan Darling.

— Exactement. Je savais que tous les représentants de la presse s'y presseraient. Cela fait bien trop longtemps que je manque à mes devoirs, je ne peux pas me permettre de continuer à me cacher. Je loue le ciel de ne pas m'avoir imposé une nouvelle confrontation avec cette meute de rapaces. Mais je ne te retiens pas si tu veux t'éclipser, je suis entre de bonnes mains.

— Madame ! s'exclama James, surpris, en levant la tête de la table où s'empilaient les gants, chapeaux, bijoux et autres accessoires nécessaires au bon déroulement du défilé.

Tess, agenouillée à côté de lui, des épingles plein la bouche, procédait aux derniers ajustements d'une jupe sur l'un des mannequins.

— Je constate avec plaisir que vous êtes bien occupés, tous les deux, les salua Lucile avec un sourire radieux. James, enlevez-moi tout de suite cette horreur verte, ajouta-t-elle en désignant un chapeau. Cette couleur est atroce, on dirait de la bile.

— Oui, madame. Ravi de vous voir de retour, madame.

Tess se releva après s'être tant bien que mal débarrassée de ses épingles.

— Heureuse de vous revoir, déclara-t-elle chaleureusement.

— Et ce nouvel appartement, mon petit?

— Il est merveilleux, je vous suis très reconnaissante.

Davantage que reconnaissante, Tess était ravie. Son appartement de la 5e Avenue avait beau être minuscule et spartiate, c'était le sien. Elle s'était empressée de se préparer du thé en découvrant sur le plan de travail de la cuisine une bouilloire, quelques tasses et deux assiettes. À présent qu'elle disposait d'un véritable emploi à l'atelier, elle allait pouvoir payer son loyer elle-même. Elle n'aurait plus qu'à faire venir sa mère d'Angleterre, elles coudraient des rideaux ensemble et Tess serait enfin libre de construire son propre avenir.

— Où se trouve la robe de mariée?

La question de Lucile, posée d'une voix sèche, la rappela à la réalité.

— Là-bas, sur cette table. J'ai achevé de la réparer.

Lucile se lança dans une inspection détaillée du vêtement, sous le regard anxieux de Tess. James s'était prudemment reculé de quelques pas tandis que deux des mannequins observaient la scène d'un œil méfiant. Le ronronnement de la machine à coudre sur laquelle était penchée la couturière la plus proche s'était tu.

Lucile souleva la jupe avec deux doigts en tenant la robe à la lumière, le bras tendu, les paupières plissées.

— Où se trouve le jupon? demanda-t-elle.

— Je l'ai retiré car il était déchiré. La robe flotte de façon plus fluide sans jupon, précisa Tess.

— Pourquoi avoir touché au corsage?

— Il… il était également déchiré.

Elle en arrivait à bredouiller, sous le coup de l'émotion.

Lucile retourna la robe et détailla longuement le corsage en silence.

— Qu'avez-vous *fait*? s'écria-t-elle enfin d'une voix rauque qui traversa tout l'atelier. Je suis à la veille d'un défilé de première importance et vous vous permettez de modifier ma plus belle pièce, celle qui devait être le clou de la présentation? Et maintenant… maintenant…

Elle jeta la robe sur la table.

— Et maintenant, la voilà réduite à néant par l'amateurisme d'une débutante tout juste bonne à repriser des tissus, d'une cousette qui ne connaît rien aux impératifs esthétiques de la mode!

Tess s'appuya sur le rebord de la table pour ne pas flancher sous la violence de l'attaque. C'est d'une voix faible et tremblante qu'elle répondit.

— J'ai agi du mieux que je le pouvais dans le seul but de sauver cette pièce magnifique. Il m'a fallu apporter quelques modifications mineures, tout en veillant à rester fidèle à l'esprit de votre création. Je peux vous en apporter la preuve si vous autorisez le mannequin à l'enfiler.

Lucile la fusilla du regard.

— Épargnez-moi toutes ces balivernes. Vous vous êtes emparée d'une création de Lucile afin de vous l'approprier.

— De quoi te plains-tu? murmura Elinor en posant la main sur le bras de sa sœur. Tu vois bien que cette petite a réussi à sauver une robe en piteux état, comment aurait-elle pu agir autrement? À ta place, je ferais attention. L'atmosphère de l'atelier n'est pas aussi empressée que d'habitude. Ne l'as-tu pas remarqué?

Lucile repoussa la main de sa cadette.

— Tenez! ordonna-t-elle à l'un des mannequins en lui tendant la robe. Passez-moi ça, que je puisse juger de l'étendue des dégâts.

Elle se dirigea vers la piste en tendant un index accusateur vers James.

— Quand elle sera habillée, dites-lui de me rejoindre, ordonna-t-elle.

James s'empressa de transmettre les instructions au mannequin. Au passage, il glissa à Tess dans un souffle:

— Quoi qu'elle en dise, vous avez très bien travaillé.

Le soutien de James était timide, mais Tess lui en fut reconnaissante. Elle surveilla l'expression de Lucile en voyant le mannequin se diriger vers elle, les drapés de la superbe robe de mariée flottant autour de ses jambes. La création originale de Lucile n'avait rien perdu de son âme. Celle-ci, le visage fermé, ne prononça pas une parole. Jamais elle ne reconnaîtrait son erreur devant Tess.

— Pourquoi n'avez-vous pas inversé les coutures latérales, pour l'amour du ciel?

— Je n'y ai pas pensé.

— Je ne vois pas comment je pourrais présenter cette pièce comme le clou de ma collection.

Les joues de Tess virèrent à l'écarlate. Quand bien même le personnel serait de tout cœur avec elle, elle se sentait mortifiée.

— Vous avez encore beaucoup à apprendre, mon petit.

— Je n'en doute pas.

— Que je ne vous reprenne pas à manifester une telle audace.

Une fois de plus, Tess se sentait sur le fil du rasoir. Elle retint son souffle.

Lucile se leva soudain en lissant les plis de sa jupe d'une main décidée.

— Nous ferons avec. Tess, faites donc une tâche dont vous êtes capable, pour une fois. Passez-moi à la vapeur les voiles des chapeaux. Ils sont horriblement froissés.

— Oui, madame.

— Je vous rappelle à tous que le défilé a lieu dans quelques jours à peine, déclara Lucile à la cantonade en tapant dans ses mains alors qu'elle gagnait son bureau. Au travail !

*

— Lucile, j'aurais aimé vous parler, s'enhardit Tess.

Leur journée achevée, les deux femmes venaient de quitter l'immeuble abritant l'atelier.

— Je suis *bien* trop fatiguée pour me lancer dans des bavardages futiles après avoir passé des heures à tout remettre en ordre.

— J'ai fait de mon mieux pour vous aider. Je suis désolée de ne pas avoir été à la hauteur.

Lucile, la mâchoire serrée, regardait fixement l'automobile qui l'attendait le long du trottoir.

— Soyez là demain matin à 8 heures, décréta-t-elle. *Et je vous prie de ne plus m'appeler par mon prénom.*

Sur ces mots, lady Lucy Duff Gordon se glissa sur la banquette arrière de la voiture dont Farley lui tenait la portière, le visage impénétrable.

*

Tess poussa la clé dans la serrure, pressée de retrouver son appartement. Après avoir passé à la vapeur les voilages des chapeaux, elle avait repassé des ourlets des heures durant avant de nettoyer le sol et de vider les corbeilles qui débordaient de restes de tissu. Tout sauf manier l'aiguille, découper des patrons, participer aux essayages. Du travail de femme de ménage. Histoire que madame prouve bien à tout le monde qu'elle restait la patronne et la créatrice. Comme si les employés avaient pu en douter. Tess s'était donné le plus grand mal pour sauver cette création magnifique, et elle avait échoué. Restait à savoir si elle échouerait toute sa vie.

Le pêne tourna dans la serrure, la porte s'ouvrit comme dans un rêve, et Tess s'avança dans son refuge. Elle alluma la lumière, repoussa le battant contre lequel elle s'adossa avec soulagement. Elle avait éprouvé les plus grandes difficultés à conserver son masque de domestique toute la journée. À un moment, levant les yeux alors qu'elle ramassait de vieux bouts de tissu par terre, elle avait remarqué que Lucile l'observait avec cette expression indéchiffrable qu'elle lui connaissait bien. Une expression qui ne s'apparentait pas à de la colère, une expression dont elle avait cru un instant qu'elle pourrait les rapprocher.

Tess s'approcha du buffet en caressant machinalement la surface de la table. Aucune nouvelle de Jim. Ne plus y penser. Surtout, ne plus y penser. Il aurait déjà trouvé le moyen d'entrer en contact avec elle s'il l'avait vraiment souhaité. Autant s'y habituer, elle allait devoir se débrouiller seule.

Elle poussa un soupir et balaya la pièce des yeux. Si ce petit appartement constituait son viatique pour une existence indépendante, il lui fallait découvrir ce que Lucile attendait d'elle. Tout le monde autour de la créatrice se coulait dans le moule de ses exigences fluctuantes. Dans ces conditions, comment Tess aurait-elle pu deviner de quelle marge de manœuvre elle disposait ? L'atelier de madame était-il un tremplin vers la réussite, ou bien annonçait-il une autre forme de servitude ? Tess était-elle en train d'intégrer les rangs de ceux qui flattaient adroitement la grande créatrice de mode ? La jeune fille se sentit soudain lasse. Elle décida que le mieux était encore de travailler dur. Ses pensées la ramenèrent à Jim.

Où se trouvait-il en ce soir de misère? Elle ferma les yeux et s'imagina dans une calèche, tout contre lui. Elle s'en voulait de ne pas lui avoir envoyé de message. Pourquoi diable avait-elle refusé la proposition de Pinky?

Elle mit de l'eau à bouillir, puis elle but son thé à petites gorgées tout en observant la rue par la fenêtre. Elle commençait à recouvrer son calme, au point de se souvenir qu'elle n'avait rien à manger. Elle avait remarqué sur le chemin un petit marché, à quelques rues de là. Elle n'en aurait que pour quelques minutes. Elle vida sa tasse de thé et récupéra son sac, presque rassérénée à l'idée que ce coin de paradis était le sien, et qu'elle en possédait la clé.

*

Le commerçant derrière son étal tenait un poulet défraîchi d'une main et un gigot de l'autre.

— Lequel? demanda-t-il.

Faute de mieux, Tess tendit le doigt en direction du gigot en souhaitant que le four de l'appartement fonctionne. Elle prit quelques pommes de terre et un peu de pain, heureuse de faire ses propres courses. Elle aurait volontiers mangé des fruits, mais les pommes étaient ridées.

Elle hésitait, la main en l'air, lorsqu'une voix se fit entendre derrière elle.

— Prenez plutôt une orange. Elles ont l'air bien meilleures.

Elle sursauta tant cette voix lui paraissait familière. Elle se retourna vivement et se trouva nez à nez avec un client. Une cicatrice encore récente dessinait une fine ligne carmin du front à la pointe de l'oreille, sans altérer le charme de son sourire. Ses cheveux grisonnants soigneusement ramenés en arrière, son costume toujours impeccable, il restait fidèle à l'image qu'elle avait gardée de leur dernière soirée à bord du *Titanic*. Jack Bremerton tenait une orange dans le creux de sa main retournée.

— V… vous, bredouilla-t-elle.

— Bonsoir, mademoiselle Collins.

Il eut un petit sourire en coin à la vue du gigot dont l'os dépassait du sac de la jeune fille.

— Il a l'air appétissant.

— Que faites-vous ici ? Comment…

— Je me suis arrangé pour vous retrouver. Comment vous portez-vous ?

Était-ce possible qu'il soit là, devant elle ? Qu'il lui parle avec sa décontraction et son assurance habituelles ?

— Je n'arrive pas à y croire, trouva-t-elle la force de prononcer. On m'avait pourtant annoncé que vous aviez survécu au naufrage.

— J'ose espérer que vous êtes aussi contente que moi de vous voir.

— Oui. Bien sûr.

Elle crut sentir flotter jusqu'à ses narines l'air iodé de cette nuit au cours de laquelle ils avaient arpenté ensemble le pont du *Titanic*. Le son de sa voix éveillait en elle des souvenirs vibrants.

— Comment se fait-il que vous vous trouviez ici ? Je vous vois mal vivre dans ce quartier.

Elle l'imaginait plus volontiers dans l'une des demeures grandioses de la partie haute de la 5e Avenue, loin de ce quartier peuplé d'ateliers et d'appartements modestes.

— J'ai un bureau dans le Flatiron Building. À présent que je vous ai retrouvée, j'ai une proposition à vous faire. Sans vouloir mépriser ce gigot, me feriez-vous l'honneur de dîner avec moi ?

— Avec grand plaisir, s'entendit-elle répondre.

— J'y mets une condition, poursuivit-il d'une voix douce. Que vous acceptiez de m'appeler Jack.

— Eh bien…

— Est-ce encore trop tôt? Je comprends.

Un vrai gentleman. Tess reposa le gigot et les pommes de terre sur le panier de pommes et ils quittèrent le marché ensemble, au grand étonnement du marchand. Elle avait l'impression d'être en plein rêve.

*

Le restaurant sur lequel ils jetèrent leur dévolu, Sherry's, se trouvait au coin de la 5ᵉ Avenue et de la 44ᵉ Rue. Tess le voyait encore plus grandiose que celui du Waldorf. Un plafond stratosphérique orné de moulures, des vasques et des lustres de cristal, des tables recouvertes de nappes immaculées, des serveurs qui chuchotaient respectueusement en prenant la commande de convives aussi élégants que les lustres. Elle observa longuement le décor avec un plaisir évident, sans chercher à dissimuler son ravissement.

— L'Amérique est le pays de tous les excès, reprit Bremerton. Et nous n'aimons rien tant que copier les Anglais.

— Je me demande bien pourquoi, alors que tout le monde chez nous ne songe qu'à vous copier.

Un verre bombé de forme délicate à la main, elle savoura une gorgée du tout premier martini qu'elle goûtait de sa vie. Le cocktail, étrangement sec, lui laissa un léger parfum de plante sur la langue avant de se dissiper.

— Vous n'hésitez jamais à laisser percer vos pensées, rit Bremerton.

— Cela m'arrive, mais pas ce soir.

— J'imagine que vous avez bien des impressions à partager. Ah! Voici nos homards.

Un crustacé rouge vif trônait au milieu de l'assiette qui venait d'apparaître par miracle devant elle, les pinces en avant, ses minuscules yeux noirs figés par l'eau bouillante. Elle fixa longuement le plat en se demandant comment elle devait s'y prendre.

— Laissez-moi vous montrer, proposa-t-il avec beaucoup de gentillesse.

Un casse-noix à la main, il arracha l'une des pinces dont s'échappa un peu de chair ferme. Puis, s'aidant d'un ustensile allongé comme Tess n'en avait jamais vu, il extirpa de la pince un gros morceau qu'il présenta à sa compagne. Tess le goûta sans une hésitation. La chair était délicieuse. Le temps d'avaler une nouvelle gorgée de martini, elle lui fit le récit de ses premières expériences auprès de la très colérique Lucile. Alors qu'elle s'appliquait à peser chaque mot depuis son arrivée dans ce pays inconnu, elle s'aperçut qu'elle n'éprouvait aucune difficulté à s'exprimer devant Jack.

— Vous me posez toutes sortes de questions, dit-elle enfin, mais vous ne me dites rien de vous.

— Moi? Je suis l'archétype du *self-made man* américain, répondit-il avec un haussement d'épaules. Il m'arrive régulièrement d'aller à l'opéra, mais si vous voulez vraiment que je sois dans mon élément, faites-moi parler de la Ford T. Une automobile extraordinaire, que nous équiperons bientôt d'un compteur de vitesse et d'un klaxon.

— Intéressant, réagit timidement Tess.

— Le progrès est une notion merveilleuse. Le monde est en train de changer, et nous disparaîtrons tous si nous n'acceptons pas de changer à son rythme.

La soirée s'écoula comme dans un rêve. À compter du deuxième verre de martini, Tess veilla à ne boire que de petites gorgées prudentes en constatant que l'alcool donnait un éclat inhabituel au décor de la salle. La jeune femme flottait sur un nuage étincelant, elle ne se lassait pas de constater que l'homme avec lequel elle dînait s'intéressait sincèrement à ce qu'elle lui disait.

Pas une seule fois ils n'évoquèrent le naufrage du *Titanic* et la fin de traversée sur le *Carpathia*, même de façon incidente. Ils se levaient de table lorsque Tess s'en étonna.

*

— J'aimerais beaucoup vous revoir, déclara-t-il à l'heure de la laisser devant sa porte.

— Moi aussi.

Ils s'observèrent quelques instants en silence, les yeux dans les yeux.

— Je vous ai cherché sur le *Carpathia*, finit-elle par lui avouer.

— Votre intérêt me touche beaucoup.

— Je n'arrivais pas à me persuader que vous étiez mort. Je ne voulais pas le croire.

La jeune fille se tut, la gorge nouée.

— Ma mort n'aurait pas déplu à tout le monde.

Tess repensa à l'épouse de Jack. Comment cette femme avait-elle pu ne pas porter le deuil d'un homme tel que lui?

— Je mentirais en affirmant me souvenir de ce qui s'est passé quand j'avais perdu la tête, à bord du *Carpathia*. Mais si j'avais su, lors de cette dernière soirée sur le *Titanic*, ce que je sais aujourd'hui, je ne me serais pas comporté de façon aussi bien élevée. Je vous aurais embrassée, Tess. Je vous aurais prise dans mes bras et je vous aurais embrassée.

Le temps d'une poignée de secondes, seul se fit entendre le souffle mélangé de leurs deux respirations.

— M'y autorisez-vous ce soir? osa enfin Jack.

— Oui.

Il attira Tess à lui et chercha ses lèvres des siennes. Qu'aurait pu dire Tess? Elle se contenta de se hisser sur la pointe des pieds et de lui rendre son baiser.

*

Tard cette nuit-là, allongée sous son édredon, la jeune fille fixait le plafond de sa chambre, savourant dans sa tête la sonorité de son prénom murmuré par Jack d'une voix rauque, sur un mode intime. Incapable de trouver le sommeil, elle s'assit dans son lit et tourna son regard vers la fenêtre. Comment un gentleman tel que Jack pouvait-il s'intéresser à elle? D'autant qu'il était nettement plus âgé qu'elle. Il avait probablement dépassé la quarantaine. Elle l'avait trouvé plus serein et sûr de lui que jamais. Jamais elle n'avait croisé la route d'un homme comme lui. Et voilà qu'il l'avait prise dans ses bras et l'avait embrassée. Il n'avait rien exigé, n'avait marqué aucune hésitation, ses doigts n'avaient pas tremblé. En outre, il souhaitait la revoir. Qu'aurait-elle pu rêver de plus? Comment osait-elle entretenir dans sa tête les pensées qui l'agitaient?

Mais il y avait Jim. Elle enfonça son visage dans l'oreiller avec l'espoir vain de chasser de sa tête l'image du marin. Jim était là, à côté d'elle. Elle tenta de se reprendre, furieuse contre elle-même. Elle n'avait aucune raison de se sentir déchirée. Elle n'était pas fiancée à Jim, tout de même! Elle n'avait aucune raison de se sentir coupable. Les deux hommes n'auraient pu être plus différents. Jim n'avait rien d'un gamin de la campagne comme elle l'avait cru initialement, il valait infiniment mieux, mais Jack était un homme du monde. Il incarnait la différence, la nouveauté. Et pourtant… pourquoi diable Jim n'avait-il pas essayé de la contacter? Où qu'il se trouve, pouvait-il l'avoir oubliée? Elle revit dans sa tête cet instant partagé qui les avait vus adresser une prière hésitante à Dieu au nom de la mère et de son bébé décédés. Elle repensa à la délicatesse avec laquelle il avait sculpté ces jouets improvisés en quelques coups de couteau habiles. Elle revécut en pensée ces instants délicieux où ils avaient bondi d'un même élan dans les allées de Central Park. Pouvait-elle être aveuglée par l'éclat de la vie de Jack? Dans ce cas, où était Jim?

Assez réfléchi. Elle tapa du poing dans son oreiller. Elle ne trouverait pas le sommeil cette nuit.

*

New York
Vendredi matin, 26 avril

Le petit vendeur de journaux, à son poste habituel devant l'épicerie, courait de droite et de gauche dans le soleil du matin en hurlant à tue-tête les gros titres du jour. Intrigués, les passants faisaient pleuvoir dans sa poche des pièces de cinq et dix *cents*.

Derniers développements! L'audition des survivants du Titanic *fait l'effet d'une bombe! Les marins du canot de la millionnaire se livrent à une lutte sans merci! Les toutes dernières nouvelles!*

Tess fouilla son sac à la recherche de pièces de monnaie et se retira dans le fond de la boutique avec le *Tribune* et le *Times*. «Les naufragés ont-ils été poussés hors du canot n° 1? Les marins s'accusent entre eux», titrait le *Tribune*, en publiant à la une des portraits de Jim et de Sullivan. Suivait un sous-titre choc: «Lequel des deux a menti?»

L'intitulé de l'article de Pinky était moins criard: «Deux des marins du canot n° 1 donnent des versions contradictoires, un troisième s'embrouille.»

Elle lut rapidement les comptes rendus en tournant d'une main tremblante les pages qui sentaient encore l'encre fraîche. Jim, Jim… Es-tu sûr de ce que tu as vu? Qui donc accuses-tu? Elle releva la tête, persuadée que le trottoir, de l'autre côté de la vitre, était mouillé de pluie alors qu'il brillait à travers ses propres larmes. Refuser de retourner sur le lieu du naufrage était déjà un acte lâche, infamant, effrayant. Mais repousser à l'eau des naufragés? Dans quelles conditions? Par cruauté, ou sous l'effet de la panique? Il faisait très noir cette nuit-là, il était difficile d'apercevoir quiconque dans l'eau, ainsi qu'elle avait pu s'en apercevoir dans son propre canot qui débordait de survivants. Jim n'avait pas accusé directement les Duff Gordon, avec la générosité qu'elle lui connaissait. Il s'était contenté de répondre aux questions qui lui étaient posées, sans diaboliser personne. En fin de compte, quel était le protagoniste le plus vulnérable du drame qui s'était joué là? Lui.

Elle sortit de l'épicerie, jeta les journaux dans la poubelle la plus proche et prit le chemin de l'atelier en essayant d'entendre dans sa tête la voix de Jim. Elle aurait tant voulu la conserver précieusement dans sa mémoire, mais elle lui échappait, perdue au milieu de l'espace.

Lucile, dans le loft, épinglait de nouvelles épaisseurs de tulle sous la jupe de la robe de mariée, en remplacement de celles que Tess avait découpées.

— Bonjour, fit Lucile d'une voix égale. Avez-vous lu les journaux?

— Oui.

— Je ne m'étais pas trompée sur le compte de votre ami marin. Il était donc bien à l'origine des informations publiées dans le premier article. Sans doute s'imagine-t-il nous posséder, mais nous n'avons pas l'intention de baisser les bras. Le soutien de M. Sullivan nous est précieux. Quant au troisième, il aura agi de son mieux, avec le peu d'intelligence dont il dispose.

Tess ne put s'empêcher de réagir :

— C'est Sullivan qui a fourni les informations pour le premier article, et non Jim. Pinky Wade me l'a confirmé elle-même. Personnellement, je ne crois pas un mot des dires de cet homme.

— Vraiment? Dans ce cas, qui croyez-vous? Votre marin qui nous accuse de meurtre? Vous me tenez donc responsable de toute cette histoire?

— Non, car je ne sais pas ce qui s'est passé dans votre canot.

Lucile déroula plusieurs mètres de tulle sur la table et découpa la mousseline à l'aide d'une paire de ciseaux.

— Je vous conseille de savoir le plus rapidement possible. Ce Bonney a décidé de nous détruire, n'essayez pas de le nier.

Tess était allée trop loin pour reculer.

— Je vois mal comment il aurait pu éviter de répondre aux questions des sénateurs, puisqu'il était convoqué devant la commission.

Lucile se figea dans son travail, la paire de ciseaux en l'air.

— Oh, je vous en prie, Tess. Ses intentions sont évidentes. Vous le savez bien, votre marin est un individu véhément, rongé par l'amertume. Je ne serais pas étonnée qu'il ait refusé le petit cadeau que nous lui proposions de façon calculée, dans l'espoir d'obtenir davantage. Par le chantage, évidemment. Qu'en penseraient les journaux, à votre sens?

— Ce n'est pas un maître chanteur, répliqua Tess en s'efforçant de rester calme.

— Cessez donc de prendre sa défense. Nous n'avons rien fait de mal. Sullivan et Purcell se sont clairement exprimés à ce sujet. Quant à Bonney, il nous fait payer ses propres états d'âme.

— Je n'en crois rien.

— Je cherche simplement à dire que dans le contexte exacerbé, et passionné, dans lequel nous nous trouvons tous depuis le naufrage de ce maudit paquebot, il est aisé de formuler des jugements tranchés. Voyez donc la façon dont nous avons été traités par la presse.

Son regard s'assombrit.

— Vous nous prenez donc pour des gens malveillants? Vous croyez sincèrement à ces terribles accusations? Oui ou non?

— Non, murmura Tess, le cœur gros. Vous n'êtes pas des gens malveillants, mais il vous arrive…

— Je vous remercie, mon petit. Vous me voyez soulagée.

Lucile passa brusquement de la tristesse à l'exubérance.

— J'ai une idée. Je souhaiterais vous confier un travail, j'espère que vous l'accepterez. Lors du défilé, j'aimerais que vous soyez la vitrine de cette maison. Vous serez ma vendeuse! Vous êtes taillée pour ce rôle. Vous connaissez parfaitement l'ensemble de mes collections, vous n'aurez qu'à les annoncer. J'avais pensé vous demander de servir le thé et les biscuits à tous nos amis présents, mais quelqu'un d'autre s'en chargera. Cela vous fera beaucoup de publicité.

C'est tout juste si Tess entendit la proposition.

— Je sais à quel point nous étions tous terrifiés cette nuit-là. Mais de là à comprendre que l'on puisse repousser des gens sous l'effet de la peur…

— Cela s'apparenterait à un meurtre, mon petit. Alors, que dites-vous de ma proposition?

— Laquelle?

— Vous promouvoir en vendeuse. Vous n'écoutiez donc pas?

— Mon Dieu, c'est très généreux de votre part, mais…

— Dans ce cas, c'est décidé. À présent, oublions le passé et ne pensons plus qu'à l'avenir.

La jeune fille s'apprêtait à répondre lorsqu'une voix s'interposa:

— Tess.

Elinor, de retour dans l'atelier, était appuyée contre l'une des tables, une coiffure élaborée sur la tête, les bras croisés.

— Je suis désolée de vous interrompre, mais voulez-vous bien venir avec moi chercher des nappes de lin

304

pour le défilé? Un peu de shopping nous fera du bien à toutes les deux. Cela me fera du bien, en tout cas. Je commence à en avoir assez des chambres d'hôtel, des coupons de tissu et des machines à coudre.

Tess se tourna vers Lucile, en quête de son approbation, mais elle était occupée à lisser du plat de la main la longueur de tulle qu'elle avait découpée. Ses ongles laqués de rouge dessinaient des taches de sang sur le tissu vaporeux. La discussion était terminée. Provisoirement, tout du moins.

— Je vous suis, acquiesça la jeune fille.

*

Farley tint la portière à Elinor qui s'engouffra dans la voiture, suivie de Tess. Cette dernière s'enfonça dans le cuir moelleux de la banquette. Quelques jours plus tôt, elle était encore éblouie par le luxe de cette machine rutilante et silencieuse, habillée d'une sellerie somptueuse. Des jours aux allures d'éternité.

— Herald Square, Farley, ordonna Elinor au chauffeur en s'installant à son tour confortablement.

Elle se tourna vers sa voisine.

— Je suis arrivée au bon moment, déclara-t-elle tout de go. Vous couriez droit dans le mur avec Lucy. Mais vous le savez déjà.

— J'ai admiré votre sœur dès le premier jour, mais j'avoue ma déception aujourd'hui. Je ne connais pas la vérité, mais je sais en revanche que Jim n'est pas un menteur.

Les mots étaient sortis tout seuls, avec une facilité inattendue. Elinor avait le don de faciliter le dialogue.

— J'en ai bien conscience, mais vous ne connaissez pas encore assez Lucy.

— Chaque fois que je m'imagine la comprendre, elle trouve le moyen de me désarçonner.

— J'ai prévenu Lucy. Je lui ai bien expliqué que vous ne resteriez pas éternellement à ses pieds, tel un agneau tremblant sous le regard d'une déesse, rit Elinor. Puis-je me montrer franche ?

Tess lui donna son consentement d'un hochement de tête.

— Ma sœur vit dans un monde fragile. Elle n'en est pas consciente elle-même. Il ne s'agit pas uniquement de l'affaire du *Titanic* et de toute la funeste publicité qui s'y rattache. C'est que… Seigneur, il me faut absolument une cigarette, je ne crois pas en avoir.

Elle fouilla désespérément son sac et laissa échapper un petit cri de plaisir en découvrant au fond une cigarette légèrement tordue dont s'échappaient des brins de tabac. Elle s'empressa de l'allumer.

— Que disais-je ?

— Vous affirmiez qu'il ne s'agissait pas uniquement du *Titanic*.

— Ah, oui. Voyez-vous, quiconque s'autorise à déclarer de nos jours qu'une femme a de vilains genoux ne connaît rien à la mode actuelle. Il ne fait aucun doute que les jupes finiront par raccourcir, ce qui n'empêche pas Lucy de trouver cette idée grotesque. Ma pauvre sœur se trompe lorsqu'elle s'imagine incarner une marque irremplaçable. Toutes ces dentelles, tout ce tulle, sans parler des *noms* dont elle affuble ses robes. Mon Dieu !

— Je me suis posé la question hier. Je me demandais si elle avait peur.

— Peut-être. Vous avez également pensé qu'elle vous traitait en esclave. Je me trompe ?

Tess acquiesça silencieusement, la gorge nouée.

— Eh bien, vous aviez raison. Elle vous a traitée d'une façon indigne, alors que vous aviez sauvé sa robe de mariée. Vous en avez conçu un certain ressentiment. Ai-je raison, là encore ?

— Oui.

— Je m'en doutais. Cela dit, ne vous fourvoyez pas. Elle peut vous enseigner beaucoup sur ce métier. Vous possédez un certain talent, vous avez un avenir dans la mode si vous le désirez. Et j'ai cru deviner que vous le désiriez.

— Bien sûr, il ne me viendrait pas à l'idée de le nier.

— Pourtant, vous commencez déjà à vous rebeller.

Tess tourna son regard en direction de la vitre.

— Je suis désolée. Je vous l'ai dit, j'ai désormais du mal à éprouver de l'admiration pour elle, répondit-elle, ajoutant dans son for intérieur qu'elle peinait surtout à démêler la vérité du mensonge.

— Pour l'amour du ciel, Tess ! Vous ne lui auriez jamais mangé dans la main. Comprenez-moi bien. Elle se bat contre une situation qu'elle refuse d'accepter. Vous le voyez bien. Les clients commencent à s'éloigner. Lucy est convaincue que ce désaveu est lié à toute la publicité négative faite autour de cette affaire, mais je n'en suis pas si sûre. D'autres clients se sont décommandés hier. J'essaie de convaincre Mary Pickford de ne pas imiter leur exemple, mais elle se montre très vague. Si le défilé de New York est un désastre, Lucile en paiera le prix très cher à Paris et Londres, et elle ne s'y attend pas.

Elle prit la main de Tess dans la sienne.

— Faites preuve d'un peu de compassion, Tess. Je sais que Lucy s'est montrée ingrate et dure, mais elle a besoin de vous.

— En quoi pourrait-elle avoir besoin de *moi* ?

— Eh bien… la situation devient compliquée.

— J'entends me montrer loyale avec elle, répondit doucement Tess. J'ai bien peur qu'elle m'imagine différemment de ce que je suis réellement. Sur le bateau, elle parlait de me découper en bandes, comme un coupon de tissu, de façon à me redessiner.

— Et cela vous a perturbée ?

— Pas sur le moment. Aujourd'hui, oui.

Elinor fit entendre un petit rire.

— Vous ne voyez donc pas, ma chérie? Ma sœur est votre Pygmalion.

— Je ne comprends pas.

— Aucune importance. Il s'agit d'un mythe ancien. Dans un autre registre, quelle importance revêt ce marin à vos yeux?

La question prit Tess par surprise.

— Nous sommes amis. Du moins, je le croyais.

Elle fut la première étonnée de tant de pudeur. Pourquoi se montrer aussi rigide et froide? Elle décida de corriger le tir.

— Je ne voudrais pas qu'il lui arrive quelque chose. C'est un garçon honorable.

— Dans ce cas, rassurez-vous. Les garçons honorables survivent toujours.

Elinor tapota la vitre d'un ongle laqué.

— Farley? Vous nous déposerez chez Macy's.

Elle posa sur Tess un regard brillant.

— Vous verrez, c'est un magasin formidable. Vous allez adorer. Il appartient à la famille Straus.

Comme Tess fronçait les sourcils, elle précisa :

— M. et Mme Isador Straus, ma chérie. Ils ont péri lors du naufrage du *Titanic*.

Quelques heures plus tard, les deux femmes regagnaient l'atelier avec des cartons entiers de nappes et de napperons de lin. Tess avait ouvert des yeux éblouis en découvrant l'immense magasin. Des hectares de marchandises les plus diverses, une clientèle bigarrée qui circulait entre les étals en riant, des vendeurs aux bras chargés de vêtements, des jeunes filles essayant des gants amoncelés à même les comptoirs, des femmes habillées de jupes qui laissaient deviner leurs mollets…

— Souvenez-vous de ce que je vous expliquais tout à l'heure, avait déclaré Elinor à un certain moment en montrant du menton une femme du monde en train d'essayer un chapeau. Cette femme, par exemple, ne sera jamais cliente chez Lucy. Toutes les collections présentées ici sont prêtes à porter. L'avenir se trouve là, et non dans les mousselines.

Occupée à décharger des paquets, Tess ne remarqua pas immédiatement la présence de Pinky devant l'entrée de l'immeuble de Lucile. Habillée comme l'as de pique, elle portait le même cabas informe en bandoulière.

— Ils refusent de me laisser monter, annonça-t-elle sur un ton enjoué. Mme Duff Gordon m'a fait dire qu'elle fuyait désormais les journalistes.

— Elle a du travail, c'est tout, répliqua Elinor avec désinvolture en poussant la porte, les bras chargés. Montez, vous n'aurez qu'à discuter avec Tess.

— Vous êtes sa porte-parole, à présent? s'enquit Pinky en posant de grands yeux sur Tess.

Son expérience de journaliste lui avait enseigné que tout était possible. Les gens changeaient de camp à la première occasion.

— Bien sûr que non, s'empressa de rectifier Tess.

— Pas du tout, confirma Elinor. Tess est simplement au courant des préparatifs du défilé. C'est bien pour cette raison que vous êtes là, non?

Comme les trois femmes se trouvaient déjà dans l'ascenseur, Pinky ne vit pas l'intérêt de simuler une curiosité quelconque pour les créations de Lucile.

— Vous êtes sa sœur, c'est bien ça? demanda-t-elle à Elinor qui refermait la porte de la cabine. Je ne crois pas que nous nous soyons déjà rencontrées. Je m'appelle Pinky Wade, je couvre les auditions de la commission d'enquête sur le naufrage du *Titanic* pour le compte du *Times*.

— Je vois. Dans ce cas, vous êtes venue ici dans l'intention de provoquer chez ma sœur une crise d'apoplexie. Le moment est mal choisi.

Elles venaient d'arriver au loft et Elinor tint la porte aux deux autres occupantes de la cabine.

— Tess, déclara-t-elle chaleureusement, je vous laisse vous débarrasser de vos paquets sur cette table avant de raccompagner Mlle Wade au rez-de-chaussée. Merci d'avance.

Tess allait obtempérer lorsqu'elle constata que l'ascenseur était redescendu.

— Eh bien, du moins aurai-je eu un petit aperçu du refuge secret de la grande créatrice, commenta Pinky en observant la ruche qui l'entourait.

Tess en profita pour se lancer, jugeant qu'elle n'avait pas de temps à perdre en préliminaires.

— Je serais curieuse de savoir si vous étiez au courant de ce qu'il allait déclarer lors de son audition.

— Pas du tout. Je sais juste que ce témoignage lui a beaucoup coûté.

— Votre article était de loin le meilleur.

Pinky lui manifesta sa reconnaissance d'un coup d'œil.

— Je vous remercie. Il n'est pas toujours facile de se montrer objective, surtout lorsque vos convictions personnelles vous poussent dans un sens précis.

— Comment va-t-il? s'inquiéta Tess.

Elle avait bien conscience de se mettre à nu, mais elle pouvait se le permettre, sachant que Pinky se trouvait dans le même camp qu'elle.

— À peu près bien, même si personne n'aime être traité de menteur. Sullivan et Purcell se sont fait beaucoup de tort en donnant des versions contradictoires. Quant à mon article de demain, je le consacre aux avocats présents dans la salle d'audience. Figurez-vous qu'ils appartiennent au cabinet qui représente les Duff Gordon. Curieuse coïncidence, non?

Tout en parlant, elle continuait d'examiner le loft dans ses moindres détails.

— Je suis convaincue que les Duff Gordon ont cherché à influencer les témoins, sans être en mesure d'en apporter la preuve, malheureusement.

L'ascenseur s'arrêta avec un grincement derrière les deux jeunes femmes qui s'empressèrent de prendre place à l'intérieur de la cabine.

Pinky fouilla son sac furieusement.

— Je suis désolée, je n'ai pas beaucoup dormi la nuit dernière et je ne ressemble à rien. C'est encore pire que d'habitude.

Elle tira du cabas un peigne auquel il manquait plusieurs dents et se coiffa distraitement.

— Comme le dit Jim, les gens choisissent de croire ce qu'ils veulent et d'y mettre la vérité qui les arrange. J'ai besoin de preuves, je m'y emploie actuellement. S'il en existe, ce dont je suis persuadée, je finirai par les dénicher.

— J'aimerais croire que vous vous trompez, réagit Tess d'un air pensif. Je ne dis pas pour autant que c'est la vérité.

— Tess, vous êtes la sagesse incarnée.

La remarque fit sourire Tess.

— Vous auriez besoin d'un nouveau peigne.

Pinky examina distraitement celui qu'elle tenait à la main.

— C'est peut-être ce qui explique mon allure.

Elle jeta le peigne au fond de son sac. Il était temps de transmettre le message qui lui avait été confié.

— Jim souhaite vous voir. Il en a besoin.

— Dans ce cas, pourquoi n'a-t-il pas pris la peine de venir me voir avant son départ pour Washington? Il a disparu comme un voleur, sans un mot, répliqua Tess, qui avait mal vécu le rejet du marin.

— Je suis étonnée de ce que vous me dites. Il m'a affirmé à Washington avoir tenté de vous contacter, répondit Pinky. Il vous a laissé un message à l'accueil du Waldorf. On ne vous l'a pas transmis?

— Jamais de la vie.

Il avait donc cherché à la revoir. Au soulagement succéda la consternation. Elle avait autorisé Jack à l'embrasser. Elle s'était surtout autorisée elle-même à se rêver un autre avenir.

— Vous ne lui en voulez pas de son témoignage ? s'enquit Pinky.

— Vous voulez dire, d'avoir eu le courage de se rendre devant la commission et de dire ce qu'il pensait ? Bien sûr que non. Comment pourrais-je lui en vouloir ?

— Je ne sais pas, je vous ai vue défendre Mme Duff Gordon avec tant de conviction. Jim est persuadé que vous ne voudrez plus jamais le voir.

— Jamais je ne serais capable d'une telle réaction. Je ne veux pas qu'on lui fasse du mal, articula péniblement Tess.

— À mon avis, il s'en tirera mieux que les autres membres d'équipage. J'ai la conviction que les Duff Gordon ont demandé à leurs avocats de luxe de briefer soigneusement Sullivan. En fin de compte, c'est vous qui êtes entre le marteau et l'enclume.

Pinky avait le don de mettre le doigt sur les angoisses de Tess.

— Pas du tout, voulut-elle se justifier.

— Accepteriez-vous de le rencontrer dès qu'il aura reçu l'autorisation de la commission de revenir à New York ?

— Bien sûr.

Il lui restait à espérer que Pinky, avec son sixième sens, n'ait pas perçu son ton hésitant. Jamais elle n'aurait pu lui en expliquer la véritable raison. Elle détourna la tête afin d'échapper au regard scrutateur de la journaliste.

— Je vous laisse, je dois remonter.

— Si j'ai bien compris, conclut Pinky avec une lueur amusée dans les yeux, j'ai peu de chance d'être admise

312

là-haut. À moins d'être envoyée par le journal pour couvrir le défilé.

*

Tess sortait à peine de l'ascenseur qu'elle tomba sur Lucile. Cette dernière lui fit signe de la suivre dans son bureau.

— À la suite de ce que vient de me rapporter Elinor, je tiens à vous dire à quel point je vous apprécie. Je souhaite que vous vous plaisiez ici.

Elle s'exprimait sur un ton détaché, les mains sagement croisées devant elle.

— Elinor me dit également qu'à moins de vous en convaincre vous nous quitterez. Est-ce exact?

— Oui, c'est exact, répondit Tess avec sincérité.

— Vous seriez prête à renoncer à votre avenir ici, à votre appartement?

— Je trouverai, au besoin, le moyen de m'inventer un autre avenir.

Le visage de Jack s'imposa dans sa tête, elle revit en pensée le baiser qu'ils avaient échangé.

— Je constate que vous ne manquez pas de cran, Tess. Tout dépendra donc des circonstances, je suppose. Cela dit, je puis vous assurer de ma sincérité. Je tiens à vous et je n'ai pas l'intention de nuire à votre marin, tout en restant convaincue que vous méritez mieux que ce garçon.

Une fois de plus, Lucile se montrait à la fois autoritaire et conciliante. Les deux femmes s'affrontèrent du regard. Tess constata que ses genoux ne tremblaient pas, ce qui était bon signe.

— Un avertissement, toutefois.

Tess attendit la suite.

— Vous devez me promettre de ne rien tenter qui puisse me nuire.

— Bien entendu, s'empressa de répondre la jeune fille.

— Bien, fit Lucile, que l'on sentait désarçonnée, hésitante.

— Je retourne travailler, lui dit Tess d'une voix douce, prête à quitter la pièce.

— À propos, vous êtes bien trop maigre, mon petit. Vous n'êtes pas un mannequin, que diable.

Ce fut au tour de Tess de rester sans voix. La main sur la poignée de la porte, elle se dandinait d'un pied sur l'autre d'un air perplexe.

— Je n'ai guère d'appétit en ce moment, finit-elle par balbutier.

Lucile s'engagea subitement sur le registre d'une exubérance enjouée.

— Il est vrai que nous traversons une période difficile. À présent, laissez-moi vous parler d'un défi que vous allez adorer. Peut-être n'en éprouverez-vous pas l'envie, mais vous gagneriez beaucoup à le relever. Vous sentez-vous capable de dessiner un modèle, d'en réaliser le patron et de le réaliser avant le jour du défilé ?

Tess eut un léger haut-le-corps.

— Oh… Mon Dieu, mais… comment…

Son embarras provoqua l'hilarité de Lucile.

— Tess, mon petit, votre surprise fait plaisir à voir.

Tess manifesta son trouble en rougissant. L'étonnement céda le pas chez elle à la méfiance.

— Vous savez bien que je ne possède pas encore le talent requis. Je manque cruellement d'expérience. Pourquoi…

— Répondez-moi. Vous en sentez-vous capable ?

— Eh bien, oui, je crois. Du moins suis-je disposée à tenter l'expérience.

Derrière sa réponse se cachaient des années d'espoirs et de rêves.

Lucile lui adressa un sourire rayonnant.

— Dans ce cas, vous savez ce qu'il vous reste à faire. Si votre création est à la hauteur, et elle devra l'être, je compte la présenter lors du défilé. Nous sommes toutes les deux confrontées à la même situation. La vie doit reprendre ses droits. Ne trouvez-vous pas?

Les deux femmes quittaient le bureau lorsqu'elles se trouvèrent nez à nez avec un inconnu coiffé d'une casquette de livreur. Cosmo se tenait à côté de lui, les lèvres pincées.

— Qui est cet homme et qui l'a autorisé à monter? exigea de savoir Lucile.

Le coursier, impassible, posa un doigt poli sur le rebord de sa casquette en tendant une enveloppe blanche à la créatrice.

— Attendez-vous au pire, Lucile, l'avertit Cosmo en s'avançant. Et pour l'amour du ciel, épargnez-nous vos crises d'hystérie. Le sénateur Smith vous assigne à comparaître devant sa commission.

Lucile ouvrit de grands yeux, hypnotisée par l'enveloppe.

— De quel droit ose-t-il? déclara-t-elle dans un murmure.

— Les rumeurs qui ne cessent de s'amplifier, j'imagine. Il n'aura pas résisté à la tentation.

Lucile, pâle comme un linge, tituba légèrement. Elle se tourna vers Tess à qui elle adressa étrangement un regard triomphal.

— C'est dommage pour vous, Tess. Vous allez finalement devoir choisir votre camp.

Cosmo prit sa femme par le coude et l'entraîna dans le bureau dont il referma la porte au nez de Tess.

— Avant de m'adresser la moindre remarque, mon ami, vous constaterez que je vous épargne pleurs et cris.

— J'en prends bonne note, répondit Cosmo avec l'ombre d'un sourire.

Lucile épousseta la manche de sa veste en y découvrant une tache. Il était décidément impossible de porter quelque tenue que ce soit dans cette satanée ville sans se salir. Elle se débarrassa de la veste d'un geste rageur et la jeta par terre.

— Asseyez-vous, Lucile.

— Je refuse de discuter de ce sénateur prétentieux et de ses attaques innommables à mon encontre !

— Asseyez-vous.

La mine sombre de son mari fit comprendre à Lucile que le mieux était encore d'obtempérer. Elle prit place à regret sur le canapé.

— Vous n'avez donc aucun moyen de nous épargner cette épreuve ? implora-t-elle. Je ne demande rien d'autre que présenter mon défilé de printemps, quitter cet horrible endroit et retourner chez moi en Angleterre.

— Il n'existe aucun moyen de se soustraire à cette convocation. Ce Smith m'avait pourtant donné l'assurance qu'il ne nous mêlerait pas à cette histoire, mais il ne faut jamais accorder sa confiance aux hommes politiques. Ils vont toujours dans le sens du vent.

— À quelle date me demande-t-on de témoigner ?

— Vous êtes convoquée la semaine prochaine. Le sénateur Smith et les membres de sa commission reviennent passer quelques jours à New York, de façon à nous éviter de prendre la fuite. Croyez-moi, la salle d'audience sera bondée.

Cosmo tournait comme un lion en cage, les yeux rivés au sol, en veillant à garder ses distances.

— Je répondrai comme cela me plaira !

— Vous vous en tiendrez strictement à la version qui vous sera dictée par nos avocats. Et pas un mot de travers, vous m'entendez ?

Il s'exprimait d'une voix dure, à la façon d'un maître d'école.

Lucile, étonnée de sa véhémence, se reprit aussitôt :

— Ne me sous-estimez pas, Cosmo. Je suis tout à fait capable de gérer cette crise. Je m'habillerai en conséquence. Outre un grand chapeau noir, je possède suffisamment l'art du maquillage pour avoir l'air pâle à souhait. En quittant la barre, le monde entier saura que c'est moi la victime.

— Je vous reconnais bien là, répondit Cosmo en souriant à nouveau d'un air las. Smith devra s'en tenir à sa rhétorique antibritannique. À ce propos, comme une mauvaise nouvelle n'arrive jamais seule, je viens d'apprendre que la Grande-Bretagne se lance à son tour dans une enquête au cours de laquelle nous serons tous les deux entendus. Nous n'y échapperons pas, en dépit de tous mes efforts. Par les temps qui courent, nous faisons figure de honte nationale. Ma réputation est en lambeaux, commenta-t-il d'une voix amère. Si vous estimez que la presse américaine n'est pas tendre, ma chère, attendez-vous au pire le jour venu en Angleterre. Nous nous dirigeons droit vers un ouragan.

En Angleterre? Lucile ne parvenait pas à en croire ses oreilles. Elle bénéficiait dans son pays natal d'une réputation inattaquable, tout en sachant que rien n'était éternel.

— Que proposez-vous? demanda-t-elle.

— Je fais jouer toutes mes relations, mais nous n'échapperons pas à une convocation devant la commission d'enquête. Nous allons devoir trouver le moyen d'orchestrer notre défense.

— Bien évidemment. Quelle tragédie, je peine à croire que l'on puisse nous traiter de la sorte.

— Il ne vous suffira pas de répéter votre petit numéro.

— Que voulez-vous dire?

— Ce marin risque fort de témoigner en Angleterre, lui aussi.

— Ce Bonney?

— Oui.

— C'est inacceptable.

— Vous n'y pourrez rien.

— C'est à voir.

Cosmo posa sur sa femme un regard glacial.

— J'ai cru comprendre que la commission sénatoriale de Washington avait trouvé son témoignage parfaitement crédible. Du moins ne serez-vous pas obligée de témoigner en sa présence lors des auditions de New York. Il n'aura donc pas le loisir de vous contredire. La situation sera bien plus critique en Angleterre. À compter de ce jour, je vous enjoins de ne plus évoquer le naufrage et ses conséquences devant personne. Vous m'entendez ?

— Pourquoi ne pas le dire franchement, mon ami ? s'énerva Lucile. Vous jugez que c'est moi qui nous ai précipités dans ce gouffre, c'est bien ça ?

— Je vous laisse le soin de répondre vous-même à cette question.

— N'oubliez pas que vous aviez également pris place à bord de ce canot.

— Que dois-je déduire d'une telle remarque ?

— Mon cher mari, vous ne vous êtes guère comporté en héros.

Elle détourna la tête et se remplit longuement les poumons.

— Je n'ai pas l'intention de laisser quelqu'un me détruire dans une salle d'audience. Je trouverai bien une parade.

12

Tess travaillait avec acharnement depuis plusieurs jours, au point d'en avoir des crampes à la main droite. Signe qu'elle était novice dans l'art de dessiner, elle tenait son crayon trop serré entre ses doigts. Penchée au-dessus de sa planche, elle adoucit les lignes qu'elle venait de tracer. Les mêmes manches rentrées qu'elle s'était amusée à dessiner à Cherbourg conviendraient fort bien. Elle s'efforça de chasser de son esprit la convocation des Duff Gordon et le visage de Jim, préférant se concentrer sur le choix du tissu. Elle examina la jupe dont elle venait de crayonner la forme. La mousseline ne conviendrait pas, elle devait sélectionner une matière à la fois rigide et souple.

Elle posa un regard critique sur son œuvre, dans l'espoir d'emprunter la bonne voie. Elle avait passé des heures à remettre inlassablement le travail sur le métier, plus déterminée que jamais à ne pas se laisser envahir par le sentiment que le monde s'écroulait autour d'elle. Lucile devait témoigner devant la commission sénatoriale la veille du défilé, l'atmosphère dans l'atelier devenait irrespirable à mesure que les jours s'écoulaient.

Chaque soir, pourtant, Tess quittait sa table à dessin, saluait les employées et s'évadait dans un autre monde. Celui de Jack.

Il l'attendait invariablement devant la porte de son immeuble, lui offrait son bras, et l'entraînait vers un nouveau temple de l'élégance et de la gastronomie au décor éblouissant. À force de discussions, elle était parvenue à reconstituer plus ou moins le déroulement de sa vie. Mme Brown ne s'était pas trompée, Jack était sur le point de quitter sa femme, et ce n'était pas son premier divorce.

— Ne m'en tenez pas rigueur. J'apprends lentement de mes erreurs, rien de plus, lui avait-il déclaré avec humour.

Elle lui avait répondu par un sourire, sans vraiment savoir comment elle devait accueillir la nouvelle.

Le soir, de retour chez elle, elle fixait le plafond en s'interrogeant au sujet de Jim. Celui-ci ne lui avait toujours pas donné signe de vie, elle en arrivait à se demander s'il la recontacterait un jour. Assisterait-il à l'audition de Lucile? Ou bien avait-il pris le chemin de la côte Ouest en oubliant jusqu'à son existence?

Le matin la retrouvait penchée sur sa planche à dessin où elle se concentrait sur le défi majeur auquel elle était confrontée, en essayant d'oublier les deux hommes.

Et voilà qu'au soir du quatrième jour une nouvelle crampe l'obligeait à reposer son crayon. Elle se massa longuement les doigts, consciente d'avoir une fois encore serré les doigts trop fort.

*

— Elle prend sa tâche à cœur, remarqua Elinor qui observait Tess en compagnie de Lucile depuis le bureau de cette dernière.

— Elle y a tout intérêt, après ce que son marin m'a fait subir.

— Pourquoi t'en prendre à elle? Tu sais bien qu'elle est prise entre deux feux.

— Ses croquis ne sont pas mauvais, jusqu'à présent.

Elinor haussa un sourcil en dévisageant sa sœur.

— Tu sais que tu as presque l'air sincère?

— Pourquoi ne le serais-je pas?

— En d'autres temps, ma chère sœur, tu lui aurais confié cette mission dans le seul but de la voir échouer et revenir à plat ventre quémander l'aide de l'invincible Lucile.

— Et aujourd'hui?

— J'ai le sentiment que tu souhaites la voir réussir.

Tess, qui relevait les yeux au même instant, constata que les deux femmes la contemplaient. Lucile lui adressa un petit mouvement de tête tandis qu'Elinor affichait un sourire.

Elles sont persuadées que je peux y parvenir, pensa Tess. Et elles ne se trompent pas.

*

Il était tard et elle s'aperçut en gagnant la rue qu'elle avait mal aux pieds. Pourquoi ne pas sauter dans un tramway pour rentrer chez elle? Il en arrivait justement un, précédé par son carillon. La voiture était bondée, les passagers perchés sur le marchepied s'accrochaient du mieux qu'ils le pouvaient afin de ne pas tomber. Tess les regarda d'un air perplexe, puis releva ses jupes d'une main, prit son élan, et s'agrippa de l'autre à la rambarde, manquant tomber en arrière alors que le tram repartait en cahotant.

— On voit bien que vous n'avez pas l'habitude, pouffa une jeune femme qui tenait son chapeau sur sa tête à deux mains.

Une femme munie d'un sac de pommes courait derrière le véhicule en criant: «Attendez-moi!» Elle saisit le garde-corps et se prit les pieds dans sa jupe sous le regard anxieux de Tess. Le chauffeur, tout en lui hurlant de se dépêcher, ralentit suffisamment pour que la malheureuse se hisse à bord, à bout de souffle.

— C'était dangereux, s'étonna Tess en s'adressant à sa voisine.

— Dangereux? On fait ça tout le temps, ma jolie, répliqua la femme.

— On pourrait courir plus vite si les jupes étaient plus courtes.

La femme poussa un grognement méprisant.

— Des jupes plus courtes? Ça serait pas convenable!

*

Tess descendit du tram à son arrêt avec l'intention de se préparer un thé brûlant avant l'arrivée de Jack. C'était encore la façon la plus efficace de s'aménager un sas entre les deux mondes dans lesquels elle évoluait. Elle refusait de s'inquiéter des conséquences du passage de Lucile devant la commission, se satisfaisant d'avoir passé une bonne journée. En attendant de découper le patron de ma robe demain, pensa-t-elle, le cœur battant.

— Mademoiselle Collins?

Un inconnu coiffé d'un chapeau melon s'approcha d'elle dans le cliquetis de ses fers à talon. Elle était si bien perdue dans ses pensées qu'elle ne l'avait pas vu approcher.

— Permettez-moi de me présenter. Je suis Howard Wheaton, le secrétaire de M. Bremerton.

Il souleva son chapeau d'un geste maladroit et lui tendit un bouquet de fleurs.

— Il m'a demandé de vous donner ceci, accompagné d'un court message. Il s'excuse de ne pas être en mesure de vous offrir lui-même ces fleurs, retenu en ville par un important rendez-vous d'affaires.

Jamais Tess n'avait reçu de fleurs de sa vie. Elle s'empara du bouquet de roses et de lilas dont elle huma le parfum capiteux.

— N'oubliez pas le message, lui rappela le secrétaire.

— Excusez-moi, rougit-elle en décachetant la petite enveloppe dissimulée au milieu des fleurs.

Sherry's à 22 h 30? lut-elle.

— Puis-je connaître votre réponse?

— Dites à M. Bremerton que j'y serai.

— Je vous remercie de sa part, il en sera ravi. Une automobile passera vous chercher.

Elle acquiesça et regarda s'éloigner le consciencieux M. Wheaton, prise d'un léger vertige.

*

Cette fois, il avait réservé un salon privé dans lequel flottait l'odeur de vieux cuir des volumes anciens alignés sur les rayonnages d'une bibliothèque.

— Je souhaite passer toutes les soirées en votre compagnie, l'accueillit Jack en se levant après avoir rangé une pile de documents de travail dans sa serviette.

Sa mine distraite s'effaça instantanément à l'approche de la jeune femme.

— Je vous demande pardon de ne pas vous avoir porté moi-même ces fleurs. Les affaires, j'en ai bien peur.

— L'automobile de M. Ford? s'enquit-elle.

— Je ne voudrais pas vous ennuyer avec mon travail.

— Au contraire, j'apprends beaucoup à votre contact.

— Vous feignez de vous y intéresser, je ne vous en adore que davantage.

Il se pencha vers elle d'un mouvement parfaitement naturel et déposa un baiser sur son oreille.

— Et si un serveur nous surprenait? s'inquiéta-t-elle, gênée.

— Ils ont reçu l'ordre de ne pas nous déranger, à moins d'être appelés au moyen de cette sonnette.

Bremerton lui prit la main et la caressa. On le sentait fatigué, le pli inhabituel qui barrait son front le faisait paraître plus vieux, mais il conservait toute son assurance et sa retenue.

— Je vais devoir me rendre en Californie, lui annonça-t-il.

— Comptez-vous revenir ? l'interrogea-t-elle, le cœur serré.

— Oui, mais il se pourrait que ce séjour se prolonge. Je n'aime guère me trouver loin de vous.

Il prit le menton de la jeune femme entre ses doigts et lui releva doucement la tête.

— Vous auriez pu m'accompagner.

Tess, choquée, en eut le souffle coupé.

— Mais enfin, c'est impossible !

— En êtes-vous bien sûre ?

Le tic-tac de la trotteuse, sur l'horloge murale, amplifiait le silence qui s'était abattu sur eux. La main de Jack se serra autour de celle de Tess, promesse d'une autre solution.

Il sourit en la voyant hésiter.

— J'ai bien conscience, Tess, que vous n'êtes pas ce genre de fille. Mais ne serait-ce pas formidable ? Je pourrais vous offrir une vie merveilleuse, là-bas.

— Je n'en doute pas, mais mon travail me retient ici.

— Très bien, n'en parlons plus. J'ai un caractère trop impulsif, probablement. Ce n'est pas la première fois qu'on me le fait remarquer, mais la situation est autre. J'ai su que vous étiez différente le jour où je vous ai vue entrer sur la pointe des pieds dans la salle de sport du *Titanic*. Quand j'ai voulu vous prendre dans mes bras afin de vous aider à descendre de ce chameau ridicule, vous avez refusé. Je me suis fait violence pour ne pas vous embrasser.

Il ponctua sa phrase d'un rire.

— J'ai compris à cet instant que vous me guéririez de mon nomadisme.

Comment savoir s'il était sincère ?

— Je vais devoir rentrer, annonça-t-elle en espérant ne pas se montrer hautaine.

Tout en embrassant du regard le décor de la pièce – les livres dans la bibliothèque, les chandelles, l'intimité même du lieu –, elle sentit qu'il l'attirait à lui sans trouver la manœuvre choquante.

L'instant suivant, ils se retrouvaient sur le canapé, loin de toute idée de dîner. Il caressa ses longs cheveux noirs et enroula autour de ses doigts des mèches qu'il fit glisser sur sa joue, puis il tenta en vain de replacer le peigne qui retenait la coiffure de la jeune fille.

— Je m'en charge, le rassura-t-elle. Je ne voudrais pas quitter ce restaurant dans un état aussi peu convenable.

— Si l'on me demandait mon avis, je vous verrais volontiers avec votre chevelure pour tout costume.

Elle ferma les yeux, peinant à croire qu'un homme tel que lui ait pu s'adresser à elle de la sorte, sans qu'elle songe un instant à le remettre à sa place d'une gifle. Il ne dépendait que d'elle de l'autoriser à tant de libertés. Ce choix même était délicieux. Pourquoi lui faisait-il donc tant d'effet ? Cela tenait à son assurance. Car il la rassurait. Elle le sentait capable de dissiper tous ses soucis, de la conduire dans un havre de sérénité. Alors, elle ferma les yeux et lui tendit ses lèvres.

*

Elle n'avait pas assez dormi. Le dos endolori, penchée au-dessus d'une table de coupe, une paire de ciseaux à la main, elle s'apprêtait à passer à l'action. Une version en mousseline de sa robe avait montré que l'ensemble fonctionnait, à quelques ajustements près : à l'exception du bâti du corsage qu'elle allait devoir modifier, son patron était au point. Prise d'une ultime hésitation, elle examina longuement le somptueux coupon de soie crème étalé sur la table. Le tissu, à condition d'être bien coupé, aurait de la tenue tout en conservant sa fluidité. Elle avait prélevé ce tissu luxueux dans les réserves de Lucile et ne pouvait se permettre la moindre erreur.

— Souhaitez-vous que l'on confie cette tâche aux tailleuses? lui proposa aimablement James.

Tess releva la tête et constata que plusieurs employées de l'atelier, des couturières, des tailleuses, des modélistes, s'étaient attroupées autour de la table afin de l'observer. Nombre d'entre elles lui adressèrent des sourires timides.

Elle coula un regard en direction du bureau de Lucile. Où pouvait-elle bien être? Elle était passée en coup de vent plus tôt dans la matinée en faisant allusion à un rendez-vous chez ses avocats, manifestement distraite. Les événements se bousculaient et Tess se retrouvait à nouveau seule, comme le jour où elle avait réparé la robe de mariée. Cette solitude l'inquiétait, mais l'enjeu était trop important, elle ne pouvait se permettre de céder à ses craintes.

— Je vous remercie, mais je pense pouvoir me débrouiller, décida-t-elle en ordonnant à ses mains de ne pas trembler. Allons-y.

Elle entama la soie d'un mouvement souple, laissant tout le loisir aux ciseaux de suivre le dessin du patron. Elle s'arrêta à plusieurs reprises afin d'apporter de petites corrections, mais le tissu se découpait comme un rêve. Elle entama la taille des manches d'une main plus sûre, espérant avoir assez de longueur pour border la soie ainsi qu'elle l'avait prévu.

Elle acheva de découper son patron et l'assistance, silencieuse jusque-là, la récompensa par des applaudissements.

— Un travail magnifique, la complimenta James, rayonnant. Il faut avoir les nerfs solides pour découper un tissu de cette qualité, surtout la première fois.

Il avait pleinement raison. Tess, les ciseaux à la main, eut le sentiment de dominer le monde depuis le sommet d'une montagne en voyant la couturière choisie par ses soins entamer le bâti de la robe.

— Tess…

James, de l'autre côté de la table de coupe, lui adressa un signe discret.

— Regardez ceci.

Il tenait à la main un curieux outil métallique.

— De quoi s'agit-il?

— C'est une fermeture à crémaillère.

Il tira une languette métallique et les deux bords crantés se soudèrent l'un à l'autre comme par magie.

— Le vendeur nous a expliqué qu'il était aisé de coudre les bords en tissu de cette fermeture à crémaillère sur des ceintures ou des gilets. Qu'en dites-vous?

Tess manipula longuement le curieux objet entre ses doigts, émerveillée par la facilité avec laquelle fonctionnait cette fermeture à glissière. Son poids risquait-il d'alourdir sa robe? Difficile à dire, mais l'expérience méritait d'être tentée. Elle caressa d'un doigt les minuscules bords crantés.

Une lueur amusée traversa les yeux de James.

— Je me doutais que cela vous intéresserait.

Plusieurs heures s'étaient écoulées lorsque Lucile sortit en trombe de l'ascenseur. Un fleuriste la suivait en notant sur son petit carnet les instructions qu'elle lui débitait.

— Je veux que les fleurs resplendissent dans la lumière bleue. Pas question de me fournir des espèces vertes ou jaunes. C'est bien compris? Je ne tolérerai aucune erreur à ce sujet. N'oubliez pas d'apporter des vases d'au moins un mètre cinquante de hauteur et… Oui? s'interrompit-elle en voyant Tess s'avancer, la mine anxieuse.

— Ma robe est découpée et bâtie. Souhaitez-vous la voir?

— Merveilleux, réagit-elle en balayant la proposition d'un geste. Je verrai ça plus tard. Vous avez beaucoup travaillé, mon petit. Vous pouvez prendre votre journée demain.

Sur ces mots, elle disparut à l'intérieur de son bureau en compagnie du fleuriste.

Tess, aussi découragée que si on l'avait congédiée, redressa les épaules et fit signe de s'approcher au mannequin qui venait de se glisser dans la robe à peine bâtie.

— Avancez vers moi, lui ordonna-t-elle.

Tess retint son souffle. Oui, la robe flottait exactement de la façon dont elle l'avait envisagé. La soie crémeuse dessinait des vagues de nuances différentes, aussi subtiles que le ballet de l'eau sur les rives de sable d'un océan. Les manches nécessitaient des ajustements, rien de grave, elle disposait de toute la matière nécessaire. Pourtant, un détail la chiffonnait, sans qu'elle pût clairement en identifier la nature.

— Comment vous sentez-vous dans la robe lorsque vous marchez? demanda-t-elle au mannequin.

Celle-ci manifesta son étonnement par un léger bégaiement.

— Je… c'est agréable à porter. Je ne me sens pas engoncée dans un amas de tulle et de dentelles.

Elle rougit violemment, à peine les paroles sorties de sa bouche, horrifiée d'avoir ouvertement critiqué le style chargé des créations de Lucile.

— Ne vous inquiétez pas, la rassura Tess. Je comprends très bien ce que vous voulez dire.

— Un point de détail, puisque vous me posez la question.

— Je vous écoute.

— Il s'agit d'une robe à porter en journée, mais je détesterais la coincer dans une portière de train.

Tess regarda longuement sa robe en se remémorant le trajet en tramway de la veille. Elle saisit la paire de ciseaux sur la table de coupe. La question ne se posait même pas, elle avait compris ce qui la gênait quelques instants plus tôt. En l'espace de quelques minutes, le tour était joué et la partie basse de la robe avait perdu vingt centimètres. Elle en aurait volontiers ôté cinq de plus, si elle avait osé.

Tess se tourna vers James.

— J'ai du mal à y croire. Ma robe sera finalement prête pour le défilé.

— Nous n'en avons jamais douté, répliqua-t-il. La journée a été longue, Tess. Vous devriez rentrer vous reposer.

*

Le vent qui tourbillonnait gonfla les jupes de Tess alors qu'elle passait devant le Flatiron Building. Elle s'amusa des regards en coin des hommes qui s'attardaient pour observer la scène, dans l'espoir d'apercevoir les chevilles des passantes. L'agent posté au coin de la rue ordonna à ces importuns de poursuivre leur chemin, faute de pouvoir demander au vent de calmer ses ardeurs. Tess se fit la réflexion que la présence du policier ne serait plus nécessaire le jour où les femmes auraient la témérité de raccourcir leurs tenues.

Une silhouette masculine faisait le pied de grue sur les marches de son immeuble. Jack? En s'approchant, elle remarqua que l'homme tenait une cigarette d'une main et passait nerveusement l'autre dans ses cheveux aux reflets dorés.

Ce n'était donc pas Jack.

Le visage de l'homme s'éclaira à la vue de Tess et elle crut défaillir en constatant combien ce sourire lui avait manqué.

— Tess.

— Bonjour, Jim.

— Eh bien, c'est fait.

— Oui, je suis au courant.

— J'ai fait mon devoir. J'aurais aimé vous en avertir de vive voix, mais sans doute avez-vous préféré ne pas me rencontrer en sachant ce qui allait se produire.

Son regard d'un bleu profond était circonspect, mais décidé.

— Quoi qu'il en soit, je suis venu ce soir avec l'intention de vous demander ce qu'il m'en aura coûté.

— Pinky m'a rapporté que vous m'aviez envoyé un petit mot. Je ne l'ai jamais reçu, se justifia Tess.

— Pas reçu? répéta-t-il sans masquer son étonnement.

— Non. Ne me demandez pas pourquoi. Je m'étais imaginé que vous m'aviez oubliée. Ou alors…

Une lueur se fit jour dans ses yeux.

— Ou alors que j'avais raconté mon histoire à Pinky sans même vous en parler. C'est ça?

— Oui.

— Je n'avais pourtant d'autre intention que de vous inviter dans l'une de ces jolies calèches, dit-il d'une voix douce. Je souhaitais également vous annoncer que je partais pour Washington, mais que je comptais bien revenir.

— Cela m'aurait fait plaisir de l'entendre de votre bouche.

Il lui adressa un sourire contrit.

— J'ai espéré votre venue jusqu'au dernier instant. Je n'avais plus de secret pour les chevaux quand j'ai fini par m'en aller. Je ne serais pas surpris que les Duff Gordon aient intercepté mon message. Je me console en me disant que vous ne m'avez pas posé de lapin, en fin de compte.

— Jamais je ne l'aurais fait, quelles que soient les circonstances, s'empressa-t-elle de répliquer.

— Vous auriez compris? Je veux dire, que je sois obligé de témoigner?

La réponse à son interrogation ne nécessitait nulle réflexion.

— Vous m'avez fait part de vos sentiments en toute honnêteté, ce qui n'est pas le cas de tout le monde.

Elle avança sa main.

— Si c'est le sens de votre question, ajouta-t-elle, votre attitude ne vous a pas coûté mon amitié.

Le cœur de la jeune fille se serra lorsqu'elle lut le soulagement sur ses traits. Elle resta comme paralysée tandis qu'il effleurait ses doigts des siens, attirait sa main jusqu'à ses lèvres et y déposait un baiser d'une tendresse évidente. Elle se dégagea doucement, emportée par des sentiments contradictoires.

— Accepteriez-vous de vous promener avec moi? Votre nouveau quartier n'est pas aussi chic que le précédent, mais il est agréable et ne doit pas manquer d'espaces verts.

À l'éclat de ses yeux, on sentait Jim rassuré, à défaut d'être parfaitement heureux.

— Avec plaisir, accepta-t-elle.

Elle s'était sentie si bien les quelques instants où sa main avait trouvé refuge dans l'arrondi de ses doigts. Elle en était encore toute surprise.

Jim marchait à grandes enjambées, mais elle n'eut guère de mal à régler son pas sur le sien. Il lui fit part des impressions glanées dans la capitale américaine, de la voix impétueuse de celui qui attend depuis trop longtemps l'occasion de partager ses souvenirs. À l'entrée du parc le plus proche, il se baissa afin de ramasser un gland qui venait de rouler à ses pieds. Un rire à la bouche, il le lança en direction d'un écureuil.

Il était temps d'entamer une vraie discussion.

— J'ai décidé de continuer à travailler pour le compte de Lucile, dit-elle.

— Je sais, et vous avez raison.

Elle détourna la tête en rougissant.

— Cessez de vous accuser de tous les maux, Tess.

— Je suis déchirée…

— Vous croyez être la seule dans ce cas? l'interrompit-il. Nous avons tous été déchirés.

— Jim, la commission d'enquête a exigé de l'entendre.

331

— Je n'en suis pas surpris outre mesure. Vous a-t-elle demandé de choisir votre camp?

— Pourquoi faudrait-il en arriver là? s'écria-t-elle, les larmes aux yeux.

Jim ramassa et lança un autre gland sans la regarder.

— Si vous choisissez de vous éloigner de moi pour conserver votre travail, je le comprendrai très bien. Je peux tout accepter, tant que nous restons amis.

— Je suis votre amie, réagit-elle avec ferveur. Je le serai toujours.

Ils continuèrent leur promenade dans un silence apaisé, puis Jim fit halte et força Tess à le regarder.

— J'ai de bonnes nouvelles, lui annonça-t-il. D'excellentes nouvelles, même.

Il paraissait timide, brusquement.

— Lesquelles?

— Mme Brown, cette femme avec laquelle vous avez pris le commandement du canot de sauvetage.

— Eh bien?

— Elle m'a surpris en train de tailler un morceau de bois lors des auditions de Washington, et vous n'imaginez pas les compliments qu'elle m'a adressés. C'était trop, je me suis demandé si elle n'était pas un peu simple.

— Elle est tout sauf simple, rétorqua Tess.

— Au cas où vous ne l'auriez pas remarqué, je m'efforçais de paraître modeste.

Un sourire aux lèvres, il fit rouler sur l'allée un nouveau gland à la poursuite duquel s'élança l'écureuil industrieux.

— Quoi qu'il en soit, elle a beaucoup apprécié mon travail et m'a commandé une sculpture.

Il lança à sa compagne un coup d'œil taquin.

— À vrai dire, il s'agit d'une version améliorée de la figurine que je vous ai donnée. Elle veut que je réalise pour elle une reproduction du paquebot. Ne me demandez pas pourquoi.

— Une reproduction du *Titanic*, vous voulez dire?

L'idée était surprenante, Tess ne savait quoi en penser.

— Oui.

— C'est formidable, Jim. Mais l'idée de repenser à ce bateau ne risque-t-elle pas de provoquer chez vous des cauchemars?

— Non, répondit-il après un instant de réflexion. Je crois au contraire que ça me fera du bien. Mais ce n'est pas tout, elle m'a fait une proposition encore plus alléchante.

Il se planta devant elle en se raclant la gorge.

— Chère mademoiselle Collins, déclara-t-il en lui faisant la révérence, vous voici en présence d'un individu en qui une dame fort impressionnable voit un artisan de premier ordre, au point de lui offrir ce qu'il espère le plus: un travail.

— C'est fantastique, s'exclama Tess en riant. Absolument fantastique.

— De sorte que le futur «artisan de premier ordre» qui se présente aujourd'hui devant vous, ce modeste sculpteur de Londres, est désormais titulaire d'un emploi dans un atelier de menuiserie. La place est enviable, de même que la rémunération.

Il poursuivit aussitôt, emporté par son enthousiasme.

— Un atelier magnifique, équipé de ciseaux comme je n'en ai jamais vu. On m'a engagé pour réaliser des frises sculptées sur des cadres et des miroirs, ce genre d'objets. Je suis très excité à l'idée de voir naître sous mes doigts des visages ou des paysages. Mais...

Il se frappa le front.

— À quoi pensais-je? L'atelier se trouve à deux pas d'ici. Ça vous plairait de le visiter?

Tess hésita une fraction de seconde avant d'accepter l'invitation, tant la fierté et la passion de Jim étaient communicatives. Il s'élança d'un pas rapide et c'est tout juste si elle ne fut pas obligée de courir pour rester à sa hauteur.

— Vous savez quoi? dit-elle à son tour, tout essoufflée. Lucile m'a demandé de dessiner une robe pour son défilé. J'ai réalisé un modèle avec des tissus magnifiques et je suis toute…

Sans la laisser achever sa phrase, il la saisit par la taille, la souleva de terre et la fit tournoyer dans ses bras.

— Excellente nouvelle! Regardez-nous, Tess. Nous sommes sur le point de réaliser nos rêves. Vous ne trouvez pas ça formidable?

— Oui, rit-elle en peinant à reprendre sa respiration.

Elle aurait aimé rester éternellement dans ses bras. Comment pouvait-elle se sentir aussi bien? Et Jack?

Il la reposa en douceur, saisit sa main et repartit de l'avant en l'entraînant à sa suite d'un geste parfaitement naturel. Tess revit dans sa tête l'instant où leurs doigts s'étaient effleurés pour la première fois, à bord du *Carpathia*, ce sentiment d'intimité qu'aucune parole n'aurait pu traduire.

— Ce nouveau travail dans un atelier de menuiserie signifie-t-il que vous restez à New York? Vous ne partez plus dans l'Ouest?

— Je reste ici pour le moment. Ensuite, on verra bien. Je suis syndiqué, ce qui me permet de travailler dans tous les ateliers agréés. J'apprécie cette flexibilité, surtout avec les raisons qui m'incitent à vouloir rester ici.

Il lui adressa un sourire éclair qui se figea lorsqu'il découvrit le carrefour auquel ils venaient d'arriver.

— On m'a parlé de cet endroit, Union Square. C'est là qu'ont lieu toutes les manifestations. Ici, tout le monde peut s'exprimer. Un espace de liberté dans un pays libre.

C'est tout juste s'il avait ralenti le pas lorsqu'il s'immobilisa, le doigt tendu.

— C'est là, dit-il.

Tess découvrit un immeuble de guingois coincé entre deux hôtels meublés. Jim lui prit la main, écarta la porte de l'atelier et s'immobilisa sur le seuil en humant l'odeur du lieu.

— J'adore ce parfum de bois, déclara-t-il.

Tess acquiesça, séduite à son tour par les arômes tanniques qui lui caressaient les narines. Des effluves réconfortants, chauds et secs, à des années-lumière de l'air humide et salé de la mer. Le sol était recouvert de copeaux, pour certains fins comme du papier à cigarette, enroulés sur eux-mêmes comme des bigoudis. Une fine poussière de bois recouvrait un vénérable établi sur lequel étaient posés une multitude d'outils plus ou moins mystérieux.

— On peut réaliser des miracles avec ces outils-là, commenta Jim en s'emparant de l'un d'eux.

Il montra d'un mouvement de tête une planche lisse.

— Vous voyez ce morceau de bois ? C'est un cadre de miroir sur lequel je travaille en ce moment. Et voici mon modèle, précisa-t-il en désignant une glace entourée d'un motif baroque, accrochée à côté de l'établi.

— Où se trouve votre reproduction du *Titanic* ?

— Dans la pièce voisine.

Lui prenant la main, il l'entraîna vers le fond de la grande pièce, saluant et plaisantant au passage avec les autres ouvriers. On le sentait parfaitement à l'aise dans ce cadre.

— Voici le *Titanic*, mais je commence tout juste. Je ne suis pas au bout de mes peines.

Tess examina la forme allongée du paquebot non sans crainte. Les silhouettes encore grossières des quatre cheminées lui donnèrent la chair de poule. Quelle fière allure elles avaient, pourtant !

— N'ayez pas peur, vous pouvez toucher, Tess, dit-il en l'invitant.

Elle caressa d'un doigt la courbe de l'un des canots de sauvetage. La réplique, minuscule, était parfaite, tout comme les cordages fermement arrimés sur le pont glissant, les marches de l'escalier menant au nid-de-pie dépourvu de toute paire de jumelles... Elle s'attarda instinctivement sur la poupe du navire, qui s'était dressée vers le ciel avant que le *Titanic* ne disparût dans les profondeurs de l'Atlantique sous les yeux horrifiés des rescapés.

Qu'aurai-je retenu de ce drame? pensa-t-elle. Que m'aura donc enseigné cette tragédie?

— Il me reste de longues heures de travail avant de parvenir à mes fins, fit la voix de Jim, juste derrière elle.

— C'est une merveille, Jim.

Elle ne parvenait pas à quitter la maquette des yeux.

— À quel endroit précis nous trouvions-nous lors de notre première rencontre?

Il lui indiqua un emplacement voisin de l'un des canots de sauvetage. Ils restèrent un long moment plongés dans le silence, jusqu'à ce que Jim prenne la parole d'une voix douce.

— Je vous ai expliqué un jour que nous n'étions pas très différents l'un de l'autre. J'ai bien vu à votre regard que vous en doutiez. J'espère que vous avez changé d'avis.

Il se montrait direct et franc, comme à son habitude. En dépit des soubresauts de son cœur, elle lui devait d'être tout aussi honnête. Mais comment? Que lui répondre?

Il posa la main sur son épaule et l'obligea à le regarder.

— J'ai besoin de lire dans vos yeux, dit-il avec une tendresse qui la laissa sans voix. Je vais vous embrasser, Tess Collins. J'en ai envie depuis notre promenade à Central Park.

Elle ne put lui résister. Enveloppée dans ses bras, leurs bouches collées, la sensation de son corps contre le sien... pendant quelques longs instants, elle répondit à sa fièvre en lui offrant la sienne, les bras autour de son cou, les doigts enfouis dans ses mèches rebelles. Il lui glissa quelques mots à l'oreille et leurs lèvres se trouvèrent à nouveau.

À quoi pensait-elle? Elle le repoussa.

— Non, non, Jim. Je me sens trop perdue.

— Je suis désolé. Me suis-je montré trop empressé?

— Non, il ne s'agit pas de ça.

— Tess, j'aurais tant de choses à vous dire, reprit-il d'une voix décidée. Depuis quelques jours, je ne pense plus qu'à me construire une nouvelle vie avec vous dans ce pays.

Il tendit les mains, paumes découvertes.

— Voici mes outils, mon passeport pour une existence meilleure, tout comme vous. Tess, l'avenir est à nous.

Il lui prit le menton et sonda son regard avec un air plein d'espoir qui la fit grimacer intérieurement.

— Accepteriez-vous au moins d'envisager que nous passions notre vie ensemble?

Tess sentit grandir en elle une flamme. Elle aurait tant aimé lui répondre par l'affirmative, mais une partie d'elle-même résistait, attachée à un autre projet. Comment aurait-elle pu savoir, être sûre de quoi que ce soit à ce stade?

— Tout ce que vous me dites est merveilleux, vous êtes merveilleux, et je sais que je vous suis attachée par un lien que personne d'autre ne partagera jamais, parvint-elle à murmurer.

Puis elle se tut. Alors, avec une infinie lenteur, toute couleur s'effaça du visage de Jim.

— Vous refusez, c'est ça?

— Je dis que je ne sais pas.

Il se figea, pétrifié comme s'il venait de recevoir une gifle.

— Votre réponse ressemble surtout à un refus. Est-ce à cause de mon témoignage?

— Pas du tout. Je vous admire très sincèrement.

— Je ne ferais jamais rien qui puisse vous compromettre, Tess. Peut-être ai-je pris trop de liberté avec vous, trop vite. Ne m'en veuillez pas, j'attendrai le temps qu'il faudra.

Mais elle demeurait désespérément muette.

— Ou alors… y a-t-il quelqu'un d'autre ?

Elle hocha lentement la tête.

Il accusa le coup.

— Je vous aurais mal comprise ? suggéra-t-il d'une voix qui tremblait légèrement. Je ne le savais pas. Ou alors je ne me doutais de rien.

— Croyez-moi, je vous en prie. Il n'y avait personne auparavant. Maintenant…

— Maintenant, ce n'est plus le cas.

— En effet, répondit-elle dans un murmure.

Il recula d'un pas, frappé de sidération, au point qu'elle faillit lui prendre la main. De toute façon, il était trop tard. Le cœur meurtri, elle vit s'éteindre la lueur qui brillait dans ses yeux. Il s'éloignait d'elle. Comment aurait-il pu en être autrement ? Il restait là, immobile, les bras ballants.

— Je vous demande pardon de m'être montré aussi présomptueux.

— Je me sens si perdue en ce moment. Je ne veux en aucun cas vous meurtrir.

Elle s'en voulut aussitôt d'avoir prononcé des mots aussi banals et vides de sens, puisqu'elle le faisait souffrir, précisément.

— Je ne crois pas que ce soit encore de votre ressort, déclara-t-il en retour.

— Je le veux, pourtant.

— Cela ne changera rien à la situation. J'ai cru pouvoir présumer de vous, et j'ai eu tort.

— Ce n'est pas ça, mais tout est arrivé si vite. Oh, Jim…

— Ne vous inquiétez pas, répondit-il mécaniquement. Je vais devoir vous laisser.

Il enfonça les mains dans les poches de son pantalon, les yeux rivés au sol.

— Je vais vous raccompagner chez vous. La nuit ne tardera plus, ce n'est pas prudent de vous laisser rentrer seule.

— Non, ne vous inquiétez pas pour moi si vous êtes pressé. Je saurai retrouver mon chemin.

Ses yeux se fixèrent dans le lointain, au milieu du silence qui les enveloppait. Une légère brise s'était levée, qui agitait doucement le feuillage des arbres. Lorsqu'il retrouva enfin la parole, c'est d'une voix à la fois terne et empreinte de curiosité qu'il l'interrogea :

— Je préfère tout de même vous poser la question. Vous me prenez vraiment pour un gamin de village ?

— Comment…

— Comment je l'ai su ? Votre chère lady Lucy s'est répandue à ce sujet à bord du *Carpathia*.

Il haussa les épaules.

— À ce stade, c'est sans importance. Je ne voudrais pas que vous ayez honte de moi. Ce genre de déséquilibre est mauvais au sein d'un couple.

— Je n'ai pas honte de vous, et ça ne m'arrivera jamais, articula péniblement Tess.

— Au moins, c'est agréable à entendre.

— Je vous en prie, Jim. Ne jetons pas aux orties l'amitié qui nous lie.

Cette fois, il posa sur elle un regard ahuri.

— Vous êtes sérieuse quand vous me demandez un effort pareil ? Vous croyez qu'il me suffit de claquer des doigts pour bouleverser les sentiments que j'éprouve à votre endroit ?

— Non, non. C'était stupide de ma part.

— Excusez-moi, j'ai besoin d'être seul. Je vais marcher un peu. Je vous souhaite tout le bonheur possible.

Elle le vit s'éloigner, les épaules voûtées par le fardeau de son chagrin.

Retourne-toi, l'implora-t-elle en silence. Je t'en supplie. Mais il n'en fit rien. Alors, Tess fit demi-tour et quitta à son tour l'atelier en marchant au milieu des copeaux, dans les odeurs de bois. Elle avait conscience d'avoir perdu une grosse partie de son être, de sentir au fond de son âme un vide qui menaçait de l'avaler. Si seulement il lui avait accordé le temps de la réflexion. Quelle leçon devait-elle en tirer ? Elle savait désormais qu'il ne lui était plus possible de garder simultanément ces deux hommes dans son cœur.

*

Jack l'attendait devant son immeuble dans une Buick bleu marine dont le moteur trahissait l'impatience, ses phares chromés allumés. Depuis combien de temps patientait-il ? Tess rejoignit lentement sa porte, soulagée de le voir tout en regrettant de ne pas disposer d'un moment seule. Elle ne se sentait pas prête, elle aurait aimé retourner dans son appartement, s'enfermer, prendre le temps de respirer.

Il descendit de l'automobile, se pencha vers elle et lui déposa un baiser sur la joue, le regard vigilant.

— Peut-être ne souhaitez-vous pas vous expliquer, déclara-t-il. J'ai cependant besoin de savoir où j'en suis.

Jack et sa courtoisie inaliénable. Il la traitait toujours avec la plus grande dignité, ce qui ne manquait pas d'avoir sur elle un effet apaisant.

— Vous m'avez vue en compagnie du marin du canot n° 1 qui voulait retourner sur le lieu du naufrage.

— Un homme courageux, à n'en pas douter.

— C'est le cas.

Elle sentit ses yeux se remplir de larmes.

— Et il vous aime, n'est-ce pas ?

Elle hocha la tête.

— Pourquoi pleurez-vous, Tess?

Il s'exprimait d'une voix douce, sans aucune animosité, sans même la presser ou tenter d'en savoir davantage.

— Je ne pleure pas. Tout arrive si vite.

— Accepteriez-vous de vous expliquer?

— Je viens de l'éconduire.

Une expression ampoulée et vieillotte, tout ça pour dire qu'elle ne voulait pas de lui.

Jack, les épaules tendues jusque-là, se relâcha.

— Êtes-vous sûre de vous? Je n'ai pu m'empêcher de remarquer la façon dont vous le regardiez. Je ne vous barrerai jamais la route, mais j'ai besoin de savoir.

— Oui, je suis sûre.

Elle remarqua la première qu'elle avait répondu d'une voix faible qui trahissait le manque d'assurance de son propos.

— Peut-être n'est-ce qu'une envie d'être sûre.

Elle s'enfouit le visage dans les mains.

— Pourquoi faut-il que vous compreniez toujours tout? demanda-t-elle.

Il soupira.

— L'expérience. Sans doute ai-je trop vécu.

Il marqua une pause avant de poursuivre.

— L'incertitude n'est pas néfaste en soi. J'aimerais pouvoir ralentir la machine, mais ça m'est impossible. M'autorisez-vous à vous serrer dans mes bras?

Tess avait besoin d'en savoir davantage, de prendre son temps. À peine se trouvait-elle contre lui que son ciel s'éclaircissait. C'était si bon d'être en lévitation, d'oublier tous ses soucis.

— Puis-je? s'enquit-il en embrassant son cou à l'endroit précis où battait sa carotide.

— Oui.

— J'ai une proposition à vous faire, enchaîna-t-il. Épousez-moi.

Tess se pétrifia entre ses bras.

— J'ai conscience d'agir dans la hâte, mais je cherche depuis suffisamment longtemps, avec mon lot d'erreurs à la clé, pour savoir que je ne me trompe pas.

— Mais… vous êtes toujours marié…, balbutia Tess.

— Les documents du divorce n'attendaient que notre signature lorsque je suis monté à bord du *Titanic*. Vous êtes la prudence personnifiée, Tess, ajouta-t-il avec un sourire bienveillant. Si j'avais fait preuve de timidité dans ma vie, je ne serais pas là où j'en suis aujourd'hui.

— Ce n'est pas de la timidité de ma part. Plutôt… de l'étonnement.

Il haussa un sourcil.

— Qu'est donc devenue la fille aventureuse, pleine de courage, que j'ai rencontrée à bord du *Titanic* ?

— Je ne me sens pas prête au mariage. Pas encore, décida-t-elle soudain.

Elle repensa aux avertissements de sa mère.

— Je vous l'ai déjà expliqué, je souhaite travailler et…

Jack l'interrompit par un rire.

— Je ne vous demande pas de choisir. Je suis l'un des rares à pouvoir vous offrir l'existence qui vous convient. Il n'est pas question de renoncer à votre carrière si vous m'épousez. En doutiez-vous ?

Elle secoua la tête en signe de dénégation.

— Dans ce cas, où se situe le problème ?

Le problème, c'était précisément que tout semblait trop facile à Tess. Elle se serra contre sa poitrine, incapable de l'exprimer aussi simplement.

— J'ai besoin de réfléchir, se contenta-t-elle de murmurer.

13

Pinky peinait à percer le mélange de brume et de crachin qui enveloppait l'imposant immeuble du cabinet Dunhill, Brougham & Picksley sur la 57e Rue. Rester en planque était de loin l'aspect le moins gratifiant de son métier, mais son attente ne devrait pas s'éterniser.

La porte massive s'ouvrit en laissant passer trois silhouettes.

Je le savais, pensa Pinky, ravie.

Sir Cosmo, comme à son habitude, était vêtu d'un costume impeccable, la moustache parfaitement lissée. Il parlait à ses deux compagnons avec volubilité. Pinky reconnut les lunettes d'écaille de l'homme qu'elle avait longuement dévisagé lors de l'audition des marins, à Washington.

Les trois hommes se serrèrent la main et Cosmo s'éloigna rapidement.

Pinky s'approcha. L'homme à lunettes se raidit en la voyant.

— Bonjour, salua-t-elle les deux avocats sur un ton enjoué. J'ai deviné vos intentions, messieurs. Le seul détail qui me manque encore est le montant des émoluments qui vous ont été versés par les Duff Gordon.

*

Tess s'enfouit la tête sous les couvertures pour ne plus entendre la pluie tambouriner contre les carreaux de sa fenêtre. Elle aurait aimé pouvoir se rendormir sans replonger dans les horribles cauchemars qui l'avaient hantée cette nuit-là.

Comme rien n'y faisait, elle se mit en position assise dans l'espoir de se calmer. Elle était heureuse de pouvoir disposer de cette journée de congé, elle la mettrait à profit pour se reposer. Mais la voix de Jack et son pouvoir de persuasion refusèrent de la quitter lorsqu'elle prit enfin le parti de se lever et de mettre de l'eau à bouillir. Des cris lui parvinrent de l'appartement voisin où un couple se déchirait. La veille, alors qu'elle se glissait entre ses draps à minuit passé, elle avait entendu les ressorts de leur sommier grincer furieusement de l'autre côté de la cloison. Elle se serait crue chez elle, en Angleterre. Elle se refusait d'envisager la vie d'une façon aussi sordide, cette longue succession de journées meublées par le ressentiment et de nuits occupées par le sexe, avec une armée d'enfants et aucun argent à la clé.

L'argent était-il une solution? Pourquoi refuser de se marier s'il ne manquait pas?

Elle se versa une tasse de thé et s'assit pour boire le liquide parfumé à petites gorgées. Jack lui enseignerait les us et coutumes du Nouveau Monde, il l'aiderait à éviter les écueils qu'elle pourrait rencontrer sur sa route, il assurerait sa protection et veillerait à son bonheur. Il se trouvait déjà au sommet de la pyramide et n'avait donc plus aucune raison de se battre pour y parvenir. Pour la première fois de sa vie, Tess pourrait enfin se détendre. Et tant pis si tout survenait aussi soudainement, elle n'y pouvait rien. Il lui suffisait d'oublier Jim. Ce dernier ne se trompait pas. D'une certaine façon, ils se ressemblaient à bien des égards, tous les deux. En particulier dans leur soif de découvrir une nouvelle existence. Pourtant, aucun n'était la boussole de l'autre. N'était-ce pas ce que cherchait Tess avant tout?

Elle s'habilla lentement en réfléchissant à sa journée. Le mieux était de se promener en ville, pousser peut-être jusqu'à Central Park. N'importe où, pourvu qu'elle fût noyée dans la foule, ce qui était douteux étant donné le mauvais temps. Elle aurait aimé que sa mère répondît aux lettres qu'elle lui avait envoyées, mais aucun courrier ne lui était encore parvenu d'Angleterre. Ce simple constat lui rappela combien elle était seule dans cet immense pays, sans personne à qui se confier.

Elle enfila ses gants, prit son parapluie et quitta son appartement en claquant brutalement la porte, ce qui eut le mérite d'interrompre la scène de ménage des voisins. Parcourue d'un frisson, elle serra son manteau contre elle et se dirigea vers l'épicerie du coin de la rue afin d'acheter le journal. Elle avait pris l'habitude de parcourir les gros titres, mue par la hantise de découvrir le nom de lady Lucy traîné une nouvelle fois dans la boue.

Son regard s'arrêta sur un court article annonçant la tenue ce jour-là d'une cérémonie en mémoire d'Isador Straus, le propriétaire de cet extraordinaire grand magasin voisin de Carnegie Hall. Un adieu émouvant à un homme d'exception, à en croire le journal, que sa femme avait choisi d'accompagner dans la mort sur le *Titanic* pour ne pas le laisser mourir seul.

Elle replia le journal. Elle avait désormais un but : elle rendrait hommage à un inconnu. Leurs destins se trouvaient irrémédiablement liés pour avoir appartenu, sans le vouloir, à la fraternité de ceux, morts ou vivants, qui avaient vécu la tragédie du *Titanic*. Cette notion, en dépit de ses connotations sinistres, conférait brusquement à Tess un sentiment d'appartenance.

Le lieu de la cérémonie était éloigné, mais marcher eut sur elle un effet apaisant. Lorsqu'elle atteignit la 42e Rue, la pluie avait cessé et les premiers rayons de soleil dispersaient les nuages. Un océan de parapluies à rayures rouges et blanches lui apparut. Des dames en chapeau de printemps et des messieurs endimanchés avaient pris place autour des étals des fleuristes et des charrettes des marchands de saucisses et de poivrons. Des grappes d'enfants, assis à même le trottoir, assistaient à un spectacle de marionnettes. Tess comprit qu'il s'agissait d'une fête de rue en remarquant la présence d'un orchestre. Le violoniste était coiffé d'une casquette dont le pompon lui battait la joue à chaque coup d'archet. Une femme en tablier jaune distribuait des boules d'une concoction glacée, de saveurs et couleurs différentes. Tess s'approcha, poussée par la curiosité.

— *Gelati*, lui proposa la femme en devinant son intérêt. C'est bien meilleur que de la glace.

Tess lui sourit en sortant un porte-monnaie de son sac. La femme lui tendit une coupelle remplie du mélange. Le chocolat, léger et onctueux, était un délice, et elle s'imagina qu'elle était italienne, histoire de laisser de côté échéances, soucis et doutes pendant quelques instants.

Lorsqu'elle atteignit enfin Carnegie Hall, elle découvrit sur le trottoir une foule silencieuse et sombre. Elle s'approcha et demanda au premier venu :

— A quel moment entre-t-on ?

— Vous avez une invitation ? lui demanda-t-il.

— Non, je ne savais pas qu'il en fallait une.

— Mais enfin, madame, tout le monde sait *ça* ! répondit-il sur un ton amusé. Attendez, voici le maire.

Une longue calèche noire tirée par des chevaux se rangea le long du trottoir. Deux agents de police repoussèrent les badauds et Tess vit un personnage corpulent, tout de noir vêtu, descendre du véhicule, tendre la main et aider une femme d'âge moyen à le rejoindre sur le trottoir. Elle lui prit le bras et le couple traversa la foule avant de s'engouffrer dans Carnegie Hall. Une longue file de voitures à cheval et d'automobiles noires continuait de déverser des passagers dans le silence que seuls troublaient les pleurs d'une femme.

Le dernier invité entré, un gardien ouvrit grand les portes extérieures. Une attention destinée à ceux qui restaient dehors, afin qu'ils puissent entendre les prières et les éloges funèbres, à en croire les chuchotements qui circulaient parmi la foule.

Personne ne chercha d'ailleurs à pénétrer dans la salle dont s'échappèrent bientôt des cantiques.

— Ils récitent le *kaddish*, glissa son voisin à Tess, persuadé qu'elle n'aurait pas reconnu cette prière de la tradition juive.

Il se trompait. Un souvenir de cette nuit terrible dans le canot de sauvetage lui remonta à la mémoire. Quelqu'un, dans l'une des autres chaloupes, avait récité cette prière lugubre, la voix figée dans l'air glacial. Elle baissa la tête, surprise de ressentir un réconfort inattendu en cet instant de recueillement.

— Tess?

Elle releva la tête et trouva face à elle Pinky, son cabas de toile serré contre sa poitrine, un chapeau tout dégouttant de pluie sur la tête.

— Vous êtes venue couvrir l'événement? s'enquit Tess.

Elle eut conscience de s'être exprimée avec froideur, sans pouvoir s'en empêcher. Pinky avait le don de provoquer des tensions autour de sa personne. Elle trouvait le moyen de s'immiscer dans le premier moment d'apaisement que connaissait Tess depuis un long moment.

— Je ne suis pas venue en reportage. J'ai simplement voulu assister à la cérémonie. Je le connaissais.

Tess ressentit un pincement de honte.

— J'ai un peu l'impression de l'avoir connu, moi aussi.

Elles vibrèrent en silence au rythme des prières hébraïques. La cérémonie achevée, le maire et les autres officiels regagnèrent automobiles et calèches avant de quitter les lieux.

Pinky rompit le silence la première.

— C'est donc vrai qu'on fait bouillir les vers à soie pour obtenir de la soie? s'informa-t-elle tout de go.

— Comment? réagit Tess, stupéfaite.

— Je me renseigne en ce moment sur la mode. J'ai convaincu Van Anda de m'envoyer couvrir le défilé de Lucile. Vous ne trouvez pas que c'est dur pour les vers à soie?

— En théorie, on devrait pouvoir se débrouiller avec du lin et de la laine, sourit Tess en tirant un mouchoir de son sac. D'un autre côté, pensez un peu à tous ces moutons tondus qui meurent de froid. Tenez, passez-moi votre chapeau que j'essaie de le sécher.

— J'ai l'air d'être triste? demanda Pinky en se décoiffant. C'est votre cas, en tout cas.

Tess se concentra sur sa tâche avant de répondre.

— C'est vrai, je suis un peu triste, avoua-t-elle en rendant son chapeau à la journaliste.

— À cause de ce que vous avez dit à Jim. Hier soir.

— Vous êtes donc systématiquement au courant de tout? s'étonna Tess.

— Pas du tout. Qui est l'autre? Je ne me mêle pas de vos affaires, je me contente de poser la question. Rien ne vous oblige à répondre.

— Je le sais, c'est même pour cette raison que je ne vous dirai rien. Désolée, Pinky.

La jeune femme haussa les épaules, sachant qu'on ne gagne pas à tous les coups.

— Quelle est l'atmosphère, à l'atelier?

— Vous souhaitez savoir si Lucile est désespérée ou affolée à l'idée de témoigner devant la commission dans deux jours?

— J'avoue que ça me surprendrait d'elle. Je crois, au contraire, qu'elle est impatiente de faire son grand numéro. New York l'attend avec impatience.

— Dans ce cas, que voulez-vous savoir?

— Tout simplement comment ça se passe pour vous. Mais vous allez encore me dire que je suis à l'affût du moindre ragot.

Tess rendit les armes, un sourire aux lèvres.

— Elle m'a demandé de dessiner un modèle en s'engageant à le présenter lors du défilé s'il était réussi. J'ai relevé le défi, il ne me reste qu'à retoucher les manches. Je compte le présenter à Lucile demain. J'en suis très fière, je l'avoue. Je crois que ma robe lui plaira.

Plus exactement, elle *priait le ciel* que la robe plût à Lucile.

— Une robe en soie.

— Bien sûr.

— Pas de chance. Moi qui comptais raconter à mes lecteurs les souffrances infligées aux vers à soie !

Les deux femmes éclatèrent de rire d'un même élan. Tout en marchant à côté de la journaliste, Tess sentit sa mélancolie reprendre le dessus. Elle s'apprêtait à chercher une excuse pour quitter sa compagne, afin de se retrouver à nouveau seule, lorsque Pinky se tourna vers elle.

— Mon père ne se porte pas très bien. La dame qui s'occupe de lui pendant la journée se plaint qu'il est de plus en plus irritable. J'espère qu'elle ne décidera pas de s'en aller.

— Je suis désolée, balbutia Tess.

Elle s'en voulut d'avoir oublié un peu trop aisément que le culot de Pinky dissimulait des souffrances bien réelles.

— Je me suis dit que je lui achèterais des tomates sur le marché en rentrant des obsèques de M. Straus.

Pinky ôta son chapeau et le remit aussitôt.

— Merci, c'est gentil de l'avoir essoré du mieux que vous le pouviez.

— J'ai un parapluie, au cas où il se remettrait à pleuvoir.

Les mots étaient sortis tout seuls. Impossible de revenir en arrière. Pinky ne comprendrait pas qu'elle ne décidât pas de l'accompagner.

— Tant mieux. Encore merci.

Elle ajouta dans la foulée, comme si l'idée lui en venait subitement :

— Pourquoi ne viendriez-vous pas à la maison ? Je préparerai un repas pour le déjeuner. Mon père devrait vous plaire, ce n'est pas une mauvaise personne, il a simplement le défaut de croire que la terre devrait tourner autour de lui. De ce point de vue, il n'a jamais changé, c'est sa nature profonde. Allons, Tess. Venez. J'ai du fromage et du salami tout frais.

Tess en déduisit que Pinky avait envie de parler. Comment lui en vouloir ? Elle aussi avait besoin de se confier.

Une légère odeur d'urine flottait dans la cage d'escalier, au point que Tess retint sa respiration le plus longtemps possible en montant les marches jusqu'au troisième étage.

— On se relaie avec les voisins pour nettoyer l'escalier. En temps ordinaire, ça ne sent pas mauvais, mais j'ai oublié mon tour hier. Désolée.

— J'ai connu pire, la rassura Tess.

Il ne s'agissait pas d'une réponse polie. Elle avait effectivement connu pire, même si elle n'avait guère envie de l'admettre.

Prescott Wade, assis dans son lit, une pile d'oreillers dans le dos, regardait par la fenêtre, un livre ouvert sur les genoux, lorsque les deux jeunes femmes entrèrent dans sa chambre. Il était plus petit que Tess ne l'avait imaginé. Plus frêle, surtout. La main osseuse dans laquelle il serra celle de la jeune fille, au moment des présentations, n'en était pas moins ferme.

— Pinky me parle souvent de vous. Vous venez de débarquer en Amérique, c'est bien ça ? Et c'est vous qui travaillez pour cette grande créatrice de mode ?

— J'essaie, en tout cas.

La brusquerie du vieil homme lui plut d'emblée.

— Mon conseil, ne vous installez jamais. Tenez, prenez l'exemple de Sarah. Elle est bonne journaliste, mais elle a le tort de se prendre pour Nellie Bly[1].

Il se tourna vers sa fille.

— Elle ne s'y essaie pas en ma présence. Il faut croire que je lui ai coupé les ailes.

Il ferma les yeux et se tourna vers le mur.

Pinky lui caressa gentiment l'épaule et fit signe à Tess de la suivre. Elles gagnèrent la cuisine où la journaliste entreprit d'éplucher une laitue en parlant d'une voix enjouée.

— Mon père n'est pas lui-même, aujourd'hui. En réalité, il ne l'est plus jamais vraiment.

— Vous vous prenez réellement pour Nellie Bly?

Le couteau se figea dans le cœur de la laitue.

— Je rêve de pouvoir parcourir le monde comme elle. Rencontrer des gens, monter à dos de chameau, descendre des rapides en radeau…

Elle afficha une mine songeuse.

— J'en serais capable. Je serais capable de parcourir le monde sans bagage, comme elle. Uniquement avec des sous-vêtements de rechange.

— Qu'est-ce qui vous y pousse?

— Qu'est-ce qui vous a poussée à venir en Amérique? J'ai envie de vivre des aventures extraordinaires et de voir le monde, voilà ce qui me pousse. En attendant, pour ne rien vous cacher, je serais déjà bien contente si je pouvais gagner un peu plus d'argent.

— Vous ne pouvez pas l'exiger de votre journal?

Tess était curieuse de savoir comment fonctionnait ce genre de négociation en Amérique. Son expérience

---

1. La reporter américaine Nellie Bly (1864-1922) est l'une des pionnières du journalisme d'investigation. (*N.d.T.*)

passée lui avait enseigné qu'elle ne disposait personnellement d'aucune marge de manœuvre.

— Les femmes journalistes n'obtiennent jamais d'augmentation. Avec un peu de chance, on loue leur travail, mais sans leur donner d'argent. Tenez, coupez-moi du pain, ordonna-t-elle à son invitée en lui fourrant un couteau de cuisine et une miche entre les mains.

— De quel mal souffre votre père?

La question ne paraissait nullement indiscrète, dans l'intimité d'un moment qui la voyait couper du pain pendant que Pinky finissait de préparer la salade.

Pinky répondit en se concentrant sur la tomate qu'elle était en train de découper.

— Il a des problèmes de cœur. Il s'affaiblit de plus en plus, après avoir été victime de plusieurs crises cardiaques.

— Je suis désolée.

Lorsque Pinky redressa la tête, elle avait les yeux brillants.

— Il n'est pas toujours facile, mais c'est un bon père. Je lui administre de la morphine pour le soulager. Comment préférez-vous le salami? En tranches fines, ou épaisses?

— Comme vous voulez, ça m'est égal.

— Dans ce cas, je coupe des tranches fines.

Elles terminèrent de préparer le repas en silence. Une fois les plats posés sur la table recouverte d'une toile cirée, Pinky s'appuya des deux mains sur un dossier de chaise et fixa Tess.

— Asseyez-vous. J'ai un secret à vous confier.

— À quel sujet?

— Au sujet de Jim. Il est dans le pétrin.

Tess se laissa tomber sur un siège sans quitter Pinky des yeux.

— Les gens qui cherchent à se débarrasser de lui sont allés fouiller dans son passé. Ils ont découvert qu'il avait été inculpé à la suite d'une manifestation de mineurs.

— Comment?!!

Dans son émoi, Tess faillit renverser la corbeille à pain.

— J'ai cru comprendre que la police anglaise arrêtait tous les manifestants en faisant régner sa loi à coups de matraque. Les mineurs ont voulu se défendre et un flic a été atteint par une balle. Jim se trouvait là, il faisait partie des dirigeants syndicaux. Inutile de me regarder comme ça, les charges qui pesaient contre lui ont été abandonnées quelques jours plus tard.

Les mains de Tess tremblaient.

— Dans ce cas, qu'a-t-il à redouter?

— Quelqu'un a réussi à relancer l'inculpation.

— Quelqu'un? Mais qui donc?

Pinky répondit indirectement.

— Saviez-vous qu'il a été assigné à comparaître devant la commission d'enquête en Grande-Bretagne?

— Non, il ne m'en a rien dit hier.

— J'imagine qu'il avait d'autres préoccupations en tête.

Tess fit la grimace.

— Je vous en prie, Pinky. Ne jouez pas à ça.

— Je suis désolée, Tess. Mais vous devez vous douter combien vous lui avez fait mal.

Tess hocha la tête.

— Très bien. Quoi qu'il en soit, il va devoir rentrer et il sera arrêté à la minute où il posera le pied sur le sol anglais. Ce nouveau «scandale» lui vaudra toute l'attention de la presse britannique, ce qui viendra altérer la crédibilité de son témoignage de Washington. Résultat des courses, il ne représentera plus aucun danger pour les Duff Gordon, tout simplement parce que personne ne voudra prêter foi au témoignage d'un criminel. Les auditions terminées, lady Lucy rejoindra le lieu de son prochain défilé et les accusations contre Jim seront abandonnées en toute discrétion. L'affaire a été remarquablement ficelée.

— Comment êtes-vous au courant de tous ces détails?

— J'ai mes sources. Vous oubliez déjà que je suis journaliste?

Pinky ponctua sa phrase d'un sourire moins spontané qu'à son habitude. Aucune des deux femmes n'avait encore touché à la nourriture posée sur la table.

— Si je comprends bien, Lucile a décidé de discréditer Jim par tous les moyens.

— Évidemment. Elle est la première bénéficiaire d'une telle opération. Il se trouve aussi que les avocats qui ont soigneusement briefé les autres marins, le jour où Jim a témoigné, étaient également à son service. Ils sont membres d'un grand cabinet new-yorkais, je suis allée vérifier.

Tess battit des cils, abasourdie par ce qu'elle venait d'entendre. D'abord incrédule, elle sentit monter en elle une colère qui se transformait lentement en rage froide. Au fond d'elle-même, elle savait Lucile capable d'une manipulation aussi honteuse.

— Jim est-il au courant? parvint-elle à articuler.

— Il a appris la nouvelle hier soir. Il est surpris, tout en restant très résolu. Vous savez ce qu'on dit ici au sujet des Anglais? Qu'ils ont la fibre stoïque.

— Comptez-vous publier un article?

Pinky hésita avant de répondre.

— Je préfère attendre avant de le publier. Elle n'attend que ça, pour attirer l'attention sur Jim. J'aime autant savoir quelle surprise elle nous réserve lors de son audition devant la commission sénatoriale.

— Vous êtes sûre que c'est la meilleure solution?

— Sûre et certaine, sinon je ne vous le dirais pas. Allez, mangez un peu.

Pinky glissa une tranche de salami entre deux morceaux de pain et tendit le tout à Tess.

— Il y aurait une autre solution.

— Laquelle?

Tess s'obligea à mordre dans le sandwich, mais la boule qu'elle avait dans le ventre l'empêcha d'y trouver le moindre goût.

— Il faudrait que quelqu'un mette sur l'affaire un avocat plus retors que ceux des Duff Gordon et fasse tomber l'inculpation avant que la presse s'empare du dossier. Je vous le concède, ce ne sera pas facile de dénicher la perle rare. À votre avis, qui a décidé de s'atteler à la tâche?

Cette fois, un sourire sincère illumina le visage de Pinky.

— Je ne sais pas. Qui?

— L'excellente et très riche Mme Brown. Elle est furieuse. Elle a de grandes ambitions pour Jim et ne veut en aucun cas le perdre. Alors, ce sandwich?

— Je ne sais pas, je n'ai goût à rien.

Tess repoussa son assiette, se leva et entama une ronde furieuse, incapable de rester en place.

— Vous êtes perturbée.

— Ça vous étonne? Au moment où l'on cherche à détruire Jim en mettant sur pied un coup tordu? Perturbée, le mot est faible. Je ne supporte pas l'idée qu'on puisse lui vouloir du mal.

Pinky quitta la table à son tour.

— Ne vous leurrez pas, Tess. Le mal est déjà fait.

Un silence pesant retomba sur les deux jeunes femmes.

— Je suis désolée, reprit Pinky. Je réagis de cette façon-là parce que ça me plaît de croire que vous ne le méritez pas.

Elle sentit le feu lui monter aux joues. Elle n'avait pas prévu de se dévoiler de la sorte.

Tess, trop bouleversée, ne chercha même pas à se défendre.

— Vous avez raison, dit-elle. Je ne le mérite pas.

— Qu'allez-vous décider?

— Je compte démissionner. Je ne resterai pas une minute de plus chez cette femme. Plus maintenant.

L'incrédulité avait définitivement cédé la place à la certitude. Il n'avait pas suffi à Lucile de payer les marins. Non. Elle entendait museler définitivement tous ceux qui osaient la critiquer.

— Je ne peux plus travailler pour elle. Je serais incapable de lui accorder ma confiance.

— Vous pouvez vous installer ici, si vous le souhaitez, lui offrit Pinky. Ce n'est pas une offre en l'air. Vous pouvez commencer à fabriquer des robes, j'ai même une machine à coudre. Vous vous trouverez un appartement quand vous aurez assez d'argent.

— Comment dénicher des clientes?

— Ce n'est pas le plus difficile, s'écria Pinky, pleine d'enthousiasme. Il me suffit de vous envoyer toutes celles à qui je consacre des articles, ou même la femme de Van Anda. Elle y gagnerait à s'habiller de façon moins conventionnelle. C'est une idée formidable, Tess! Vous n'avez pas besoin de Lucile!

Tess sourit faiblement. Pinky, avec son exubérance et son culot, était bien américaine. Toujours prête à remettre les règles en cause. Peut-être Tess aurait-elle dû prendre exemple sur elle. Elle n'avait d'ailleurs plus le choix, puisqu'elle s'apprêtait à sauter dans le vide.

Une question continuait de la tarauder: Jack.

*

Ses pieds la firent souffrir tout au long du retour chez elle. Jack l'attendait devant sa porte, et c'est tout juste si elle vit les fleurs qu'il lui tendait.

— Elle a monté une machination terrible contre Jim, s'écria-t-elle en lui prenant machinalement le bouquet des mains avant de s'en débarrasser.

Il posa un regard surpris sur les fleurs éparpillées à leurs pieds.

— Très bien, racontez-moi tout.

Alors, elle se libéra sans se soucier de ce qu'il pouvait penser. Jack l'écouta attentivement en silence.

— Vous vous souciez décidément beaucoup de cet homme, remarqua-t-il à la conclusion de son récit.

— Bien sûr. Comment Lucile peut-elle agir ainsi ? Elle cherche à détruire sa vie, au moment où l'avenir s'ouvre à lui. Je n'arrive toujours pas à y croire, tout en me disant que je suis une naïve incorrigible de me montrer aussi crédule. Je…

— Quel rôle jouez-vous dans toute cette affaire ? demanda-t-il d'une voix qui trahissait son agacement. Quelles sont vos intentions, Tess ?

— Je vais quitter mon emploi, évidemment, répondit-elle, surprise par sa question. Si Lucile est décidée à détruire Jim, elle ne s'en tirera pas à si bon compte.

— Vous êtes prête à partir avant le défilé ? À renoncer à montrer cette robe dont vous êtes si fière ?

Il s'exprimait avec bienveillance tout en affichant sa volonté de la sonder.

— J'en suis extrêmement triste, mais je n'ai pas le choix.

— On a toujours le choix dans l'existence, Tess. C'est bien ce qui rend la vie si compliquée.

— Peut-être, mais c'est ma vie.

Jack l'attira contre lui.

— Cela signifie peut-être que l'heure est venue de prendre des décisions importantes, murmura-t-il.

Elle se contenta de fermer les yeux, dans l'attente du réconfort que ne manquait jamais de lui apporter son étreinte. Ce soir, pourtant, le soulagement n'était pas vraiment au rendez-vous, même lorsqu'elle remarqua enfin la présence du bouquet à ses pieds.

*

Tess partie, Pinky resta un long moment immobile sur sa chaise. Elle grignota une feuille de salade, roula entre ses doigts une tranche de salami. Elle avait rempli la mission qu'elle s'était fixée. Elle avait déclenché une machinerie dont elle ne savait pas où elle s'arrêterait.

— Sarah.

Dieu du ciel! Elle avait oublié de donner à manger à son père. Elle lui prépara un sandwich en toute hâte, le déposa sur une assiette et prit le chemin de sa chambre. Le vieil homme ne fut pas dupe.

— Ce pain est rassis.

— J'étais plongée dans mes pensées.

— Au sujet de ce jeune homme dont vous parliez?

Pinky se laissa tomber sur le bord du lit.

— Il y a des jours où je préférerais que tu sois moins à l'écoute de ce qui se passe autour de toi.

— Quel est le problème?

Elle hésita. À quoi bon, après tout, sachant qu'il était capable de s'endormir pendant qu'elle lui parlait?

— Il souffre à cause de Tess.

— Elle l'a quitté pour un autre.

— Comment l'as-tu deviné?

— Je n'ai rien deviné du tout. Bon sang, Sarah, ce n'est pourtant pas sorcier. Les complications amoureuses ne sont pas nées avec ta génération.

Il porta le sandwich à sa bouche d'une main squelettique avant de le reposer aussitôt.

— Je suis fatigué. Je ferais mieux de dormir.

— Bien sûr.

Elle se leva, prête à quitter la pièce. Elle aurait aimé tout oublier. Cette chambre, cet appartement, et le reste.

Il lui prit la main et la serra avec une force inattendue.

— Je ne suis pas engourdi par les médicaments au point de ne pas savoir ce que tu ressens, ma fille.

Pinky, reconnaissante, lui serra les doigts à son tour.

14

La lumière du matin peinait à franchir la crasse des carreaux de sa chambre, mais un soleil éclatant n'aurait pas suffi à remonter le moral de Tess. Elle s'assit dans son lit et se brossa les cheveux afin d'en retirer les nœuds, l'un après l'autre. Inutile de répéter dans sa tête ce qu'elle comptait lui dire. Elle arrangea son chapeau sur sa tête, le fixa soigneusement à l'aide d'une épingle, puis elle quitta son appartement sans savoir quel avenir l'attendait.

Elle tirait à elle la porte de l'ascenseur privé de Lucile lorsqu'elle fut frappée par le ridicule de la situation: considérer comme un honneur d'avoir l'autorisation de monter dans cette cabine fatiguée et grinçante. Elle referma la porte, releva légèrement sa jupe et s'engagea dans l'escalier.

— Tess! Où étiez-vous donc? Venez par ici!

Toutes les têtes se tournèrent vers Tess. Des longueurs de soie et de laine s'échappaient par vagues des machines à coudre dont le ronronnement emplissait le loft, accrochant la lumière qui pénétrait à profusion dans la pièce jusqu'à former un tableau éblouissant. Tess, la gorge nouée, traversa d'un pas rapide cet immense espace qu'elle aimait tant. Seuls les plus attentifs remarquèrent qu'elle n'avait pas pris la peine de retirer son chapeau en s'avançant vers le podium du défilé.

— Mon Dieu, mon petit, je vous attendais avec impatience, pourquoi arrivez-vous si tard? Aucune importance, après tout. Regardez plutôt!

Lucile lui désigna le mannequin qui remontait la piste à cet instant précis. Elle portait la robe de Tess, entièrement terminée. La soie couleur crème paraissait plus somptueuse encore que l'avant-veille. La jupe retaillée se balançait avec une fluidité parfaite en reflétant la lumière. La robe, telle que Tess l'avait imaginée, donnait toutes ses promesses. Sa création.

— Elle est absolument fabuleuse, s'écria Lucile en joignant les mains. J'ai repris la manche ce matin, j'espère que la retouche vous conviendra.

Elle enchaîna, sans attendre la réponse de la jeune femme.

— Elle est peut-être un peu trop courte, mais il sera aisé de la rallonger à la demande de mes clientes. Tess, vous avez effectué là un travail *fabuleux*. Je tiens *absolument* à présenter cette pièce lors du défilé.

Tess, absorbée par la robe, restait sourde aux commentaires de plus en plus élogieux de Lucile. Le résultat n'était pourtant pas parfait. Elle examina le corsage d'un œil critique, regrettant de ne pas l'avoir cintré davantage, de ne pas avoir opté pour un col carré. Elle avait presque réussi un sans-faute.

— Elle n'est pas aussi parfaite que je l'aurais voulu, déclara-t-elle.

— Vous parlez en vraie créatrice, ma chère. Sans être parfaite, votre modèle possède une fraîcheur qui me séduit. Ne vous montrez donc pas si dure avec vous-même. Pourquoi cette mine si sombre?

— Puis-je vous parler dans votre bureau?

Lucile déclina la requête d'un mouvement de tête impatient.

— Le temps nous est compté, nous avons du pain sur la planche. Que souhaitez-vous me dire?

Il n'était décidément pas facile pour Tess de s'exprimer, sachant qu'elle allait gâcher la fête.

— Je suis désolée d'en arriver à cette extrémité, mais je vous quitte, dit-elle à mi-voix.

— Quoi ? Vous faites *quoi* ?

Lucile criait presque.

Tess avait le sentiment atroce de lever le bras et de plonger un couteau tranchant au milieu d'une foule. Des têtes se tournaient de tous côtés, les yeux agrandis par la surprise. À la rumeur de la ruche succédèrent des murmures pressés.

Tess tendit l'index en direction de sa robe. La toucher eût été trop douloureux.

— En me demandant de réaliser ce modèle, vous avez ni plus ni moins cherché à m'acheter. À vous assurer de ma loyauté indéfectible.

— Que me chantez-vous là ? répliqua Lucile.

— Vous aviez compris que me proposer de l'argent n'aurait jamais fonctionné. Vous préfériez réserver l'argent à ces marins pour qu'ils mentent au sujet de Jim Bonney lors de leur audition, mais vous les avez bel et bien soudoyés.

Lucile blêmit. Elle posa une main sur son cœur, les doigts crispés autour de sa poitrine, au point que James, inquiet, sortit en trombe du bureau afin de la soutenir.

— Vous n'aviez pas besoin de m'acheter. Je serais restée parce que j'en avais envie, et non par opportunisme. Aujourd'hui, je ne resterais pour rien au monde.

— *Que me chantez-vous là ?*

— Lucile, je vous en prie ! Arrêtez de jouer les innocentes. Ce que je vous chante ? Vous avez mis au point un scénario visant à faire passer Jim Bonney pour un vulgaire criminel aux yeux des Anglais. À organiser son arrestation sous un prétexte fallacieux. Tout ça pour quoi ? Il représentait donc un tel péril à vos yeux ?

— Je me fiche éperdument de ce marin.

— Que s'est-il réellement passé sur ce canot?

Lucile, les traits figés, dévisagea longtemps la jeune fille avant de se détourner.

— Vous êtes folle. Je ne vois pas de quoi vous voulez parler.

— Il vous est plus facile de nier, j'imagine. Je n'arrive toujours pas à croire avec quelle facilité vous êtes prête à détruire la vie d'un individu.

Tess avait des sanglots dans la voix.

Lucile lui faisait face, appuyée contre une table de coupe, le regard noir comme de l'eau saumâtre.

— Je n'ai rien à voir avec les manigances auxquelles vous faites allusion. Je n'ai jamais voulu conduire votre marin en prison. Vous comprenez?

Elle niait, évidemment. C'était dans sa nature. La femme que Tess avait en face d'elle, son modèle, celle qui l'avait innocemment tirée de sa condition de simple domestique pour lui ouvrir les portes du monde, avait ainsi opté pour un coup de bluff. Elle le criait elle-même, elle se fichait de ce qui arriverait à Jim, tout comme elle s'était fichue de tous ceux qui auraient pu prendre place à bord de son canot. Qui auraient *dû* y prendre place. Tout ce qui l'entourait, ces coupons de tissu, ces vêtements, ce monde de rêve, tout son univers était bâti sur de l'égoïsme. Seul Jim avait fait preuve d'un comportement respectable au lendemain du naufrage.

— Je vous respecterais bien davantage si vous acceptiez de reconnaître la vérité. C'est sans importance, de toute façon. Il est hors de question que je continue à travailler pour vous.

— Mais enfin, c'est impossible! Je vous veux ici. Je ne sais rien de ce complot visant à abattre ce marin.

— Je ne vous crois pas.

Lucile releva le menton, les lèvres pincées.

— Dans ce cas, vous rompez la promesse que vous m'avez faite.

— Au revoir, répondit Tess en lui tournant le dos.

— Comment comptez-vous vivre, Tess? Vous allez recommencer à faire des lits et à nettoyer des toilettes? l'apostropha Lucile d'un air de défi.

— Je ne sais pas, je verrai bien.

— Et votre robe? Vous ne souhaitez donc pas qu'elle soit présentée lors du défilé?

Lucile usait de sa dernière cartouche.

Tess se retourna, consciente de tous les regards braqués sur elle, emportée par le besoin de s'immoler.

— Ça m'est égal, articula-t-elle lentement. Intégrez-la à vos propres collections si vous le souhaitez. Ou bien jetez-la.

— Je pourrais toujours m'en servir pour fabriquer des taies d'oreiller, si c'est ce que vous voulez, réagit Lucile, mue par un réflexe désespéré au seul bénéfice de son auditoire.

— Excellente idée.

Tess se tourna vers les couturières pétrifiées à qui elle adressa un large sourire.

— Je vous remercie toutes, vous avez été formidables avec moi.

Sur ces mots, elle quitta le loft en laissant dans son sillage un silence assourdissant.

*

Le Sénat, Washington

William Alden Smith accueillit avec une courtoisie teintée de lassitude la visiteuse qui s'avançait dans son bureau.

— Seigneur Dieu, monsieur le sénateur, quelle mine sinistre! s'exclama l'opulente visiteuse d'une voix pleine d'entrain.

— Bonjour, madame Brown.

Si elle demandait à le rencontrer avec l'intention de le convaincre de la convoquer devant la commission, il comptait l'en dissuader avec fermeté. Elle souhaitait uniquement se plaindre de la lâcheté des hommes qui avaient refusé de ramer, histoire de glorifier les femmes qui leur avaient pris les avirons des mains.

— Vous n'avez guère l'air de vous amuser.

— Je vous prie de croire que non, madame. C'est une affaire sérieuse.

— Et puis la presse britannique ne s'est pas montrée tendre avec vous.

— Être traité d'«imbécile-né», au prétexte que je ne suis pas un spécialiste émérite de l'art de naviguer, n'est pas l'expérience la plus agréable, répliqua-t-il sèchement.

Sa réponse provoqua l'hilarité de Mme Brown.

— Allons, allons, monsieur le sénateur. Quand vous avez demandé à cet officier, Harold Lowe, s'il savait de quoi sont faits les icebergs…

— Je sais, je sais, la coupa-t-il, agacé qu'elle puisse lui rappeler un tel détail.

— … et qu'il vous a répondu avec le plus grand sérieux : «De glace», poursuivit impitoyablement la visiteuse, vous pourriez au moins sourire de vous-même.

— Je préfère concentrer mes efforts sur des points plus essentiels, si vous n'y voyez pas d'inconvénient. Savez-vous que le jeune Frederick Fleet, celui qui nous a révélé qu'il n'y avait *pas une seule* paire de jumelles sur ce bateau, se trouve à présent mis au ban de sa profession par tous les officiers qui ont survécu au drame ? Ils refusent tous de lui adresser la parole, un vrai scandale. Il n'ose plus quitter la pension de famille dans laquelle il s'est réfugié. Il ne mange même plus, je m'inquiète à son sujet.

— À juste titre, je n'en doute pas. Cela dit, vous menez très bien votre mission, le félicita Mme Brown en s'installant confortablement dans l'un des fauteuils de la pièce, sans paraître impressionnée par le décor imposant qui l'entourait. C'est une tâche ingrate, et vous n'avez jamais prétendu connaître les arcanes du monde maritime. Vous êtes un honnête homme, et j'aime ça.

Smith, gratifié, s'autorisa un sourire.

— J'avoue ne pas toujours distinguer la proue de la poupe, reconnut-il. Mais lorsque je remettrai mon rapport, il contiendra toutes les informations auxquelles le public a droit.

— Sans que personne ait accepté de reconnaître la moindre erreur. Ainsi en est-il de la nature humaine.

— Je dois malheureusement vous donner raison.

Elle s'essuya le front à l'aide d'un mouchoir tout fripé.

— Mon Dieu, quelle chaleur ! Moi qui croyais les hommes politiques allergiques à toute forme d'excès, déclara-t-elle distraitement, avant d'en arriver au but de sa visite. Vous devez vous demander ce qui m'amène ici. Eh bien, je ne suis pas venue vous prier de me convoquer devant la commission, si c'est là votre inquiétude. En revanche, j'ai besoin de votre aide.

— Mon aide ? À quel sujet ? s'enquit-il, pris de court.

— C'est à propos de ces odieux Duff Gordon. Un vilain couple, si vous voulez mon avis. Je crois savoir qu'ils ont décidé d'écraser ce marin qui a osé témoigner de leur comportement douteux lors du naufrage. Vous voyez sans doute de qui je parle.

Smith revit Jim Bonney s'éloigner du Sénat à grandes enjambées.

— Bien entendu, acquiesça-t-il.

— Figurez-vous que j'ai appris de la bouche de Pinky Wade, la journaliste du *Times*, que ces gens lui ont tendu un mauvais piège.

En quelques mots, elle résuma la situation à Smith avant de se carrer dans son fauteuil, les mains croisées sur son ventre généreux.

— N'auriez-vous pas le moyen d'intervenir en vous arrangeant pour dénoncer leur manœuvre?

— Je n'ai pas grand poids auprès des autorités britanniques, se défendit-il. Ils me prennent de toute évidence pour un personnage comique.

— Je le sais bien. Et Dieu sait qu'ils ont de moi une image aussi peu flatteuse. Ne vous laissez pas impressionner par si peu. J'imagine que vous disposez de contacts à Londres. J'ai cru comprendre que certains de vos condisciples de classe siégeaient à la Chambre des communes.

Comment diable cette femme était-elle au courant? Smith observa son interlocutrice avec davantage d'attention. Elle était infiniment plus intelligente que son allure rustique ne le laissait deviner.

— Il suffirait qu'une bonne âme se charge de vérifier le dossier de ce garçon et empêche toute tentative de ressusciter cette vieille inculpation. Histoire de rétablir la vérité.

— Je vais me renseigner, s'engagea prudemment Smith. Tout ce que je puis vous promettre, c'est de m'adresser aux bonnes personnes et de voir si elles sont disposées à agir.

— Je n'en demande pas davantage, dit-elle, rayonnante. Bonney est un artisan habile. Un véritable artiste. Il se débrouillera fort bien dans ce pays, à condition de ne plus avoir ce naufrage sur le dos.

— Il n'est pas le seul, reconnut Smith, plus las que jamais.

— À dire vrai, monsieur le sénateur, je doute que nous soyons jamais entièrement débarrassés de cette affaire.

— Malheureusement, soupira-t-il. Je retourne à New York dès cet après-midi avec les membres de la commission d'enquête afin de procéder à de nouvelles auditions demain.

— On me l'a rapporté. J'ai cru comprendre que lady Lucy serait le témoin vedette de cette séance. Pensez-vous que nous en apprendrons davantage sur ce qui s'est réellement passé à bord du canot n° 1?

— Je ne sais pas, mais du moins aurai-je le témoignage de cette femme.

— Un objectif bien modeste, monsieur le sénateur.

— Madame Brown, l'avenir pourrait bien vous surprendre.

*

Lucile pénétra dans la suite du Waldorf alors que Cosmo, planté devant une desserte, une carafe en cristal à la main, se versait un verre de bourbon.

— Vous m'en servirez un aussi, lui ordonna-t-elle en se débarrassant de son sac à main sur le canapé. J'ai passé une journée éprouvante. Cette petite ingrate m'a quittée en m'accusant de tous les maux de la terre. Je n'aurais jamais dû l'emmener en Amérique dans mes bagages, je m'en rends bien compte à présent.

Cosmo remplit un second verre qu'il tendit à sa femme.

— Tenez, ma chère, déclara-t-il en posant sur elle un regard ferme. Vous allez en avoir besoin.

— Que voulez-vous dire? s'étonna-t-elle en prenant le verre.

— On m'a rapporté ce qui s'était passé aujourd'hui dans votre atelier. J'ai toujours pensé que Tess serait capable de provoquer un semblant de scandale, mais elle est allée un peu loin. Je le regrette.

— Qu'êtes-vous en train de me dire? s'inquiéta Lucile, le verre de bourbon figé en l'air.

— Épargnez-moi votre indignation. Vous n'aviez aucune envie de connaître les détails, et les crises d'hystérie me fatiguent.

— Connaître quels détails?

— Vous le savez très bien, je pense.

Un silence ponctua sa phrase.

— Cosmo, qu'avez-vous fait contre moi?

Pour une fois, le tremblement de sa voix n'était pas feint.

— Je n'ai rien fait *contre* vous, mais *pour* vous, au contraire. J'ose espérer que vous percevez la nuance. Ce marin ne nous gênera plus.

Il vida son verre d'un geste brusque.

— Tess me quitte après m'avoir dénoncée publiquement. Je ne vois pas en quoi cela m'est bénéfique.

— Pour l'amour du ciel, vous n'avez pas besoin de cette fille. Si mon plan se déroule comme prévu, la presse britannique aura bientôt toutes les raisons de nous traiter avec davantage d'égards. On ne peut pas empêcher ce Bonney de parler, mais on peut changer le regard des journalistes sur sa personne. Simple partie d'échecs, Lucile.

— Votre plan doit-il le conduire en prison?

— Brièvement. Suffisamment longtemps pour que l'opinion publique nous blanchisse en comprenant que nous avons été victimes d'un agitateur.

— La manœuvre me coûte Tess.

— Votre fille de substitution, après celle que vous avez perdue autrefois. J'aurais dû m'en douter.

Le tic-tac de la pendule posée au-dessus de la cheminée parut brusquement plus sonore dans l'épaisseur du silence.

— Vous ne m'auriez jamais épousée.

— Je crois que si.

— C'est faux. Le marché entre nous était clair. L'existence de cette enfant aurait lourdement compliqué notre vie.

— Un marché, dites-vous? Lequel? L'argent et la respectabilité pour vous, mais pour moi? Qu'étais-je censé tirer de cette union? Rafraîchissez-moi la mémoire.

— Ne raillez pas.

— Je vais vous répondre. Aux termes de ce marché, j'ai reçu la femme que j'aimais. Du moins le croyais-je.

— Tout cela devient lassant, jugea Lucile en quittant sa veste sans regarder son mari en face. Quant à ce marin, Cosmo, vous allez devoir trouver une autre solution. Je ne puis tolérer ce genre de manœuvre. Plusieurs clientes se sont à nouveau décommandées cet après-midi, je suis persuadée que la tirade de Tess n'y est pas étrangère. Ses accusations font actuellement le tour de la ville. J'en suis à me demander qui viendra à ce défilé, désormais.

— C'est le prix à payer afin d'éviter un désastre autrement plus dévastateur en Angleterre.

— Est-ce là tout le réconfort que vous m'apportez?

Cosmo se servit avec lenteur un autre verre de bourbon qu'il fixa longuement.

— Je crains que ce ne soit pas tout. Je serai à vos côtés lors de votre témoignage, Lucile, mais je retourne à Londres dès demain soir.

Pour la première fois, un frisson de crainte la traversa.

— Vous comptez me laisser seule ici? Vous ne restez pas pour le défilé? Qu'y a-t-il donc de si important à Londres pour vous éloigner en un moment pareil?

— J'entends vous soutenir jusqu'au bout de ces auditions, ici comme en Angleterre. Mais c'est tout ce que je puis vous promettre.

— Mon Dieu, Cosmo, que me dites-vous?

— Notre situation a radicalement changé, j'en ai bien peur. J'ai été heureux, des années durant, de vous apporter le soutien discret dont vous aviez besoin. Ce n'est plus le cas. Il ne s'agit pas uniquement de la façon dont cette presse américaine geignarde s'en prend à ma réputation. C'est plus encore la conséquence du regard que vous portez sur moi, en me considérant davantage comme un domestique que comme un mari. Je ne suis qu'un admirateur béat de plus au service de la grande Lucile.

Il posa sur elle un regard direct, pour la première fois depuis longtemps.

— J'ai commis l'erreur de m'en satisfaire au-delà de l'acceptable.

Lucile ploya sous le choc, au point que quelques gouttes de bourbon s'échappèrent de son verre.

— Reprenez-vous, ma chère.

Il vida son verre.

— Vous allez devoir vous défendre seule ici, je le crains. Je vous l'ai dit, j'entends rester à vos côtés tant que dureront ces enquêtes. Ensuite, nous verrons.

— Vous me quitteriez? Vous *m'abandonneriez*?

On aurait pu la croire sur le point de s'évanouir.

— Je vous l'ai dit. Nous verrons, insista-t-il au terme d'un silence prolongé.

— Dans ce cas, je vais devoir prendre mes dispositions, moi aussi.

Il accueillit la remarque avec l'ombre d'un sourire.

— Je retrouve bien ma Lucy. J'ai toujours aimé chez vous cet instinct de survie.

— Dans ce cas, vous ne pouvez pas être sérieux.

— Je le suis pourtant. Je n'ai même jamais été aussi sérieux de toute mon existence.

Il montra, d'un mouvement de tête, la porte de la chambre.

— Elinor se trouve à côté. Elle vous attend.

Lucile lui tourna le dos, livide, et traversa d'un pas hésitant le salon en direction de la chambre. La porte s'ouvrit alors qu'elle posait la main sur la poignée. Elinor l'accueillit sur le seuil d'un air apitoyé, les bras tendus.

*

Le jour commençait à décliner lorsque Pinky entendit frapper à la porte de l'appartement. Encore un voisin que dérangeait l'odeur de la poitrine de bœuf qu'elle venait de laisser carboniser. Pourquoi fallait-il qu'elle oublie systématiquement de surveiller la cuisson de la viande? L'explication était simple, elle avait trop de soucis en tête. Prête à recevoir les jérémiades du voisin, elle écarta le battant et se trouva nez à nez avec Jim Bonney.

— Auriez-vous de l'eau, du savon et une serpillière? lui demanda-t-il.

— Désolée pour l'odeur, je suis si paresseuse lorsque…

— Apportez-moi un seau d'eau savonneuse avec un peu d'eau chlorée.

Il lui tapota gentiment l'épaule et s'empara du balai qui traînait derrière elle.

— Je le laisse toujours là en me promettant de nettoyer l'escalier.

Arrête de t'excuser, s'admonesta-t-elle intérieurement en gagnant la cuisine afin de chercher de l'eau. Quelques minutes plus tard, Jim nettoyait les marches avec énergie.

— Ce n'est pas à vous de vous en occuper, protesta la journaliste.

— Que croyez-vous que je faisais sur le *Titanic*? Je suis sûrement plus doué que vous pour ça.

— Peut-être pas plus doué, mais plus rapide.

Elle se mordit la langue, consciente qu'elle aurait été mieux inspirée de se taire.

— Comme vous voulez. Dites-moi, vous ne sentez plus d'odeur bizarre?

Il se tenait debout au pied des marches et l'observait avec un regard amusé, le coude posé sur le manche du balai-brosse.

Elle retroussa le nez.

— Non, répondit-elle, la mine ravie. À part des effluves de chlore.

— Dans ce cas, ma tâche est accomplie.

Elle lui prit le seau et la brosse des mains et s'effaça afin de le laisser pénétrer dans l'appartement.

— Vous ne repartirez pas sans dîner. Je tiens à vous remercier.

Ce fut au tour de Jim de retrousser le nez.

— Est-ce que je sens une odeur de viande brûlée? Un fumet délicieux, j'accepte avec plaisir.

À présent qu'elle l'observait de près, elle constata combien il avait la mine chiffonnée. Il ne venait donc pas lui rendre une visite de courtoisie, contrairement à ce qu'elle espérait.

— Passons dans la cuisine, l'invita-t-elle.

Il se laissa tomber lourdement sur une chaise en frottant machinalement ses mains rougies par l'eau savonneuse.

— Vous n'avez pas mentionné mon inculpation dans votre article.

Elle mit à bouillir une casserole d'eau et entreprit d'éplucher des pommes de terre.

— J'attendais de voir si Mme Brown parviendrait à renverser la vapeur. En revanche, j'en ai parlé à Tess.

— Vraiment? Qu'a-t-elle dit?

— Elle a quitté son emploi, après avoir accusé publiquement Mme Duff Gordon.

Jim se figea sur son siège.

— Elle a quitté son emploi? répéta-t-il, la gorge nouée.

D'un coup d'œil en coin, Pinky vit une lueur d'espoir s'allumer dans les yeux du jeune homme.

— Elle l'a fait pour vous, et personne d'autre, car elle n'a rien à y gagner.

— J'en suis tout abasourdi.

Il s'enfouit la tête dans les mains, traversé par des émotions contradictoires, avant de se redresser, le menton volontaire.

— Elle n'aurait pas dû. Les gestes vides de sens ne servent à rien.

Pinky se retourna, surprise.

— Un geste? Il ne s'agit pas d'un geste, mais d'une réaction de protestation. Vous devriez le comprendre mieux que personne.

— Ne vous méprenez pas, je lui suis reconnaissant, mais Tess est en train de renoncer à ce qui lui tient le plus à cœur. Je ne peux l'obliger à un tel sacrifice, d'autant que ce renoncement ne servira à rien. Le sort en est jeté.

— Excusez-moi, mais vous n'en croyez pas un traître mot.

— Je dois néanmoins m'en convaincre, murmura-t-il.

— Entendons-nous bien. Elle a fait un lourd sacrifice pour vous, aujourd'hui.

— Ça ne retire rien au fait qu'elle en aime un autre.

Pourquoi se donnait-elle tant de mal? Elle aurait été mieux inspirée de fermer sa grande bouche, une fois de plus.

— Vous n'en savez rien.

Il leva les yeux sur elle.

— Bel optimisme, remarqua-t-il avec un sourire triste.

— C'est vrai, j'ai le don de faire bonne figure. Êtes-vous prêt à affronter le témoignage de Mme Duff Gordon demain après-midi?

— Elle dira ce qu'elle veut.

— En y mettant tout le pathos nécessaire.

Il rit de la remarque, puis il balaya la cuisine des yeux.

— En quoi puis-je vous aider? Voulez-vous que je mette une autre assiette pour votre père? Vous devriez sortir votre rôti du four.

— Vous avez raison, je l'oubliais une fois de plus.

Elle tira à elle la porte du four et sortit le plat, le visage rouge sous l'effet de la chaleur. Il n'était donc pas

373

venu lui demander de plaider sa cause auprès de Tess. Il ne lui avait même pas demandé de lui transmettre un message. Pinky avait toutes les peines du monde à imaginer qu'il eût renoncé à elle.

*

Les murs du restaurant dans lequel il l'avait invitée cette fois avaient la couleur lumineuse d'un excellent bourgogne. Tess avait grignoté son dîner du bout des dents : un rosbif marbré à point, suivi d'un soufflé aux fruits rouges. Elle ne trouvait plus la force de manger, en dépit de l'excellence des mets que le maître d'hôtel avait posés devant elle. Elle écoutait Jack d'une oreille distraite, sans l'entendre vraiment.

Il reposa sa serviette d'un geste brusque.

— Vous n'avez décidément qu'une seule pensée en tête ce soir, protesta-t-il avant de laisser retomber le silence.

C'est tout juste si Tess prêta attention à sa réaction.

— Quand je pense que je la défendais contre vents et marées. À quoi pouvais-je bien penser ? J'aurais dû comprendre que tout tournait autour de sa personne. Je m'étais pourtant promis de ne plus jamais recommencer. Je courbais l'échine, décidée à lui plaire…

Elle reposa sa cuillère, sous l'effet du découragement. Elle entendit une fois de plus résonner dans sa tête la voix de son père. Elle s'était montrée naïve, mais pas de la façon dont il le pensait. Son plus grand tort avait été de se taire, de ne pas s'affirmer.

— Lucile appartient au passé. Vous êtes ici avec moi, à présent. Cela ne vous suffit pas ?

Elle se força à reporter son attention sur Jack.

— Non, pas tant que Jim sera en péril.

— Il n'est pas encore tombé au fond de la nasse. Qui essaie de l'aider ?

— Mme Brown, cette femme qui se trouvait sur le bateau. Elle a découvert ses dons de sculpteur et s'applique à lui mettre le pied à l'étrier.

— Ah oui, Mme Brown. L'indomptable, l'insubmersible Margaret, sourit-il. Nous avons été en affaires ensemble à plusieurs reprises au cours des années passées. Une femme redoutable, qui a le bras long. Revenons-en à vous. Que comptez-vous faire, à présent que vous avez quitté votre emploi en signe de protestation?

Le tic-tac de l'horloge rythmait le temps derrière Tess.

— Je ne sais pas. Je comprends votre question, sans pouvoir y apporter de réponse pour l'heure.

— Saine réaction. À bien des égards, vous me percevez comme un étranger.

Il se cala sur sa chaise en l'observant d'un air songeur.

— Je crains fort de vous en demander trop.

Elle se redressa.

— Dans ce cas, dites-moi qui vous êtes.

— Moi? Je suis le produit d'une existence somme toute prévisible, bénéficiant de davantage de privilèges que le commun des mortels, à ceci près que je les ai gagnés à la sueur de mon front. J'apprends lentement des leçons de la vie, à en juger par mes deux divorces.

Un nouveau silence les enveloppa.

— Ce portrait ne vous suffit pas? insista-t-il en lissant ses favoris d'un air contrit. Je commence à grisonner, un point sur lequel je suis assez susceptible. Cela vous aide à mieux me comprendre?

— Un peu.

— À vrai dire, je vous trouve nettement moins hésitante lorsqu'il s'agit de vos sentiments à l'endroit de ce marin. Depuis combien de temps le connaissez-vous?

— C'est différent, sursauta-t-elle.

Son visage se ferma.

— Vous l'aimez peut-être, Tess. Peut-être est-ce l'explication de votre réserve.

Il affichait une telle tristesse qu'elle n'y tint plus. Elle quitta sa chaise, s'approcha de lui et l'entoura de ses bras. Elle lui devait la vérité.

— Accordez-moi un peu de temps, murmura-t-elle.

Jack lui prit la tête entre les mains et ils restèrent accrochés l'un à l'autre le temps d'une éternité.

15

— Je suis prête.

Debout sur le seuil de sa chambre du Waldorf, entièrement vêtue de noir, Lucile se regarda une dernière fois dans le miroir de son boudoir.

— Crois-tu que je devrais mettre davantage de poudre?

— Tu es parfaite, répondit Elinor. Avant de descendre, Cosmo m'a demandé de m'assurer que tu lises tous les documents qu'il a préparés.

— Je n'en ai pas besoin, décida Lucile avec un reste de sa suffisance coutumière. D'ailleurs, pourquoi Cosmo n'est-il pas venu s'en assurer lui-même? Je reconnais bien là sa lâcheté.

— Arrête, Lucy. Ce n'est pas un lâche. Il va laisser sa réputation dans cette affaire, et tu le sais pertinemment. On commence déjà à dire «faire le Duff Gordon» à Londres, quand on parle d'acheter quelqu'un.

Elinor était presque aussi pâle que son aînée.

Lucile, un instant silencieuse, tira de son gant un mouchoir de dentelle blanche avec lequel elle se tamponna les yeux.

— On nous a calomniés tous les deux, ils ne s'en tireront pas à si bon compte. Cosmo ne me quittera pas, cela ne ferait que donner davantage de retentissement au scandale.

Elle sonda sa sœur des yeux.

— J'ai raison, n'est-ce pas?

Elinor se força à sourire.

— Espérons.

Le silence s'éternisa.

— Nous allons devoir y aller, reprit Elinor.

Lucile soupira.

— Le contraste entre ce mouchoir blanc et ma tenue noire est-il suffisamment dramatique? Ou bien crois-tu que je devrais également porter un col de dentelle?

— Garde-le pour ton audition à Londres.

— Arrête de me regarder de cette façon-là, Elinor. Je m'en sortirai fort bien.

Elinor, pour une fois, évita de jouer la carte de la désinvolture.

— Je ferai de mon mieux pour recoller les morceaux.

*

L'East Room du Waldorf se remplissait de minute en minute. Pinky, postée au fond de la salle, dévisageait les membres de l'assistance avec tant d'insistance qu'elle ne vit même pas Jim fendre la foule afin de la rejoindre. Elle sursauta lorsqu'il lui tapota l'épaule. Les joues animées, il était tout sourires.

— Que fabriquez-vous ici? s'enquit-elle en l'attirant dans un coin discret. Les journalistes vont vous tomber dessus dès qu'ils vous apercevront.

— Je n'avais pas le choix, j'ai des nouvelles à vous communiquer. Figurez-vous que l'inculpation dont je faisais l'objet a été retirée ce matin. Ne me demandez ni pourquoi ni comment, mais cette histoire est terminée.

Pinky frappa son carnet avec son crayon d'un air triomphal.

— J'en étais sûre! Je savais que Mme Brown trouverait le moyen de tout arranger. Je serais curieuse de savoir comment elle s'y est prise.

— Elle n'y est pour rien. Je l'ai vue ce matin, elle m'a expliqué que ni elle ni le sénateur Smith n'avaient pu mobiliser l'aide du gouvernement britannique.

— Mais alors, que s'est-il passé?

— Aucune idée. Mme Brown n'y comprend rien non plus. Un vrai mystère. Concrètement, cela signifie que je n'ai plus aucune raison de retourner en Angleterre afin de prouver mon innocence. Tout le monde ne jugera pas que c'est une bonne nouvelle, mais je me sens extrêmement soulagé. Il est probable qu'on ne me demandera même pas de témoigner devant la commission anglaise, dans la mesure où je dispose d'un emploi stable ici.

Un homme se fraya un passage entre eux, s'épongeant vigoureusement le front à cause de la chaleur qui régnait dans la salle tout en pestant entre ses dents contre l'impossibilité de trouver un siège. Des cris de colère fusèrent à l'entrée de la salle. Ceux qui se trouvaient encore dehors faisaient le forcing pour entrer.

— Merci pour le rôti d'hier, déclara Jim. Plus encore pour votre soutien.

L'instant suivant, il s'enfonçait au milieu de la foule et laissait Pinky désemparée. Sa réflexion avait fait mouche: qu'avait-elle fait de son objectivité dans cette affaire?

Pinky suivit sa silhouette des yeux et le vit se pétrifier en apercevant la femme qui venait à sa rencontre. Tous les deux figés, ils se tenaient à quelques centimètres l'un de l'autre. Pinky retint son souffle en reconnaissant Tess. Comment pouvait-elle se trouver là, après avoir quitté son emploi la veille? Ils étaient donc devenus fous, tous les deux?

*

Jim se dressa si brusquement devant elle, Tess n'eut pas le temps de se préparer. Elle le trouva changé, sans être en mesure de se l'expliquer. Il portait des vêtements neufs, c'est vrai, une chemise impeccable et un chandail, mais ce n'était pas la seule raison de cette métamorphose. Non, on sentait chez lui un esprit de décision et une énergie qui lui faisaient défaut auparavant. Tess s'en trouva décontenancée.

— Bonjour, Tess.

Il lui adressa un sourire dont la luminosité tranchait avec le formalisme étudié. Très calme, il ne paraissait nullement troublé.

— J'ai appris que vous aviez quitté votre travail chez Mme Lucy Duff Gordon.

Tess se contenta d'acquiescer d'un mouvement de tête, incapable d'articuler une parole.

— Ce n'était pas nécessaire. Pas pour moi, en tout cas. Cette place représentait une chance importante, je ne voudrais pas qu'elle vous échappe.

— Elle avait décidé de vous nuire gravement, je ne pouvais pas rester sans réagir.

— De sorte que lorsqu'elle a choisi de poursuivre…

— Je suis partie, l'interrompit-elle. Vous êtes plus important à mes yeux que ce travail.

Le regard de Jim se brouilla. Derrière eux, la pendule du grand hall du Waldorf sonna lourdement l'heure. Tess compta machinalement huit coups avant qu'il ne sortît enfin de sa léthargie.

— Je ne comprends pas. À présent que tout a changé entre nous…

— C'était la seule façon pour moi d'agir. Mon unique liberté.

Elle croisa nerveusement les doigts et serra les mains contre son ventre.

Il l'observa, à la fois perplexe et prudent.

— Expliquez-vous, s'il vous plaît. Pourquoi avoir agi de la sorte pour moi ?

Elle vacilla. Elle aurait aimé pouvoir trouver au fond d'elle-même les mots justes et les prononcer. Les extirper, les protéger de ses mains et les lui offrir. Mais quels mots ? Elle repensa à Jack. Sa solidité, son assurance. Et puis le moment s'enfuit, emporté par le tic-tac de la pendule qui égrenait inlassablement les secondes.

Il haussa les épaules.

— Vous ne savez sans doute pas pourquoi. Je ne suis pas certain que vous punir de la sorte pour un vulgaire gamin de village soit une bonne idée.

Elle détourna la tête.

— Jim, je vous en prie.

— Je suis désolé, Tess. C'était mesquin de ma part. La phrase est sortie toute seule.

— Vous m'en voulez.

— De m'avoir rejeté?

Il enfonça les mains dans ses poches en haussant les épaules avec un semblant de forfanterie.

— Oui, je suppose que c'est le cas, poursuivit-il. Mais je ne souhaite pas qu'il vous arrive du mal.

— Jim, si vous saviez combien je suis désolée. Je voudrais tant que nous…

Il la fit taire d'un regard ferme dans lequel elle lut toute sa détresse. Ils restèrent longtemps silencieux, incapables de prononcer une parole, encore moins celle qui convenait.

Jim rompit le charme en lui montrant d'un mouvement de tête les rangées qui se remplissaient à vue d'œil.

— Vous feriez mieux de vous asseoir avant que les chaises soient toutes prises. J'imagine que vous n'êtes pas venue soutenir moralement Mme Duff Gordon.

— Non, se força-t-elle à répondre.

Cette fois, ce fut lui qui donna l'impression d'hésiter.

— Tess, la justice anglaise a finalement décidé ce matin de ne pas m'inculper. Je suis libre de rester à New York.

— Mon Dieu, mais c'est merveilleux! s'écria Tess.

Elle se couvrit la bouche de la main.

— Si vous saviez comme j'en suis heureuse! C'est un soulagement. Qui a bien pu intervenir? Mme Brown?

— Non, ce n'est pas elle. Je ne sais pas ce qui s'est passé, mais le fait est là.

Il ponctua sa phrase d'un sourire différent. Il s'empressa d'éteindre la lueur qui brillait dans ses yeux d'un battement de paupières, puis il lui tourna le dos et quitta la pièce en jouant des coudes à travers la foule.

*

À 10 heures du matin, le hall de l'hôtel et l'East Room débordaient de curieux, serrés comme des sardines. Tess, oppressée par la masse des curieux réfugiés à l'intérieur de la grande salle, voulut se frayer un chemin jusqu'à la porte afin d'assister aux débats de loin. En vain, la foule était trop compacte. Elle se laissa tomber sur le seul siège encore libre, à côté de Pinky, au moment où le sénateur Smith ouvrait la séance d'un coup de maillet.

— Notre premier témoin ce matin sera Mme Duff Gordon, annonça-t-il. Je vous prie de bien vouloir vous écarter afin de la laisser passer.

L'assemblée, mue par un réflexe d'obéissance respectueuse, s'ouvrit comme par miracle.

Lucile s'avança lentement jusqu'au siège qui lui était réservé. Elle dessinait une minuscule silhouette noire, les yeux dissimulés derrière le voile de son immense chapeau couleur de nuit. Elle tenait à la main un mouchoir d'un blanc immaculé. On aurait pu entendre voler une mouche lorsqu'elle prit place sur la chaise des témoins.

Le sénateur Smith adressa un coup d'œil gêné aux autres membres de la commission. Il n'était plus question cette fois d'interroger un marin inculte, pétrifié par la peur. L'Angleterre tout entière était prête à fondre sur lui s'il commettait le plus petit impair.

— Madame Lucy Duff Gordon, commencez par nous expliquer comment votre mari et vous-même vous êtes retrouvés dans le canot n° 1.

— Bien sûr, monsieur le sénateur, répliqua-t-elle avec un calme hautain. J'en étais arrivée à penser que nous allions mourir noyés lorsque nous avons découvert ce petit bateau. Un esquif de rien du tout. J'ai aussitôt dit à mon mari : «Ne croyez-vous pas qu'il serait temps d'agir ?» Mon mari a alors demandé l'autorisation de nous hisser dans ce canot, et l'officier de pont lui a répondu avec la plus grande courtoisie : «Je vous en prie, avec grand plaisir.» Et l'on nous a aidés à y prendre place.

À côté de Tess, Pinky haussa un sourcil. À quoi jouait donc Lucile ?

Les questions se succédèrent, de plus en plus précises, auxquelles Lucile répondait d'une voix forte et supérieure en dressant un portrait parfaitement ridicule de l'ambiance dans le canot où régnait, à l'entendre, une courtoisie exquise. Périodiquement, elle s'arrêtait afin de se tamponner les yeux à l'aide de son mouchoir.

— À présent, je me vois contraint de vous demander si vous avez entendu les cris de ceux qui se noyaient à la suite du naufrage du *Titanic*.

— Non, je n'ai pas entendu un seul cri après que le bateau a coulé.

— Pas un seul cri ? insista Smith sur un ton incrédule.

Elle le regarda droit dans les yeux, incrédule à son tour.

— Vous ne croyez pas que je m'en souviendrais, monsieur le sénateur ? Il régnait un silence absolu.

Elle s'était exprimée avec une sérénité et une assurance telles que la salle tout entière manifesta sa stupéfaction. La façon magistrale dont elle jouait la comédie ne pouvait que forcer l'admiration. Personne n'était dupe, mais ce petit bout de femme semblait déterminé à imposer sa vérité par la seule force de sa volonté.

— L'une ou l'autre des personnes qui se trouvaient dans votre canot a-t-elle suggéré de retourner sur le lieu du naufrage, de façon à sauver des naufragés ?

— Non.

— Vous saviez qu'il y avait des gens dans l'eau, j'imagine.

— Non, je ne crois pas y avoir pensé.

— Avez-vous argué du fait qu'il serait dangereux de rebrousser chemin, au risque que le canot soit pris d'assaut par les naufragés?

— Grands dieux, non.

Le sénateur Smith brandit l'exemplaire du *Sunday American* dans lequel avait été publiée l'interview de son témoin.

— Dans cet entretien, vous affirmez avoir entendu des cris d'agonie et des appels à l'aide. Quelle version dois-je croire, madame?

Elle n'eut pas l'ombre d'une hésitation.

— Cette prétendue interview est un tissu de mensonges. Une invention de journaliste de la pire espèce.

Tess s'agita sur sa chaise. Comment pouvait-elle tordre le cou à la vérité à ce point?

— Que doit-on penser des rumeurs selon lesquelles votre mari aurait soudoyé les membres d'équipage afin de les dissuader de retourner chercher les personnes qui se noyaient?

— Il faudrait interroger mon mari à ce sujet, bien évidemment. Je sais simplement qu'il leur a versé une petite somme afin de les aider à redémarrer dans la vie.

On sentait, à son ton brusque, monter chez elle une certaine impatience.

— Votre témoignage diffère de façon radicale de celui de l'un des marins présents dans le canot, Jim Bonney.

— Cela n'a rien de surprenant. Ce garçon constitue une menace à mes yeux, car c'est un menteur, si vous m'autorisez un tel avis.

Tess bondit sur ses pieds en entendant ces mots. Elle fusilla Lucile du regard, sans se soucier des nombreuses têtes qui se tournaient dans sa direction.

— Cet avis n'est pas pour nous surprendre, réagit l'un des membres de la commission sénatoriale, mais nous souhaiterions que vous répondiez directement à nos questions. Qu'avez-vous à dire à l'accusation selon laquelle des naufragés qui tentaient de monter à bord du canot n° 1 auraient été repoussés de force? Des personnes qui se trouvaient à proximité immédiate de votre canot dont on sait qu'il était quasiment vide?

— Cette allégation est parfaitement ridicule.

Tess, n'y tenant plus, quitta la salle en se frayant un chemin tant bien que mal, sans se soucier qu'on pût la reconnaître. Elle sentit le regard de Lucile peser sur elle.

La créatrice de mode se tourna vers le sénateur Smith, à qui elle s'adressa d'une voix légèrement chevrotante.

— En avez-vous bientôt terminé, monsieur le sénateur? Je suis une femme très occupée.

— Madame, je vous rappelle que cette commission s'intéresse à un événement particulièrement tragique, rétorqua Smith. Votre impatience est malvenue.

— Je suis désolée de ne pas me montrer à la hauteur de vos attentes. Puis-je m'en aller?

La question rencontra un profond silence, aussi bien de la part des membres de la commission que de celle de l'assistance.

— Vous pouvez vous retirer, déclara Smith.

Il leva la main afin d'apaiser la foule que sa décision semblait agacer.

— Je souhaite préciser qu'après une courte suspension de séance nous auditionnerons un autre témoin.

Jouant sur l'effet de surprise, il marqua une pause avant d'ajouter:

— Il s'agit de Mme Jordan, qui se trouvait également à bord du canot n° 1.

Le chapeau de Lucile glissa de sa tête, révélant brusquement son regard étonné. Elle s'agrippa au bras de son siège dont elle finit par se lever d'une façon hésitante. Un murmure parcourut l'assistance : la veuve du danseur allait être auditionnée. La veuve de cet homme qui s'était déguisé en femme afin d'échapper au naufrage avant de se donner la mort lorsque la nouvelle avait été rendue publique. Incroyable ! Quelle raison avait-elle de se montrer en public quand son mari avait affiché une telle lâcheté ?

Pinky se fraya un chemin au milieu de la foule afin de rejoindre Tess, mais Elinor la précéda.

— Je souhaiterais vous parler cet après-midi, déclara-t-elle. C'est vraiment urgent.

— Me parler de quoi ? répliqua Tess d'une voix qui trahissait sa colère. Des mensonges proférés par votre sœur ?

— Moi, je ne vous ai pas menti, Tess. Je vous demande d'accepter de me parler. Je vous en prie.

Tess prit une longue respiration et répondit à la requête de son interlocutrice à l'instant où Pinky la rejoignait enfin, tout essoufflée.

— Je vous donnerai ma réponse après avoir entendu le témoignage de Jean Darling.

*

Le sénateur Smith balaya des yeux la salle à nouveau bondée, satisfait de son petit effet. Lucy Duff Gordon avait eu tort de s'imaginer que son arrogance lui permettrait de rouler dans la farine les membres d'une commission sénatoriale américaine. Personne ne pourrait l'accuser d'avoir malmené une représentante de l'élite britannique, cette femme s'était enfermée dans la nasse sans l'aide de personne.

— Le témoin suivant ne se trouve pas ici sur la requête expresse de cette commission, commença-t-il. C'est elle qui a souhaité partager avec nous sa vision de la fragilité humaine lors des tragédies.

Il regarda longuement l'assistance en savourant le suspense qu'il avait su construire.

— J'invite Mme Jordan Darling à venir à la barre.

Tess se retourna sur sa chaise afin de suivre des yeux la silhouette fine et gracieuse de Jean Darling tandis qu'elle zigzaguait entre les chaises. Vêtue d'une jupe et d'une veste grises que rehaussait un collier de perles, elle avançait avec dignité, la tête haute. La lumière qui tombait des lustres allumait des reflets dans ses cheveux d'un blanc de neige, parfaitement arrangés. Le souvenir des Darling virevoltant dans les bras l'un de l'autre à bord du *Titanic* remonta à la mémoire de Tess. Ce soir-là, ils flottaient de façon aérienne au milieu des rires admiratifs et des applaudissements des autres passagers. Un moment de légèreté disparu à jamais.

— Je tiens à préciser que vous n'êtes pas tenue de nous apporter votre témoignage, précisa le sénateur Smith.

Il se méfiait, son expérience des femmes lui ayant enseigné qu'elles étaient capables de s'effondrer, que les plus douces d'entre elles étaient aussi les plus imprévisibles.

— Je souhaite insister sur le fait que vous vous présentez volontairement devant les membres de cette commission, et à votre demande. Je tiens à ce que ce point soit clairement établi. Nous sommes d'accord ?

— Oui, monsieur le sénateur.

— Nous sommes évidemment au courant de la disparition malheureuse de votre mari. À ce titre, je vous adresse mes sincères condoléances.

— Je vous remercie.

— Pourriez-vous nous expliquer ce qui vous conduit à témoigner devant nous aujourd'hui ?

Jean Darling observa calmement l'assistance. On la sentait sereine, portée par l'envie personnelle de s'exprimer, et non par l'intention de manifester des scrupules tardifs. Même si cela signifiait s'exposer au regard féroce de la presse, à des moqueries et à des manifestations de dérision.

— J'avoue être stupéfaite par les actes de bravoure dont il a été fait état lors de ces auditions, se lança-t-elle. Par exemple, l'histoire de cet homme qui a détaché sa ceinture de sauvetage pour la donner à la femme de chambre de son épouse. Je sais que mon mari aurait aimé être cet homme.

Elle marqua une pause, décidée à adoucir la raideur aristocratique de son élocution. Elle entendait se départir d'habitudes liées à son rôle de figure publique qui l'auraient empêchée d'exprimer ses véritables sentiments.

— Je le reconnais humblement devant vous, reprit-elle, je ne suis pas entièrement certaine de regretter qu'il n'ait pas agi de la sorte. Une partie de moi-même continue de croire que j'ai eu raison de tout tenter pour lui sauver la vie, jusqu'à le coiffer de cette nappe arrachée à une table. Je suis pourtant consciente, précisa-t-elle d'une voix qui commençait à trembler, qu'en le poussant à se comporter ainsi je l'ai précipité dans la mort. Trois constats me hanteront jusqu'à la fin de mes jours : le fait de n'avoir pas laissé mourir mon mari de la façon dont il l'aurait voulu, mais aussi le fait qu'il ne m'est pas venu à l'esprit de mourir avec lui cette nuit-là. Le troisième constat, le pire à mes yeux, tient au fait que nous aurions pu sauver la vie de deux enfants si nous n'avions pas pris place à bord de ce canot.

Tess serra les paupières en entendant résonner dans sa tête la cacophonie stridente des hublots qui se brisaient, des pianos à queue qui basculaient dans la mer, des lits, des pots de chambre, des bagages sens dessus dessous, des passagers qui s'agrippaient au pont alors que le paquebot sombrait. Les actes de bravoure, les accusations, les comportements imbéciles… toutes les formes de réactions humaines se trouvaient réunies dans cette salle d'audience. Elle rouvrit les yeux, consciente que la vie poursuivait son cours, coûte que coûte.

— Rien ne vous oblige à de tels aveux, madame Darling, interrompit le sénateur Smith d'une voix douce.

— C'est moi qui y tiens. Je ne serai pas longue, monsieur le sénateur.

Elle ouvrit son petit sac à main et en sortit un mouchoir blanc avec lequel elle se tamponna les yeux.

— J'ai tout d'abord cru que parler soulagerait ma conscience, mais je sais à présent qu'il n'en sera rien. Je renonce à toute idée de me pardonner à moi-même. Le plus important à mes yeux, aujourd'hui, est d'accepter d'avoir agi de cette façon. Il m'est impossible d'«excuser» mes actions ou celles d'un autre. Mon existence et celle de mon mari ont basculé en l'espace d'une décision inconsidérée. Je suis convaincue que d'autres décisions hâtives ont très probablement changé la vie d'autres personnes qui se trouvaient à bord de ce navire. Lorsque mon mari est mort, j'ai été tentée de lancer des accusations. Il s'agissait pour moi de me dédouaner de ma propre responsabilité. Ce n'est plus le cas. Je souhaite affirmer clairement devant vous que je n'ai pas la force d'âme de me montrer courageuse. Si d'autres rescapés éprouvent des sentiments comparables, ils doivent savoir qu'ils ne sont pas seuls. Mon unique espoir est de croire que si je me trouvais un jour confrontée à une épreuve similaire, je me montrerais à la hauteur.

Un silence surnaturel enveloppait l'assistance, au point que Tess entendait clairement la respiration des spectateurs assis près d'elle. S'ils ne voulaient pas comprendre, tant pis. Jean Darling avait touché du doigt la réalité du drame humain qui s'était joué. Elle seule avait réussi à l'exprimer dans toute sa complexité.

— Souhaitez-vous compléter votre déclaration, madame Darling?

Elle se redressa sur son siège.

— Ce n'était pas mon intention lorsque je vous ai demandé à intervenir ici, monsieur le sénateur. Mais j'ai changé d'avis.

Une vague parcourut l'auditoire.

— Nous vous écoutons.

— C'est au sujet du témoignage de lady Lucy Duff Gordon.

Elle prit sa respiration de façon saccadée.

— Plusieurs occasions se sont présentées d'afficher notre courage dans ce canot, et nous les avons laissées passer. Nous disposions de places, de nombreuses places, mais nous avons été guidés par la peur. C'est mal.

— Que voulez-vous dire, madame Darling?

— Il s'est trouvé un homme de courage sur ce bateau, et tous ceux qui affirment le contraire restent guidés par la peur, aujourd'hui encore.

Enfin! se dit intérieurement le sénateur Smith. Les pièces de ce triste puzzle sont en train de se mettre en place.

— Pouvez-vous nous éclairer sur l'identité de l'homme en question? demanda-t-il.

— Jim Bonney. Et c'est la vérité *vraie*. J'en ai terminé, sénateur.

— Une dernière précision, s'interposa le sénateur Bolton de sa voix rocailleuse.

Un murmure d'étonnement s'éleva de l'assistance.

— Vous n'êtes pas ici en qualité de témoin officiel, poursuivit le sénateur, de sorte que rien ne vous oblige à répondre. Mais étant donné les accusations portées de part et d'autre par les occupants du canot n° 1, peut-être serez-vous en mesure de nous éclairer. J'aimerais savoir si des survivants ont tenté de monter à bord de votre bateau, si certains d'entre eux ont été repoussés. Qu'avez-vous vu exactement?

Mme Darling recula sur son siège d'un air étonné. C'est pourtant d'une voix calme qu'elle répondit aux questions de son interlocuteur.

— Certains survivants qui se trouvaient dans l'eau nous ont appelés à l'aide. J'ai vu l'un d'entre eux s'agripper au rebord du canot avec l'intention de se hisser à bord.

— Que s'est-il passé?

— J'ai entendu un cri. Un cri de femme. J'ai vu un homme se dresser en brandissant un aviron. M. Bonney a laissé échapper un juron, s'est levé à son tour et s'est battu avec l'homme en question. Il a fini par lui arracher l'aviron des mains.

— Pourquoi cet homme brandissait-il l'aviron en question?

— Pour empêcher ce malheureux de monter à bord du canot.

Tess sentit un chatouillement désagréable et brûlant lui envahir les joues et le cou, alors que ses mains se glaçaient. Plus personne ne respirait dans le public. On apprenait enfin ce qui s'était réellement passé à bord du canot n° 1.

Le sénateur Smith manifesta son malaise en s'agitant sur son siège. Il n'en espérait pas tant. S'il interrogeait le témoin sur l'identité de celui qui avait menacé le naufragé, il perdait le contrôle de sa commission. Il était probable que les Anglais, déjà convaincus qu'il s'était lancé dans une chasse aux sorcières, l'accuseraient d'avoir dépassé les bornes.

— Souhaitez-vous ajouter des précisions?

Un long silence lui répondit.

— Non, laissa tomber Mme Darling. J'en ai terminé.

— Je vous remercie, vous pouvez regagner votre place.

Le sénateur Smith s'attarda sur les visages silencieux et stupéfaits qu'il avait en face de lui.

— Je prie le public de laisser sortir Mme Darling avant d'évacuer la salle.

La danseuse disparue, Pinky rejoignit Tess, et les deux jeunes femmes quittèrent à leur tour l'East Room dans un silence pesant.

— Regardez, fit Pinky en montrant du menton une silhouette discrètement postée près de la porte ouverte.

Tess reconnut Lucile. La créatrice avait retiré son rouge à lèvres. Le visage dénué d'expression, les lèvres livides, elle avait troqué son chapeau noir contre un foulard. Sans maquillage, on aurait dit un oiseau privé de son plumage, au point que personne ne semblait la reconnaître. Tess la trouva terriblement petite.

Les deux jeunes femmes passèrent à côté d'elle sans prononcer une parole. Elles avaient regagné la rue lorsque Tess glissa à mi-voix à Pinky :

— Je vous quitte. Je dois aller préparer ma valise.

Le chemin du retour fut paisible. La tiédeur de cette fin d'après-midi lui caressait le cou et elle retira son chapeau afin de laisser les rayons du soleil effleurer son visage. Elle repensa brièvement à cet instant tragique où elle avait rendu hommage, en compagnie de Jim, à la mère et son bébé morts. *Je tourne mon visage vers le soleil levant. Seigneur, accordez-leur Votre miséricorde.*

Tant de vies perdues. Jean Darling, confrontée à la honte et au déshonneur pour le restant de ses jours, avait trouvé le courage de reconnaître ses erreurs. Une démarche spontanée à laquelle Lucile restait étrangère, faute de s'extirper du cocon de soie qu'elle s'était tissé. Sans doute aurait-elle encore préféré se jeter d'une falaise, la tête haute.

Un cri rappela Tess à la réalité. Le conducteur d'une automobile l'apostropha vertement, et elle remonta vivement sur le trottoir.

Son rêve venait de prendre fin définitivement, mais les Duff Gordon n'auraient plus jamais l'occasion de s'en prendre à Jim, et c'était tout ce qui comptait. La Tess qui arpentait désormais les rues de New York était à nouveau la petite bonne de Cherbourg. Elle n'avait plus d'emploi, bien sûr, mais ce n'était pas si grave. Elle se sentait même étrangement sereine.

— Mon Dieu, Tess. Vous êtes décidément dans la lune, vous avez failli me croiser sans me voir, fit une voix amusée.

— Elinor! s'écria Tess sous l'effet de la surprise.

La sœur de Lucile se tenait à un coin de rue, munie de sa sempiternelle ombrelle. De couleur verte, cette fois, elle la protégeait autant des regards des passants que du soleil.

Elle adressa un signe à Tess qui remarqua alors la présence d'une automobile rangée le long du trottoir.

— Alors, qu'avez-vous décidé? Acceptez-vous de me parler?

— Il est normal que je quitte mon appartement le plus rapidement possible, mais je vous serais très reconnaissante si vous acceptiez de m'accorder une semaine supplémentaire. Vous n'aurez pas affaire à une ingrate.

— Oh, pour l'amour du ciel, Tess, montez dans cette voiture.

— Pourquoi? Qu'attendez-vous de moi?

Elinor mit sous les yeux de la jeune fille un exemplaire du *New York World*. Toute sa légèreté s'était évaporée.

— Le journal de cet après-midi. Il est sorti de presse trop tard pour évoquer les derniers développements de l'affaire, mais il sera lu avec délectation par toute la ville. Je vous invite à le découvrir.

Tess saisit à deux mains le journal ouvert sur une page intérieure dont une légère brise faisait bruisser le papier. Les yeux plissés, elle posa son regard sur un titre:

*La très «loyale» secrétaire de lady Lucy Duff Gordon
quitte le navire*

— Vous remarquerez que l'article ne se trouve pas à la une, mais c'est partie remise. J'imagine déjà les gros titres de demain : «La secrétaire de Mme Duff Gordon quitte la salle d'audience pendant son témoignage», ou une variante du même acabit. Vous l'avez fait exprès ? Non, c'est bien ce que je pensais.

— À mon tour de vous proposer un gros titre à la une, Elinor : «Le marin courageux exonéré des accusations iniques portées par les Duff Gordon.» Vous souhaitez vraiment jouer à ce petit jeu ?

Elinor soupira.

— Autant de clous enfoncés dans le cercueil de Lucile. Surtout quand on sait que son défilé de printemps a lieu demain, au cas où vous l'auriez oublié. Je vous en prie, acceptez au moins de discuter.

Tess replia le journal et se glissa sur la banquette arrière de l'automobile, aussitôt imitée par Elinor. Il lui vint une pensée furtive : pour la première fois de sa vie, on parlait d'elle comme d'une «secrétaire», et non comme d'une femme de chambre.

Elinor frappa d'un doigt la vitre séparant l'habitacle du chauffeur.

— Vous pouvez démarrer, Farley, lui ordonna-t-elle. Je vous laisse libre d'aller où vous voulez. Vous n'avez qu'à nous promener à travers les rues de New York.

Elle s'enfonça dans le cuir de la banquette et se tourna vers Tess en allant droit au but.

— Cosmo a décidé de quitter Lucile. Il retourne à Londres. La moitié des réservations pour le défilé ont été annulées. Elle est en train de perdre pied, Tess.

— Cosmo la quitte ?

Tess avait du mal à en croire ses oreilles.

— Il aura fini par se lasser d'être pris pour son domestique. Leur dernière dispute au sujet de ce marin a fait déborder le vase.

Tess posa sur elle un regard perplexe.

— J'oubliais, vous n'êtes pas au courant. Seigneur, j'ai besoin d'une cigarette. Cela ne vous dérange pas ?

Tess lui répondit par la négative d'un mouvement de tête, impatiente de connaître la suite.

Elinor fit craquer une allumette et l'approcha de l'extrémité de sa cigarette d'une main soigneusement manucurée. Elle aspira goulûment une bouffée.

— Je me sens mieux, soupira-t-elle.

— De quoi ne suis-je pas au courant ? la poussa Tess.

— Votre scène du loft a eu son petit effet, mais vous vous êtes trompée. Ce n'est pas Lucile qui a projeté l'arrestation de votre ami marin. C'était une idée de Cosmo.

— À l'insu de Lucile ? C'est ce que vous êtes en train de me dire ? Comment pourrais-je vous croire ?

— Ma chère, on voit bien que vous ne savez pas la façon dont fonctionnent les gens dans notre monde. Cosmo prend toutes les décisions dans leur couple, et depuis toujours. Ces dernières années, les principaux concurrents de Lucile ont connu des difficultés financières inopinées, sans qu'il soit jamais possible d'établir le rôle qu'avait pu jouer Cosmo dans leur infortune, bien évidemment. Il s'est toujours attaché à dégager la voie devant Lucile, ce qu'il a fait une fois de plus avec ce marin.

Tess, les yeux écarquillés, se couvrit la bouche de sa main.

— Je m'étais trompée ?

— N'exagérez pas, répondit Elinor avec désinvolture. Comprenez bien que Lucile *ne veut pas* savoir ce que trame Cosmo, ce qui ne fait pas d'elle une véritable innocente.

— Je le comprends très bien. Mais n'essayez pas de me demander de retourner travailler pour elle après son témoignage devant la commission.

Elinor donna l'impression de se recroqueviller sur elle-même, à la façon d'une feuille desséchée.

— Je sais, je sais. Lucile est à la fois têtue et de mauvaise foi. Il n'empêche. Je m'inquiète pour elle si elle

395

perd sa maison de couture et Cosmo. Après avoir connu des sommets, elle ne peut que redescendre. La présence à vos côtés d'un homme riche peut vous aider à conquérir le monde, mais elle peut vous en fermer les portes tout aussi vite. Je crains fort que Lucile l'ait oublié.

Tess ne put se retenir de poser la question qui lui brûlait les lèvres, tout en sachant que son interrogation était aussi inepte que naïve.

— Lucile a fait preuve d'une arrogance terrible. Je sais bien que c'est votre sœur, mais l'aimez-vous encore ?

— Si je l'aime ?

Elinor tira longuement sur sa cigarette et laissa échapper une longue spirale de fumée avant de répondre.

— Je ne suis pas certaine de la signification de ce mot. Les gens n'ont que l'amour à la bouche, le plus souvent à mauvais escient. Ma sœur et moi sommes unies par un lien qui ne se rompra jamais. Nous formons une paire, nous nous comprenons parfaitement. Lorsque la vie ne nous réserve pas de bonnes surprises, nous nous chargeons de les fabriquer nous-mêmes.

— Je ne comprends pas.

— J'ai réécrit ma vie à plusieurs reprises, vous savez. Lucile fait de même, avec du tissu. Elle imagine des créations romantiques et éphémères qui font rêver. C'est une façon magnifique de flotter à travers l'existence. Encore faut-il savoir changer de cap rapidement pour que la formule fonctionne. Mais Lucile n'est pas assez rapide.

Elle marqua une courte pause avant de reprendre.

— Vous me demandez si je l'aime ? La réponse est oui.

Les deux femmes, unies dans un même silence, virent Farley tourner à un coin de rue et traverser Union Square. Tess reconnut le chemin qu'elle avait emprunté en compagnie de Jim le jour où elle s'était décidée à lui annoncer l'existence de Jack. Ce souvenir laisserait dans son cœur un vide de plus, dont elle savait déjà qu'il ne se comblerait jamais.

— Qu'attendez-vous de moi?

— Je vous demande d'assister au défilé. De montrer aux représentants de la presse que la «secrétaire» a changé d'avis et qu'elle reste un modèle de loyauté.

— Je n'y retournerai pas, Elinor. J'en suis incapable. Je dois peut-être des excuses à Lucile pour l'avoir accusée d'avoir voulu piéger Jim, mais il est hors de question que je travaille à nouveau pour elle.

— Uniquement le jour du défilé. Je vous en prie. N'oubliez pas que votre marin est désormais tiré d'affaire.

— Qui vous l'a dit?

— Tess, vous savez bien que je mets un point d'honneur à *tout* savoir.

Les paroles de Jean Darling flottaient dans la tête de Tess sans qu'elle pût encore leur donner un sens. Il ne s'agissait pas de pardonner ou d'excuser, mais plutôt d'accepter ce qui ne pouvait pas être changé. Aussi futile que cela pût paraître, cela signifiait tendre la main à l'heure du naufrage.

Souhaitait-elle réellement le naufrage de Lucile? Elle le méritait amplement, c'est vrai. D'un autre côté, elle entraînerait dans sa chute tous ceux qui travaillaient pour son compte. Un geste de sa part pouvait peut-être servir de leçon à Lucile. Ensuite, elle serait libre d'avancer.

— Elle me mettra probablement dehors, déclara-t-elle.

Un sourire éclaira le visage d'Elinor.

— Peut-être. Merci d'accepter d'en prendre le risque, mais je suis prête à parier que ce ne sera pas le cas. Votre présence lui épargnera une humiliation totale. En attendant, je prends en charge le loyer de votre appartement jusqu'à ce que vous ayez trouvé le moyen de vous retourner.

— Vous cherchez à m'acheter, vous aussi?

Tout en posant la question, Tess comprit qu'elle appréciait toujours Elinor.

— Je n'achète jamais personne, ma chère. C'est une perte de temps.

*

Pinky remuait à la cuillère un bol de soupe tiède en attendant que son père veuille bien se réveiller, assise sur le lit de ce dernier. Une fois de plus, elle allait devoir insister pour qu'il accepte de se nourrir. Les bons et les mauvais jours se succédaient. À en croire Mme Dotson et ses éternelles jérémiades, cette journée relevait de la seconde catégorie. Pinky espérait secrètement que son père aurait envie de discuter, ce soir. Elle avait besoin de parler à quelqu'un. Le témoignage de lady Lucile prêtait le flanc aux attaques les plus virulentes, mais c'était celui de Jean Darling qui donnait tout son sel à l'affaire. Et puis, qui avait bien pu s'arranger pour que l'on fasse tomber l'inculpation dont Jim faisait l'objet ? Le marin ne semblait guère intéressé par les détails, mais ce n'était pas le cas de Pinky. Que s'étaient dit Jim et Tess lors de leur rencontre ? Elle trempa l'extrémité d'un doigt dans le bol afin de goûter la soupe. Un bouillon de poule aux carottes, le préféré de son père. À condition qu'il l'avale avant qu'il refroidisse. Pourquoi se sentait-elle si lasse ?

— Tu fais une drôle de tête, avec ta soupe froide entre les mains.

Elle sursauta. Prescott Wade, réveillé, affichait l'ombre du sourire qu'elle lui connaissait autrefois.

— Je vais la réchauffer, proposa-t-elle.

— Ne t'embête pas pour ça, je n'ai aucun appétit.

— Il faut que tu manges…

— Raconte-moi plutôt ta journée.

Elle lui fit le récit des auditions, lui parla de Lucile, de Jim. Il l'écoutait vraiment, pour une fois, contrairement à tous ces soirs où il s'assoupissait, où elle finissait par soliloquer. Elle ne détestait rien tant que parler dans le vide.

— Ceux qui ont fait tomber cette inculpation ont agi de façon parfaitement délibérée, l'interrompit son père. Sans doute par crainte de la réaction de Tess. La sœur de Lucile, peut-être? Cette fille qui travaille dans le milieu du cinéma?

— Elinor? J'en doute. Elle vit dans un autre monde.

— Pour qui Tess a-t-elle abandonné ce marin?

Pinky sursauta. Son père avait dû surprendre sa conversation avec Jim.

— Je ne sais pas.

— C'est forcément quelqu'un qui a un rapport avec la commission d'enquête. Ou alors qui travaille pour la maison de couture de Lucy Duff Gordon. Tess n'a matériellement pas eu le temps de rencontrer quelqu'un en dehors de ces deux univers.

Pinky posa le bol de soupe froide sur la table de nuit de son père en soupirant.

— Je me demande bien pourquoi je me soucie de ça, dit-elle.

— Tu mélanges le travail et les sentiments. Tu ne crois pas, ma fille?

Elle hocha la tête timidement.

— Dis-toi bien que ce n'est pas un crime de perdre son objectivité, même dans un métier comme le nôtre. Qui compte le plus à tes yeux? Sarah, Jim ou Tess? Sans doute est-ce un dilemme, mais tu risques de devoir choisir.

Il s'était exprimé avec une force inattendue, et elle lui répondit sur le même registre.

— Tous les deux sont mes amis.

Son père possédait le don de savoir se taire. Ils partagèrent un moment de silence, puis Pinky sortit un mouchoir de la poche de son chemisier et se moucha bruyamment.

— Tu fais trembler le lit, lui reprocha son père avec humour.

Elle lui sourit en remettant le mouchoir dans sa poche.

— Je vais nous préparer un dîner digne de ce nom, lui annonça-t-elle en se levant.

— Tu sais ce que je crois? l'arrêta-t-il alors qu'elle franchissait le seuil de la pièce. Je crois deviner ton avenir, Sarah. Un bel avenir, qui te rendra heureuse.

— Que vois-tu exactement?

— Je te vois mettre ton chapeau, parcourir le monde, et même danser sur la lune. J'en donnerais ma main à couper.

Son visage fatigué s'éclaira.

— Je ne veux pas que tu t'en ailles, murmura-t-elle.

— Je sais, ma fille. Moi aussi, je t'aime.

Son sourire s'élargit.

— À propos, je crois avoir deviné qui a fait tomber cette inculpation.

De saisissement, Pinky lâcha son bol de soupe.

— Vraiment?!! Qui ça?

— Tu es une bonne journaliste. Je te laisse trouver la solution toute seule.

16

Tess multipliait les allées et venues dans son petit appartement, comptant les pas entre chaque mur. Le défilé de Lucile débutait à 14 heures ce jour-là, un peu tôt pour offrir du thé aux clientes, mais les Américaines n'en avaient cure, apparemment. Elle avait décidé de se rendre au loft à la dernière minute, effrayée d'avance par la réaction de Lucile. Comment avait-elle pu accepter une folie pareille ?

Elle s'immobilisa et ferma brièvement les yeux en imaginant la folie qui devait régner dans l'atelier à cet instant précis. On procédait aux ultimes réglages de lumière, on installait les rideaux, on disposait à l'entrée le programme, dont elle avait pu voir la couverture magnifique. Les pupitres du quatuor à cordes préféré de Lucile seraient posés près du podium. Autant d'étapes cruciales auxquelles elle n'assisterait pas, l'éloignant plus que jamais de cet univers magique.

Elle balaya sa chambrette des yeux en s'appliquant à en mémoriser chaque détail.

Elle allait devoir renoncer à tout ça, inutile de pleurer sur son sort. La vie était faite de hauts et de bas, ce qui ne l'empêcherait pas de trouver du travail. Elle dessinerait et ferait fructifier de son mieux ses talents de couturière. L'avenir l'inquiétait, mais elle se savait capable de réussir. Rassérénée, elle se posa sur une chaise à côté de la fenêtre en s'obligeant à décrypter le monde au-delà de son apparence. Elle entendait découvrir, à l'intérieur des arbres et derrière les immeubles, les signes de ce que l'existence lui réservait. À condition de bien chercher, elle pouvait les découvrir.

*

— Allons, avancez! Avancez tous!

Lucile frappa dans ses mains en surveillant d'un œil critique l'activité frénétique qui régnait dans le loft, transformé comme par magie en Maison de Lucile. On la sentait enivrée de plaisir, emportée par les préparatifs de dernière minute.

— Ces robes sont spectaculaires, murmura Elinor qui observait la scène.

— Absolument. Mes mannequins sont américaines, il leur manque la classe de leurs collègues britanniques, tout en étant raisonnablement sophistiquées, commenta Lucile. Si seulement elles avaient la force de caractère de marcher deux heures tous les matins avec une pile de livres sur la tête, elles se tiendraient nettement mieux, mais tu sais comme moi que les Américaines ont le dos rond.

Elle leva les yeux au ciel en tapant dans ses mains de plus belle. À son signal, les mannequins défilèrent l'une derrière l'autre sur le podium en tournant sur elles-mêmes à sa hauteur afin qu'elle pût procéder à leur inspection. Tout était parfait, de leurs lèvres passées au rouge à leurs coiffures élaborées. Elle fronça les sourcils.

— Qu'est-il advenu de la boutonnière de fleurs que je voulais sur cette gaine? demanda-t-elle sèchement à l'un des mannequins.

— Les fleurs avaient été salies, madame, répondit nerveusement la fille. Alors je les ai enlevées.

Lucile la transperça d'un regard glacial.

— Dans ce cas, pourquoi ne pas l'avoir signalé? On vous en aurait fabriqué d'autres. Ce n'est pas de la cervelle que vous avez dans la tête, ma fille, mais des plumes.

Elinor attira l'attention de sa sœur en lui tapotant le bras.

— Inutile de provoquer une scène, la tempéra-t-elle. Tu n'as pas envie que l'un de tes mannequins se mette à pleurer.

Lucile tourna les talons en poussant une exclamation agacée et rejoignit la table sur laquelle était posé le service à thé afin d'examiner les tasses une à une.

— Elles ne sont pas *propres*! annonça-t-elle à voix haute.

— Je vous assure que si, madame. C'est juste que la porcelaine est légèrement décolorée, s'empressa de la rassurer James. Mais nous allons les relaver immédiatement.

Lucile retourna près de sa sœur qu'elle attira dans un coin discret.

— Sais-tu si Mary Pickford doit venir? s'enquit-elle à voix basse.

— Elle m'en a fait la promesse, mais ça ne veut rien dire, répondit Elinor. Elle a peut-être une préférence pour les collections plus modernes…

— Pourquoi donc, pour l'amour du ciel? Qu'ont donc toutes ces actrices? Elles ne voient pas à quel point mes robes exaltent leur beauté et leur sensualité? Le monde du cinéma est d'une telle vulgarité! Vraiment, Elinor, je ne sais pas comment tu peux vivre et travailler là-bas.

Elinor lui accorda un sourire crispé.

— À cause de l'argent, ma chère sœur. Et tu devrais être contente de recevoir aujourd'hui l'une de ces actrices vulgaires qui ne s'ennuient jamais à lire les journaux.

Lucile perdit instantanément toute sa superbe, au point de ressembler à un ballon dégonflé.

— Je sais, je sais. Je suis inutilement cruelle, une fois de plus.

La présence d'Elinor ne suffisait pas à compenser l'absence de Cosmo, qui avait toujours réconforté sa femme en lui apportant un soutien sans faille en pareil cas.

— Crois-tu que nous courions au désastre ? demanda Lucile.

— Avec un peu de chance, tu peux échapper au pire.

Il ne servait à rien de dresser à Lucile la liste complète de toutes les invitations de dernière heure déposées en main propre chez les membres des couches inférieures de la haute société new-yorkaise. Lucile ne manquerait pas de regarder de haut la majorité d'entre eux, mais il serait toujours temps de gérer cela le lendemain. Pour l'heure, le tout était de remplir ce satané loft.

Elle releva la tête.

— J'entends me montrer digne jusqu'au bout.

Elinor lui posa la main sur le bras en signe de soutien.

— J'apprécie ton sens de la mesure, ma chérie. Quoi qu'il arrive, je serai là. Souviens-toi, interdiction de pleurer. Tu ne peux te permettre d'avoir les paupières gonflées aujourd'hui. Ce serait du plus mauvais effet.

*

Le soleil était haut dans le ciel lorsque Tess quitta son immeuble et rejoignit le 160 de la 5e Avenue. Elle avait prévu de marcher lentement et d'attendre devant la porte du loft qu'arrivent les premières clientes. Elle ne risquait pas d'être reconnue puisque seul son nom avait été publié dans les journaux, sans photographie.

— Tess ? Qu'est-ce que vous fabriquez ici ?

Elle se retourna et découvrit le visage stupéfait de Pinky.

— Je fais acte de présence une dernière fois, répondit Tess en s'efforçant de masquer son malaise.

Pinky écarquilla les yeux.

— Après avoir démissionné? Vous revenez sur votre décision?

— Non.

Comment expliquer ce qui l'animait?

— Je ne souhaite pas l'écraser alors qu'elle se trouve à terre. Elle risque gros aujourd'hui.

Pinky dissimula mal son ébahissement.

— Mais enfin, cette femme n'a aucune pitié! Vous êtes disposée à lui apporter votre soutien aujourd'hui alors qu'elle a voulu détruire la vie de Jim?

— Ce n'est pas elle qui a monté toute cette opération, mais Cosmo. Et puis je ne suis pas venue ici dans l'intention de prendre sa défense.

Tess aurait tant aimé que Pinky pût comprendre.

— C'est une façon pour moi de payer ma dette vis-à-vis d'elle. C'est grâce à elle que je suis arrivée en Amérique.

— Vous avez payé le passage au prix fort, on dirait.

Tess grimaça un sourire.

— Nous sommes d'accord, mais souvenez-vous de ce qu'a dit Jean Darling hier. Vous ne pouvez pas oublier un instant que vous êtes journaliste, Pinky?

— J'en suis incapable, et c'est bien le problème, répliqua cette dernière avec un sourire songeur. J'ai des nouvelles pour vous, Tess. Le *World* m'a offert un poste mieux payé.

— C'est formidable! Vous n'êtes pas contente?

— Pas vraiment. Le *World* est un vrai torchon. En comparaison du *Times*, en tout cas.

— Mais…

— Je sais, je n'ai pas vraiment le choix.

— En êtes-vous si sûre?

Pinky ne répondit pas sous l'effet de la surprise. Debout l'une en face de l'autre, soudées par un même silence, elles virent une première automobile noire s'arrêter devant l'immeuble de La Maison de Lucile. Il était tout juste 13 h 30.

*

— Combien? J'ai peut-être mal compté.

Tess espérait de tout son cœur s'être trompée.

— Pas du tout. Dix voitures, et quinze clientes au total. Sans compter une poignée de journalistes que je connais, venus avec l'intention de rédiger l'article nécrologique de La Maison de Lucile. Combien d'invités espérait-elle?

— Plus de cinquante. Arrêtez un peu de vous frotter les mains, Pinky.

— Attendez une seconde. J'ai beau la trouver détestable de prétention, j'ai bien vu à quel point elle était défaite hier. Je ne suis pas complètement insensible, vous savez.

— Qui est donc cette femme? l'interrompit Tess en montrant d'un geste discret une silhouette féminine qui descendait d'une automobile. Elle est ravissante.

Pinky, en tournant la tête, découvrit une personne d'une grande élégance enveloppée dans un manteau de soie aérien.

— Il s'agit de la première femme de Jack Bremerton. Leur divorce a provoqué un scandale retentissant, expliqua Pinky.

La sculpturale Mme Bremerton, telle une reine, attendait devant l'immeuble que le portier lui ouvrît la porte.

Pinky, intriguée, vit Tess rougir à la vue de la nouvelle arrivante.

— Tess?

La jeune femme reporta lentement son attention sur la journaliste.

— Désolée, je ne faisais pas attention, s'excusa-t-elle.

D'autres automobiles se rangèrent le long du trottoir, déversant leur lot de factotums obséquieux qui s'empressaient de tendre la main afin d'aider à descendre les femmes lourdement maquillées qui émergeaient des limousines dans un chatoiement de robes vaporeuses.

— Voici les stars, murmura Pinky en sortant son petit carnet. Je dois y aller, je vous retrouve tout à l'heure.

— De qui s'agit-il ?

— La première est Mary Pickford. La seconde, celle qui porte un foulard, est Isadora Duncan.

— Je ne pensais pas qu'elles viendraient.

Pinky lui adressa un regard agacé.

— Avec tous ces journalistes, je vois mal pourquoi elles s'en priveraient. N'importe quelle actrice sauterait sur l'occasion.

Sur ces mots, elle se précipita vers la porte de l'immeuble à la suite de la minuscule Mary Pickford.

Tess s'apprêtait à imiter son amie lorsque trois autres voitures s'immobilisèrent devant le bâtiment. Plusieurs femmes en descendirent, qui redressèrent leurs chapeaux et réarrangèrent leurs étoles avant de se planter maladroitement sur le trottoir, dans l'attente de la suite.

Elinor franchit la porte au même moment, leur adressa un petit signe de tête et les entraîna dans le hall de l'immeuble en leur chuchotant quelques paroles à l'oreille. Apercevant Tess, elle lui fit signe de rejoindre son petit groupe.

— Ce sont des vendeuses que nous avons engagées pour remplir la salle, expliqua-t-elle discrètement avec un sourire. Vous venez ?

Tess hocha machinalement la tête, émerveillée par l'imagination d'Elinor, prête à tout pour venir au secours de sa sœur. Et quand bien même son insistance à l'attirer au défilé aurait caché un piège, il était trop tard pour reculer.

Le loft était méconnaissable. Bien qu'elle eût participé aux préparatifs, Tess fut subjuguée par le résultat. La scène, drapée de mousseline, était éclairée indirectement par des spots qui diffusaient une lumière tamisée aussi douce que celle de chandelles. L'ensemble était magique, ainsi qu'elle s'y attendait. En retrait sur le côté, les musiciens engagés par Lucile jouaient un air délicat dont Tess aurait aimé connaître le nom. Elle avait encore tant à apprendre...

James, accompagné de plusieurs assistants, était occupé à retirer discrètement les deux dernières rangées de chaises, le bruit de leurs mouvements couvert par la musique. Des domestiques en robe noire et tablier blanc proposaient du thé à toutes les personnes présentes tandis que les journalistes, relégués à l'arrière-plan, patientaient le long des murs de la pièce.

Lucile, vêtue d'une tunique grecque couleur prune, son opulente chevelure rousse remontée sur le sommet du crâne en un chignon élaboré, un sourire impérial aux lèvres, accueillait chaque invité avec un parfait mélange de chaleur et de hauteur. À la voir officier, Tess découvrait pour la première fois le personnage de Mme Lucile dans toute sa splendeur fantasmée.

James, apercevant la jeune femme, vacilla de saisissement. Tess se demanda s'il ne la soupçonnait pas de vouloir provoquer un scandale. L'hypothèse n'était pas si absurde, sa présence inopinée risquait fort de provoquer l'ire de Lucile à l'instant où elle l'apercevrait. Restait à espérer qu'Elinor ne se fût pas trompée, que Lucile cherchât avant tout à échapper à l'humiliation.

Les musiciens reposèrent leurs instruments en voyant Lucile monter sur l'estrade. Un spot se fixa sur son visage d'une sérénité parfaite.

— Mes chères amies, je vais avoir le plaisir de vous présenter une collection tout à fait extraordinaire, dont je n'hésite pas à dire qu'elle est le clou de ma carrière. Je ne doute pas que vous vous rangiez à mon avis lorsque vous l'aurez vue.

Elle adressa un léger signe de tête à la secrétaire qui tenait entre ses mains le précieux carnet de commandes.

Tess le savait déjà, son rôle était de noter les réactions des unes et des autres à la présentation de chacun des modèles. Le défilé achevé, elle avait pour mission d'approcher les clientes les mieux susceptibles de commander les nouvelles créations. Avec toute la discrétion requise, bien entendu.

Elinor, installée près du podium, lança en direction de Tess un coup d'œil souligné par un haussement de sourcils interrogateur. Tess, paralysée par la peur, sentit ses jambes ployer sous elle.

— Et maintenant, déclara Lucile en levant la main en direction du podium, la première pièce de cette collection de printemps 1912 de La Maison de Lucile. Mes chères amies, je l'ai baptisée *Soupir de lèvres inassouvies*. Je vous invite à prêter l'oreille au murmure de la mousseline de soie si vous souhaitez comprendre les raisons qui m'ont dicté ce nom.

Des chuchotements amusés s'élevèrent du petit groupe de journalistes, que firent taire les applaudissements polis de l'assistance tandis qu'un mannequin habillé d'une robe bleu pastel s'échappait des coulisses, pivotait lentement sur elle-même afin de présenter le modèle, et disparaissait dans l'ombre.

— La pièce suivante est une robe pour le thé à laquelle j'ai donné le nom de *Mélodie frénétique de l'état amoureux*, annonça Lucile alors que s'avançait sur le podium un nouveau mannequin dans un mélange scintillant de tulle et de brocart.

Les rires redoublèrent dans les rangs des journalistes et Tess grimaça intérieurement. En dépit des conseils de son entourage, Lucile avait refusé de renoncer à cette habitude désuète de donner à ses créations des appellations pompeuses.

— Si ça se trouve, c'est la robe de chambre qu'elle a perdue lors du naufrage, pouffa un reporter un peu trop fort.

La minuscule Mary Pickford porta une main gantée à ses lèvres d'un mouvement majestueux, comme pour réprimer son hilarité. Lucile, les lèvres pincées, restait impassible.

Tess n'y put tenir davantage. Sans réfléchir, elle se dirigea vers la scène.

Lucile, pâle comme un bloc de glace, la vit s'approcher. Tess tendit le dos, s'attendant à essuyer les foudres de Lucile, à recevoir l'ordre de quitter la salle, persuadée d'aller au-devant d'un désastre.

Contrairement à ce qu'elle avait imaginé, elle ne lut aucune surprise dans les yeux de Lucile. Ses soupçons s'en trouvèrent confirmés, la scène avait été soigneusement orchestrée par les deux sœurs. Elinor l'avait imaginée d'un commun accord avec Lucile, sachant qu'il eût été dangereux de surprendre celle-ci. Tess comprit que toute réaction d'indignation serait inutile. Lucile s'en tirait une fois de plus. Provisoirement, tout du moins. La présence de Tess lui rendait sa légitimité, aussi illusoire fût-elle. L'essentiel était de sauver la face. Jusqu'à la conclusion du défilé.

— Mes chères amies, laissez-moi vous présenter une jeune personne de grand talent que j'ai prise sous mon aile, annonça-t-elle en se tournant vers l'assistance. Voici Tess Collins !

Des applaudissements timides saluèrent la jeune femme. De près, Tess fut frappée par les rides qui entamaient profondément le front de Lucile, les poches sombres qui soulignaient ses yeux. Tout en sachant n'être qu'un pion dans son jeu, elle ne regrettait pas de lui rendre cet ultime service, aussi sourit-elle au public.

Lucile poursuivait déjà sur sa lancée.

— Tess arrive à point nommé, déclara-t-elle sur un ton triomphal. La prochaine robe que vous allez découvrir, mesdames et messieurs, est une création de Mlle Collins. Un élégant modèle en soie auquel il manque malheureusement un nom, précisa-t-elle en jetant un coup d'œil furtif en direction des journalistes.

Le rond de lumière s'arrêta sur le côté du podium, juste à temps pour masquer l'étonnement qui se lisait sur le visage de Tess. Ainsi, Elinor avait convaincu sa sœur de présenter sa robe? Connaissant le caractère orgueilleux de Lucile, Tess était persuadée qu'elle avait jeté sa robe à la poubelle. Pourtant, c'était bien le modèle dessiné par ses soins qui faisait son apparition.

Le mannequin s'avança d'une démarche moins langoureuse que ses collègues. L'éclairage, en dansant sur le tissu, en sublimait la texture. Le mannequin pivota sur lui-même et la jupe raccourcie s'ourla en dévoilant un éclair de chair au-dessus des bottines. Un murmure parcourut la salle, cette fois sans le moindre rire.

— Pourriez-vous présenter ce modèle, mademoiselle Collins, puisque c'est vous qui l'avez créé? lui demanda Lucile à brûle-pourpoint.

Tess se tourna vers l'assistance, hésitante, ne sachant quelle explication bégayer.

— J'ai dessiné ce modèle en pensant aux femmes qui souhaitent bouger avec naturel, sans complexe, se lança-t-elle. Je souhaitais un modèle à la fois moderne et confortable, de façon à permettre aux femmes de descendre sans encombre d'une voiture à cheval ou d'une automobile, de marcher d'un bon pas sur un trottoir, de courir sans risquer de se prendre les pieds dans leur jupe. Le monde évolue constamment. Il est temps que la mode féminine s'adapte à son tour.

Elle marqua une pause, encouragée de découvrir des mouvements de tête approbateurs.

— Dans quelques années, pour ne prendre que cet exemple, nous renoncerons à tous ces boutons qui entravent nos vêtements au profit de systèmes à glissière moins contraignants. En attendant, nous pouvons nous autoriser un peu d'audace en raccourcissant nos jupes.

Tess avait du mal à croire que c'était sa propre voix qu'elle entendait résonner dans la salle. Le mannequin, sa présentation achevée, regagna les coulisses. Tess la regarda s'éloigner d'un œil critique. La forme du corsage convenait finalement assez bien. De toute façon, personne ne voudrait jamais de sa robe.

Tess lut de l'étonnement dans les yeux de Lucile en entendant crépiter les applaudissements. Contre toute attente, le public avait apprécié ce modèle d'une simplicité presque ennuyeuse.

— Nous allons à présent alterner les présentations avec ma jeune élève, annonça Lucile.

Elle fit une révérence à Tess, trop heureuse de découvrir la réaction de stupeur de la jeune femme. Ravie aussi, sans aucun doute, que les rires eussent enfin cessé.

*

Pinky, assise le long du mur, commençait à trouver le temps long. Jamais elle n'aurait imaginé couvrir un jour un événement aussi improbable. Elle se rassura en se souvenant qu'elle n'était pas là pour s'intéresser aux collections de Lucy Duff Gordon. Passer deux heures à regarder défiler des mannequins couverts de falbalas et de fanfreluches n'était pas sa conception précise du bonheur. La robe créée par Tess lui avait néanmoins donné l'impression d'être confortable. Elle observa les femmes qui se trouvaient dans l'assistance. Comment pouvait-on éprouver une telle fascination pour de simples vêtements? Toutes étaient poudrées à l'excès, leurs lèvres de diverses teintes de rose formaient un contraste marqué avec la blancheur de leur visage. Sans doute devaient-elles leur posture raide au port du corset.

Les yeux de Pinky s'arrêtèrent sur la silhouette élancée de Mme Bremerton, qui réalisait l'exploit de paraître à la fois passionnée par ce qu'elle voyait, et totalement malheureuse. Nul doute qu'il lui avait fallu de longues années de pratique pour parvenir à une combinaison aussi originale. Pourquoi diable Tess avait-elle tiqué en découvrant son visage? Pinky exécutait machinalement de petits dessins sur son programme lorsque le crayon se figea dans sa main.

Bien sûr! Voilà qui était l'autre homme! Tout concordait. Tess, qui lui avait posé tant de questions au sujet de Bremerton à son arrivée à New York, avait brusquement cessé de lui en parler. Quelle idiote! Son père, moins bête qu'elle, avait deviné sans peine. Il avait fallu qu'on lui mît le nez dessus pour que Pinky trouvât enfin la solution. Le tout était de savoir comment exploiter une telle information. Elle posa les yeux sur Tess. Elle regrettait presque d'avoir deviné son secret.

*

Le défilé touchait à sa fin. Le mannequin vêtu de la robe de mariée, clou de la présentation, traversa le podium avec majesté en faisant danser dans les projecteurs les motifs complexes de perles scintillantes. Une salve d'applaudissements admiratifs parcourut la salle tandis que les lumières se rallumaient sur un signe de Lucile. Le quatuor à cordes, parfaitement synchronisé, se lança dans un morceau enlevé. Les invités commençaient à se lever, les femmes lissaient leur robe du plat de la main en échangeant des commentaires à voix basse, adressant pour certaines des sourires enthousiastes à Mme Lucile.

Elinor dans son sillage, Mary Pickford sélectionna l'une des créations de Lucile en dressant d'une voix flûtée le détail des changements qu'elle souhaitait y apporter.

— Pas de tulle sous la jupe, s'il vous plaît, précisat-elle. J'aimerais également que vous la raccourcissiez de quinze à vingt centimètres. Je préfère les robes plus courtes.

Elle ne commanda pas la robe dessinée par Tess, mais cette dernière pouvait difficilement s'y attendre.

Les invités avaient commencé par boire du thé en dégustant de minuscules biscuits au citron, avant de se diriger peu à peu vers l'ascenseur après avoir chaleureusement remercié leur hôtesse. À la grande surprise de Tess, seules deux autres clientes avaient passé commande d'un modèle, dont la première Mme Bremerton.

— D'autres commandes suivront, lui expliqua Elinor. Je ne serais pas étonnée que quelqu'un achète votre robe.

Elle soupira.

— Il n'empêche, le vent a tourné. Je l'ai senti à l'atmosphère même du défilé. Si seulement Lucile pouvait en prendre conscience. Au moins cesser de donner des noms aussi ridicules à ses créations.

— Pourquoi ne pas m'avoir avertie que Lucile était au courant de cette petite ruse?

— Au sujet de votre venue? Ma chère, versatile comme elle l'est, je n'en aurais jamais pris le risque. Et si je vous l'avais dit, vous ne seriez pas là. Quoi qu'il en soit, c'est aussi bien ainsi. Elle a compris que c'était du théâtre.

— Et que je tenais l'un des rôles.

Après tout, cela n'avait plus guère d'importance. Elle était libre de s'en aller et d'oublier tout ça, ce qui ne l'empêcha pas d'ajouter :

— Je n'avais pas vraiment mesuré avant ce jour l'ampleur de son talent. Ses créations sont magnifiques, vraiment superbes. Au-delà de ce constat, elle maîtrise leur conception avec un art consommé du détail.

— C'est vrai, reconnut Elinor d'une voix douce, mais son heure est passée.

Tess se dirigea d'un pas lent vers Lucile. Madame, raide comme la justice à l'entrée du loft, devisait gaiement de sa voix de gorge avec les derniers invités tout en saluant les journalistes d'une main soigneusement manucurée. Tout le monde reparti, elle resta un moment le regard dans le vide, une expression indéfinissable sur le visage.

— Lucile?

Elle sursauta avant de se tourner vers la voix.

— Ah, Tess. Vous allez pouvoir me révéler la nature exacte des raisons de votre présence ici aujourd'hui.

Elle avait recouvré son sourire radieux.

— Vous n'avez pas trouvé que c'était amusant? Cette bécasse d'Isadora Duncan qui se plaint à tout bout de champ de prendre du poids, avez-vous remarqué qu'elle demandait du chocolat chaud à la place du thé? Vraiment, ces actrices! Et avez-vous remarqué cette Mme Bremerton avec son visage de marbre? Elle s'en est visiblement bien sortie à la suite de son divorce, les robes dont elle a passé commande ne laissent planer aucun doute à ce sujet. En attendant, j'ai encore bien des détails à régler, je vais devoir…

— Lucile, je vous en prie, l'interrompit Tess.

La créatrice laissa s'écouler un instant avant de réagir.

— Je m'en doutais un peu. Vous n'avez donc pas changé d'avis, c'est bien ça? Vous souhaitiez uniquement… comment dire?… feindre de m'apporter votre soutien?

— C'est ce que vous attendiez de moi, à ce que j'ai cru comprendre, répondit Tess calmement. Pourtant, d'une certaine façon, je ne jouais pas la comédie. Je souhaitais m'excuser de mon accusation au sujet de l'arrestation de Jim, alors que vous n'étiez pas au courant.

— Je ne vous le pardonnerai pas, Tess.

— Je n'implore pas votre pardon, Lucile.

— Vous êtes outrageusement…

— Outrageusement quoi? Grossière? Impudente? Arrogante?

— Vous ne savez pas rester à votre place.

Tout en prononçant ces mots, elle dévoilait tout à la fois sa férocité et ce qui ressemblait fort à de la fragilité.

— Je ne travaille plus pour vous, lui expliqua doucement Tess.

— Dans ce cas, pour quelle raison êtes-vous venue? l'interrogea Lucile.

— Je suis venue vous apporter mon aide le temps de ce défilé. Je n'ai aucunement l'intention de vous détruire ou de détruire votre maison de couture.

— C'est heureux.

— Vous êtes une créatrice de tout premier plan, Lucile, et cette collection est magnifique.

— Je suis ravie que vous en ayez conscience.

— Je suis convaincue que vos modèles se vendront bien.

— Évidemment, réagit-elle d'une voix presque fluette.

Mue par un réflexe, elle tendit la main et la posa sur le bras de Tess.

— Restez avec moi, proposa-t-elle dans un souffle. Je vous apprendrai le métier, que vous souhaitiez rester dans ce pays ou rentrer avec moi en Angleterre. Je m'occuperai de vous, je vous ouvrirai toutes les portes. C'est une promesse.

Tess répondit non d'un mouvement de tête décidé. Elle connaissait désormais le poids de certaines compromissions. Le caractère de Lucile ne changerait pas. Madame alternerait constamment entre louanges et critiques, exhortations et condamnations. Elle entraînerait inexorablement son entourage dans le désir de la satisfaire, d'aller plus loin, de se plier en quatre pour elle. Tess ne devinait pas la toile que tissait Lucile autour de sa personne, elle en sentait le contact sur sa peau, jamais plus elle ne s'y engluerait.

— Non, déclara-t-elle. Nous finirions par nous haïr.

Lucile resta longtemps plongée dans le silence.

— Bien, je constate que votre décision est prise, parvint-elle enfin à articuler. Tout est clair à présent. Peut-être avez-vous raison.

Elle posa une main délicate sur son chignon afin d'en vérifier la tenue. Elle allait s'éloigner lorsqu'elle se ravisa. Elle se retourna et tendit l'index en direction de son bureau.

— Suivez-moi un instant. J'aimerais vous parler en privé.

La grande cage de verre qui lui servait d'antre pouvait difficilement passer pour un espace privé, mais cette femme habituée à l'attention du public y voyait un refuge inexpugnable. Tess lui emboîta le pas tout naturellement.

Lucile referma la porte et un relent âcre monta aux narines de Tess, souvenir des fleurs fanées disparues. La table de travail de Lucile ressemblait à un champ de bataille. On y trouvait pêle-mêle des invitations vierges, une boîte de poudre renversée, une paire de ciseaux, et même un vieux chewing-gum dans un morceau de papier, Lucile étant affligée du «vice» de la gomme à mâcher, selon Cosmo. La créatrice, imperméable à tout ce fatras, ne paraissait nullement s'en offusquer. Elle croisa les bras en détournant le regard, de façon à ne pas regarder Tess en face.

— Vous m'avez dit un jour que j'avais un tempérament de reine. Vous en souvenez-vous?

— Oui, très bien.

— Ce n'est pas le cas, bien évidemment. Je viens d'une famille aussi pauvre que la vôtre, à sa façon. J'ai grimpé les barreaux de l'échelle un à un, en m'affranchissant au passage de bien des règles. Toujours est-il que je suis partie de rien pour arriver quelque part. J'ai conscience que cela sied mal aux femmes, mais j'avoue avoir le goût de la réussite. Vous comprenez?

— Oui.

— Je sais très bien que vous me comprenez. Lorsque je vous ai rencontrée, vous étiez prête à tout pour vous hisser tout en haut de l'échelle, vous aussi. En vous voyant, je me suis reconnue.

Elle se tourna vers Tess dont elle sonda le regard.

— J'ai perdu un enfant à la naissance, il y a fort longtemps. Une petite fille qui aurait eu votre âge aujourd'hui. Faut-il que je la perde une seconde fois?

— Vous parlez de *moi*? prononça péniblement Tess, interloquée.

— Bien sûr.

Tess restait sans voix, alors que le silence s'éternisait trop au gré de Lucile. Elle le lisait dans ses yeux.

— Je suis désolée que vous ayez perdu cet enfant, parvint-elle à dire. Je ne savais pas…

— Je m'en doute. C'est pour cette raison que j'ai voulu tenter ma chance. Sachez toutefois que l'humiliation n'est pas un risque que je prends à la légère.

Lucile triturait distraitement des doigts une assiette de petits gâteaux, posée en équilibre instable sur le bord du bureau encombré.

— Vous pouvez vous féliciter de ne pas être ma vraie fille. J'aurais fait une mère épouvantable.

— Lucile, je suis sincèrement désolée pour vous.

— Cela n'a guère d'importance. Je vois à votre réaction que la messe est dite.

Elle ne faisait pourtant pas mine de mettre fin à l'entretien. Elle fit rouler entre ses doigts des miettes de glaçage dont elle se débarrassa ensuite sur le plateau.

— Vous me connaissez assez pour savoir que je ne suis pas femme à revivre les traumatismes du passé, ajouta-t-elle d'une voix qui manquait encore d'assurance. Il nous reste pourtant un détail à éclaircir.

— Lequel?

Lucile redressa fièrement les épaules.

— Le récit de ce qui s'est réellement déroulé à bord de ce canot de sauvetage.

Tess attendit la suite en retenant son souffle.

— J'ai agi avec sagesse en ordonnant à ces hommes de ne pas rebrousser chemin, et je n'en démordrai pas. Je me fiche de ce que les gens peuvent penser du fait que ce bateau était quasiment vide. En cas pareil, on pense à soi en priorité.

Elle reprit sa respiration.

— Jean Darling n'a pas entièrement tort, je suppose. Dans sa façon d'expliquer que nous n'avons pas assumé nos responsabilités et que nous ne pourrons jamais nous le pardonner.

Elle balaya l'argument d'un geste.

— Je ne suis pas du genre à me morfondre en me tordant les mains ma vie durant, mais j'aime autant vous l'avouer, quelqu'un m'a agrippé la jambe cette nuit-là dans le canot. Cet incident m'a profondément choquée, tout en m'effrayant.

— Qu'avez-vous fait?

L'atmosphère confinée de la pièce donnait la nausée à Tess.

— Laissez-moi terminer, si vous le voulez bien. Je vous l'ai dit, quelqu'un m'a pris la jambe, sans que je puisse voir de qui il s'agissait.

Elle donnait l'impression de se parler à elle-même.

— J'ai tout d'abord pensé qu'il s'agissait d'un marin maladroit, aussi ai-je repoussé ce bras de toutes mes forces. Alors, j'ai entendu un grand plouf.

Un silence pesant s'installa. Il fallut plusieurs secondes à Tess pour se reprendre.

— Que s'est-il passé ensuite?

— J'ai appelé à l'aide, évidemment, mais la main m'a agrippée de plus belle et l'un des occupants du canot l'a repoussée.

— Avec un aviron?

— Oui.

— Mon Dieu, Lucile…

— Je ne sais pas qui maniait cet aviron, si vous comptiez me poser la question. Il faisait trop sombre.

L'obscurité de la nuit se révélait opportune.

— Vous devez avoir votre idée.

— En clair, vous me demandez s'il s'agissait de Cosmo. Je vous dirai que j'ai peine à le croire. Vous serez heureuse de savoir que ce n'était pas votre marin, puisqu'il s'est levé afin de se battre avec l'individu venu à ma rescousse. Ils ont bien failli faire chavirer le canot. Je ne sais rien de plus.

— Pourquoi ne l'avoir pas dit lors de votre audition par la commission?

— Vous plaisantez? On m'aurait accusée de meurtre.

Lucile tournait en rond dans son bureau.

— Je n'étais pas la seule. Et vous restez plantée là, avec cet air choqué. Pourquoi a-t-il fallu que je vous raconte tout ça? J'ai entendu d'autres… d'autres bruits de chute dans l'eau, sans qu'il soit possible de rien distinguer dans le noir. Nous cherchions uniquement à survivre, est-ce donc si répréhensible? Quelles sont vos intentions à présent? Rapporter ce que je vous ai dit à la terre entière?

— Oh, Lucile!

Tess aurait aimé crier et pleurer tout à la fois, mais son interlocutrice ne lui en laissa pas le temps.

— Pourquoi devrait-on nous reprocher d'avoir survécu? s'écria-t-elle en élevant la voix. Est-ce nous qui sommes à l'origine de cette tragédie? Vous souvenez-vous de ce que nous avons tous ressenti en voyant couler ce paquebot? Mon Dieu, je ne parvenais pas à y croire. Sa proue enfoncée dans l'eau, on aurait dit un jouet, un jouet avec lequel s'amusait la nature. Et nous serions censés en sortir indemnes? Rester civilisés, voir les messieurs retirer leur chapeau face aux dames en leur disant : « Après vous, je vous en prie » au moment de monter à bord des canots ? C'est une plaisanterie ! Si Dieu existe, le spectacle a dû l'amuser. Comment les hommes sont-ils assez stupides pour vouloir traverser l'océan à bord d'embarcations en allumettes ? Les jouets, c'était *nous* ! Où va le monde ?

Lucile s'immobilisa en pleine ronde sur ce cri du cœur, le dos tourné à Tess.

— J'ai du mal à croire que j'aurais été la seule à repousser cet homme, mais peut-être est-ce le cas.

— Votre intention n'était pas de le tuer.

— Bien sûr que non ! Je ne voulais pas que l'on me touche, c'est tout. Du moins est-ce la raison que je me donne à moi-même.

Lucile, le dos raidi par l'orgueil, était l'incarnation même de l'intraitable.

— Nous n'avons pas eu le temps de réfléchir, parvint à répondre Tess.

— Oui, c'est vrai, mais vous noterez que je n'en ai soufflé mot à personne. Je ne me suis pas montrée plus courageuse que Jean Darling.

— Dans ce cas, pourquoi vous être confiée à moi ?

— Pour éclaircir la situation, j'imagine. Rien n'a jamais été vraiment clair entre nous.

— Je dirais plutôt que notre relation était compliquée, précisa Tess dans un souffle.

Lucile, qui lui tournait le dos jusque-là, se retourna et lui adressa un sourire dur.

— Ma chère, j'entretiens des relations compliquées avec *tout le monde*. Je vous souhaite bonne chance.

Tess refoula ses larmes.

— C'est vous qui m'avez emmenée en Amérique. Qui m'avez donné ma chance, qui m'avez ouvert les yeux. Je vous en suis infiniment reconnaissante.

— Pour l'amour de Dieu, épargnez-moi vos mélodrames. C'est assez, vraiment. Au revoir, Tess.

— Lucile!

Mais Lucile ouvrait déjà la porte et quittait la pièce en laissant Tess démunie, la bouche ouverte.

— James! cria la créatrice en tapant furieusement dans ses mains. Où êtes-vous? Faites-moi débarrasser ce plateau à thé, voulez-vous? Et autant démonter les rideaux aujourd'hui. Mais où sont-ils tous? Je suis donc la seule à travailler dans cet atelier?

Tess quitta le bureau à son tour et se dirigea vers l'ascenseur où l'attendait Elinor.

— Elle vous a raconté ce qui s'était passé cette nuit-là, dit-elle d'une voix calme. Elle m'avait annoncé ce matin son intention de tout vous dire.

— Elle s'en veut peut-être d'un acte qu'elle n'a jamais pu commettre seule. Comment aurait-elle pu avoir la force physique de repousser cet homme hors du canot?

— Elle m'a raconté que l'homme à l'aviron était Tom Sullivan.

— A-t-il agi sur l'ordre de Cosmo, ou bien sur celui de Lucile?

— Nous ne le saurons jamais. À mon idée, ce balourd sournois en a pris l'initiative seul. C'est fou la façon dont on s'efforce tous de reconstruire l'histoire. Une manière comme une autre de nous racheter, sans doute.

— Pourquoi tenait-elle tant à me raconter ce qui s'est passé?

— Elle en a pris la décision après avoir entendu le témoignage de Jean Darling. Elle en éprouvait soudain le besoin. Je sais qu'elle ne vous a pas demandé de garder le secret, mais j'aimerais pouvoir compter sur votre discrétion.

Tess se contenta d'acquiescer d'un mouvement de tête. Un choix de plus.

— À propos, Lucile m'a priée de vous remettre ceci.

Elinor sortit d'une poche un petit sachet de velours qu'elle déposa dans la main de Tess.

— Un souvenir, m'a-t-elle dit. Afin de vous protéger et de calmer vos angoisses. Elle m'a expliqué que vous comprendriez.

Tess dénoua le cordon qui fermait le sachet, des picotements dans les yeux, et découvrit les pendants d'oreilles en pierre de lune.

— Ne les refusez pas, je vous en prie. Épargnez-lui ça.

Tess hocha à nouveau la tête.

— Remerciez-la pour moi.

— Je ne sais pas si vous mesurez à quel point elle souffre de vous perdre.

— J'avais encore tant à lui dire.

— Elle aussi, je crois, soupira Elinor. Mais ce qui est fait est fait. Si cela peut vous consoler, vous ne vous êtes pas trompée dans votre vision de l'avenir. Ma sœur ne changera jamais. Quels sont vos projets?

— Je ne sais pas.

— Alors, bonne chance. Vous ne le savez peut-être pas, mais vous figurez au nombre des très rares personnes qui ont survécu à Lucile.

Elinor s'était exprimée avec une tendresse qui contredisait la dureté de ses mots.

— Donnez-moi de vos nouvelles, et si vous aviez un jour besoin d'aide, n'hésitez pas à venir me voir. Si jamais vos pas vous conduisent en Californie.

Elle eut un bref instant d'hésitation avant de poursuivre:

— Je parlerai de vous à quelques personnes. J'ai entendu dire que cette Coco Chanel cherchait des collaboratrices. Elle ne se contente déjà plus de fabriquer des chapeaux. Il ne fait aucun doute que vous avez un avenir dans ce qu'on appelle le «chiffon». Lucile déteste ce mot.

Tess lui sourit.

— Je suis très douée pour les boutons, bien qu'ils soient rapidement amenés à disparaître.

— C'est toujours un début. Ah, avant que j'oublie…

Elle prit une enveloppe dans son sac.

— Ce courrier à votre nom nous est parvenu hier.

Tess sentit son cœur battre plus fort en reconnaissant une écriture maladroite et besogneuse. Ses lettres à sa famille étaient donc arrivées à bon port. Dieu soit loué. Elle crut distinguer un instant le visage de sa mère, les paupières plissées par l'effort, occupée à écrire à la lueur de la bougie. Elle avait réussi à maintenir le contact avec les siens. Elle glissa la lettre dans sa poche afin de la lire lorsqu'elle serait seule.

En prenant place dans l'ascenseur, elle aperçut une dernière fois Lucile. Sa coiffure légèrement de travers, elle continuait de mener son monde à la baguette en multipliant les ordres.

Ainsi, tout se terminait au moment où elle commençait à comprendre. Elle repensa à la grande dame qui arpentait le pont du *Titanic* comme si le monde lui appartenait. Lady Lucile. Tess, qui marchait à côté d'elle, avait perçu la rumeur soyeuse des murmures dans leur sillage. Savez-vous qui c'est? La plus grande créatrice de mode du monde. Porter les créations de Lucile était un aboutissement en soi, et voilà que tout s'effaçait.

Tess ferma les yeux pour les rouvrir lorsque la cabine s'immobilisa au rez-de-chaussée. Pour une fois, personne ne montait la garde sur le trottoir. Pas de reporters criards, pas de clientes. En sortant de l'ascenseur, Tess comprit qu'elle échappait à un rêve pour en trouver un autre. Seule la lettre de sa mère, au fond de sa poche, la rattachait encore à la réalité.

17

Debout sur le trottoir, Pinky attendait Tess à sa sortie de l'atelier. Pour une fois, on la sentait peu sûre d'elle. Les clientes de la haute société new-yorkaise reparties, il restait encore quelques-unes des vendeuses engagées à la dernière minute pour le défilé. Elles guettaient les voitures censées les reconduire et riaient sous cape, ravies d'avoir été rémunérées pour assister à un événement aussi chic.

— Vous m'avez attendue, déclara Tess, reconnaissante à son amie d'avoir consenti à cet effort.

— Oui, je me disais que vous ne traîneriez pas longtemps là-haut. Je peux vous inviter à dîner à la maison?

La gentillesse de cette proposition tira des larmes à Tess. Pinky, inquiète, s'empressa de lui appliquer de petites tapes amicales dans le dos.

— Je ne suis pas certaine de comprendre ce qui vous a poussée à vous rendre à ce défilé, mais vous avez été plus généreuse avec Lucile qu'elle ne le mérite.

— Je ne pouvais pas rester les bras croisés. Je lui dois beaucoup.

— Je suis curieuse de savoir si vous avez eu du mal à la quitter une seconde fois. Avez-vous été tentée de rester?

Tess secoua la tête.

— Non, j'ai définitivement renoncé à toute forme de compromis.

— Je ne risque pas de vous le reprocher, il suffit de voir la façon dont elle phagocyte tout le monde autour d'elle. Cela dit, votre robe était très jolie.

Tess répondit au compliment par un sourire timide. Surtout émanant de Pinky, aux yeux de qui la mode n'était pas vraiment une passion.

— J'ai été surprise de votre réaction en apercevant Mme Bremerton, s'enhardit Pinky. J'ai bien compris que vous étiez bouleversée, sans comprendre pourquoi.

Peut-être se montrait-elle trop directe, mais il était trop tard pour changer de stratégie. Pinky savait d'expérience que rien ne valait la transparence. La plupart du temps, du moins.

— Rien ne vous échappe, répondit Tess.

Les deux femmes se murèrent dans un silence gêné.

— Je ne sais pas si vous avez déjà des projets pour demain, mais je me disais que vous aimeriez peut-être assister à une manifestation de suffragettes. Le défilé part de Washington Square, sous l'arc. Je ne sais pas si vous l'avez déjà vu, il est magnifique.

Changer de sujet de conversation ne faisait pas partie des qualités premières de Pinky, si bien qu'elle en bredouilla au moment d'enchaîner :

— Vous vous en souvenez peut-être, je vous ai parlé de ce superbe cheval blanc monté par une femme aux cheveux incroyablement longs. Ce sera du plus bel effet demain, ce genre de symbole est du pain bénit pour les photographes. J'espère que nous aurons droit à la une des journaux. Surtout si les femmes qui ont décidé de récolter de l'argent pour ériger une stèle aux victimes masculines du *Titanic* sont au rendez-vous. Elles sont furieuses, au prétexte que les suffragettes leur reprochent d'avoir sauvé leur peau en laissant mourir les hommes. Un article formidable en perspective.

— Vous savez, Pinky, c'était le chaos le plus total, réagit Tess d'un air las, incapable de revivre le drame une nouvelle fois.

— L'égalité est une arme à double tranchant. Mais s'il est bien une réalité dont je suis sûre, c'est que tout est

426

politique dans l'existence. Les gens auront beau railler les femmes et se moquer d'elles, il est essentiel qu'elles unissent leurs forces.

— Je vous remercie de l'invitation, je vais y réfléchir, répliqua Tess.

Elle enviait Pinky, brusquement. Il était si facile de voir le monde aussi simplement, si confortable de se sentir aussi sûre de ses choix.

— Pourquoi Bremerton, et non Jim ? lui demanda Pinky à brûle-pourpoint.

— La situation n'est pas aussi simple. Ils sont très différents l'un de l'autre.

— Mais encore ?

— Est-ce la journaliste qui me pose la question, ou bien l'amie ?

Pinky s'était interrogée à ce sujet. La réponse s'était imposée d'elle-même, un peu plus tôt lors du défilé, lorsque le mannequin présentant l'extraordinaire robe de mariée de Lucile avait traversé le podium en flottant, sous ses yeux ébahis.

— C'est l'amie.

— Jack est…

Elle peinait à trouver le mot juste.

— C'est un homme merveilleux tout droit sorti d'un monde merveilleux.

Pinky posa sur elle un regard perplexe.

— Ça ne me dit pas ce que vous attendez de lui.

— C'est précisément ce qu'il me reste à déterminer.

— Il est riche et j'imagine qu'il est amoureux de vous, vous pensez sans doute qu'il serait ridicule de laisser passer une telle occasion. Vous avez envie de vous marier, je suppose. Moi aussi, j'y ai pensé à une certaine époque. J'avais rencontré un homme…

Les yeux de Pinky se perdirent dans le lointain.

— Et puis je n'ai pas su me décider. Je ne veux pas me marier, de peur de me retrouver prise au piège.

— Ce n'est pas une fatalité.

— Trop souvent, si.

Pinky ne savait comment expliquer à Tess qu'elle n'envisageait pas de perdre le plaisir d'entrer dans une pièce en sachant qu'elle mobilisait l'attention de tous les hommes présents. Sinon leur respect, la satisfaction de savoir que son travail la préservait de l'anonymat ou du mépris, qu'il lui ouvrait les portes de mondes insoupçonnés, même si ceux-ci l'effrayaient parfois.

— Je ne renoncerais à mon métier pour rien au monde, précisa-t-elle. Contrairement à vous, qui avez eu ce courage.

— Que voulez-vous dire?

— Vous avez renoncé à votre travail pour Jim.

Cette fois, Pinky eut la sagesse de ne pas insister. Elle avait surpris le regard que Jim et Tess avaient échangé la veille.

Les deux femmes se regardèrent un long moment en silence.

*

— J'ai un gros poulet qui n'attend plus que d'être mis au four, suggéra enfin Pinky d'une voix timide.

— Merci, mais pas ce soir. J'ai divers problèmes à régler.

Mue par son instinct, Tess serra la journaliste dans ses bras.

— Alors peut-être demain?

— Peut-être.

— Si vous venez, ce ne sera pas innocent.

— Vraiment? De quelle façon?

— Je ne sais pas. Une intuition. Au revoir, Tess.

Pinky s'éloigna d'un pas lent en direction des locaux du *Times*, sans pouvoir décider si elle avait raison ou tort. Se mentait-elle à elle-même en affirmant refuser tout ce qui aurait pu mettre son travail en péril? Elle ne se sentait pas en sécurité pour autant. L'essentiel n'était-il pas de renoncer à l'idée qu'il était possible de se cacher? Elle respira l'air à pleins poumons. Il était grand temps qu'elle prenne des risques dans sa vie. À l'image de Tess.

*

Van Anda suivit des yeux Pinky qui traversait la salle de rédaction et se dirigeait vers son bureau. Il avait beau la connaître, il ne parvenait pas toujours à deviner son humeur. Elle avait perdu un peu de son enthousiasme depuis quelque temps, un signe qui ne trompait pas. L'affaire du *Titanic* commençait à l'ennuyer. Elle continuait pourtant de lui fournir des articles de premier ordre.

— Alors? l'accueillit-il avec un sourire. Que rapportez-vous de beau de ce défilé?

La mine grave, elle ne paraissait pas d'humeur badine.

— Elles ont dû recourir à des vendeuses pour que la salle ne paraisse pas trop vide. Ce n'était pas une journée faste pour La Maison de Lucile.

— Que pouvez-vous en tirer? N'oubliez pas de parler des collections dans votre papier, pour l'amour du ciel. Les lectrices en raffolent.

— J'ai remarqué une jolie robe jaune. Une robe en soie.

Il émit un grognement.

— Je vois que vous vous intéressez à la mode.

Pinky ne pouvait se contenter de poursuivre dans un registre aussi banal. Pas ce jour-là.

— Carr, le *World* m'a proposé un emploi.

Van Anda se redressa d'un bloc en faisant grincer son fauteuil.

— Un emploi? Quel genre d'emploi? Ils n'ont pas de femmes journalistes.

Elle le regarda droit dans les yeux.

— Oui, je sais. Mais ils ont besoin de bons reporters.

Van Anda jura entre ses dents, conscient d'avoir laissé passer sa chance.

— Je les vois mal vous proposer un gros salaire. Vous n'avez tout de même pas l'intention d'accepter leur offre? Vous seriez folle de quitter le *Times*.

Le moment était venu pour Pinky de saisir sa chance, mais elle en était incapable. Tout le long du chemin, elle avait répété dans sa tête ce qu'elle répondrait à son rédacteur en chef. Quel que soit le sujet qu'on lui confiait, elle ne renonçait jamais, quitte à poser des questions dérangeantes, à harceler ses interlocuteurs. Elle était fière de son métier, de la façon dont elle le pratiquait. Elle jouissait également du respect de ses collègues et de son rédacteur en chef. Mais alors, pourquoi restait-elle sans voix?

— Écoutez, Pinky. Vous avez besoin de vous consacrer à une autre enquête. Je peux facilement vous affecter sur celle relative aux amitiés douteuses du maire. Le sujet est prometteur. Nous…

— Je veux une augmentation.

— Comment?

— Je veux plus d'argent. Je le mérite.

— Vous êtes déjà bien payée, comparé à ce qui se pratique dans la profession.

— Les types de la compo gagnent cinquante *cents* de l'heure, c'est-à-dire plus que moi.

Elle ne put s'empêcher de sourire en découvrant sa grimace.

— Vous imaginiez sans doute que je ne le savais pas?

Van Anda se pencha vers elle en grondant.

— Pinky, vous êtes une femme intelligente, mais les temps sont durs dans la presse en ce moment.

— Comme toujours.

— J'aimerais pouvoir vous aider.

Elle bluffait forcément. Jamais elle ne prendrait le risque de démissionner du *Times*. Aucun journaliste sain de corps et d'esprit n'aurait quitté le journal le plus coté de la ville.

Pinky se sentit pousser des ailes.

— Je veux une augmentation. Je veux un dollar de l'heure.

— Vous plaisantez?

Van Anda cherchait à gagner du temps, inquiet à l'idée de perdre l'un de ses meilleurs éléments.

— Pourquoi ne pas en reparler dans quelques mois, quand j'aurai eu le temps de me retourner?

Pinky avait la gorge sèche, consciente de se hisser sur une branche qu'elle s'apprêtait à scier.

— Non, monsieur. Je veux une augmentation *tout de suite*.

Van Anda se carra dans son fauteuil en la dévisageant. Aucun doute, elle ne plaisantait pas.

— Vous accepteriez vraiment de travailler pour un torchon pareil?

Elle se donna du courage en repensant à son père, à Mme Dotson qui lui réclamait toujours davantage.

— Oui.

— Allez déjà rédiger votre papier, j'en profiterai pour réfléchir.

— J'aime autant qu'on se mette d'accord tout de suite. Mon papier n'en sera que meilleur.

Van Anda se trouvait dans une impasse. Elle exigeait de gagner quasiment autant que ses collègues hommes, qu'elle valait largement. Mais de là à payer autant une femme. C'était contraire à toutes les règles du métier. D'un autre côté, les temps étaient clairement en train de changer. Bon Dieu, qui sait ce qui les attendait avec des femmes pareilles? Pinky refusait de lâcher, elle ne souriait même pas dans l'espoir de l'amadouer. Elle plaçait la barre très haut. Cette fille était étonnante.

— Que vous proposent-ils?

— Un dollar de l'heure.

— Seigneur, où vont-ils trouver des sommes pareilles?

— Aucune idée.

— C'est bon, ma petite. Soixante-quinze *cents* de l'heure. C'est mon dernier prix.

— Un dollar.

Ils se regardaient en chiens de faïence. Ce n'était pas le moment de baisser les yeux.

Van Anda jeta son crayon sur sa table.

— D'accord, un dollar. Mais vous avez intérêt à le mériter.

Elle lui adressa un sourire radieux, les jambes encore flageolantes.

— Vous savez pertinemment que je les mérite déjà, Carr.

— Ouais. En attendant, rendez-moi un service. Évitez de le claironner sur les toits, sinon vos collègues masculins voudront plus d'argent, eux aussi.

Il se gratta l'oreille, surpris lui-même d'avoir cédé. Il serait toujours temps d'en rire plus tard. Le lendemain, par exemple.

Pinky regagna son bureau en fredonnant. Elle avait réussi. Son père serait heureux d'entendre la bonne nouvelle. Tant pis pour le poulet. Ce soir, steak dans le filet et maïs frais au menu. L'avenir lui apparaissait soudain sous un jour plus lumineux. Son père le lui avait prédit: d'une façon ou d'une autre, elle trouverait un jour le moyen de danser sur la lune. À défaut, de découvrir l'Afrique.

*

Le cliquetis du verrou de son appartement lui fit l'effet d'un soulagement incroyable. Tess, enfin seule, se laissa tomber sur une chaise et sortit de sa poche la lettre de sa mère. Elle eut un pincement au cœur en reconnaissant l'écriture familière, mais le choc fut plus rude encore à la lecture des premiers mots.

Ma chère fille, tu as survécu à une tragédie terrible, mais tu ne dois pas penser à nous revenir.

Elle poursuivit, les doigts si crispés qu'elle faillit déchirer la feuille de papier.

Tu t'es comportée avec courage, et je veux que tu trouves ta place dans ce nouvel univers qu'est New York, quel qu'il soit. Nous savons bien toutes les deux que, si tu étais restée ici, tu ferais des ménages et repriserais des vêtements jusqu'à la fin de tes jours. La nuit, dans mon lit, je regarde le plafond et j'essaie d'imaginer ta vie. Presque comme si c'était moi.

Sa mère continuait en lui donnant des nouvelles de son père, de ses frères et sœurs, des voisins, du prix du fromage et de la viande, de la mauvaise récolte de pommes de terre. Tess lut la lettre jusqu'au bout, avide de retrouver la banalité de son ancienne vie.

Sa mère concluait par ces mots :

Je t'enjoins de tout tenter pour réussir, ma chère Tess. Veille à toujours garder la tête haute. Ne te contente jamais de la facilité, il faut savoir oser, on ne te reprochera jamais d'avoir essayé.

Tess replia la feuille qu'elle contempla longtemps après l'avoir posée sur la table.

On ne te reprochera jamais d'avoir essayé.

Essayé quoi ? Jack lui ouvrirait grand les portes du monde. Il pourrait même l'aider à ouvrir les portes du monde à sa mère. L'idée de pouvoir un jour libérer sa mère de ses tâches ingrates, de lui offrir un minimum de confort, était exaltante.

Quelle chance elle avait d'être aimée d'un homme comme Jack. Elle se sentait valorisée comme jamais, au point de s'imaginer dans un conte de fées. Elle avait commencé par rêver de lui, avant de se laisser emporter par sa vision du monde. Mais peut-être en avait-il été de même avec la seconde Mme Bremerton. Et même la première.

Elle ne voulait pas s'interdire de penser à Jim, de se souvenir de l'énergie vitale qui émanait de lui et dont il avait su l'entourer, jusqu'à la faire rire, rêver, et réfléchir. À défaut de figurer la sécurité à ses yeux, il incarnait l'espoir.

Tess ne pouvait repousser indéfiniment la question essentielle. Pourquoi ne pas choisir un homme qui lui apportait la plénitude? Mais comment prendre une telle décision alors qu'elle ne savait pas encore quelle était sa vraie place dans cet univers inconnu?

Elle se leva et prit sur la commode le canot en bois que lui avait offert Jim. Elle en caressa la forme d'un doigt en se demandant de façon inopinée s'il flotterait. Elle s'approcha du lavabo et le remplit d'eau avant d'y déposer la minuscule figurine. Le canot roula un instant sur sa coque arrondie avant d'aller se cogner contre la paroi de porcelaine. Jim avait réalisé un travail d'une extrême minutie. Elle revit ses doigts agiles, son excitation lorsqu'il lui avait fait découvrir l'atelier de menuiserie. Elle attendit quelques instants de plus. Pourquoi le minuscule canot était-il si important? Il ne l'était pas réellement, bien sûr. Pourtant, il continuait de flotter à la surface de l'eau, et Tess se prit à rêver d'espoir.

*

La nuit était tombée lorsqu'elle se présenta dans les bureaux de Jack Bremerton. Elle frappa et attendit ce qui lui sembla une éternité avant que résonnât un bruit de chaîne de l'autre côté du battant.

Wheaton, le secrétaire de Jack, ouvrit de grands yeux en la voyant.

— Il ne vous attendait pas.

— Je sais, mais je dois absolument lui parler.

— Mon Dieu!

Il hésita, donnant l'impression de s'interroger sur la conduite à suivre.

— À vrai dire, il ne se trouve pas ici en ce moment, mais entrez, je vous en prie. Il dîne avec M. Ford. Y aurait-il un problème? demanda-t-il en scrutant son visage.

— J'ai vraiment besoin de lui parler, monsieur Wheaton.

— Bien sûr. Puis-je vous offrir un sherry?

Sans attendre sa réponse, il prit sur un buffet un gobelet en cristal qu'il remplit d'un liquide couleur de vin rouge avant de le lui offrir avec une esquisse de courbette.

— Il tient beaucoup à vous, vous savez. J'ose penser qu'il ne s'est rien produit de grave.

Tess trempa les lèvres dans le verre de sherry en espérant que Jack ne tarderait pas. Elle n'avait aucune envie de discuter avec Wheaton. Pas ce soir.

— J'ai été heureux d'apprendre que ce marin rescapé du *Titanic* n'était pas tombé dans le piège que lui tendaient les Duff Gordon.

— J'en ai été très soulagée, dit-elle, étonnée qu'il fût au courant.

Wheaton se servit à son tour un verre de sherry, puis donna brusquement le sentiment de prendre une décision. Il posa sur la jeune femme un regard aigu.

— Vous avez deviné qui était intervenu dans cette affaire, je présume?

Tess mit quelques secondes à comprendre les implications d'une telle question.

— C'était Jack?

— Oui.

— Mon Dieu.

Il avait tiré Jim d'un mauvais pas et lui avait évité la honte dans le seul but de retirer le poids qui pesait sur ses épaules à elle. Par amour pour elle. La rapidité avec laquelle il avait agi en disait long sur l'étendue de ses relations. C'était un acte d'une générosité inouïe.

— Il ne souhaite pas que vous le sachiez.

— Pour quelle raison ? s'enquit-elle.

Elle aurait tout donné pour qu'il rentrât à cet instant précis afin qu'elle pût le remercier de vive voix.

— Il ne souhaitait pas influencer votre décision. Il ne voulait pas que vous l'épousiez par gratitude. Cela ne lui aurait pas convenu.

— Oui, je le sais.

— Je crois deviner les raisons qui vous amènent ici ce soir. Jack possède un caractère impulsif et tout est allé très vite. Si cela peut vous rassurer, c'est un homme digne de confiance.

— Je le sais et je n'en ai jamais douté.

Ils furent interrompus par le bruit d'une clé dans la serrure.

— Bonsoir, mademoiselle Collins, la salua Wheaton avant de disparaître derrière une porte qu'il referma soigneusement derrière lui.

Tess se retrouva face à Jack, surpris de la découvrir là. Puis, sans qu'un mot fût prononcé, il devina la raison de sa présence.

— Laissez-moi vous prendre dans mes bras.

— Je ne peux pas. Pas avant de vous avoir parlé.

— Je vous épargnerai cette corvée. Vous avez décidé de ne pas m'épouser.

— Vous êtes un homme étonnant, un être vraiment extraordinaire. Mais vous avez raison, je ne peux pas.

— Pourquoi ?

— Parce que je ne ressens pas à votre endroit ce que je voudrais ressentir, répondit-elle avec peine.

Il écarquilla les yeux et s'approcha du buffet afin de se servir à son tour un verre de sherry. Puis il s'exprima d'une voix calme, teintée d'une pointe de dureté.

— Tess, je vous aime et j'entends vous rendre heureuse. Vous serez libre de choisir la vie qui vous conviendra. Je vous l'ai déjà dit, ce n'est pas l'argent qui manque et je suis disposé à vous offrir un atelier de couture si tel est votre désir. Dites-moi ce que vous souhaitez et vous l'aurez. Je voudrais vous gâter.

Tess repensa à Lucile et à Cosmo.

— Je ne souhaite pas être gâtée.

— Nous formons tous les deux un couple parfait. Où est donc votre courage?

— Je m'applique à vous le montrer à cet instant précis.

— Dans ce cas, je vous écoute.

Elle ne voyait pas comment elle aurait pu évoquer ses doutes en lui épargnant la souffrance.

— Votre enthousiasme et votre assurance sont entraînants, mais je ne les partage pas autant que je le voudrais.

Jack avait recouvré tout son sang-froid.

— Tess, croyez-vous vraiment que je me berce d'illusions sur les raisons de votre attachement? Puis-je m'exprimer brutalement, ma chérie? Il n'y a rien de coupable à vouloir être riche, à aspirer à la sécurité. Les femmes qui épousent des hommes plus âgés et mieux établis qu'elles possèdent leurs raisons. C'est ainsi que fonctionne le monde.

Il ponctua sa phrase d'un sourire désabusé.

— À chacun ses atouts, ajouta-t-il.

— Je me demande si nous n'agissons pas, l'un et l'autre, en fonction de la vérité que nous recherchons. Vous avez déjà été marié deux fois.

Elle revit la première Mme Bremerton, aussi dure et impénétrable qu'une statue de marbre devant l'immeuble de Lucile.

Il papillota des paupières.

— La remarque est cruelle. Je peux difficilement corriger les erreurs du passé.

Elle avala sa salive.

— Qui me dit que vous ne voudrez pas un jour en épouser une quatrième?

— C'est donc de *ça* qu'il s'agit.

— Ce n'est pas la vraie raison, Jack. Elle est autrement plus grave. J'ai peur de me métamorphoser en quelqu'un de différent.

— Qu'y a-t-il de si important, à part nous? Je vous adore. Que voulez-vous de plus?

Que voulait-elle de plus, en effet? Elle vivrait dans un confort dont elle n'avait jamais osé rêver, mais ne pas répondre pleinement à son amour laisserait en elle un vide qui ne se comblerait jamais. Jusqu'au jour où elle se contenterait de recevoir sans rien donner. Jusqu'au jour où son cœur renoncerait à toute passion.

— Ce que je veux? Avant tout, être moi-même, murmura-t-elle.

— Si nous devions tous avoir cet objectif, nous ne ferions jamais rien.

— Je souhaite essayer.

Son regard se voila. Il se passa une main dans les cheveux et vida son verre en se tournant vers le mur.

— Du moins avez-vous le courage de me parler en face. Une qualité que je ne possède pas. C'est là mon plus grand défaut, ma chère. Je suis un pleutre. Mais je suis imbattable aux échecs.

— Jack, je sais que vous avez sauvé Jim et je vous en remercie du fond du cœur. J'apprécie votre abnégation.

— Cet idiot de Wheaton…

— Je suis heureuse qu'il m'ait mise au courant, le coupa-t-elle.

— Il ne s'agissait nullement d'abnégation. Je ne voulais pas d'une femme embarrassée par la culpabilité. Le sauver était le plus sûr moyen de parvenir à mes fins. Je soupçonne d'ailleurs Jim d'être partiellement responsable de votre volte-face.

— C'est le cas, mais il ne le sait pas.

— Dans ce cas, peut-être serait-il souhaitable de le mettre au courant.

— J'ai bien peur qu'il ne soit trop tard.

— Peut-être pas, estima-t-il sur un ton presque bienveillant.

— En vérité, ce n'est pas essentiel.

Il était clair qu'il ne comprenait pas, aussi préféra-t-elle changer le cours de la conversation.

— Pourquoi avoir fait preuve de tant de générosité?

— J'aime savoir que je possède le pouvoir de tout changer à ma guise. J'aime gagner.

— Je peine à croire que ce soit votre seule motivation.

Il poussa un soupir.

— Très bien, Tess. Je n'aime pas les gens, à l'image des Duff Gordon, qui sont capables de détruire la vie des autres sans même y réfléchir. Je suis trop heureux de leur barrer la route. Et je n'aime pas les compagnies comme la White Star. Dieu sait que j'ai gagné beaucoup d'argent en misant sur certaines d'entre elles, mais cela ne signifie pas que je sois naïf. En période de crise, elles sacrifieront n'importe qui pour sauver leur peau. L'ironie du sort veut que des compagnies comme la White Star finissent par croire à leurs propres vantardises. Le *Titanic* était le plus grand paquebot au monde, on le disait insubmersible. Ces gens ont beau être victimes de leurs propres pièges, ils recommencent inlassablement, faute de retenir la leçon. Alors des gens comme moi en profitent.

— Vous tenez là un discours très… américain.

— Absolument. Écoutez, ajouta-t-il d'une voix pensive. Vous avez peur que je m'ennuie de vous et passe à une autre, ce dont m'ont accusé mes deux femmes. Vous avez le pouvoir de changer cet état de fait.

— Pas à moi seule.

— C'est sans doute ce que je désirais le plus. Gagner votre confiance. Ce n'est manifestement pas le cas.

Il posa sur Tess un regard d'une douceur attristée.

— Vous êtes encore si jeune et fraîche, ma chère. Peut-être aurais-je tué chez vous cette qualité avec ma lecture cynique du monde.

Il n'y avait plus rien à ajouter. Ils se tenaient l'un en face de l'autre, curieusement sans chagrin.

— Je vous souhaite d'être heureux, dit-elle. Jack, vous devez comprendre que je m'efforce d'être celle que je crois être. Le contraire m'obligerait à tenir un rôle et je finirais par nous rendre malheureux tous les deux.

— À l'image de la célèbre Lucile?

— Peut-être.

Il laissa échapper un ricanement.

— Je constate combien elle a déteint sur vous.

Tess se dirigea vers la porte, consciente d'avoir rompu la deuxième amarre qui l'attachait à sa nouvelle patrie. Elle était pourtant sûre d'elle, nulle angoisse ne la taraudait, seule résonnait en elle cette même tristesse sourde qui l'avait déjà poussée à quitter l'atelier de Lucile.

— Puis-je vous demander ce qui vous a fait changer d'avis?

— Une lettre de ma mère, pour partie, mais essentiellement le bon sens qui m'anime.

Il prit le temps de digérer sa réponse.

— Il faut croire que je n'ai pas ma place dans ce cadre.

Il la fit taire d'un geste lorsqu'elle tenta de réagir.

— Cela prouve simplement que je n'aurai pas le loisir d'améliorer mon existence en modelant la vôtre.

Il s'avança et la serra furtivement contre lui avec beaucoup de douceur.

— Au revoir, Tess.

Elle lui rendit son étreinte.

— Au revoir, Jack.

Elle ouvrit la porte et la referma derrière elle, le poing crispé autour du bouton de cuivre.

Un matin nuageux s'était levé sur New York, accompagné d'une brise qui faisait danser les grappes de tulipes le long des plates-bandes d'Union Square. Tess, les cheveux au vent, arrêta son regard sur le vieux bâtiment abritant l'atelier de menuiserie où travaillait Jim, de l'autre côté de la rue. Elle n'avait aucune raison de croire qu'elle l'apercevrait, aucune intention de l'approcher, ce qui ne l'empêchait pas d'être là. Peut-être s'agissait-il d'un ultime adieu silencieux.

C'est alors qu'elle le vit. Elle reconnut instantanément sa silhouette élancée, légèrement penchée en avant, sa démarche souple et élastique de jeune homme courant au-devant de sa destinée. La casquette dont il était coiffé empêchait Tess de distinguer ses traits, mais elle aurait identifié ces mains à l'autre bout du monde. Je sais ce qu'il ressent, pensa-t-elle. Il se dit que tout est possible. De quel droit viendrais-je m'immiscer dans ses projets?

Il s'apprêtait à pousser la porte de l'atelier lorsqu'il tourna la tête dans sa direction. Elle leva instinctivement le bras et l'agita lentement.

Il resta immobile quelques secondes, puis il leva le bras à son tour et lui rendit son salut, le temps d'une douce parenthèse, avant de disparaître à l'intérieur du bâtiment.

Il s'agissait donc bien d'un adieu.

Elle prit le chemin de Washington Square en respirant à pleins poumons les délicats parfums du printemps. Elle marchait d'un pas décidé vers son avenir.

Le parc était un océan de couleurs patriotiques, une mer de drapeaux rouge, blanc et bleu agités par une armée de femmes en tenues blanches immaculées. Tess se mêla à la foule, impressionnée par l'énergie et l'excitation qui s'en dégageaient. Il y avait là des femmes promenant des bébés placides dans des landaus d'osier. D'autres s'apostrophaient et riaient entre elles, d'autres encore chantaient des airs inconnus de Tess. Toutes portaient sur la tête une coiffure, celle-ci un canotier, celle-là un bonnet en soie, avec sur la poitrine un écriteau sur lequel s'étalait invariablement la même phrase : « Le droit de vote aux femmes. » Un petit groupe de manifestantes brandissait une immense banderole de toile sur laquelle avait été tracé à l'encre : « Nous exigeons l'égalité. » Combien pouvaient-elles être ? Dans son article du matin, Pinky avait précisé que l'on attendait vingt mille personnes. Des mères de famille, des anonymes, des actrices, les membres de divers clubs féminins. On annonçait même la présence de représentantes de la communauté quaker.

Tess tendit le cou et découvrit sans peine l'arc dont lui avait parlé Pinky. Elle allait devoir jouer des coudes si elle voulait y rejoindre son amie.

— Vous vous rendez à la manifestation, ma petite dame ? lui cria un homme jovial alors qu'elle se faufilait entre les badauds. Vous comptez marcher jusqu'à la 5e Avenue ? Vous serez assez costaude pour ça ?

Il régnait autour d'elle une atmosphère de carnaval, le spectacle était impressionnant. Et tout ça pour l'obtention du droit de vote. De toutes jeunes filles en robe tablier, un sac de toile à l'épaule, vendaient des magazines féministes et des ombrelles sur lesquelles on pouvait lire : « Nous voulons le droit de vote. » Des groupes de jeunes, installés à l'écart, observaient la scène en se donnant des coups de coude et riaient sous cape.

L'attention de Tess fut attirée par un petit groupe de femmes d'allure austère agitant une bannière sur laquelle elle lut : « Vous salissez la mémoire de nos hommes courageux. » Une femme en manteau gris s'en prenait avec virulence à une suffragette. En s'approchant, Tess reconnut Mme Brown.

— Comment osez-vous trahir notre cause en soutenant ces gens? lui hurlait à la face la femme en gris. Vous étiez avec nous sur ce bateau! En quoi est-ce scandaleux d'avoir voulu sauver en priorité les femmes et les enfants?

Elle ponctua sa phrase d'un gémissement que Tess aurait préféré oublier, et qui lui donna des frissons.

— Ma chérie, c'est ça l'égalité, rétorqua Mme Brown sans s'en laisser conter. Inutile de te mettre la rate au court-bouillon, chez les femmes comme chez les hommes, il y a des bons et des mauvais.

Sa repartie fit naître une nouvelle salve de protestations. Une autre suffragette en blanc se planta devant la femme en gris.

— Accepter la galanterie masculine nous affaiblit, s'écria-t-elle. Vous ne le voyez donc pas?

Mme Brown vint au-devant de Tess en l'apercevant et la serra dans ses bras.

— Eh bien, ma chérie, tu vois comment on s'y prend, en Amérique. J'aurais préféré que mes amies suffragettes nous épargnent cette revendication égalitaire-là. Leur position radicale au sujet du *Titanic* nous aura coûté pas mal de manifestantes aujourd'hui.

À peine énonçait-elle son verdict qu'elle s'enfonçait au milieu de la foule en adressant à Tess un signe de la main.

— Tess! Tess!

Pinky, qui avait repéré la jeune femme à son tour, sautillait sur place afin d'attirer son attention.

— Vous êtes venue, finalement?

Elle se fraya un chemin parmi les manifestantes et lui serra la main.

— Vous ne trouvez pas ça incroyable? lui demanda-t-elle. On a de tout, aussi bien des ménagères et des mères de famille que des modistes, des bibliothécaires, des assistantes sociales, des repasseuses. Si tout le monde se met d'accord, nous sommes certaines d'obtenir le droit de vote!

— Je n'ai jamais vu autant de femmes de milieux différents dans un même endroit, dit Tess, tout en se demandant comment elles avaient pu obtenir la permission de délaisser leur travail afin de manifester.

— Nous avons des femmes chinoises avec nous. On leur bande les pieds lorsqu'elles sont bébés pour qu'ils ne puissent pas grandir. À l'âge adulte, c'est tout juste si elles parviennent à marcher, mais ça ne les empêche pas de disposer du droit de vote. Et que dites-vous de *ça*?

Pinky tendit l'index en direction d'une calèche couverte de fleurs.

— Notre plus vieille suffragette a quatre-vingt-quatorze ans. Elle manifestera dans cette voiture décorée. Et puis nous avons plusieurs milliers d'hommes avec nous. Ce n'est pas formidable?

Tess acquiesça d'un mouvement de tête, sans même chercher à répondre dans le tintamarre ambiant.

— Nous sommes en train de nous préparer pour le défilé. Venez, je vais vous montrer le cheval blanc. Je suis censée monter dessus avant que soit donné le signal du départ, ça fera une excellente photo pour le *Times*.

— Qui est censé le monter pendant le défilé?

— Une femme avocate, figurez-vous.

Les féministes qui entouraient le cheval accueillirent Pinky avec exubérance.

— À ton tour, Pinky! lui cria une voix.

Tess en profita pour caresser les naseaux de l'animal. Une jument magnifique au regard intelligent, puissante et noble, à la robe d'un blanc aussi immaculé que les tenues des suffragettes. La jument ne quittait pas Tess des yeux, comme pour mieux l'inciter à la fierté.

— Allez, Pinky!

La jeune journaliste se hissa sur l'animal avec l'aide de deux des femmes qui se trouvaient là. Son enthousiasme dépassait de beaucoup le modeste rôle qu'elle tenait dans ce court moment d'histoire.

La veille encore, elle était convaincue que Tess s'évanouirait dans la nature, emportée par le cours de son destin. Et puis elle l'avait vue se métamorphoser au fur et à mesure de leur conversation. Le doute n'était plus permis, Tess avait changé. Qui sait si elle n'avait pas atteint une sagesse amoureuse qui lui faisait défaut à elle-même? Pinky avait envie de le croire.

Elle s'accrocha au pommeau de la selle, pleine d'assurance, heureuse de dominer la place de son perchoir.

— C'est incroyable! s'écria-t-elle en découvrant l'ampleur de la foule rassemblée dans le parc.

— Cramponnez-vous bien, lui conseilla Tess.

— Me cramponner? J'ai une furieuse envie de faire le tour du parc au galop, oui! répliqua Pinky en regardant son amie. Allez, Tess! À votre tour!

L'instant suivant, elle sautait à terre, poussait Tess vers l'animal et lui glissait les rênes entre les mains.

— Montez!

— Pourquoi pas? rit Tess.

Elle posa un pied sur l'étrier, enjamba le dos de la jument et se mit droite en selle.

Le spectacle était époustouflant. Elle ne se lassait pas de parcourir l'esplanade des yeux, surprise de l'ampleur de l'horizon qu'elle découvrait. Elle comprenait enfin le point de vue de Jim, qui avait su ouvrir les yeux sur le monde avant elle. Oui, il lui restait beaucoup à apprendre, mais plus rien ne l'arrêterait désormais.

C'est alors qu'elle vit une silhouette familière, coiffée d'une casquette légèrement rejetée en arrière, s'avancer d'un pas décidé. À mesure qu'il s'approchait, elle détailla le bleu lumineux de ses yeux. Elle comprit, en entendant éclater un rire, qu'il s'échappait de sa propre gorge. Qu'elle eût tort ou raison, Tess se sentait sûre de ses choix. Elle se montrerait forte, elle s'autoriserait dorénavant à oser. Jamais elle ne se contenterait d'une existence médiocre car elle saurait affronter la vérité.

La vérité, oui. Mais laquelle? Et si cette vérité se tenait justement devant elle?

— Puis-je vous aider à descendre? lui proposa Jim.

Debout à côté de la jument, une main sur la bride, il l'observait de ses yeux pétillants de vie.

Alors elle lui tendit les bras.

— Volontiers, murmura-t-elle.

NOTE DE L'AUTEUR

La plupart des témoignages présentés dans ce livre sont des transcriptions exactes des procès-verbaux de la commission sénatoriale mise en place au lendemain du naufrage du *Titanic*.

Le récit que l'on découvre dans ces pages, dans ses grandes lignes, est le reflet de la réalité. Lady Lucile, l'une des grandes créatrices de mode de son temps, a pu échapper à la mort en se réfugiant avec son mari et sa secrétaire dans un canot de sauvetage qui, à en croire plusieurs témoins, ne transportait que douze personnes alors qu'il aurait pu en accueillir une cinquantaine. Lucy Duff Gordon s'est fermement opposée à toute idée de rebrousser chemin afin de porter secours aux naufragés. Quant à Cosmo Duff Gordon, il a effectivement proposé de l'argent aux membres d'équipage présents à bord, sans que l'on puisse savoir s'il s'agissait d'une façon de marquer sa reconnaissance, ou bien d'une volonté d'acheter leur silence.

Cosmo et Lucile ont été vilipendés par la presse des deux côtés de l'Atlantique. Et si je fais témoigner Lucy à New York dans mon roman, elle a dans la réalité réussi à échapper à son audition par la commission. Cela n'a pas empêché les Duff Gordon de subir de violentes attaques lorsqu'ils ont finalement été contraints de témoigner en Angleterre.

Les moqueries et le mépris du grand public à leur endroit leur ont coûté cher.

À la suite des auditions, La Maison de Lucile (sa marque s'appelait bien ainsi, tout comme il est exact qu'elle donnait des noms impossibles à ses créations) a entamé un long déclin, et le couple Duff Gordon a fini par se séparer.

Le sénateur William Alden Smith a livré son rapport final sur la tragédie du *Titanic* dans une salle du Sénat bondée, le 18 mai 1912. Au moment de la catastrophe, déclarait-il d'une voix émue, les officiers ont fait preuve d'un total «mépris du danger» sur bien des points.

Il en a dressé la liste : le *Titanic* allait trop vite lorsqu'il a traversé le champ d'icebergs ; l'équipage était inexpérimenté ; il n'y avait pas de jumelles à bord ; le système de transmission radio était insuffisant ; aucun exercice d'évacuation n'avait été organisé ; enfin, le paquebot n'emportait pas assez de canots de sauvetage eu égard au nombre de personnes embarquées.

Le sénateur a poussé le Congrès américain à voter une loi contraignant les compagnies maritimes à équiper leurs bateaux de canots en nombre suffisant.

Quant à la grande Margaret Brown, surnommée par la suite «l'insubmersible Molly Brown», elle a réellement joué un rôle héroïque en s'emparant des avirons à bord de l'un des canots.

Le reste relève de la fiction, à l'exception d'une grande question à laquelle il n'a jamais été trouvé de réponse satisfaisante : comment se fait-il qu'un seul canot de sauvetage ait tenté de porter secours à tous ceux qui se noyaient ? Mon récit repose sur cette énigme.

Enfin, signalons que Millvina Dean, l'ultime survivante du naufrage du *Titanic*, est morte à l'âge de quatre-vingt-dix-sept ans le 31 mai 2009. C'est-à-dire quatre-vingt-dix-huit ans jour pour jour après le lancement du *Titanic* dans le port de Belfast.

Kate Alcott

Kate Alcott

SI PRÈS DES ÉTOILES

1938. Julie Crawford n'a qu'une idée en tête : devenir scénariste. Aussi quitte-t-elle sa ville natale de l'Indiana pour gagner Hollywood.

Sur place, ses illusions se heurtent à la réalité des studios : réalisateurs irascibles, vedettes capricieuses… Par chance, la jeune femme croise la route d'une star : Carole Lombard, dont la liaison avec Clark Gable défraie la chronique.

Devenue l'assistante de Carole, Julie est aux premières loges de ce scandale qui pourrait nuire au film à succès que promet d'être *Autant en emporte le vent*, en cours de tournage.

Prise dans un tourbillon qui la dépasse, Julie réussira-t-elle à prendre son envol, ou verra-t-elle ses espoirs balayés par la prestigieuse usine à rêves ?

« Si vous pouviez vivre l'âge d'or d'Hollywood,
vous rêveriez d'assister au tournage d'*Autant en emporte le vent*.

Ce roman réalise ce prodige. »
The New York Times Book Review

« Une intrigue habilement menée,
Rivalisant d'intelligence et de subtilité. »
Kirkus Reviews

ISBN 978-2-8098-2610-4 / H 49-4871-6-1903 / 22 €

Anna Jacobs

LE DESTIN DE CASSANDRA

Traduit de l'anglais par Sebastian Danchin

1861. Le Lancashire subit la crise. Privées de coton, les filatures ferment une à une en Angleterre, plongeant la population dans la misère.

Cassandra Blake, ses trois sœurs cadettes et leur père Edwin tentent malgré tout de faire face à l'adversité. Mais la mort du patriarche vient tout bouleverser.

Leur oncle Joseph décide de prendre ses nièces sous son aile, malgré l'opposition de son acariâtre épouse, qui commandite en secret l'enlèvement de Cassandra. Elle menace alors ses sœurs de faire subir à la jeune femme les pire sévices si elles ne quittent pas le pays…

Contraintes de dire adieu à leur Lancashire natal, elles embarquent pour l'Australie. Les quatre sœurs parviendront-elles à se retrouver à l'autre bout du monde et à construire une vie nouvelle?

Une saga au souffle puissant, qui nous entraîne dans une Australie encore sauvage, où tous les rêves sont permis.

Anna Jacobs, née en 1941, a grandi dans le Lancashire avant de partir vivre en Australie. Elle revient néanmoins régulièrement au Royaume-Uni rendre visite à sa famille. Auteure de quelque quarante romans, vendus à 3 millions d'exemplaires, elle a reçu l'Australian Romantic Book of the Year Award.

« Anna Jacobs a l'art de créer des personnages hauts en couleur,
que l'on quitte à regret. »
Booklist

ISBN 978-2-37735-235-7 / H 11-8186-8 / 432 pages / 8,80 €

TAMARA McKINLEY

L'ESPOIR NE MEURT JAMAIS

Angleterre, juin 1940. Le père de Rita, 17 ans, est parti au front. Celle-ci peut cependant compter sur le soutien des habitants de la petite bourgade côtière de Cliffehaven.

Lorsque sa maison est détruite sous un bombardement, beaucoup croyaient que Rita flancherait. Pas du tout! Elle est au contraire déterminée à participer à l'effort de guerre.

Contrainte d'abandonner son rêve d'intégrer les Forces féminines de l'aviation, elle se porte volontaire au sein d'une unité de pompiers.

Rita s'est fait une promesse : ne jamais perdre foi. Avec l'espoir d'un jour retrouver ceux qu'elle aime.

*Née en Tasmanie, **Tamara McKinley** quitte très jeune son Australie natale pour la Grande-Bretagne. La Dernière Valse de Mathilda (2005), son premier grand roman, est traduit dans plus de vingt pays. Après* Et le ciel sera bleu *et* Si loin des siens *(L'Archipel, 2015-2016), voici le troisième volet de sa nouvelle saga du « Bord de mer ».*

« S'il ouvre ce nouveau roman de Tamara McKinley,
le lecteur est certain de ne pouvoir rien faire d'autre
tant qu'il ne l'aura pas refermé. »
goodreads.com

ISBN 978-2-8098-2312-7 / H 13-0138-4 / 396 pages / 22 €